中國歷代書目題跋叢書

張元濟 撰　顧廷龍 原編
張人鳳 宋兵 訂補

涉園序跋集錄訂補

圖書在版編目(CIP)數據

涉園序跋集録訂補 / 張元濟撰 ; 顧廷龍原編 ; 張人鳳, 宋兵訂補. -- 上海 : 上海古籍出版社, 2024. 12. --(中國歷代書目題跋叢書). -- ISBN 978-7-5732-1479-9

Ⅰ. I265.2

中國國家版本館 CIP 數據核字第 2024BY6583 號

中國歷代書目題跋叢書

涉園序跋集録訂補

張元濟　撰

顧廷龍　原編

張人鳳　宋　兵　訂補

上海古籍出版社出版發行

(上海市閔行區號景路 159 弄 1-5 號 A 座 5F　郵政編碼 201101)

(1) 網址: www.guji.com.cn

(2) E-mail: guji1@guji.com.cn

(3) 易文網網址: www.ewen.co

蘇州市越洋印刷有限公司印刷

開本 850×1168　1/32　印張 15.375　插頁 10　字數 274,000

2024 年 12 月第 1 版　2024 年 12 月第 1 次印刷

印數: 1—1,300

ISBN 978-7-5732-1479-9

K·3785　定價: 98.00 元

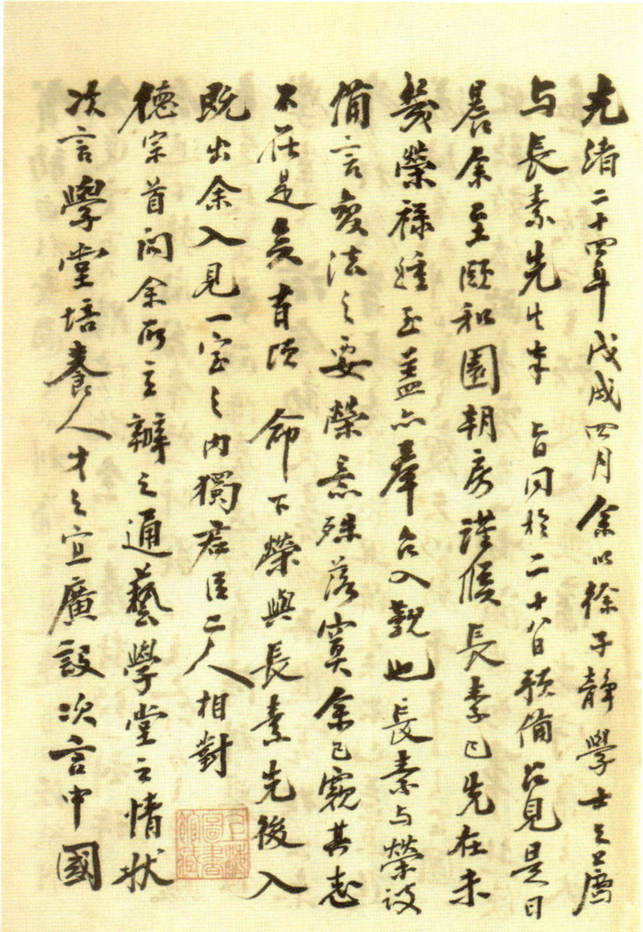

光緒二十四年戊戌四月余以徐子靜學士之薦
與長素先生奉 旨同於二十八日預備召見是日
晨余至頤和園朝房謁候長素已先在未
幾榮祿繼至蓋亦奉召入覲也長素與榮談
備言變法之要榮意殊落寞余已窺其志
不在是矣有頃 命下榮與長素先後入
既出余入見一室之內獨君臣二人相對
德宗首詢余所主辦之通藝學堂之情狀
次言學堂培養人才之宜廣設次言中國

清宣統三年排印本南海先生戊戌奏稿跋（一）（本書063號）

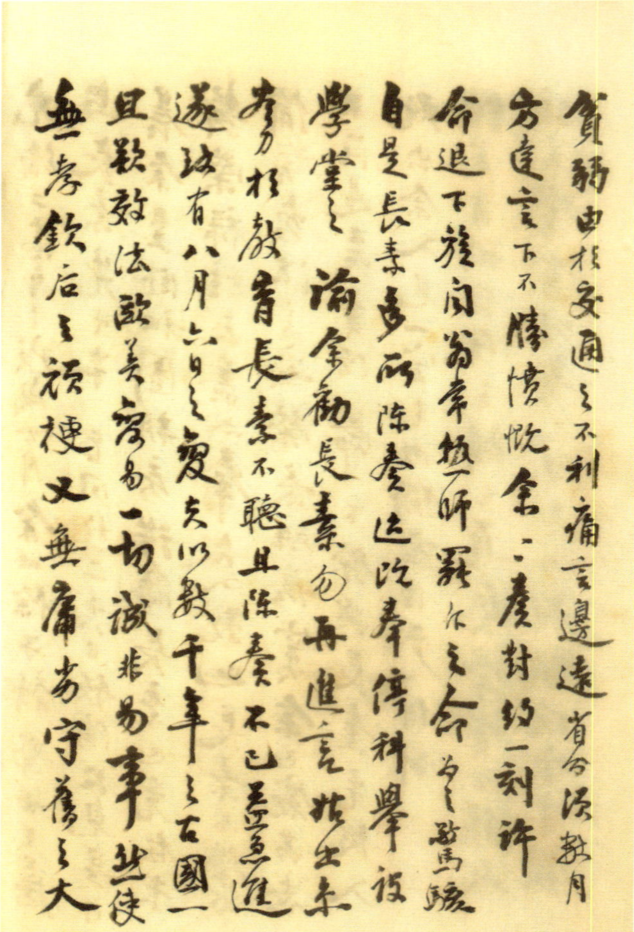

貧弱由於交通之不利痛言邊遠省分須數月
方達言下不勝憤慨余亦奏對約一刻許
命退下雖聞翁常熟師罷斥之命為之驚駭
自是長素多所陳奏迭次奉停科舉設
學堂之諭余勸長素勿再進言非先求
力於教育長素不聽且陳奏不已是以急進
遂致有八月六日之變矣以數千年之古國一
旦欲效法歐美驟易一切誠非易事然使
無孝欽后之頑梗又無庸劣守舊之大

清宣統三年排印本南海先生戊戌奏稿跋（二）（本書 063 號）

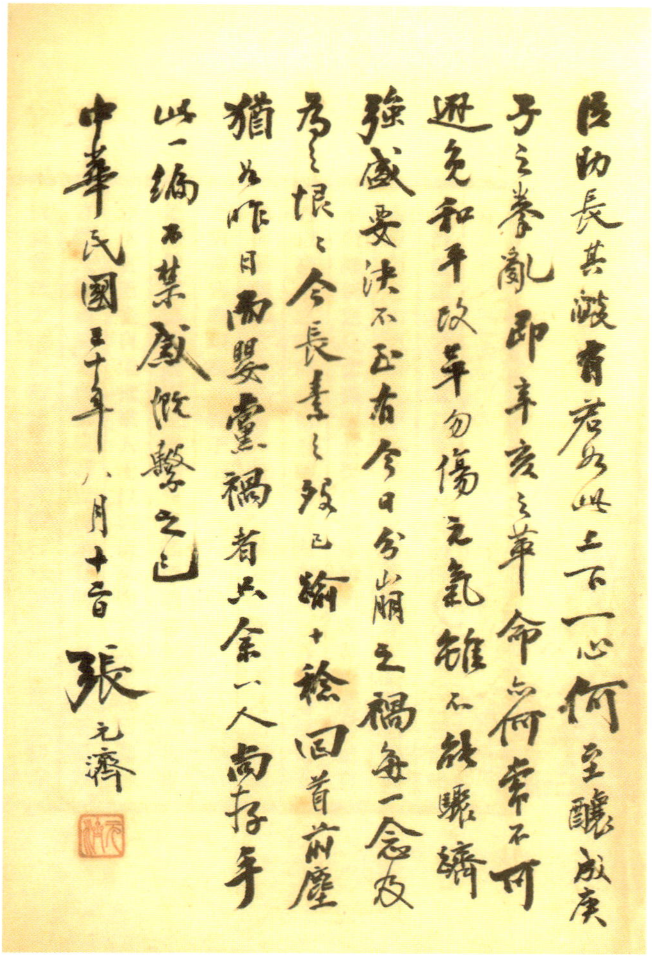
臣助長其波，寧君民如此上下一心，何至釀成庚子之拳亂，即辛亥之革命亦何嘗不可避免，和平改革，勿傷元氣，雖不能驟躋強盛，要決不至有今日分崩之禍。每一念及，為之恨恨。今長素之殁已踰卅稔，回首前塵，猶如昨日，而嬰黨禍者只余一人尚存。乎此一編，不禁感慨繫之矣。
中華民國五十年八月十日 張元濟

清宣統三年排印本南海先生戊戌奏稿跋（三）（本書 063 號）

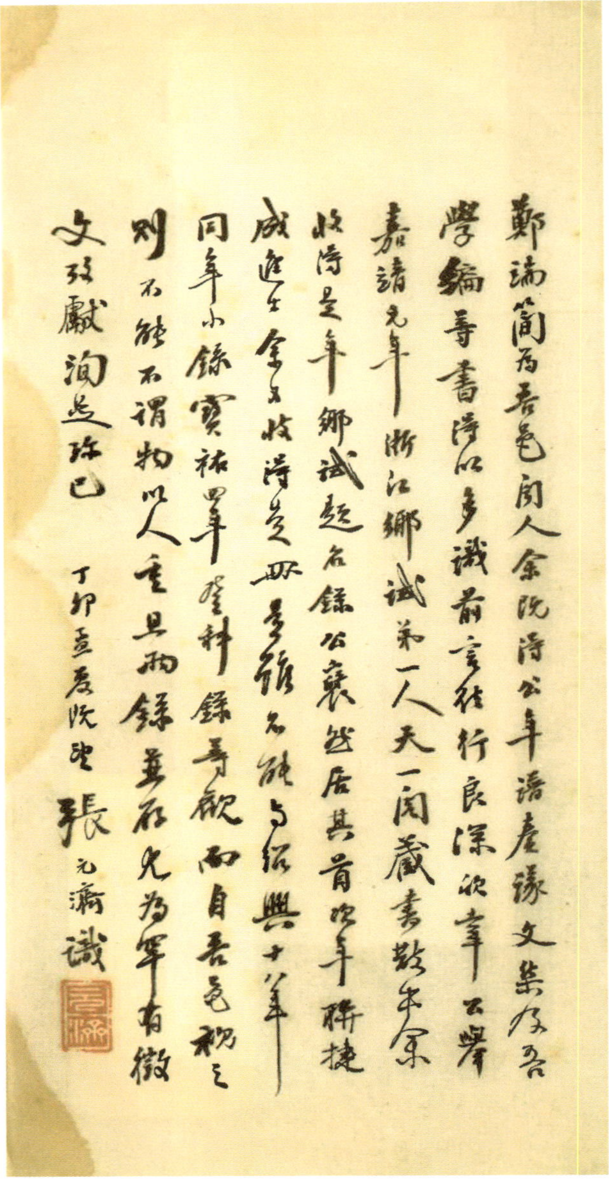

鄭端簡為吾邑聞人，余既得公年譜、虞諧文集及吾學編等書，得以多識前言往行，良深欣幸。公舉嘉靖元年浙江鄉試第一人，天一閣藏書散出，余收得是年鄉試題名錄，公褎然居其首。次年聯捷成進士，余又收得是歲會試錄，雖不能與紹興十八年同年小錄、寶祐四年登科錄等觀，而自吾邑視之，則不能不謂物以人重。且兩錄並存，尤為罕有，徵文考獻，洵足珍已。

丁卯孟夏既望 張元濟識

明嘉靖二年官刊本嘉靖二年會試録跋（本書 080 號）

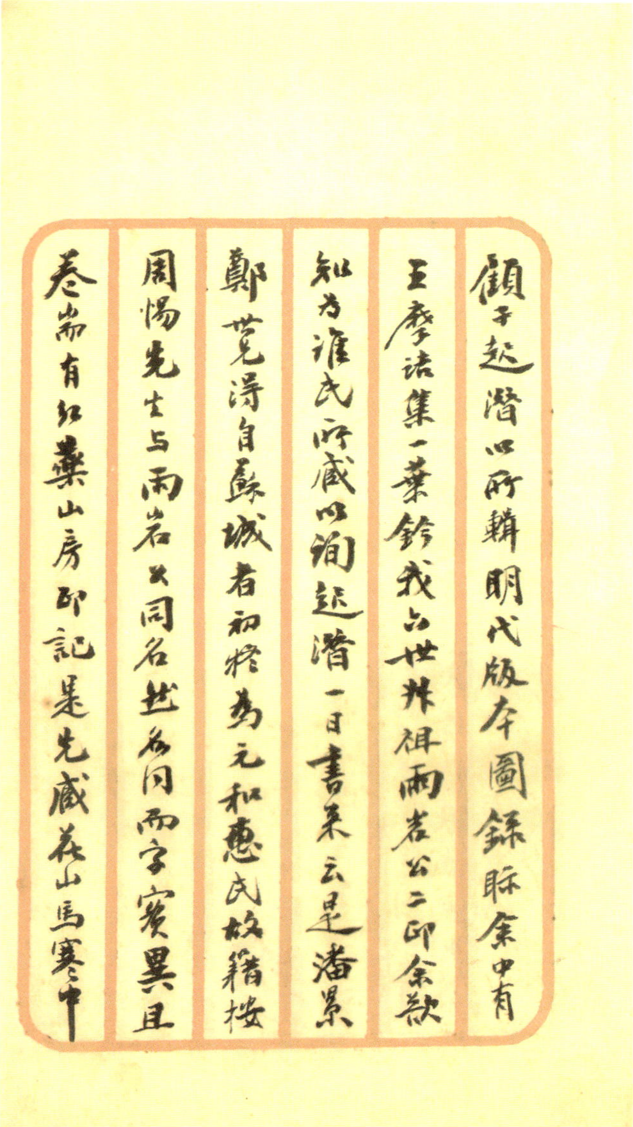

顧子起潛以所輯明代版本圖錄貺余，中有
王摩詰集一葉，鈐我亡世伯雨若公二印，余欲
知為誰氏所藏，以詢起潛，一日書來云是潘景
鄭覓得自蘇城者，初疑為元和惠氏故籍，按
周暘先生與雨岩公同名，而字實異，且
卷端有紅藥山房印記，是先藏花山馬寒中

明嘉靖黄埻刊本王摩詰集跋（一）（本書 129 號）

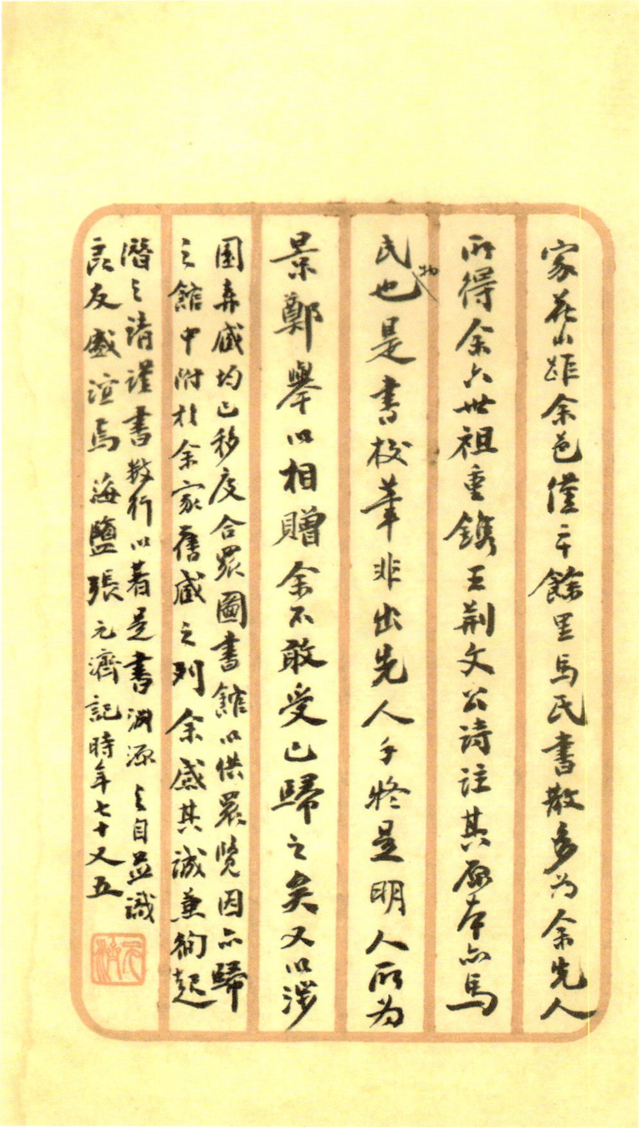

家茶山距余邑僅千餘里馬氏書散多為余先人
所得余六世祖重鐫王荊文公詩注其原本亦馬
氏物也是書校筆非出先人手於是明人所為
景鄭舉以相贈余不敢受已歸之矣又以涉
園弆藏均已移度合眾圖書館以供眾覽因亦歸
之館中附於余家舊藏之列余感其誼兼銜起
潛之請謹書數行以著是書淵源之自並識
良友盛誼焉海鹽張元濟記時年七十又五

明嘉靖黃埻刊本王摩詰集跋（二）（本書 129 號）

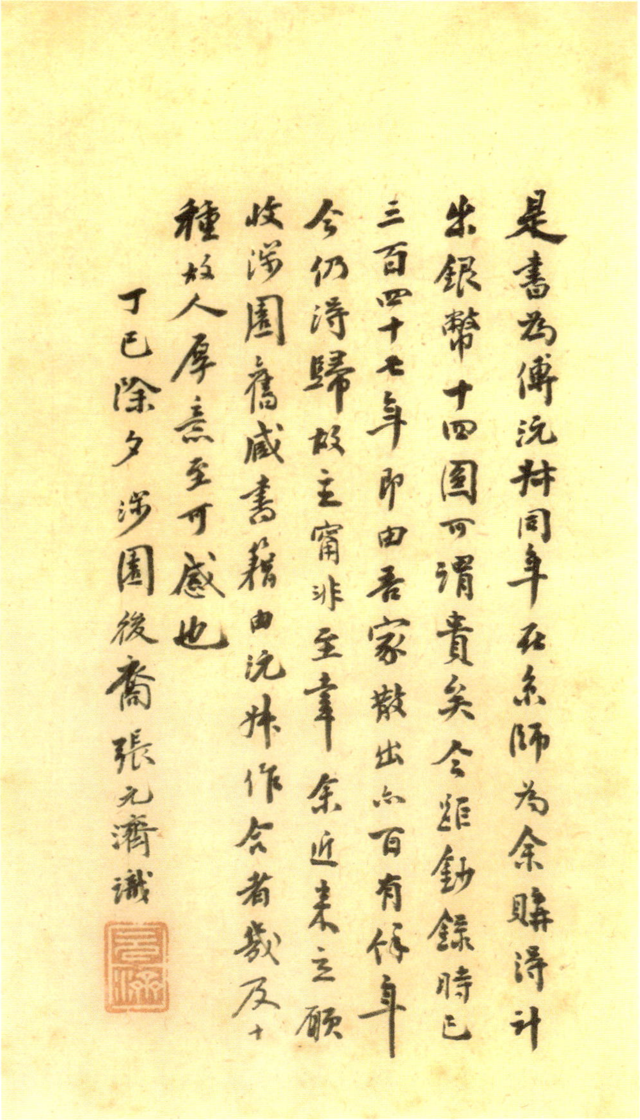

是書為傅沅叔同年在京師為余購得計朱銀幣十四圓可謂貴矣今距鈔錄時已三百四十七年即由吾家散出亦百有餘年今仍得歸故主甯非至幸余近來之顧收涉園舊藏書籍由沅叔作合者數及十種故人厚意至可感也

丁巳除夕涉園後裔張元濟識

元濟

明隆慶五年葉恭焕手鈔本負暄野録跋（本書 247 號）

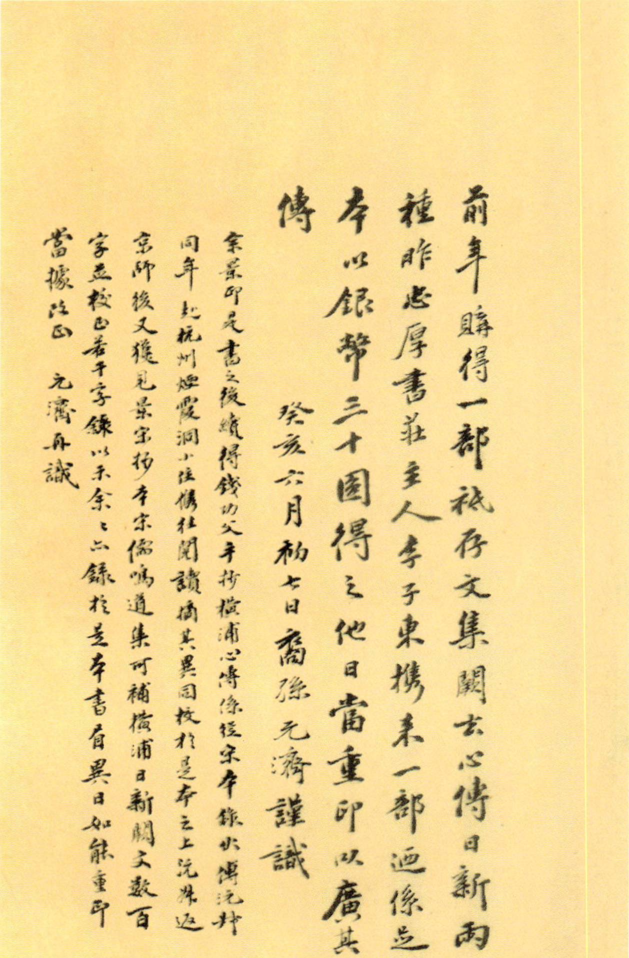
前年購得一部衹存文集闕去心傳日新兩種昨忠厚書莊主人李子東携來一部迺係足本以銀幣三十圓得之他日當重印以廣其傳

癸亥六月初七日裔孫元濟謹識

余景印是書之後續得錢功父手抄橫浦心傳係從宋本錄出傅沅叔同年北上杭州煙霞洞小住携往閱讀摘其異同校於是本之上沅叔返京師後又獲見景宋抄本宋儒鳴道集可補橫浦日新闕文數百字並校正若干字錄以示余〻亦錄於是本書眉異日如能重印當據改正　元濟再識

明萬曆四十二年刻本橫浦先生文集識語（本書 294 號）

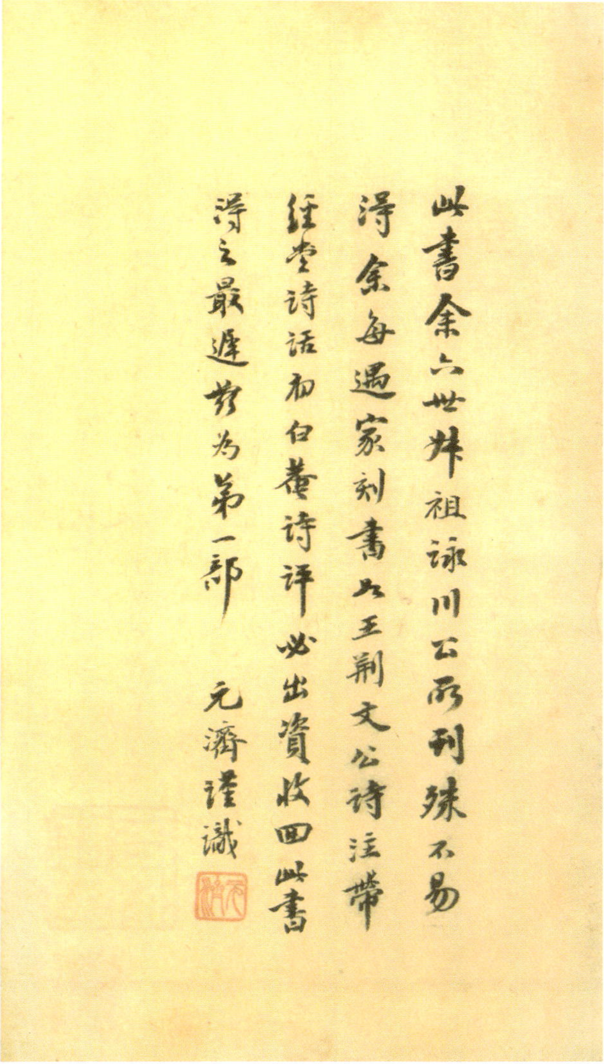

此書余六世族祖詠川公所刊殊不易
得余每遇家刻書如王荊文公詩注帶
經堂詩話初白菴詩評必出資收回此書
得之最遲故為第一部
元濟謹識

清乾隆四十年海鹽張氏涉園刊本詞林紀事跋（本書326號）

《中國歷代書目題跋叢書》出版説明

漢代劉向、劉歆父子編撰《別録》《七略》，目録之學自此濫觴，在傳統學術中發揮了重要作用。歷代典籍浩繁龐雜，官私藏書目録依類編次，繩貫珠聯，所謂「類例既分，學術自明」（《通志·校讎略》），學者自可「即類求書，因書究學」（《校讎通義·互著》），實爲讀書治學之門户。而我國典籍屢經流散之厄，許多圖書真容難睹，甚至天壤不存，書目題跋所録書名、撰者、卷數、版本、内容即爲訪書求古的重要綫索。至於藏書家於題跋中校訂版本異同、考述版本淵源、判定版本優劣、追述藏弆流傳，更是不乏真知灼見，足以津逮後學。

我社素重書目題跋著作的出版，早在二十世紀五十年代，我社就排印出版了歷代書目題跋著作二十二種，後彙編爲《中國歷代書目題跋叢書》第一輯。此後，我社又與學界通力合作，精選歷代有代表性和影響較大的書目題跋著作，約請專家學者點校整理。至二〇一五年，先後推出《中國歷代書目題跋叢書》第二至四輯，共收書目題跋著作四十六種，加上第一輯的二十二種，計六十八種，極大地普及了版本目録之學。面對廣大讀者的需求，我社將該叢書陸續重版，並訂正所發現的錯誤，以饗讀者。

上海古籍出版社

二〇一八年八月

出版説明

涉園序跋集録收録張元濟先生（一八六七—一九五九）所撰各類典籍序跋二百篇，原係顧廷龍先生（一九〇四—一九九八）一九五六年爲祝張先生九十壽辰輯録而成，一九五七年七月由我社前身古典文學出版社排印出版。

涉園序跋集録所收，以張元濟先生「校印羣籍」、「所撰各書跋文」爲主（顧廷龍涉園序跋集録後序），大致可以分爲四類：「一是四部叢刊初、續、三編中全部跋文；二是百衲本二十四史的前序和各史跋文，後序未收入；三是張元濟所藏，後捐入合衆圖書館的嘉興、海鹽先哲著述和海鹽張氏先人著述、刊刻書籍的部分跋文；四是張元濟編著或經手收購的重要典籍，如戊戌六君子遺集、寶禮堂宋本書録、翁文恭公日記等的序跋。」（張人鳳我的祖父張元濟）全書依四部分類排列。

涉園序跋集録可謂張元濟先生主持商務印書館古籍影印功業的集中體現，並與寶禮堂宋本書録、涵芬樓燼餘書録共爲先生古籍版本學研究之精要。本次訂補重版由先生裔孫張人鳳先生倡議支持，並經張人鳳先生、張元濟研究會秘書長宋兵先生全面董理，分作前、後二編：

一、顧廷龍先生原輯本今訂爲前編，其篇目與順序未作改易；

二、前編各篇原先僅列書名，現於書名之下補充版本著録信息；

三、前編各篇原未注明出處，並删略落款時間、題名，今一併補充完整；

四、前編各篇所録正文或有與先生題跋原文相異處，先以（）標明前編録文，復以〔〕注出題跋原文；

五、張人鳳先生與宋兵先生據上海圖書館等處所藏先生題跋真跡增補一百四十二篇，仍依四部分類排列，訂爲後編。

還需特别説明的是，後編所收序跋，並非皆爲先生親筆，目前所知，如涵芬樓燼餘書録序、宋本杜工部集跋即爲顧廷龍先生代作。此外，一九七九年臺灣商務印書館翻印涉園序跋集録，末附王雲五先生所撰跋文一篇，讀者可自行參閲。

「睹喬木而思故家，考文獻而愛舊邦」，這句業已成爲古籍保護與整理事業綱領的名言，正出自張元濟先生的印行四部叢刊啓。我社中國歷代書目題跋叢書已先後收録寶禮堂宋本書録、涵芬樓燼餘書，現將涉園序跋集録納入叢書訂補重版，一方面，可以全面展示張元濟先生版本目録學之成就，並爲當下文獻整理事業提供參考便利；另一方面，今年適值顧廷龍先生誕辰一百二十週年，也是對兩位先生一生深厚交誼的紀念。

上海古籍出版社

二〇二四年十二月

目録

涉園序跋集録

補輯

涉園序跋集録

001 景元本周易鄭康成注跋

先儒易學，象數爲宗。王輔嗣排擊漢儒，自標新學，自孔穎達五經正義專采其説，而鄭注漸晦；至南宋而盡亡，僅散見於李鼎祚易解及釋文詩、三禮、春秋義疏、後漢書、文選注等書，王厚齋因輯録之，以爲鄭氏易學一綫之續。其後海鹽姚士粦、元和惠棟、歸安丁杰、平湖孫堂遞有增補，而鄭氏易學賴以不墜。是王氏此輯，實有蓽路藍縷以啓山林之功。是書附刊於玉海之後，祕册彙函、經解彙函、雅雨堂、湖海樓兩叢書先後版行，然均爲後人所祖述，而非王氏之原本。此尚爲玉海初刻，因取覆印，以識椎輪大輅之始焉。海鹽張元濟。

（原載四部叢刊三編）

002 景印宋本漢上易傳跋

宋朱震撰。按震表進是書謂：「馬、鄭、荀、虞各自名家，説雖不同，去象數之源未遠。獨魏王弼盡去舊説，雜以莊、老之言，於是儒者專尚文辭，不復推原大傳，天人之道，分裂不合。」又歷舉宋世諸儒宗旨謂：「或明其象，或論其數，或傳其辭，或兼而明之。」復自稱「獲觀遺書，粗窺一二，撰爲是書，以易傳爲宗，和會雍、載之論，上採漢、魏、吴、晉、元魏，下逮有唐及今，包括異同，補苴罅漏」云云。其後諸儒評論，互有褒貶：或譏其謬妄，或謂其不可廢。四庫著録，通志堂經解亦經采刊，惟均附卦圖三卷、叢説一卷。是爲南宋舊刊，影自北平圖書館存易傳九卷；佚卷一二及卷五若干葉，補以毛氏汲古閣影抄本。按文淵閣書目載是書一部三册，一部十册，均闕。毛氏影抄亦佚卦圖、叢説。蓋宋本散佚已久，今不可復見；且集傳首尾完具，故影印之，以餉世之嗜讀古書者。民國紀元二十三年十月海鹽張元濟。

（原載四部叢刊續編）

003　景印宋本周易要義跋

宋魏了翁撰九經要義，此爲其一。四庫著録，據黄登賢家藏本，爲刻爲鈔，未詳。阮文達研經室外集謂四庫所采，乃天一閣舊鈔，殆見浙江采集遺書總録，因而致誤也。卷首，序凡十一段，首段題爲「上正義人姓名正觀討覈永徽刊定」，其下即引長孫無忌表，菉竹堂書目載長孫無忌要義五册，凡十八卷，似屬誤認。全書十卷，卷一分上中下；卷二至七分上下，併子卷計之，實爲十八卷。是本闕卷三、四、五、六，餘均原刊。宋諱殷、恒、貞、桓、慎諸字均避。刻工姓名在所存卷内，有仁壽、季升、有成、時亨、安茂、游安、余子文、余文、文茂、季清、汝能、余才、時中諸人，其餘或姓或名，有方、熊、唐、鍾、程、晟、之、慶、宣、君、禮、京、宜、共、老等字。江蘇書局有光緒丙戌刊本，不言其所自出，取以讐對，訛文奪句，不可勝數。其較甚者，如：易目三葉全闕，宋本僅闕首半葉。卷一闕第九葉又闌上標題；卷一上第九葉闕「十三、大哉至利貞釋四德，首出言聖人」十五字，第十一葉闕「十六、六十四象不同，乾坤不顯上下體」十五字，第十九葉闕「廿六、以異於諸爻特稱易曰，又云君德」十五字，第二十三葉闕「卅二、爻爲人，位爲時，人不妄動時可知。卅三、經唯言時舍，注言時之通舍」二段凡二十八字；卷一中第二葉闕「二、陰不爲唱，故先迷後得主利。三、陰喪朋則吉，猶人陰柔而之剛正」二段凡二十六字，第三葉闕「六、諸云：履霜初至三，堅冰四至上」十三字，第八葉闕「十六、屯爲坎宫二世卦，諸卦放此。十七、陰陽始交爲難，利建侯以寧之」二段凡二十七字，第十葉闕「廿一、女子十年乃字，猶寇近應遠，久乃合」十六字，第十二葉闕「文義恐不如此」六字，第十三葉闕「時中，張仲反，又如字」八字；卷一下第二葉闕「三、訟雖不枉，而至於終竟亦凶」十二字，第三葉闕「六、千里爲成，定受田二百户」十一字，第八葉闕「十六、閫外得專，而言失合(「令」字之訛)有功不赦」十四字，第十二葉闕「此未必然」四字，第十三葉闕「此亦未然」四字，第十七葉闕「卅一、凡大象，或取卦象，或取卦名」十三字，第十八葉闕「卅三、大畜畜極而通，小畜積極而後能畜」十六字。卷二上第一葉闕「如注意則當云天之道，地之宜」十二字；卷二下第十葉首段「重」字下闕「者曰」二字，「甲」下闕「令」一字，次段闕「使令，然後誅，兼通責讓」九字，第十二葉闕「十九、八月子至未、寅至酉、丑至申凡三説」十六字。卷七上第五葉闕「十一、三極有數説」七字，第十四葉闕「三十、出處語默而心同，如斷金蘭臭」十五字。卷八第一葉闕「疏以氣謂之陰陽，體謂之柔剛」十二字，第三葉闕「七、垂衣裳者，黄帝以前衣皮，制短」十三字，第九葉闕「十八、豫六二得位居中，故守介于石」十四字，第十二葉誤一字（「要」作「又」），闕「則句至吉凶」五字。卷九第七葉闕「射，（食亦反）賈陸董姚王音亦厭也」十三字，第二十葉闕「牝一作牧」四字。卷十第十二葉闕「廿六、得所據附，弱不懼敵，憂不懼亂。廿八、爻有承乘、外内、得失、辟趣、先後、晦明」二段凡三十字，第十三葉闕「廿九、遯尚遠，觀貴近，比復好先，乾壯惡首。三十、夬陽同決小人，三獨應之有凶」二段凡三十字，第十五葉闕「卅三、位列貴賤之地，□所處則爲位」十四字。又正文卷一上第三葉後四行奪「故杜元凱注襄九年傳遇艮之八及鄭康成注易，皆稱周易以變者爲占」二十八字，第五葉前八行奪「七、乾六爻子至巳，謂正三五七九者非」十五字，第九葉後四行奪「物之性命，性者，天生之質，若剛柔遲速之别，命者，人所稟受若」二十四字，第十葉前一行奪「最尊高於物，以頭首出於衆物之上」十四字，第十八葉後一行奪「言舉世皆非，雖不見善而心亦无悶」十四字；卷一中第十四葉後五行奪「象曰：利用刑人以正法者」十字；卷一下第二葉後四行奪「相違而行」四字，第十九葉前六行奪「君子以辨上下定民志者」十字。卷二下第六葉後三行奪「以苟相從涉於朋黨，故必須四德乃无咎也」十七字。卷七上第二葉後九行奪「其辭以釋其義，則卦之與爻，各有」十三字；卷七下第七葉前七行奪「而後成也」四字，又衍「經營」二字，第十葉前九行奪「韓氏云：四者存乎器象，故知章中三事，不得配章首四事」二十二字。卷八第一葉前九行奪「變在其中矣、繫辭焉而命之，動在其中矣，剛柔相推」二十字，第三葉前八行奪「致天下之民，聚天下之貨，交易而退，各得其所，蓋取諸噬嗑。嗑，合也，市人之所聚，異方之所合，設法以合物，噬，嗑之義也」四十六字，第七葉前四行奪「故爲君子之道者也」八字。卷九第一葉後九行奪「發揮於剛柔而生爻，剛柔發散，變動相生」十六字，第四葉前四行奪「故取奇於天，取耦於地，而立七八九六之數也」十八字。其字句之譌誤者，則卷首第一葉後三行「兼」字衍，四五行「兼修國史」，「兼」均作「監」，第二葉前一行「范義頵」，「頵」作「頵」，第七葉後一行「既造夬卦」，「造」作「象」，第八葉前三行「太卦」，「卦」作「卜」，第十二葉前五行「上下兩篇」，「兩」作「二」，七行「本上下二經」，「本」作「分」，九行「似緯文」，「似」作「但」。卷一上第五葉前六行「及具六位」，「具」作

「其」，第六葉後八行「今且以如解之」，「以」作「依」，第七葉前五行「至大而極盛」，「大」作「天上」，後六行「無祇悔之類」，「之類」作「元吉」，第八葉後九行「品物流行」，「行」作「形」，第十葉前九行「惟天運日行一度」，「行」作「過」，第十五葉前二行「使物嘉會之美聚」，作「嘉美之會聚」，第十八葉前九行「使人知已」，「已」作「也」，第二十一葉後四行「應非片言可悉」，「應」作「廣」，第二十四葉前六行「三陽用時」，「時」作「事」，後二行「唯天乃然」，「乃然」二字衍；卷一中第二葉前一行「而後得和」，「得」字衍，第四葉前二行「九二居中得位」，「九」作「六」，八行「其包三德」，「其」作「具」，第七葉後四行「而見血也」，「見血」作「成滅」，第十一葉前二行「不撥其志」，「撥」作「揆」，第十三葉前四行「則童蒙聞之」，「則」作「即」，第十四葉後四行「則其事亦善矣」，「則」作「即」，「亦」作「益」；卷一下第三葉後八行「故禍患乃至」，「乃」作「來」，「若手自拾掇其物」，「其物」作「甚」，第五葉後四行「若卦由五位」，「由」作「中」，六行「其二與五爻」，「二」「五」互易，第八葉後七行「必須有律者」，「有」作「以」，第九葉前三行「凡爲師之禮」，「禮」作「體」，後九行「承命者」，「承」作「成」，第十四葉後五行「其氣未畜」，「未」作「被」，七行「出在我之西郊」，「出」作「由」，第十八葉前三行「猶不肯如坤之順從」，「如」作「爲」，第十九葉前四行「象言」，「象」上有「以」字。卷二上第七葉前六行，後三行「不能忘楚」，「忘」作「亡」，後七行「不曰人亡弓」，「弓」作「之」；卷二下第一葉後三行「故嘆之以示精」，「精」作「情」，第三葉後五行「雷出而奮」，「而」上有「地」字，第四葉前一行「雷既出」，「出」下有「地」字，後五行「介則石焉不終日」，「則」作「如」，第六葉後一行「必利在得正」，「必」作「須」，第九葉後九行「創制之令」，「制」作「造」，第十葉後三行「之順反」，「順」作「慎」，卷七上第一葉前六行「受辛者宜辤之，辝籒文辤字也」，作「受辛者辤，辤籒文辭字也」，第三葉後九行「若諸卦」，「若」作「雖」，第六葉前六行「言辨所以明吉凶」，「辨」作「變」，七行「吉凶之象」，「象」作「狀」，第九葉後四行「皆无之謂也」，「皆」下有「虛」字，第十二葉前四行「擬形容爲之象，斷吉凶爲之爻」，「爲」均作「謂」，五行「而擬諸形容」，「諸」下有「其」字，第十二葉後二行「錯之乖於理」，「之」下有「則」字，第十四葉前五行「言行雖切，在於身」，「切」作「初」，後四行「感應之時」，「時」作「事」，卷七下第三葉前五行「又作棊，音同」，「音」下有「基」字，第九葉後一行「則能與行其事」，「與」作「興」，第十二葉前三行「形乃謂之氣者」，「氣」作「器」，第十三葉前六行「河中圖」，「中」作「出」，前八行「洛龜書成」，「成」作「感」。卷八第二葉後六行「因而制器」，「而」作「以」，八行「今既尊韓氏之學」，「尊」作「遵」，第三葉前三行「耒耜之利」，「耜」作「耨」，前七行「耒手耕曲木」，作「耜曲木」，第四葉後二行「時以此象文取備豫之義」，「時」作「特」，「象」作「豫」，「豫」作「象」，第五葉前七行「下次遠者」，「下」作「其」，八行「故直言古也」，「也」作

「者」，第七葉後八行第二句「龍蛇初蟄」，「龍」作「蛟」，第十葉後二行「況爻卦之辭也」，「卦」作「繇」，第十一葉後一行，「不可立定準也」，「立」作「以」，第十二葉前九行「則總歸於中爻，統攝一卦之義」，「爻」下有「言中爻」三字，第十四葉前九行「則以周釋爲得也」，「以」作「似」，第十六葉後九行「慮諸物」，「慮」上有「思」字。卷九第一葉前八行「鴻範五行云」，「行」下有「傳」字，第八葉後六行「革物出乎震」，「革」作「萬」，第九葉前八行「象地之卦，能生養萬物」，「卦」下有「地」字，第十三葉前五行「爲瘠馬者」，「者」字衍，前六行「有牙如鋸」，七行「爾雅云，鋸牙」，「鋸」均作「倨」，第十五葉前四行「的顙白顛」，「顛」作「頟」，第十八葉後九行「瓜瓠之屬」，「瓠」作「匏」，第十九葉前二行「果墮之字」，「字」作「果」，後二行「取其西方，取其口舌」，兩「其」字衍，八行「荀爽本」，「本」下有「八卦」二字，第二十葉前五行「爲河」，「河」作「可」。卷十第一葉後五行「故非物之始」，「非」作「爲」，第三葉後八行「過莫大於不養」，「大」作「過」，第四葉前七行「言咸卦之意也」，「意」作「義」，前八行「託以明義」，「託」作「記」，第五葉後三行「隨其時宜」，「時」作「事」，第六葉前二行「蠱則飭也」，三行「飭整治也」，「飭」均作「飾」，後七行「推辭咎悔」，「辭」作「辟」，第九葉前六行「遠壑必盈」，「必」作「方」，第十葉後五行「應雖遠而相追」，「追」作「感」，第十三葉後一行「羝羊觸藩不能遂」，「藩」下有「不能退」三字，第十四葉後五行「則空守簽蹄」，「簽」作「筌」，第十六葉前四行「雖无陰陽定位」，「定」作「本」。凡此諸字，大都與阮氏校勘記所引石經、岳本、古本、足利本、錢本、宋本、監本相合。阮氏謂了翁所據，猶宋時善本，足資糾訂，非虚語矣。中華民國二十一年夏四月海鹽張元濟。

（原載四部叢刊續編）

004　景印日本景印宋本尚書正義跋

尚書單疏，吾國久佚。日本圖書寮藏宋刊本，大阪每日新聞社據以景印，原書完善無缺。半葉十五行，與他經同。惟每行字數，春秋公羊傳、爾雅多至三十；禮記、儀禮多至二十七；此僅二十四。經注起止，並疏文，各提行，與他經異，較疏朗悦目。卷二第二十六葉，卷六第二十七葉，原缺抄配，有脱行補注，今依本書原式重寫，更見整飭。卷首有日本人校注標抹句讀，均爲彼邦讀者所用，於吾國無取，故悉去之。海鹽張元濟。

（原載四部叢刊三編）

005　景印宋本詩本義跋

右書晁志十五卷，與是本同。解題、通考暨四庫均十六卷，則併圖譜而言也。歐陽永叔不信符命之説，嘗斥周易、河圖、洛書爲妖妄；是書於生民、思文、臣工諸詩，復力詆「高禖」「祈子」「后稷」「天生」及「白魚躍舟」「火流爲烏」「以穀俱來」之怪説，誠古人之先知先覺者。且其説經於先儒義訓，有不可通者，均付闕疑，絶不爲穿鑿附會之説，是真能脚踏實地示人爲學之道者也。此爲宋刻本，鈔配六卷。其原刻各卷，遇玄、敬、警、驚、檠、殷、慇、楨、讓、樹、桓、完、覯、慎諸字，均以避諱闕筆，當刊於南宋孝宗之世。通志堂刊本，即從此出；然校勘未精，字句不免訛誤，篇次亦偶見傎倒。宋刻爲世間孤本，故亟印行以餉世之治新經學者。原有開禧三年張瓘跋，此已佚。俟訪得續補。海鹽張元濟。

（原載四部叢刊三編）

006　景印宋本吕氏家塾讀詩記跋

此瞿氏鐵琴銅劍樓所藏宋孝宗時本也。天禄琳琅藏宋本二：一十二行，行二十二字；一十四行，行十九字，均與此不同。明嘉靖辛卯傅氏刊本，有陸釴序。稱得宋本於豐存叔家。余見有殘本亦十四行，行十九字，當出於天禄藏本之一。次爲萬曆癸丑陳氏刊本，有顧起元序，余未之見。得見者，清嘉慶辛未聽彝堂刊本，前有顧序，後有南京吏部後學史樹德等九人銜名，是必從萬曆本出也。張氏墨海金壺、錢氏經苑、胡氏金華叢書，先後覆印，其源大抵出於嘉靖刊本。瞿氏以此與各本參校行款，獨與原書條例相合，文字亦無脱漏。張氏本凡脱十三條，萬曆本、聽彝堂本各脱十二條，錢、胡兩本各脱十條，獨嘉靖本源出宋刻，所脱者亦尚有九條。竊恐其所據之本，不能無誤。然則是刻也，豈特駕衆本而上之，抑亦天水之名槧矣！海鹽張元濟。

（原載四部叢刊續編）

007 景印清影刻宋本儀禮疏跋

錢潛研先生嘗言：「唐人撰九經疏，本與注别行；故其分卷，亦不與經、注同。自宋以後，刊本欲省兩讀，合注與疏爲一書，而疏之卷第，遂不可考。」又言：「予所見疏與注别行者，唯有儀禮、爾雅兩經，皆人世希有之物」云云。蓋當時所知者祇此兩種。今日本尚書、春秋及禮記殘本，均先後印行。京都内藤氏藏有毛詩疏，僅闕三卷，亦有影印之訊。余先收得愛日精廬張氏傳録穀梁疏七卷，近又從南海潘氏景得公羊疏殘本。聞周易疏亦尚存於北方，顧求之尚不可得。爾雅先已於今夏出版，儀禮有汪氏重刊本，寫刻絶精。此爲初印，今甚罕覯。亟付手民，以公同好。其原闕卷葉，詳汪氏自序。兹不贅。海鹽張元濟。

（原載四部叢刊續編）

008　景印宋本及日本景印古鈔本禮記正義殘本跋

右古鈔禮記正義曲禮下卷殘本，分卷與注疏本不同，尚爲孔穎達作疏舊弟。前後略有短缺，從日本影印卷子本覆印。原卷凡存四百七十七行，此本改卷爲葉，葉之兩行，當卷之一行。取校黄唐本、阮本，疏文譌異乃至數百條。中如曲禮下上卷「改名居」，見一葉後一行。黄唐本、阮本作「改爲熊居」；「逮事父母則諱王父母」，見一葉後四行。黄唐本作「逮事至父母」，阮本作「逮事王父母者」，阮校云：「毛本同，『逮』上有墨丁，惠校云宋本無『者』字，十行本『王』作『至』」；「臨文不諱者」，見四葉前三行。黄唐本、阮本脱；「鄭注云：『先筮後卜』」，見十四葉後二、三行。黄唐本、阮本脱；「鄭所云者，是也」，見十七葉前四、五行。黄唐本、阮本作「鄭云」；「喪事謂葬與二祥，二祥是奪哀之義」，見十九葉後三、四行。黄唐本、阮本「二祥」二字不重；「凶而又卜」，見二十四葉前五行。黄唐本、阮本脱「凶而」二字；「不可在四月，四月雖三卜」，見二十五葉後五行。黄唐本、阮本「四月」二字不重；「魯郊特卜三正」，見二十六葉後二、三行。黄唐本、阮本「特」作「博」，惠校云：「閩、監、毛作『轉』」，案公羊作「博」；「魯郊牲卜三正」，見二十七葉前一行。黄唐本、阮本「牲」作「轉」，按此與前條「特」字「牲」字，尚與郊特牲義有合，諸本作「博」作「轉」，皆非；「從後右邊升上也」，見三十五葉前四、五行。黄唐本、阮本脱

「後」字，「升上」作「上升」；「馳車馳」，見四十五葉前五行。黄唐本、阮本脱。又曲禮下下卷，「故玉人職云執冒」，見六十八葉前一、二行。黄唐本、阮本脱；「德能覆冒天子四寸者方」，見六十八葉前二、三行。黄唐本、阮本「冒」作「蓋」，「子」作「下」；「琮以享君」，見七十二葉後一行。黄唐本、阮本脱；「不言裼者」，見七十六葉前四行。黄唐本、阮本「裼」下衍「襲」字；「或用龜」，見七十七葉後四行。黄唐本、阮本脱；「姪是妻之兄弟之女」，見七十九葉後二行。黄唐本、阮本脱「弟之」二字；「大夫既歿稱字而不名」，見八十二葉前五、六行。黄唐本、阮本脱「大夫」二字，「及其大夫孔父孔父先君死」，見八十二葉後一行。黄唐本、阮本「孔父」二字不重；「假設言死耳」，見八十二葉後四行。黄唐本、阮本脱「設」字；「既爲立後不絶」，見九十一葉前四、五行。黄唐本、阮本脱「既爲立後」四字。各條世本並皆沿誤，不勝僂舉。此外見於阮本校勘記各條者，賴此悉可補正。至北宋殘本禮記正義卷第六十三之七十，分卷與黄唐本合。七十卷後有淳化五年呂蒙正結銜，銜名二十行，四祖太祖而下，餘諱俱無所避。通體初印清晰，中縫微有殘損，書中佳字，可據以考定宋明諸本紛異而歸於一是者，時時而有。即就中縫殘損字觀之，如「既降無服」見卷六十三第十六葉前十五行。句下行末缺泐三字，黄唐本不缺，句字與此剳合，而阮本則衍「其族姑□□□□□□」，阮校閩、監本，惠校宋本並同，毛本則衍十空格，據此可定諸本衍文之非。又「今各以其人□□或可」，見卷六十四第三葉前十五行。阮本作

「今各以其人明之或可」，阮校閩、監、毛同，而山井鼎宋本、黄唐本則並作「今各以其人今各以可」，據此「或」字尚存，可定阮、閩、監、毛諸本之是。他若「今檢尋經意」，見卷六十五第二葉後一行。「意」字此存上半殘畫，作「立」。黄唐本作「意」，是也。而阮本誤「應」又「但記者因魯薛擊鼓之異」，見卷六十五第十三葉前十五行。「魯、薛」二字，微損可辨，阮作「魯、薛」是也，而黄唐本誤脱「魯」字。又「但衣其鄉之服」，見卷六十六第一葉後一行。「衣」字微損，阮本誤「依」。又「凌跨前賢也」，見卷六十六第八葉前十五行。「跨」字微損，阮本誤「夸」，校云：山井鼎宋本作「跨」。又「如似人好色」，見卷六十六第十二葉後一行。「似」字微損，阮誤「以」。又「皆在廟也」，見卷七十第七葉前十五行。「廟」字微損；「俶獻無常數」，見卷七十第七葉後一行。「俶」字僅留「亻」旁；而阮本誤「朝」誤「淑」，諸本並皆譌異，賴此偏旁點畫之存，猶足資以考信。可見存世宋本注疏從出之祖，尚出是本之後。淳化爲宋槧權輿，僅去卷子一間，宜乎殘字斷畫之微，關繫若是其重也。禮記單疏久絶於中土，不圖千百年湮沈海外，一旦同時復顯，因亟覆印，以補吾國經苑之遺佚焉。中華民國二十四年十二月海鹽張元濟。

先唐寫經，字體多與今世不同，當時寫官之號經生者，殆與手民無異。魏、晉以降，俗爲之移；書家碑版，尚且因之莫革，此顔元孫之所爲撰作干禄字書也。歐陽修集古録華嶽碑云：「碑以周禮職方氏爲『識方氏』者，疑當時周禮之學，自如此，蓋識誌其通義也。」洪适隸釋則謂袁逢華嶽碑亦引職方氏，乃用「職」字。漢人簡質，字相近者，輒假借用之，初無意義爾。吾於古鈔亦云，其源蓋甚遠也。此卷鈔手不高，脱譌不免，按二十四葉後五行「單卜單筮至不至於三也」二十二字，原卷重出衍文，今删。然讀者苟執現代楷法以繩之，則失之益遠矣。叢刊收編古鈔卷子真蹟，此曲禮殘本，猶爲鑴矢。爰舉其概，以助引伸云。元濟又識。

（原載四部叢刊三編）

009　宋紹熙刊本禮記正義殘二十八卷跋

（余）曩居京邸，聞沈子培先生言：「盛伯羲（祭酒）嘗得曲阜孔氏所藏惠氏據校之宋刻禮記正義，祕不示人。」余心識之。清社既屋，盛書星散，大半歸於景樸孫。樸孫以是書售之袁寒雲，吾友潘明訓復得之袁氏，至是余始得寓目焉，而（子培）〔培老〕先已下世矣。越數年，余又得此殘本於海昌孫氏（爲余僚壻銓伯之後人。同時尚有宋刻春秋正義、公羊解詁、相臺本周易、國語、後漢書等）。[一] 存者爲卷三、四，卷十一至十八，卷二十四、五，卷三十七至四十二，卷四十五至四十八，卷五十五至六十，凡二十有八卷。明訓既得是書，覆刻行世。兩本同出一版，取新本互校，乃有三葉行字微異。詢知原（版）〔本〕抄補，因以攝影貽之。明訓重付手民。嗜(古)〔書〕如(子培)〔培老〕，昔欲求一覽而不可得，而余(乃)〔竟〕得從容假觀。既(見)〔覩〕其全，又獲其半，且可以是不全之帙，補彼全而偶缺之憾，豈不快歟。檢閲既竟，將以儲之涵芬樓中。因書數語，以示來者。庚午春日海鹽張元濟。

〔一〕「爲余僚壻」至「後漢書等」三十四字，不見於涵芬樓燼餘書録。

（原載涵芬樓燼餘書録，張元濟撰，商務印書館一九五一年版排印綫裝本。落款據商務印書館二〇一八年景印涵芬樓燼餘書録稿本）

010　景印宋本禮記要義跋

是爲魏了翁所撰九經要義之一，行款與前周易要義同。原闕曲禮上下二卷。刻工姓名，除已見周易外，增官寧、思中、仲實、仁父四人。宋諱亦增匡、胤、徵、敦四字。阮文達得影鈔本，録以進呈。所闕卷葉俱同，江蘇書局據歸安姚氏咫進齋影宋鈔本校刊。卷首並附錫爵氏跋語，是亦以此爲祖本也。明張萱重編内閣書目：九經要義中禮記，僅存三册。與所存儀禮七册比較，所闕甚多，而此本則僅闕二卷耳。江蘇書局校刊是書，較爲詳慎，遠勝於周易要義，然取校宋刻，訛脱仍所不免。今摘舉局刻與宋刻異同之處列表附後，俾讀者有所參證焉。海鹽張元濟。

011 景印蒙古刻本析城鄭氏家塾重校三禮圖跋

（原載四部叢刊續編）

首二卷，汲古閣毛氏據宋刻影寫；餘十八卷出於宋刻，而實非宋刻。何以言之？卷末「長南陽山昌元王履重刊」，後跋謂「久藏是圖，欲刊之梓，家貧未能。丙午講易於葛廬，王文舉來過聽講，謂將謀之鄭侯。文舉不幸不起。鄭侯不忘乎舊，能成故交之心」云云。鄭侯，未知何人，跋文稱曰「國家大將軍」，又著文舉籍爲潞城，連類而及者，尚有遼東唐括、濮陽聶天佐，之數地者，皆非南宋疆域。而大將軍亦非宋代官名。故人王君靜安謂：「履跋不著年號，但稱丙午，當爲蒙古定宗二年，據元史當爲元年。下距中統紀元尚有十三年，時尚未有年號。長南陽山即南陽書院山長，葛廬即諸葛草廬，書名冠以『析城鄭氏家塾重校』數字，析城當即淅川，亦南陽屬地。疑鄭侯即淅川人。時宋雖未亡，而諸地實轄於北朝；故此當爲蒙古刊本，而非宋刊本。」按是本宋諱玄、敬、殷、貞、徵、讓、桓、愼、敦、廓等字，均不闕筆；但恒、筐二字仍避。語涉宋帝，亦各提行空格。履跋明言襲藏已久，是必以宋本翻刻，故宋諱偶有未盡删削之迹。毛氏補鈔二卷，書名僅稱新定三禮圖，而無析城鄭氏等字，所據實爲宋刻，故竇序恒字，即注御名，而玄、敬、殷字亦均闕末筆。以彼例此，則此之非宋刊本愈益可信。四庫提要稱淳熙中陳伯廣嘗爲重刻，並題其後，此無陳氏題詞；又稱錢曾影宋鈔本，每葉自爲一圖，附説於後，此則有一葉數圖，而以説附載圖之四隙者；與所舉兩宋本均不相合。故從王氏之言，定爲蒙古刊本。海鹽張元濟。

（原載四部叢刊三編）

012　景印日本景印正宗寺鈔卷子本春秋正義跋

右爲日本傳録正宗寺舊鈔卷子本，東方文化學院於去歲印行。是書中土久已亡佚，吴興劉翰怡京卿嘗刻所得殘本一之九，又三十四之三十六。原書分三十六卷，猶孔氏自定之數，與涵芬樓藏沈中賓春秋注疏合刻分卷同。惟卷第十，此由閔公元年至僖公五年；彼則閔、僖二公各自爲卷耳。卷一序旁注彼國假名，於我無用，故從芟削。其他各卷，間附校勘，亦至審慎，悉仍其舊。有偶出筆誤者，僅數字，亦去之。原本卷一第二十一、二十二葉，闕四十五行；卷二十九第二葉，卷三十第十四葉，各闕三行；卷三十四第四葉，闕二行；第十葉闕十五行。又卷一、卷二十七、卷三十六末葉均闕，以沈中賓本校之，其見於行間者，卷二第二葉，「婦人以字配姓，故稱孟子」下脱「注不稱至夫謚。正義曰：「魯之夫人皆稱薨舉謚，此獨無謚言卒，故特解之，定十五年姒氏卒，傳曰：不」三十八字，疑當時漏寫，非所從出之本不同。當尚有類是者，未盡校也。海鹽張元濟。

（原載四部叢刊續編）

013　景印宋本春秋胡氏傳跋

安國自序稱：「近世推隆王氏新説，按爲國是，獨於春秋貢舉不以取士，庠序不以設官，經筵不以進讀，斷國論者，無所折衷，天下不知所適。」又云：「天縱聖學，崇信是經，迺於斯時，奉承詔旨，謹述所聞爲之説以獻。」是春秋一經，當時晦於新説，安國本褒德貶罪之旨，撰爲是書，上之御府。四庫總目稱：「玉海載紹興五年四月詔徽猷閣待制胡安國，經筵舊臣，令以所著春秋傳纂述成書進入，十年三月書成，上之。是安國此傳，久已屬稿；自奉敕撰進，又覆訂五年而後成」云云。今按安國進書表實在紹興六年十二月，館臣未見此表，致沿玉海之訛，疏矣。是本宋諱避至慎字，當爲孝宗時刻本。其自序、進書表、論名諱劄子，及述綱領、明類例、謹始例、叙傳授四篇，涵芬樓舊藏元刊汪氏纂疏本尚存，惟進書表首尾已多删削。至毛氏汲古閣刻本則盡遺之，全失舊本之真矣。元延祐二年定經義、經疑取士條格，春秋用三傳及胡安國傳，其書始立於學官。明襲其制，增張洽春秋集注。後洽書漸微，而此傳獨行。入清懲於明代偏勝之弊，廢置不用，誦習者希。胡氏此書，成於南渡之後，激於時事，語多感憤。其所貶者：於莊公四年紀侯大去其國，則不與其去而不存；十年荆以蔡侯獻舞歸，則賤其失地；哀公八年，吴伐我，則諱其爲城下之盟。其所褒者：於莊公十七年齊人殲于遂，則嘉其以亡國餘民，能殲强齊之戍；昭公十一年楚執蔡世子有以歸，則與其與民守國，効死不降。胡氏當日無非對證發藥之言。然自今觀之，胡氏之言，又豈僅爲南渡後宋之君臣發哉。吾竊願讀是書者，時時毋忘胡氏之苦口也。海鹽張元濟。

（原載四部叢刊續編）

014　明嘉靖三十三年刻本春秋繁露跋

去歲商務印書館景印元明善本叢書十種，第七種爲兩京遺編，其中春秋繁露僅八卷。沅叔同年以所藏趙維垣足本寄余。檢視，則兩本行款悉同。余未及考趙氏爲何時人，審其版式，當在有明正、嘉之際。兩京遺編卷首有萬曆十年胡維新序，是必據趙本覆刻；胡序明言春秋繁露八卷，豈誤認耶。抑以爲罕見，即殘本亦姑刻之也。趙氏自稱出宋本，刻之潙陽。沅叔以黄蕘圃據錢遵王影宋鈔本校大典本覆校，知是本實出大典上。卷六第十七俞序篇，第十八離合根篇，大典本錯簡，是本不錯。卷十六第七十五止雨篇，大典本闕一百八十字，是本尚存一百四十四字。惟卷十第三十五深察名號篇錯簡，卷十四第六十五郊語篇缺十八字，趙本與大典本均誤，賴錢本是正。其他訂補字句，亦殊不少。涵芬樓藏明鈔本一部，爲海鹽胡憲仲故物，半葉十行，行十八字，與錢本相合。余取與沅叔所校，逐(一)〔字〕比對，知兩本同出一源。雖胡本閒有不逮錢本之處，然勝於錢本者實多。因取所校有異同者，粘籤於上，以待覆核，稍有出於沅叔所校外者，但亦未能徧也。將以是書寄還沅叔，因識如右。民國紀元二十有七年五月二十七日海鹽張元濟。

（載國家圖書館藏明嘉靖三十三年周采刻本春秋繁露，據崔富章、崔濤春秋繁露的宋本及明代傳本〔文獻二〇〇五年第三期〕核）

015 景印宋本公是先生七經小傳跋

右書，宋劉敞撰。敞字原父，學者稱公是先生。是書皆雜論經義之語。宋史藝文志、晁志均作五卷。疑已不傳。陳氏解題、錢氏敏求記卷數與此合。所録尚書二十二條，毛詩三十五條，周禮四十一條，儀禮四條，禮記三十一條，公羊、國語三條，論語八十六條，舊藏天禄琳琅，見後編卷三，所記諸經條數，周禮、禮記、論語各減其一，蓋計算偶誤也。惟以「匡」字「殷」字闕筆，「桓」字不闕，遂定爲北宋刊本，則殊未確。卷下第十六葉前七行，「敦兮其若樸」句，「敦」字末筆已闕，是至早亦在光宗之世。考版刻之先後，當以筆法鐫工爲斷，而不能專於避諱求之。是本即無「敦」字之證，亦不能不認爲南宋所刻。質之知者，當不河漢斯言。海鹽張元濟。

（原載四部叢刊續編）

016　景印元本讀四書叢説跋

右元許謙所撰讀大學叢説一卷，讀中庸叢説二卷，讀論語叢説三卷，讀孟子叢説二卷。案元史本傳，謙讀四書章句集註，有叢説二十卷。四庫著録：大學一卷，孟子二卷，中庸闕半僅一卷，論語全闕。提要謂約計所存猶有十之五六，即益以所闕之帙，亦不能足原目二十卷之數。殆後來已有所合併。阮文達續得影元抄本論語三卷，元板中庸二卷，先後奏進，謂爲首尾完整，未可疑其尚有闕佚。是本卷數正同。阮氏論語提要云：「中有正文而誤似注者，如中卷晝寢章、衣敝章，下卷侍坐章、驥章、爲邦章、性相近章、荷蓧章，乃元代刻書陋習。」今按是本亦正如此。自可以阮氏之言，而證其爲完整也。明南廱志：「大學叢説一卷，好版二十六面，壞版二塊，餘皆闕。中庸叢説一卷，好版六十四面，失十八面。許謙有四書叢説二十卷，今語孟不存」云云。是本大學二十四面，中庸二卷，亦僅四十四面，此爲密行細字，頗疑南廱所存，行疏字大，故版面多而未全。此雖坊刻，且爲完璧，不可謂非罕見之書矣。黄蕘圃後跋，乃謂尚缺論語三卷者，或撰時尚未蒐得。按論語所鈐藏印，與其他三書不同，殆黄氏散出而後人續獲者歟。海鹽張元濟。

（原載四部叢刊續編）

017 景印殘宋本中庸説跋

余祖文忠公正色立朝，敦尚氣節，爲有宋名臣。著書垂教，卷帙宏富，其見於宋藝文志者：尚書詳説五十卷，中庸説一卷，大學説一卷，孝經解四卷，論語解十卷，鄉黨少儀、咸有一德論、孟子拾遺共一卷，心傳録十二卷，語録十四卷；見於郡齋讀書志者：孟子解三十六卷，唐鑑五十卷；見於直齋書録解題者：論語拾遺一卷，言行編、遺文共一卷；見於玉海者：重修神宗實録二百卷；見於家傳者：經筵講義一卷，横浦家集二十卷；雜見他書者：書傳統論六卷，春秋講義一卷，標注國語類編及唐詩該無卷數。其書名卷數微異者，不複舉。今四庫著録，惟孟子傳殘本二十九卷，横浦集二十卷，其鄉黨少儀、咸有一德論、孟子拾遺、心傳録、書傳統論、春秋講義，即附載横浦集中。其他均不傳。日本澀江全善經籍訪古志有宋槧中庸説六卷，藏普門院。余求之有年，不知其所在。歲戊辰東渡，故人内藤湖南語余，院在京都東福寺。既覩其書，已佚後半，請於寺僧，攝影攜歸，才四十葉耳。曩讀朱文公集，謂公以佛語釋儒書，駁斥是書者，殆及萬言。其徵引原文均合，蓋此即朱子所見之本。公之爲學，於喜怒哀樂未發之前，求其内心有得勿止，更求其發而中節之用，其途徑與朱子容有不同。孰是孰非，非余所敢議。余獨痛夫儒釋之辨，盛於當日，公之學説，爲朱子所抨擊，致湮没而不彰。是書亦自宋迄今，無復刊行。余既得諸海外，因覆印以餉今之學者，且冀其因有異同，而得並存焉，則幸甚矣。民國紀元二十有五年丙子四月裔孫元濟謹識。

（原載四部叢刊三編）

018　景印殘宋本張狀元孟子傳跋

余爲涵芬樓收得張金吾所輯詒經堂續經解，獲覩先文忠公所著孟子傳存二十九卷，與四庫著録同。闕盡心上下篇，妄思蒐訪，冀成完璧，始爲流通。不幸燬於閘北之難，耿耿不能忘。先是得中庸説殘本於東瀛，知蘇州滂喜齋潘氏藏是書宋刊本，欲並攝影覆印，請於吾友博山，慨然許諾，所存亦二十九卷，蓋此爲人間孑遺祖本矣。宋諱殷、匡、筐、恒、貞、徵、朂、桓、完、慎、敦、譈等字，均闕末筆，結銜題太師崇國文忠公。按宋史本傳，公之贈官予謚，在寶慶初年，此必爲理宗時所刊。雖未避擴、廓諸字，坊本疏率，無足怪也。宋自神宗鋭意圖治，擢用王安石，刱行新法，朝議紛然，羣起沮抑；大臣無格君之道，小臣以言事爲能，抗争不已，相率引退；上下暌隔，羣小競進，本欲求治，適以召亂。元祐更新，老臣柄國，用人行政，盡反熙、豐之所爲，不以至誠相感，而惟意氣是尚；於是紹述之議起，朋黨之禍成，内争不息，外患乘之，而宋室亦從此不振。公生其時，追惟禍始，思爲懲前毖後之計，著爲是書，以爲謀國者告。故於文王之囿章，則謂孟子能用聖王之學，隨機應變，宛轉屈曲，終引之於正道；於王之臣託其妻子章，則謂孟子託物引喻，比類陳辭，不逆其耳，而深注其心；於之平陸謂其大夫章，則謂孟子開陳之際，匪亟匪徐，亹亹逼人，使人心服而意消；於自齊葬於魯章，則謂孟子養浩然之氣，至大至剛以直，擇之不精，語之不詳者，以趯然遠去爲大，以憤然疾邪爲剛，以面折庭争爲直，不加審處，動以折檻鎖諫，裂麻叩墀爲美談，而不知孟子所謂剛大直者，不如是；於去齊居休章，則謂孟子周旋人情，諳練世務，上不起國君之疑，下不招小人之謗；於仲尼不爲已甚章，則謂使孟子得志將引商鞅、騶忌、孫臏、蘇秦、張儀以訓誨之，使其改過遷善，將置之於士大夫之列，以爲吾用：其言之深切，意之懇摯，何莫非爲熙寧、元祐兩朝時事而發。吾知安石聞之，固必深自愧悔;即文、富、韓、吕、歐陽、司馬諸賢,亦豈有不爽然自失者也。馮休、李覯、晁説之、鄭厚叔輩當時以排斥孟子爲事,公固不能默爾而息;然必謂是書之作,專爲孟子鳴其不平,又豈能以意逆志者耶?民國紀元二十有五年丙子六月裔孫元濟謹識。

(原載四部叢刊三編)

019　景印宋本爾雅疏跋

叢刊初編先印羣經單注,顧有注無疏,讀者咸以爲憾。單疏刊行者,先有姑蘇黄氏之儀禮及吴興陸氏之爾雅,友人劉翰怡刊印禮記及春秋三傳。禮記、尚書,日本近據原本影印;春秋據古寫本,均視劉本爲精。毛詩,余見於京都内藤氏;周易,相傳今在臨清徐氏。是則所缺無多,且今日之所缺者,安知異日不復見於世。即禮記、公、穀二傳,雖屬殘本,要不敢謂世間必無完本也。今就已得諸經,次第印行,庶單疏有彙刊之本。異日羣經續出,可與單注完合,甯非快事。然此非人力所能爲矣。爾雅舊藏烏程蔣氏,嗣歸涵芬樓,未燬於火,今兹印成,故述所懷如右。海鹽張元濟。

(原載四部叢刊續編)

020 景印影宋鈔本羣經音辨跋

此汲古閣景寫南宋寧化縣學重鏤臨安府學覆監本，源出北宋。書中佳處見於陸心源儀顧堂題跋者，已五十餘條。今以澤存堂本覆勘之，大致皆合。而不見於陸跋者尚不勝枚舉。如卷一：「示地祇也」，「祇地神也」，「祇」均誤「祇」；「田節切」，「田」誤「曰」。「喪禮陳盟器」，「盟」作「明」；「周奭所封」，「奭」誤「召」；「越瑟空也，結，草也」，脱「草」字；「聲清越以長」，「以」誤「而」。卷二：「段治金也」，「治」作「冶」；「解憧也」，「憧」誤「隋」。卷三：「月失人」，「失人」作「於機」；「參分去一」，「去」作「之」；「禮青州澤藪」，脱「澤」字；「窈窕幽閒」，「閒」作「閑」；「吻紡切」，「吻」誤「文」；「書於一札中」，脱「一」字，「札」誤「禮」；「伴奐自縱弛也」，「弛」誤「施」；「房逐切」，「逐」誤「六」；「聚疾馳也」，「馳」作「驅」；「其鴆切」，「鴆」作「禁」；「展張也」「屏除也」「尼山名也」三句并注，均倒置上句之前；「徒奚切」，「奚」作「兮」。卷四：「苦眣切」，「眣」誤「泫」；「夵古刀」，作「夲苦刀」；書「豫常暘若」，「暘」作「燠」；詩「狄彼東南」，「彼」作「被」；「沉潛剛克」，「潛」誤「漸」；「濯瀚也」，「瀚」作「澣」，「顒居切」，「顒」誤「擬」。卷五：「所減切」，「減」誤「斬」；「絹綱耳也」并注，「綱」均誤「網」；「商民七族」，脱「七」

字；「力追切」，「力」誤「兮」；「子官切」，「官」作「安」，「庤乃錢鎛」，「庤」誤「痔」；「剔刑者賤者髮」，「髮」誤「髪」；「曰髮鬄」，「髮」誤「髪」；「㬟累大德」，「㬟」作「終」。卷六：「恭鬼神而遠之」，「恭」作「敬」，此恭字當因避諱而改，涵芬樓明抄本，陸敕先兩校皆同。「布忖切，又逋悶切」，「忖」誤「寸」；「悶」誤「門」。各條皆足正張刻之失。涵芬樓藏明人抄本有陸敕先硃墨兩校。硃筆據汲古閣南宋本，而字多蠹蝕不完，時作□格。墨筆所校銜名止於慶歷，乃抄北宋本。澤存堂張氏跋稱從毛氏借南宋本，祕而不宣，另以抄本見示，不知即陸所見之抄北宋本否？此本又從南宋本摹傳，知毛抄不止一本。張氏自云：考諸經傳，質之前輩，經多人之校訂，凡七年而梓成。是未嘗確守毛抄，宜乎與此本及陸校，皆格不相入也。朱竹垞謂諸經字音，方言同異，有敦字八音，齊字九音，辟字十音之别。昌朝生於宋初，所見經傳文字，與今本必有差殊。傳刻古書，雖疑文異字，貴能遵守。爲其能正今本訛失，溝通大義也。手民形誤，雖宋刻不免。千人皆見，原不爲病。張氏意爲是非所刻，全非真面，買櫝還珠，寧非憾事。世本盡祖澤存，承訛襲謬久矣。余既見陸敕先校本，取證儀顧堂跋，若合符節。所惜紙墨黝暗，不宜攝景。竊幸毛抄尚在人間，今得借印流傳，於願良用欣愜。學術顯晦繫於人，未始非岩崎賢侯不吝一瓻之賜也。儀顧堂原跋仍迻録于後，方俾讀者合而覽焉。知板本之得失，若是其重也。民國紀元十有九年十月海鹽張元濟識於上海涵芬樓。

（原載四部叢刊續編）

021 景印明鈔本急就篇跋

漢書藝文志有急就一篇，其小學類序録言：「元帝時，黄門令史游作急就篇」；又言「合倉頡、爰歷、博學三篇，斷六十字以爲一章」。是書三十二章，疑亦當時所分。隋書、舊唐書經籍志皆稱急就章，蓋急就爲本名；稱篇者，據漢書序録；稱章者，因其分章而言也。是本有顔師古注，正文凡二千一十六字，未分章。孫星衍據紹聖摹勒皇象本校各本，撰爲考異。是本文字，與所據皇本多異，而與所引顔本則幾全同。雖「譯導」已作「譯導」，「貍兔飛㲋」已作「飛鼯」，「騶覺没入」已作「輙覺」，均非原文；而「箆」之作「比」，「簦篌」之作「空侯」，「駏驉」之作「距虚」，「癲」之作「顛」，「葶藶」之作「亭歷」，「潔」之作「絜」，「境」之作「竟」，皆猶未羼入俗書；而凡從「竹」之字，均不作「艸」，則較皇本爲正也。是爲吾家涉園舊藏，出自明人手抄，有可糾正津逮及近人刊本者，故特印行，以資誦習。海鹽張元濟。

（原載四部叢刊續編）

022　景印述古堂景宋鈔本及宋槧殘本説文解字繫傳通釋跋

右天水槧説文解字繫傳卷三十至卷四十，凡十一卷，趙宋第二刻也。此書元、明兩世未有刊傳；乾嘉以來，汪氏、馬氏、祁氏始先後板行。三刻之中，祁本爲最。當時嘗從「富民汪氏」借校宋本未得者，即此十一卷也。今夏重觀罟里瞿氏鐵琴銅劍樓藏書，幸獲寓目。半璧之珍，世所未見。首有趙凡夫手補敘目一卷，故志載十二卷，舊爲寒山堂故物。册中汪士鐘印，爛然照眼，蓋即相國祁公所稱「富民汪氏」也。會當重印叢刊，請於良士兄，借得宋刊諸卷，與述古景本配合印行，既彌祁氏當年之缺憾，且釋近世治楚金書者不見宋本之惑。其欣快爲何如耶。戊辰中元海鹽張元濟謹識。

楚金書，宋刊見於著録者：故有陳氏帶經堂目中嘉祐足本，蔣香生時已傳帶往臺灣；存於中土者，唯兹述古景本，與殘宋十一卷而已。今搜求所及，並入叢刊。二難併合，寧非佳話，惜奂彬同年，已歸道山，不獲相與考訂，共此欣賞，重覽舊跋，爲之黯然。元濟再識。

（原載四部叢刊第二次印本）

023 景印影宋鈔本復古編跋

吾國字書，以許氏説文爲最古；世俗傳寫，訛謬百出，張氏著此書以正之。曰「復古」者，將以復於許氏之書也。最初刊於南宋，陳了齋、楊龜山、程北山、樓攻媿各爲之序。其後善書者，如吾子行、虞道園、陶九成輩，均極推重。今宋元舊刻，已不傳，即四庫著録之明黎民表刊本，亦不可得見。此依宋刻影寫，篆法精整，必出名手。前後存陳、程二序，龜山序已佚；别從翁覃溪校本補得，攻媿及王佐才序，通之篆文跋，原有校籤，勘正點畫之誤，今悉録於書眉，特不知爲何人手筆耳。海鹽張元濟。

（原載四部叢刊三編）

024 景印汲古閣影宋鈔本班馬字類跋

字類，婁機撰；補遺，李曾伯撰，二子皆南宋時人。機以遷、固二史多用古字，因集其形聲意互有異同者，按四聲分類臚列，引用原注，間附考訂。曾伯以爲猶有未盡，復加採摭。原義有缺者，補(爲)〔於〕本字之下；原無其字者，附於本韻之後。在宋時均經付梓，今則字類疊有覆刻，而補遺傳本絶稀，僅海昌蔣氏於清道光間據玉蘭堂文氏寫本，刊以行世。此爲汲古閣毛氏舊抄，脊字避用，代以廟諱二字，是必出於景定原刻。以校蔣本，上平九魚韻内增出「犨」字一行，上聲八語韻内，增出「圄」「圉」「御」「蘌」「鄦」「鬻」「陼」「鐻」「稰」「緒」「岨」「貯」「臚」「女」十四字，適合一葉。足證文氏所祖之本，已有殘逸矣。原本經毛斧季校正，然尚有漏略；因取本館所藏宋槧二史，暨蔣氏刊本，復爲讐訂，冀更進於完善之域焉。海鹽張元濟。

（原載四部叢刊三編）

025　景印宋本龍龕手鑑跋

卷首崇禎戊寅徐興公跋，引夢溪筆談謂：熙寧間得自虜中之本，爲契丹重熙二年集。蒲傳正帥浙西，取以鏤板，序末舊有重熙二年五月序。此本智光序題統和十五年丁酉，前於重熙三十餘年，定爲契丹原本，非熙寧中蒲帥重梓浙西本云云。按是書原名龍龕手鏡，宋時重刻，避翼祖嫌諱，始改「鏡」爲「鑑」。此本「鏡」已作「鑑」，必非契丹原本。序文標題，首冠「新修」二字，當亦非原本所有，而爲熙寧或後來刻本所增。卷二上聲一册，字蹟勁挺厚重，有率更法度，的是北宋剞劂。板心每葉記刻工姓名，中有徐彥、朱禮二人，見於紹興十九年明州所刻之徐公文集。考宋史蒲宗孟傳：「熙寧元年，宗孟改著作佐郎。」其徒知杭州，當在神宗或哲宗時，距徐公文集刻成之歲，尚有四五十年。是書卷二所載刻工凡二十人，至紹興十九年，多已物化，僅存二人。此二人者，當刻本書時，年事尚幼，居於杭州，或因南渡時移徙浙東，仍操故業，至四五十年後，尚能刻徐公文集。此以事理衡之，非不可能。其他平、去、入聲二卷，則刻工僅有五人，然均非卷二所有。版口闊狹亦不同，筆意既殊，鐫法並異。就此觀之，其上聲一卷，可定爲是書由遼入宋最初覆刻，餘則爲後來再覆之本。卷三木部「構」字避宋諱，是則已入南宋矣。昔錢遵王嘗得是書，誇爲契丹鏤板，蕘圃曾指其誤。余今誦興公之言，亦竊欲自比於黄氏云。民國紀元二十有三年冬月海鹽張元濟。

（原載四部叢刊續編）

026　宋本韻補跋

右吴棫韻補五卷，瞿氏藏書目録謂：「譌脱雖甚，然尚是宋槧。明人翻刻，以許宗魯本爲最精善，如東韻『杠』字、『幢』字，支韻嚌字，是本原未譌誤，許本却誤改。」陳氏書録解題言：「朱侍講多用其説於詩傳、楚辭注，其爲書詳且博矣。又有毛詩補音一書，别見詩類，大歸亦若此。」陳氏又於毛詩補音稱「其援據精博，信而有證。朱晦翁注楚辭亦用棫例，皆叶其韻」云云。朱子於棫所著書，雖有微詞，然亦僅言：「有推不去。」又言：「往往無甚意義，只恁地打過去而已。」四庫提要乃深詆之，謂朱子所據非此書。今毛詩補音已亡，無可爲證。然陳氏既謂大歸若此，則同一人所著之書，即有優劣，亦不至相去甚遠。書中「燔」字，「汾沿反」；「官」字，「俱員反」；「天」字，「鐵因反」，陳氏謂不必如此改字。是於其書亦有所不滿。然何至如四庫所指「庬雜割裂，謬種流傳」之甚也。顧亭林撰韻補正謂：「讀之月餘，其中合者半，否者半。」又云：「才老多學，而識未能一以貫之。故一字而數叶，若是之紛紛。」又云：「以余譾陋，獨學無朋，使得如才老者與之講習，以明六經之音，復三代之舊，亦豈其難？」斯可謂持平之論。而是書聲價，得此自明。徐蕆序引才老之言曰：「吾書後復增損，行遽不暇出。」然則才老亦未嘗以此自足也。讀者可以知所擇矣。

027　景印宋本附釋文互註禮部韻略跋

是書，雍熙殿中丞邱雍、景德龍圖閣待制戚綸所定，景祐知制誥丁度重修，元祐太學博士增補，見陳氏書録解題。皇朝丁度撰，元祐中孫諤、蘇軾再加詳定，見晁氏讀書志。四庫總目撰人僅載丁度，蓋未詳考。總目稱是書凡二本：其一爲康熙曹寅刻，卷首余文焴序，郭守正重修序，與是書無涉，總目亦言之矣。即重修條例，亦不盡合。又是本一東，多「鄸」「蠓」二字；六止之「底」字，曹刻乃在四紙；十三祭之「甈」字，乃在十二霽；十九代之「軩」「萃」「鐓」「惇」四字，乃在十八隊；四十五勁之「敬」「竟」「鏡」「獍」四字，乃在四十三映；二十二昔之「領」字，乃在二十陌。而曹本所增者，乃有二十三旱之「單」字，五寘之「知」字，三十七號之「道」字。守正序稱書肆版行漫者凡幾；四庫所收，卷首有郭守正重修條例，或即當時書肆所漫之一，與曹本相合，而非即是本也。其二爲錢孫保影鈔宋刻，總目謂無序文條例，似矣；又謂末附貢舉條式一卷，凡五十三頁，所載上起元祐五年，下至紹熙五年。此稱韻略條式，而不稱貢舉；又起自元祐五年，同，而紹熙五年之後，則尚有嘉定十三年暨十六年之牒文二道。是錢氏所鈔，亦非即是本也。四庫著録，而書實不同。館臣亦未嘗寓目，蓋亦天壤間之祕笈矣。甲戌冬日海鹽張元濟。

（原載四部叢刊續編）

028 影印百衲本二十四史前序

昔司馬温公嘗言：「少時惟得高氏小史讀之。自宋訖隋正史，並南、北史，或未嘗得見，或讀之不熟，今因修南、北朝通鑑，方得細觀。」章實齋又言：「通鑑爲史節之最粗，而紀事本末，又爲通鑑之綱紀奴僕。嘗以此不足爲史學，而止可爲史纂、史鈔。」由是言之，爲學不可不讀史，尤不可不讀正史。正史彙刻之存於今者，有汲古閣之十七史，有南、北監之二十一史，有武英殿之二十四史。南監本多出宋、元舊槧，汲古開雕，亦稱隨遇宋版精本考校，然今皆不易致。（北監本）〔兩監覆刻〕校勘未精，訛舛彌甚，且多不知妄改，昔人久有定評。（其爲）〔今〕世〔之〕最（所）通行者，莫如武英殿本。數十年來，重梓者，有新會陳氏本，有金陵、淮南、江蘇、浙江、湖北五局僢配汲古合刻本；活版者有圖書集成局本；石印者有同文書局本，有竹簡齋本，有五洲同文局本，先後繼起，流行尤廣。惟是殿本校刻，雖號精審，而天禄琳琅之珍祕，内閣大庫之叢殘，史部美不勝收，當日均未及蒐討，僅僅兩漢、三國、晉、隋五史，依據宋、元舊刻，餘則惟有明兩監之是賴。遷史集解、正義多所芟節，四庫提要羅列數十條，謂「皆殿本所逸，若非震澤王本具存，無由知其妄删」。然何以不加輯補？琅邪章懷兩漢舊注，殿本脱漏數字乃至數百字不等。宋嘉祐時校刊七史，奉命諸臣，劉、范、曾、王皆績學之士，篇末所疏疑義，備極審慎，殿本留貽，不逮其半。實則淳化、景祐之古本，紹興、眉山之覆刻，尚存天壤，何以不亟探求，任其散佚？則檢稽之略也。後漢續志别於范書，殿本既信爲司馬彪所撰，而卷首又稱劉昭補志，且併爲百二十卷，厠八志於紀、傳之間。國志鼎立，分卷各殊。殿本既綜爲六十五卷，而三志卷數，又仍各爲起訖。其他大題小題之盡廢舊式者，更無論矣。是則修訂之歧也。薛氏五代史，輯自永樂大典及其他各書，卷數具載原稿，乃録版之時，悉予刊落，後人欲考其由來，輒苦無從循溯。又諸史均附考證，而明史獨否。雖乾隆四十二年有考覈添修之詔，而進呈正本，迄未刊布，且紀、志、表之百十六卷，猶從蓋闕。是則纂輯之疏也。蜀臣關羽，傳自陳壽，忽於千數百年後，强代秉筆，追謚忠義。薛史指斥契丹，如「戎王」「戎首」「玁狁」「賊寇」「僞命」「犯闕」「編髮」「犬羊」等語，何嫌何疑，概爲改避？又明修元史，洪武二年，先成本紀三十七，志五十三，表六，傳六十三，目録二。翌年續成紀十，志五，表二，傳三十又六，釐分附麗，共成二百一十卷。一見於李善長之表，再見於宋濂之記。殿本則取先後成書之數，併爲一談。李表既非原文，宋記復失存録。是則删竄之誤也。南齊巴州之志，桂陽、始興二王之傳，蜀刻大字，曾無闕文。果肯訪求，何難拾補？然此猶可曰孤本罕見也。宋孝宗之紀，田況之傳，至正初刊，均未殘佚，而何以一則竄合二字，充以他葉；一則脱去全葉，不考文義？然此猶可曰初版難求也。金史禮儀志，太宗諸子傳，初印凡闕二葉，嗣已出内府藏本校補矣。而後出之本，一乃補自他書，一仍空留素紙。其他少則一二句，多至數行數十行，脱簡遺文，指不勝屈。猶不止此，闕文之外，更有複葉。如宋史卷三十五之孝宗紀，元史卷三十六之文宗紀是。複葉之外，更有錯簡，如元史卷五十三之曆志是。此則當日校刻諸臣，不能辭其鹵忽之咎者也。長沙葉焕彬吏部語余：「有清一代，提倡樸學，未能彙集善本，重刻十三經、二十四史，實爲一大憾事。」余感其言，慨然有輯印舊本正史之意。求之坊肆，匄之藏家，近走兩京，遠馳域外。每有所覯，輒影存之。後有善者，前即舍去，積年累月，均得有較勝之本。雖舛錯疏遺，仍所難免。而書貴初刻，洵足以補殿本之罅漏。誦校粗畢，因付商務印書館，用攝影法覆印行世。縮損版式，冀便巾箱；真面未失，無慮塵葉，或爲有志乙部者之一助歟。中華民國十九年三月朔日海鹽張元濟。

（原載百衲本二十四史史記第一册，商務印書館一九三六年十二月初版）

029　景印宋黄善夫刻本史記跋

遷史舊注，今存者三家：曰宋裴駰集解，曰唐司馬貞索隱，曰唐張守節正義。其始皆別自單行，與史記卷數不相合。隋、唐志：集解八十卷。新唐志：索隱、正義各三十卷。今集解有單刻本，然已散入，與正文相附。王鳴盛謂以一篇爲一卷，疑始於宋人。正義舊本失傳，卷帙次第，亦無可考；獨索隱存毛氏覆本，卷數如舊。四庫總目謂三家合爲一編始於北宋，天禄琳琅三家注合刻者凡四種：其一嘉祐二年建邑王氏世翰堂鏤版，其二嘉定六年萬卷樓刊，然實以明慎獨齋本，秦藩本僞冒，近人已有定評；其三目録後有校對宣德郎祕書省正字張耒八分書條記，號爲元祐槧本，今其書不存，真僞難定。獨所載索隱後序，有紹興三年四月十二日右修職郎充提舉茶鹽司幹辦公事石公憲發刊，至四年十月十二日畢工印記者。參以錢泰吉甘泉鄉人稿：柯本索隱序，後亦有此語云云，當可徵信。北宋本有無不可知，要必以此爲第一刻，今其本亦不存。存者，獨黄善夫本。黄氏刊版年月不詳，以避光宗嫌諱推之，又後紹興五六十年矣。明代覆黄氏本者，有震澤王延喆及秦藩鑒抑道人二本；同時，尚有莆田柯維熊本，行款相同，或謂其亦出黄氏，然何以有紹興石公憲發刊印記？余頗疑黄氏亦祖石刻，故與柯本行款一貫，特紹興原刻今已不傳。遷史三家注本，自當以此爲最古耳。集解、索隱傳本尚夥，獨正義唯見此刻。明代監本於原文多所删節，四庫總目謂非震澤王氏刊本具存，無由知其妄删，因撮舉所遺者六十五條。且云其一兩字之出入者不可毛舉，然震澤王本亦不盡與黄本同，其所遺佚，不少概見。周本紀，「虜褒姒，盡取周賂而去」句下，有正義曰，「按汲冢書，晉咸和五年汲郡汲縣發魏襄王冢得古書册七十五卷」，二十六字；孝武本紀，「其北治大池漸臺」句下有「顔師古云，漸，浸也。臺在池中，爲水所浸，故曰漸。按王莽死此臺也」二十五字。律書，「律中仲吕」句下，有「中音仲，白虎通云，言陽氣將極中。充，大也，故復中言之也」二十二字。「北至於參」句下，有「音所林反」四字。「即天地二十八宿」句下，有「宿音息袖反，又音肅，謂東方角、亢、氐、房、心、尾、箕，南方井、鬼、柳、星、張、翼、軫，西方奎、婁、胃、昴、畢、觜、參，北方斗、牛、女、虛、危、室、壁，凡二十八宿，一百二十八宿星也」五十八字。「十母」句下，有「甲乙丙丁戊己庚辛壬癸」十字，「十二子」句下，有「子丑寅卯辰巳午未申酉戌亥」十二字。甘茂列傳，「自殽塞及至鬼谷」句下，有「三殽在洛州永寧縣西北」十字。信陵君列傳，「趙王田獵耳，非爲寇也」句下，有「爲，于僞反」四字。范雎列傳，「譬如木之有蠹也」句下，有「音妬，石桂虫」五字。此皆建安黄本之所有，而震澤王本之所無。王士禎池北偶談云：「延喆性豪侈，一日有持宋槧史記求鬻者，索價三百金，延喆紿其人曰，姑留此一月後來取直，乃鳩工就宋本摹刻，甫一月而畢。」此實讕言，今王本索隱後序末木記七行，明明有工始嘉靖乙酉蜡月迄丁亥之三月，及重加校讎之語。爲時十有四月，且財力充牣，剞劂之事，寧不精審！而顧有此缺憾者，必其所得黄本中有殘佚，不得已以他本足之，故有如干葉，行數字數不能與黄本密合。上文所舉已佚之一百七十六字，即緣於此。明人刊書武斷最甚，余嘗以是刻與監本對勘，集解全删者四百九十九條，節删者三十五條；索隱全删者六百一十三條，節删者一百二十二條；而以正義爲尤多：全删八百三十七條，節删一百五十七條。四庫館臣既知監本之不可信，據王本補輯；乃殿本所脱者即以王本考之，仍有集解三十五條，不全者七條；索隱二十五條，不全者十九條；正義五十二條，不全者四十八條。裴、馬二注，猶有他本，正義則獨賴此本之存，館臣非不自知，而何以猶任其闕略乎？使是書長留海外，不復歸於中土，抑或簡斷編殘，不獲通假，俾完原璧，則此百條之正義，豈終不長此沈薶乎？是不能不爲是書慶已！海鹽張元濟。

（原載百衲本二十四史史記）

030 景印北宋景祐刻本漢書跋

此爲百宋一廛中史部之冠。今藏瞿氏鐵琴銅劍樓，錢曉徵、黄蕘圃、顧千里均定爲北宋景祐刊本。原闕溝洫、藝文二志，配以大德覆本。又殘損漫漶者十餘葉，亦以元刻補配。是本之勝，瞿氏藏書目録紀述綦詳，兹可不贅。卷中原有明人周迂叟朱墨校語，蠅頭細楷，不可縮印，且所録爲宋劉之問刊本（王鳴盛十七史商榷、吴騫愚谷文存、楊紹和楹書隅録，均作「之同」；瞿氏書目作「之同」。惟王先謙漢書補注作「之問」，嘉靖南監本同。但字稍模胡，余見初印宋本，實作「之問」。）宋祁校語。今武英殿本悉已采入，人盡獲見，故悉芟削。昔全謝山、錢警石，均於宋祁校語有所不滿，謝山至斥爲南渡末年麻沙坊中不學之徒依托爲之。所舉五疑，言之成理。後人依托，事或可信。然竟謂所引南本、浙本、越本、邵本信口捏造，則未免過甚其詞。按武英殿本齊召南跋，凡監本脱漏，並據慶元舊本補缺訂譌。又卷一上考證謂：「監本脱宋祁一段，今從宋本。凡三劉刊誤，宋祁、朱子文諸説，别以一圈，脱者俱補。」是則殿本所采，悉出之問刊本無疑。綜計所引，有淳化本、景德本、景本、監本、學官本、學本、史館本、江南本、江本、南本、南浙本、江浙本、兩浙本、浙本、吴越舊本、越本、建本、邵本、唐本、韋本、趙本、晏本、王本、楊本、謝本、郭本、姚本、李本、别本、舊本、古本、新本並景祐本。或同名異稱，或渾言泛指，實亦不過二十餘種。景祐元年余靖上言，已有參括衆本之語。崇文總目亦云：「宋祁、余靖等讐對三史，悉取三館諸本以相參校。」此二十餘種者，安知不即在所謂衆本諸本之中，即有非宋祁及見之本，而景祐刊成，至之問刻跋之慶元嗣歲，中更百六十載。當時剞劂盛行，班史人所必讀，公私各家，安知無好事之徒，私淑宋説，參以己見，競爲流通，災及梨棗，遂致精麤美惡，並行於一時也。是本爲宋祁、余靖諸人校定，增損改正，凡若干字，俱有紀録，至極精審。核之宋祁校語，與相印合者，凡四百九十餘條。則其所引之本，亦必各有由來。慎選精擇，而非無知妄作者之所能爲。高郵王念孫精於讎勘之學，其校漢書，往往引宋祁校語，以糾正時本。瞿氏目録所舉二條外，如武紀：「征和三年，丞相屈氂下獄要斬，妻子梟首。」是本無「子」字，與所謂舊本合。元紀：「永光元年，賜吏六百石以上爵五大夫勤事吏二級，爲父後者民一級。」是本無「爲父後者」四字，與所謂越本合。禮樂志：「四時舞者，孝文所作，以明示天下之安和也。」是本無「明」字，與所謂邵本合。郊祀志上：「以牡荆畫幡日月北斗登龍，以象大一三星爲泰一鋒旗。」是本無「旗」字。與所謂越本、新本合。又「作二十五弦及空侯瑟自此起」，是本「空」作「坎」，與所謂邵本合。又「遂至東萊，東萊宿留之」，是本不疊「東萊」二字，與所謂淳化本合。地理志上：「桂陽郡、桂陽匯水南至四會入鬱林。」是本無「林」字，與所謂景本合。王陵傳：「平日各有主者。」是本無「各」字。酈商傳：「得丞相守相大將軍各一人小將軍二人。」是本無二「軍」字。周昌傳：「於是苛昌自卒史從沛公。」是本「自」作「以」，皆與所謂越本合。任敖傳：「蒼尤好書，無所不觀，無所不通，而尤邃律歷。」是本「尤好」作「凡好」，與所謂學官本合。申屠嘉傳：「其見寵如是。」是本無「見」字，與所謂越本合。鼂錯傳：「前擊後解與金鼓之音相失。」是本「音」作「指」，與所謂學官本、越本合。鄭當時傳：「客至亡貴賤，亡留門下者。」是本無「下」字，與所謂邵本合。枚乘傳：「此愚臣之所以爲大王惑也。」是本無「以爲王」三字，與所謂景德本合。又「上書北闕，自陳枚乘之子，上得之大喜」，是本無「之」字。霍去病傳：「元狩三年春爲票騎將軍。」是本「三年」作「二年」，皆與所謂越本合。公孫敖附傳：「以將軍出北地後票騎失期。」是本無「失」字，與所謂景德本合。司馬相如傳：「子虛賦，其山則盤紆岪鬱，隆崇律崒。」是本無「隆崇律崒」四字。又諭告巴蜀民檄：「今奉幣使至南夷。」是本

「使」作「役」。司馬遷傳：「及如左邱明無目，孫子斷足。」是本無「明」字。武五子燕剌王旦傳：「是時天雨虹，下屬宫中飲井水，井水泉竭。」是本無「泉」字。嚴助傳：「留軍屯守空地，曠日持久。」是本「持」作「引」，皆與所謂越本合。匡衡傳：「賢者在位，能者在職。」是本「在職」作「布職」，與所謂越本、别本合。孔光傳：「故霸還長安子福名數於魯奉夫子祀。」是本無「安」字，與所謂浙本合。南粤傳：「大后怒鏦嘉以矛。」是本「鏦」上有「欲」字，與所謂别本合。叙傳下：「後昆承平亦有紹土。」是本作「亦猶有紹」，與所謂監本、浙本、越本合。此皆時本誤而景祐本不誤。宋祁所舉各本亦不誤者，其他訛文脱字衍文俗字，爲景祐本所不免。且賴所舉各本以是正者，亦尚不尠。經王氏之甄録，而原有之價值益明。平心論之，之問鐫刻之時，既見景祐本，而又見同時通行之本，意在集取衆長，襲謬沿訛，遂亦並至。所舉各本，今無一存。而猶得考見一二，爲讀班史者之助。且以補景祐本之不及，不可謂非之問功也。余夙爲之問不平，因校是本而爲之辨護如右。海鹽張元濟。

（原載百衲本二十四史漢書）

031 景印宋紹興刻本後漢書跋

班書既成，欲覓一同式之范書，不可得。先是涵芬樓收得此本，因取以爲配。書中避宋諱者：有玄、玹、絃、縣、縣、懸、懸、朗、朗、朓、敬、儆、驚、警、竟、鏡、境、殷、弘、匡、匡、筐、恇、恇、洭、胤、胤、胤、胤、靷、頍、頍、恒、禎、禎、楨、楨、偵、偵、湞、貞、貞、徵、懲、讓、襄、穰、署、署、署、曙、樹、澍、豎、豎、豎、豎、裋、頊、頊、勗、旭、畜、弍、弍、傭、傭、傭、煦、杼、桓、垣、昔、完、丸、紈、浣、莞、筦、構、構、構、搆、搆、搆、媾、購、購、購、遘、遘、遘、彀、彀、雊、雊、雊、鴝、垢、詬、瑗、瑗、瑗、慎、慎、軒、轅等字。桓構二字，時作「淵聖御名」及「今上御名」。其爲字不成者，迹多剜改，且有已剜未補，遂留空格者。瑗、瑋、慎三字亦缺筆。是蓋刊於高宗南渡以還，而成於孝宗受禪之後。至避「軒轅」二字，則以真宗大中祥符七年禁文字斥用黄帝名號，故視同廟諱。是則他書所罕覯也。錢泰吉校是書時，所見有義門校本紀第三至第九卷之殘宋本，校律曆志至禮儀志之北宋小字殘本，校郡國志第十九至二十二卷之宋一經堂本，小山校蔡邕傳之鈔補北宋本，又校第九十卷之淳化校定本，又麻沙劉仲立本。近人常熟瞿氏、聊城楊氏、德化李氏、烏程劉氏，亦均藏有宋刻，然無一與此合者。昔人校勘范書，莫詳於宋之劉攽。宋史言攽邃史學，作東漢刊誤，爲人所稱頌。劉氏鑽研至深，所據之本必多，然吾頗疑其未及兹所從出之本。是本帝紀第一下，光武帝紀：「建武九年初置青巾左校尉官」，「十五年復置屯騎、長水、射聲三校尉官」，「十九年復置函谷關都尉」；又列傳卷第九耿國傳：「遂置度遼將軍。」四「置」字均不誤「致」；而劉氏則均謂「『致』宜作『置』」，並於初見注下，謂「『致』字訓送詣。上文光武爲司隸致僚屬，招致之義，可作致字，蓋緣前文，遂誤此字」。卷二明帝紀：「亦復是歲更賦。」注：「當行者不可往，即還，因住一歲。」「住」不誤「任」；而劉氏則謂：「因任一歲，案『任』當作『住』。」卷三章帝紀：「建初四年，教學爲本。」注：「夏曰校，」「校」不誤「教」；而劉氏則謂：「夏曰教，『教』當作『校』。」卷八靈帝紀：「熹平四年，爲民興利。」注：「前漢地理志及續漢郡國志並無監，今蒲州安邑縣西南有鹽池。」「無監」不誤「無鹽」，「鹽池」不誤「鹽城」；而劉氏則謂：「注『鹽城』當作『鹽池』耳。及『無鹽』字下當有一『監』字。」又：「中平六年，上軍校尉蹇碩下獄死。」獄下不脱「死」字；而劉氏則謂：「正文蹇碩下獄案碩以此時誅，明少一死字。」列傳卷四齊武王傳：「引精兵十萬南渡黄淳水。」「黄」不誤「潢」；而劉氏則謂：「『潢』字，據注唯當作『黄』。」又：「子煬王石嗣。」「煬」不誤「殤」；而劉氏則謂：「王石立二十四年，不可以殤謚，蓋是『煬』字。」卷十三竇憲傳「發北軍五校」，注：「漢有南北軍中候一人，六百石，掌臨五營。」「五」不誤「立」；而劉氏則謂：「掌臨立營，『臨』

當作『監』，『立』當作『五』。」卷十八下馮衍傳：「陂山谷而閒處兮，守寂寞而存神。」注：「陂音兵義反。」「兵」不誤「丘」；而劉氏則謂：「注陂丘義反，切不得，『丘』當作『兵』。」卷二十二樊儵傳：「儵字長魚。」下文全作「儵」，不誤「鯈」；而劉氏則謂：「按『鯈』非魚類，與名不合，疑本是『儵』字。又按儵弟名鮪，知作鯈無疑。」又：「如令陛下子臣等專誅而已。」「如令」不誤「如今」；而劉氏則謂：「按文『今』當作『令』。」卷二十五鄭玄傳：「其勗求君子之道，研鑽勿替。」「鑽」不誤「讚」；而劉氏則謂：「案文『讚』當作『鑽』。」卷二十八度尚傳：「夫事有虛實，法有是非。」「夫事」不誤「大事」；而劉氏則謂：「案文『大』當作『夫』。」卷二十九劉愷傳：「如令使臧吏禁錮子孫。」「令」不作「今」，「令」義亦較「令」字爲長；而劉氏則謂：「如令使臧吏，案文多一『如』字。」卷三十三朱暉傳：「數年，坐法免。」注：「坐考長吏，囚死獄中。」「吏」不誤「史」；而劉氏則謂：「案臨淮郡無長史，既言囚死獄中，當是吏字。」又：「惟今所言，適我願也。」「今」不誤「令」；而劉氏則謂：「惟令所言，案時暉未爲尚書令，明此『令』字是『今』字。」卷三十八應劭傳：「夫國之大事，莫尚載籍。」籍下無「也」字；而劉氏則謂：「案文多一『也』字。」卷四十七李雲傳：「帝者，諦也。」注：「『帝』之言『諦』也。」「言諦」不誤「諦言」；而劉氏則謂：「注帝之『諦言』也。案文『言』當在『諦』字上。」卷四十九張衡傳：「曾何貪于支離而習其孤技耶？」注：「學屠龍于支離益。」「『益』不誤「蓋」」；而劉氏則謂：「注支離蓋，案莊子『蓋』當作『益』、『支離』其名『益』耳。後人不讀莊子，妄改爲『蓋』。」又「覊要褭以服箱」「『褭』不誤「裊」」；而劉氏則謂：「案『要裊』古良馬，當作『褭』從馬。」又：「歘神化而蟬蛻兮，朋精粹而爲徒。」注：「蟬，蛇蛻所解皮也。」「蟬下有蛇字。考説文虫部『蛻，蛇蟬所解皮也，』知此本不誤，特文字顛倒耳。而劉氏則謂：「當云蛻蟬所解皮。」不言缺一「蛇」字。卷五十四趙岐傳：「著孟子章句，」「孟」不誤「要」」；而劉氏則謂：「正文著要子章句，案『要』當作『孟』。」卷五十六陳蕃傳：「震受考掠，誓死不言。」「『受』不誤「授」」；而劉氏則謂：「案文『授』當作『受』。」卷六十三公孫瓚傳：「每聞有警，瓚輒厲色憤怒。」「『警』不誤「驚」」；而劉氏則謂：「『驚』當作『警』。」卷七十八西域莎車國傳：「不復置王，但遣將鎮守其國。」「『王』不誤「正」」；而劉氏則謂：「案文『正』當作『王』。」卷八十鮮卑傳：「將帥良猛，財賦充實。」「『賦』不誤「富」」；而劉氏則謂：「『富』字當作『賦』。」是劉氏所見，與此不同。綜計刊誤存者，凡六百數十條，而此之未誤或未全誤者，猶有三十餘條，與劉氏所刊正者合。則是所從出之本，較劉氏所見之本，不可謂非彼善於此矣。尤有異者：卷五十下蔡邕傳：「邕乃自書册于碑，使工鐫刻立於太學門外。」注：劉氏謂論語二碑毁，案文當是「一碑毁」，若「二碑毁」者，當云皆毁而已。是本乃作「論語三碑二碑毁」，按原注，上文碑凡四十六枚，西行尚書、周易、公羊傳，十六碑存，十二碑毁；南行禮記十五碑，悉崩壞。合之論語三碑，正得四十六枚，知此作三碑爲不誤。劉氏所見不同，故爲是反覆辨正之詞，是此非特無誤，且可刊劉氏刊誤之誤矣。洪邁容齋四筆：「淳化五年監中所刊後漢書，凡九十卷，惟帝后紀十卷、列傳八十卷。」又云：「劉昭注補志三十卷，至本朝乾興元年，判國子監孫奭始奏以備前史之闕。」是當時各自爲書，讀者亦不與范書等視。故劉氏刊誤，僅限紀、傳，而不及於志。按崇文總目、郡齋讀書志所載，均作後漢書九十卷，志三十卷；直齋書録解題，亦曰後漢書九十卷，後漢志三十卷。是本小名在上，大名在下，列傳第一下，題「漢書第十一」，直接「后紀第十」。續志别爲三十卷，各不相涉，猶存舊式。然目録則以志羼入紀、傳之間，殊不可解。直齋書録又謂館閣書目，乃直以百二十卷併稱蔚宗撰，益非是。館閣書目，淳熙元年陳叔進等所撰進，見馬氏經籍考。此書同時刊成，意者校刻之時，偶用此紊合之本，參觀互證，率爾沿用，致成歧異耶？何義門謂初讀是書，嫌其譌謬頗多，及觀劉氏刊誤，乃知在北宋即罕善本。是本爲南宋覆刻，且有元代補版，紕繆更所難免。然以校後刻諸本，文字異同，不可勝數，且有足資是正者。使何氏見之，當必有慰情聊勝之感矣。黄蕘圃百宋一廛賦注：「予所藏班書，前互入乾興元年中書門下牒國子監文一通，即孫奭以劉昭注司馬彪志補章懷注范書故事」云云。前印班書，獲見此文，今以移置志前，用存掌故。原書略有闕佚，各就北(平)〔京〕圖書館、東京静嘉堂文庫所藏殘册，借影補配，幸成完璧。然多爲補刊之葉，其銜接處每有重文，世間祇此數本，亦無可如何者也。海鹽張元濟。

（原載百衲本二十四史漢書）

032　景印宋紹興刻本三國志跋

余欲輯印舊本正史，謀之者有年。涵芬樓舊藏宋衢州本魏志，極精美，然蜀、吴二志全佚，其他公私弆藏，均非宋刻。有之，惟聊城楊氏、松江韓氏。韓氏書，聞僅存數卷，且祕不示人。楊氏自鳳阿舍人逝世，亦無緣通假。故人張石銘以所儲元本借余，已攝影矣，以校衢本，譌誤滋甚。卷末配宋刻數册，且極漫漶，意殊歉然。戊辰秋，余爲中華學藝社赴日本訪書，獲見帝室圖書寮舊藏宋本，借影攜歸，檢閱宋諱，避至廓、郭等字，知爲寧宗時刊本。又與楊紹和跋勘對，所舉殿本考證疑字，一一脗合。乃知二本實同。因復取殿本讎勘，考證所疑。如魏書第十四蔣濟傳：「弊攰之民。」考證謂「應作『攰』」，此正作「攰」。第三十：「故但舉漢末魏初以來以備四夷之變云。」注：「悉禿頭以爲輕便。」考證謂：「一本作『髡』。」何焯引説文髡字注以證「髡」字之合。此正作「髡」。蜀書第十一向朗傳：「歷射聲校尉尚書。」注：「鎮南將軍衛瓘。」考證引衛覬傳：「瓘爲鎮西將軍。」謂作

「鎮南」字誤。此正作「西」。又楊洪傳：「能盡時人之器用也。」注：「初往郡，後爲督軍從事。」考證謂：「『往郡』疑作『仕郡』。」此正作「仕」。吴志第二孫權傳：「屈身於陛下，是其略也。」注「吴書」，考證：「疑脱『曰』字。」此正有「曰」字。第四劉繇傳：「繇伯父寵爲漢太尉。」注：「山陰縣民去治數十里。」考證謂：「『民』，各本俱訛作『氏』，今改正。」此正作「民」。又士燮傳：「壹亡歸鄉里。」注：「會卓入關，壹乃亡歸。」考證：「疑『關』作『闕』。」此正作「闕」。第十五周魴傳：「推當陳愚，重自披盡。」考證：「『推』疑作『惟』。」此正作「惟」。凡此皆楊氏所未及者。又有改正明監本之誤字，而此原不訛。引據太平御覽、册府元龜、資治通鑑互異之字，而此適相合。楊氏疑館臣據校之南、北宋本，不及是本。此更可證。更以南、北監本、毛氏汲古閣本校之，而知諸本之不逮尤甚。一曰譌文。魏書十六杜畿傳：「然亦怪陛下不治其本而憂其末也。」諸本「治」均誤「知」。又十七張郃傳：「從討柳城與張遼俱爲軍鋒。」諸本「從」均誤「後」。又十八龐悳傳：「惟侯戎昭果毅。」諸本「戎」均誤「式」。又二十七王昶傳：「若范匄對秦客而武子擊之。」諸本「而」均誤「至」。蜀書二先主傳：「羣儒英俊，並起河洛。」諸本「起」均誤「進」。又八秦宓傳：「宓稱疾，臥在第舍。」諸本「第」均誤「茅」。又十劉封傳：「先主因令達并領其衆。」諸本「其」均誤「兵」。又十五楊戲傳：「維外寬内忌，意不能堪。」諸本「意」均誤「竟」。吴書十二駱統傳：「其姊仁愛有行，寡歸無子。」諸本「歸」均誤「居」。此以文義覈之，而知是本之較爲優長也。一曰衍文。魏書十四劉曄傳：「子寓嗣。」注：「曄之情必無所逃矣。」諸本「所」下均衍「復」字。又蔣濟傳：「今其所急。」諸本「急」下均衍「務」字。又十五張既傳：「斬首獲生以萬數。」注「假使英本主人在，實不來此也」，諸本「來」下均衍「在」字。又二十鄧哀王沖傳：「世俗以爲鼠齧衣者其主不吉。」諸本「主」下均衍「者」字。蜀書九馬良傳：「及先主入蜀，諸葛亮亦從往。」諸本「從」下均衍「後」字。又十二郤正傳：「薛燭察寶以飛譽。」注：「乃取豪曹鉅闕。」諸本「取」下均衍「其」字。又十三黄權傳：「待之如初。」注：「其劉主之謂也。」諸本「之」下均衍「所」字。吴書十六陸凱傳：「吴郡吴人。」諸本「人」下均衍「也」字。此又以文義覈之，而知是本之較爲簡當也。一曰奪字。魏書十五張既傳：「封妻向爲安城鄉君。」諸本均奪「封」字。又十六蘇則傳：「帝大怒，踞胡牀拔刀。」諸本「踞」下均奪「胡」字。又杜畿傳：「若使善策必出於親貴，親貴固不犯四難以求忠愛。」諸本均奪下「親貴」二字。蜀書一劉璋傳：「無恩德以加百姓，百姓攻戰三年，肌膏草野者。」諸本均奪下「百姓」二字。又五諸葛亮傳：「因結和親，遂爲與國。」注：「據正道而臨有罪。」諸本均奪「正」字。又七龐統傳：「先主大笑，宴樂如初。」注：「若惜其小失而廢其大益。」諸本均奪下「其」字。又八秦宓傳：「鶴鳴于九皋。」諸本均奪「于」字。吴書七步騭傳：「於是條于時事業在荆州界者。」諸本均奪「業」字。此亦足見是書寫刻，去古未遠，而不至多所遺佚也。一曰俗字。魏書四齊王紀：「西域重譯，獻火浣布，詔大將軍太尉臨試，以示百寮。」注：「斯調國有火州。」諸本「州」均作「洲」。又十九陳思王植傳：「誠以天罔不可重離。」諸本「罔」均作「網」。又二十一衛覬傳：「茵蓐不緣飾。」諸本「蓐」均作「褥」。又二十七徐邈傳：「徐公志高行絜。」又「絜而不介」，諸本「絜」均作「潔」。又胡質傳：「官至徐州刺史。」注：「家貧無車馬童僕。」諸本「童」均作「僮」。又二十八鄧艾傳：「封子二人亭侯，各食邑千户。」注：「百姓貧而倉稟虚。」諸本「稟」均作「廩」。又二十九管輅傳末，注：「生鶩，舉刀斫，正斷要。」諸本「要」均作「腰」。蜀書五諸葛亮傳：「卒于軍，時年五十四。」注：「憂恚歐血。」「歐血」字凡四見，諸本「歐」均作「嘔」。又十三黄權傳：「瞻猶與未納。」諸本「與」均作「豫」。此更足見是本刊刻較前，多存古文，不至如後出諸本之漸趨流俗也。類此勝處，不能盡舉。楊氏謂宋槧著録極尠，此本較他本尤多所是正，彌足珍貴，洵非虚語。因向中華學藝社借印，以繼班、范二書之後。原缺魏書三卷，以涵芬樓衢本補配。衢本宋諱避至「桓」字，鐫刻在前。武帝紀：「建安十五年，作銅爵臺。」注：「以及子桓兄弟。」「桓」不誤「植」。「十六年遂與韓遂、楊秋、李堪、成宜等叛」，「堪」不誤「埔」。文帝紀：「延康元年，以肅承天命。」注：「代赤者魏公子。」「赤」下不衍「眉」字。明帝紀：「太和二年，分新城之上庸、武陵、巫縣爲上庸郡。」「陵」不誤「靈」。又「十二月諸葛亮圍陳倉，曹真遣將軍費曜等拒之。」注：「以土丸填壍。」「丸」不誤「瓦」，其勝於衆本之處，洵堪伯仲。以冠簡端，亦殊不弱。然終有牉合之迹，不能謂非一缺憾也。海鹽張元濟。

（原載百衲本二十四史三國志）

033　景印宋刻本晉書跋

涵芬樓舊藏晉書，有宋刊元、明遞修本，有元大德本，原本均漫漶，不宜影印。又有明覆宋大字本，版印俱佳，以與他本不相合，故舍去。今均燬於兵火。先是江南第一圖書館有宋刊小字本，已遣工就照矣，校閱至列傳某卷，乃多所脱漏。思覓更勝者以爲之代。甘泉鄉人稿，稱海昌蔣氏有宋刊小字本，因浼友人蔣慰堂商之藻新姍丈，慨焉許諾，且以其書送滬。開緘展讀，覺雕印精絶，心目爲爽。惜缺載記三十卷，行款與江南館本同，用以補配，可爲兩美之合。是真可繼馬、班、范、陳之後矣。武英殿本是史考證，多引宋本參訂，故譌奪視他史爲少。盧抱經嘗以帝紀、天文、禮志，與明南、北監本、汲古閣本，及他書參考異同；今略取其所校帝紀，與是本相勘，雖訛文奪字，爲盧氏所指者，不能盡免，而以校殿本，則仍有軒輊之别。如帝紀一：「楚漢間司馬卬爲趙將。」「卬」下注「邛」非，今殿本正作「邛」。又：「權果遣將吕蒙西襲公安。」「襲」下注「羽」衍，今殿本正有「羽」字。又「太和元年」下「達與魏興太守申儀有隙」，「魏興」下注二字今脱，今殿本正脱此二字。又「凡攻敵必（宋本誤必作二）扼其喉，而摏其心」，「摏」下注「從木者譌」，今殿本正從木。青龍元年下「國以充實焉」，「焉」下注「今脱」，今殿本僅有「國以充實」四字，猶脱「焉」字。青龍二年下「關中多蒺蔾」，「蔾」下注毛及音義俱不作「藜」，下同。今殿本正俱作「藜」。青龍三年下「帝運長安粟五百萬斛輸於京師」，「輸」下注脱，通志有音義，音「戍」。今殿本正脱「輸」字。景初二年下，「帝固讓子弟官不受」，「帝」下注「今脱」，今殿本正脱「帝」字。嘉平三年下，「依漢霍光故事」，「漢」下注今脱，今殿本正脱「漢」字。帝紀二嘉平五年下，「帝乃勑欽督鋭卒趣合榆」，「帝」下注今脱，今殿本正脱「帝」字。正元元年下，「臣請依漢（宋本脱「漢」字）霍光故事」，「依」下注「昔衍」，今殿本正有「昔」字。景元四年下，「居守成都及備他境」，「境」下注「郡非」，今殿本正作「郡」。又「金城太守楊欣趣甘松」，「欣」下注「頎非」，今殿本正作「頎」。又「仍斷大政」，「仍」下注「乃非」，今殿本正作「乃」。又「犯命陵正」，盧本「陵」作「淩」，注「當作陵」。今殿本仍作「淩」。帝紀三泰始元年下，「罷部曲將、長吏以下質任」，「吏」下注「今誤倒」，今殿本正作「吏長」。又「麒麟各一」，「麒」下注「騏譌，下同」，今殿本正俱作「騏」。「泰始六年賜大常博士學生帛牛酒各有差」，「學生」下注「二字脱，通志及毛本有」，今殿本正脱此二字。「泰始九年鮮卑寇廣甯」，下注「甯譌」。今殿本正作「甯」。咸寧三年下，「平虜護軍文淑討叛虜樹機能等，並破之」，「並」下注「今脱」，今殿本正脱「並」字。太康元年下，「斬吴江陵督五延」，「五」下注「王非，五蓋子胥之後」，今殿本正作「王延」。又「剋州四」，「剋」下注「毛，克，此從通志，今作『得』，譌」，今殿本正作「得」。太康四年下，「牂柯獠二千餘落内屬」，「柯」下注：「牁譌，下同。」今殿本正俱作「牁」。太康六年下，「尚書褚䂮」，下注「契譌，音義䂮力灼反」，今殿本正作「契」。「太熙元年春正月辛酉朔，改元，已巳」，「已」下注「今譌乙」，今殿本正作「乙」。又「承魏氏奢侈刻弊之後」，「刻」下注「革譌」，今殿本正作「革」。太宗贊：「驕泰之心因斯以起」，下注「因而斯起譌」，今殿本正作「因而斯起」。帝紀四「永平元年，得以眇身託于羣后之上」，「眇」下注「從耳非」，今殿本正從「耳」。光熙元年下，「九月頓丘太守，馮嵩」，「頓」下注「今譌穎」，今殿本正作「穎」。帝紀五永嘉五年下，「勒寇豫州諸郡」，下注「軍非」，今殿本正作「軍」。永嘉六年下，「猗盧自將六萬騎次于盉城」，「盉」下注「盆譌」，「城」下注「盂城即今山西之盂縣」，今殿本正作「盆」。史臣贊，「爾乃取鄧艾於農瑮（宋本作璅），下注隙，毛作瑣，與瑮同，瑮小人也。案艾爲典農綱紀上計吏，司馬懿奇之，辟爲掾，故云」，今殿本乃作

「隙」。帝紀七咸和三年下，「舟軍四萬次于蔡州」下注：「洲，案宋志蒲洲、郁洲之類，皆作州」，今殿本乃作「洲」。咸和四年下，「李陽與蘇逸戰於柤浦」，「柤」下注：「側孤、側加二反，作祖謌。」今殿本正作「祖」。帝紀九咸安二年下，「若涉泉水」下注「即淵水，作氷謌」，今殿本正作「氷」。太元十八年下，「二月乙未又地震」（宋本作地又震），「乙」下注「己謌」，今殿本正作「己」。帝紀十隆安元年下，「散騎常侍郭麐」，下注「從麻謌」，今殿本正從「麻」。其尤著者：則帝紀五永嘉二年下，「劉元海寇平陽，河東太守路述力戰死之」，盧氏謂太守失名，是所見之本，已佚「路述」二字矣。凡此皆是本勝於殿本之處。餘如天文志、禮志亦大率類是。推之全書，可以概見。獨惜盧氏所校，僅限此十六卷。不然者，宋刻之貴，得盧氏而益彰，且有時可以盧氏所校，正宋本之失焉。豈不懿歟！海鹽張元濟。

（原載百衲本二十四史晉書）

034　景印宋蜀刻大字本補配元明遞修本宋書跋

右宋書爲宋眉山刊本。初借北（京）（平）圖書館所藏六十七卷，其後假得南嘉業堂劉氏殘本，補入二十三卷。其志第四、列傳第四十四、五、六，第四十八、九，第五十一、二，第五十九、第六十，以常熟瞿氏鐵琴銅劍樓暨涵芬樓藏元明遞修本合配。是本刊於蜀中，陸存齋謂明洪武中，取天下書版實京師，其版遂歸南京國子監。然是本列傳第三十四，版心有署「至元十八年杭州錢弼刊」者，第五十八，有署「至元十八年杭州劉仁刊」者，是在元時此版已離蜀矣。余嘗見宋慶元沈中賓在浙左所刊春秋左傳正義，其刻工姓名，與是本同者：有張堅、劉昭、史伯恭、李忠、李允、金滋、劉仁、張亨、張斌、周明、宋琚、何昇、何澄、朱玩、方堅、方至、蔣容、方中、王明、王信、余敏、張升、王壽三、王壽、嚴智、王定、李師正、張明、徐大中、楊昌、吳志、沈文、孫日新等，其餘六史，同者亦夥。其鐫工亦極相肖，是又宋時此版先已入浙之證。卷中字體遒斂，與世間所傳蜀本，同出一派。其版心畫分五格者，可定爲蜀中紹興原刊，餘則入浙以後，由宋而元，遞有補刻。陸存齋又言周季貺有一部，爲季滄葦舊藏，今嘉業殘本，均有季氏印記，蓋即延令故物，而由周氏散出者。陸氏謂爲無一修版，亦未確也。錢氏廿二史考異，謂少帝紀卷末無史臣論，非休文書。不知宋本固有之。是本卷末一行，確爲史臣論斷之詞。前有闕葉，故全文不可得見。其後並此僅存之一行，亦復湮滅。按前一葉皇太后廢少帝令，末行「今廢爲滎陽王，一依漢昌邑、晉海西故事」二語下，有一「鎮」字，審其語氣，必爲「鎮西將軍某某入纂皇統」云云，惜已亡逸，無可徵信。弘治修版，取南史補之，一字不易，而文義不相聯屬，乃削「鎮」字以泯其迹。不知南史爲記事之文，而本書爲記言之文。牉合之迹，顯然可見。其後北監、汲古閣、武英殿遞相傳刻，悉沿其誤。使無兹本，恐無以證錢氏之説矣。王氏十七史商榷又謂「武帝紀書檄詔策，皆稱劉諱，其間亦多有直稱裕者，則是後人校者所改，改之未浄，故往往數行之中，忽諱忽裕，牽率已甚」云云。此必指本紀第三首葉而言。然是本悉作諱字，並無忽諱忽裕之異，錢王二氏精研史籍，均不獲覩是本。吾輩生古人後，何幸而得見此未見之書耶。卷中空格及註闕字者，凡數十見，訛舛之字，亦殊不鮮。然以視後出之本，則此爲猶勝。異日當別印校記，以俟讀者之諟正焉。海鹽張元濟。

（原載百衲本二十四史宋書）

035　景印宋蜀刻大字本南齊書跋

右宋刊南齊書，江安傅沅叔同年所藏，卷末有崇文院治平二年六月牒文，中稱宋書、齊書、梁書、陳書、後魏書、北齊書、後周書，國子監未有印本，宜精加校勘，書寫板樣，送杭州開板。晁公武郡齋讀書志，又稱治平中鞏校定南齊、梁、陳三書上之。劉恕等上後魏書，王安國上周書，政和中始皆畢，頒之學官，民間傳者尚少。未幾，遭靖康丙午之亂，中原淪陷，此書幾亡。紹興十四年，井憲孟爲四川漕，始檄諸州學官，求當日所頒本。時四川五十餘州，皆不被兵，書頗有在者。然往往亡缺不全，收合補綴，因命眉山刊行。是刻宋諱避至構、慎二字，當是紹興蜀中重刊之本。通體僅有元補而無一明刻。志第七之第三葉，列傳第十六之第十葉，第二十五之第六葉，第三十九之第五葉，明南、北監本、汲古閣本、武英殿本皆闕；而前之二葉，是本猶巋然獨存，真海内祕笈矣。卷末校語凡十則，北監本、殿本各存其二，南監本、汲古閣本，亦僅存其六。其餘四則，則唯是本獨有之。本紀第一之「難滅星謀」句，殿本作「日蝕星隕」；列傳第二十之「或有徐令上文長者」句，殿本作「或有身病而求歸者」；列傳第三十之「虜并兵攻司州除青右出軍」句，殿本「除」作「徐」，「右」作「詔」，不知宋本固有校語，指爲疑義。南監本校語已失其二，而正文猶存。至萬曆重刻北監本時，此三則已全佚，疑爲刊本訛誤，遽加改竄。武英殿校刊諸臣，僅見監本，無怪其沿訛襲謬也。不寧惟是，本紀第一：「秉弟遐坐通嫡母殷氏養女，殷舌中血出，衆疑行毒害。」南監本、汲古閣本均作「殷言中血出」，不可通，然僅僅舌中血出，亦何足以云毒害。不知宋本原作「殷亡口中血出」。證以宋書長沙景王道憐傳：「義宗子遐，字彥道，與嫡母殷養女雲敷私通。殷每禁之，殷暴病卒，未大殮，口鼻流血」之語。宋本當不誤。北監本以南監「言」字爲不可解，臆改「舌」字，殿本仍之。兩者互較，其情節之輕重，相去不可以道里計矣。殿本志第六：「越州齊隆郡。」注：「先屬交州，中改爲關，永泰元年改爲齊隆，還屬關州。」按是本並無兩關字。原文漫漶不可辨，南監本同，汲古閣本各空一格，北監本則各注「闕」字，殿本遂誤「闕」爲「關」，郡名豈有改稱爲關之理，而當時更無所謂關州。又列傳第二十七：「州西曹苟平遺秀之交知書。」殿本、北監本、汲古閣本、均作「苟平」，而是本則作「苟丕」，南監本同。按下文「丕」字凡六見，兩字形極相近。印墨稍濬，筆畫易致合併。然細認均可辨別，且第二筆形勢亦顯有殊異。南史列傳第三十二豫章文獻王傳：有穎川荀丕獻王書，又與長史王秀、尚書令王儉書，與本傳所載，辭意悉合。「荀」「苟」傳寫偶訛，「丕」「丕」音義無別，必爲一人無疑。而殿本考證絶未之及。又州郡志上，「南徐州南平昌郡安丘」下，是本有新樂、東武、高密三縣，越州、齊寧郡、開城下，是本有延海、新邑、建初三縣。南、北監本、汲古閣本均有之，而殿本獨佚。是則校勘諸臣，難辭疏忽之咎也。校印既竟，因述其大要如右。海鹽張元濟。

（原載百衲本二十四史南齊書）

036 景印宋蜀刻大字本補配元明遞修本梁書跋

北（平）〔京〕圖書館藏梁書宋刊元補本，凡四十卷，亦眉山七史之一。此已全數影印，原闕列傳第一之四、第十六之十九、第三十六之三十九、第四十三、四、第四十九、第五十，又各卷間有闕葉，均以涵芬樓藏元、明遞修本補配。曾鞏序言，「臣等校正其文字」。

是本書必有校語，今行世各本，皆無之。獨是本本紀第五、列傳第七、第十五、第三十三，尚各存一條，此皆在宋刊卷内。其元、明遞修各卷，即原有之，亦已亡佚，無可考矣。史有闕文，孔子所稱。是本前後有墨丁三十六，空格九，凡闕七十六字，後出諸本，補完無闕，大都采自南史，然亦有不盡合者。如列傳第四十二司馬筠傳：「二王在遠，諸子宜攝祭事」句，是本「諸」字墨丁，而南史則作「世」字。第四十七良吏傳篇首，「故長吏之職，號爲親民」句，是本「爲」字墨丁，而南史則作「曰」字。蓋治平原刻，紹興時已亡缺不全，其後收合補綴，文字甫有損蝕。眉山刊行，主其事者，度必於南史之外，見有别本。如上文「諸」之與「世」，「爲」之與「曰」之異同。不能决爲何字，故寧從蓋闕。其有合於春秋傳疑之義，可取也。思廉論撰是書，成於貞觀之世，因避唐諱，故改「丙」爲「景」，改「虎」爲「獸」與「武」，改「淵」爲「深」，書中各數十見。明代重刻，乃復其初。錢竹汀以明人擅改本文，斥爲不學，一若明以前本盡避唐諱者。然以宋刊各卷考之，則本紀第二，天監四年下，「丙午，省鳳皇銜書伎」，又「十月丙午北伐」，五年下「夏四月丙申，廬陵高昌之仁山，獲銅劍二」。六年下「十二月丙辰，尚書左僕射夏侯詳卒」。列傳第十一王珍國傳，「十二月丙寅旦珍國引稷於衞尉府」，「丙」字均不作「景」。又本紀第五大寶三年下，「何必西瞻虎據乃建王宫」，列傳第五，張弘策傳，「虎據兩州，參分天下」，第八任昉傳，「婉人倫於豺虎」，第十一張齊傳，「天監二年還爲虎賁中郎將」，第十四陳伯之傳，「伯之子虎牙封示伯之」，又「遣信還都報虎牙兄弟，虎牙等走盱眙」，又「與子虎牙及褚緝俱入魏」，又「虎牙爲魏人所殺」，第二十蕭琛傳，「琛乃著虎皮靴，策桃枝杖，直造儉坐」，第三十一謝舉傳，「徵士何胤自虎丘山赴之」，第三十四許懋傳，「依白虎通云：『封者，言附廣也』」，第四十七孫謙傳，「先是郡多虎暴，謙至絶迹，及去官之夜，虎即害居民」，「虎」字均不作「獸」與「武」。又列傳第十四劉季連傳，「太宰褚淵素善之」。又「新城人帛養逐遂寧太守譙希淵」。又「子仲淵字欽回」。又「送季連弟通直郎子淵及季連二子使蜀」。第十五王志傳，「褚淵爲司徒，引志爲主簿，淵謂僧虔曰」。第二十二夏侯夔傳，「刺史蕭淵明引爲府長史，淵明彭城戰殁」，又「淵明在州有四妾，章、於、王、阮，並有國色，淵明没魏，其妾並還京第。」「淵」字均不作「深」。此必非思廉原文。宋元刊本，即已如是，其竄易不知始於何時？固不能專責明人也。王鳴盛曰：「宋、齊各書，唐人、宋人皆未細校。」然則是書也，其亦未能免於是歟？武英殿本卷首，有曾鞏序，諸本均不載。疑録自元豐類稾。是本原闕，故不補。海鹽張元濟。

（原載百衲本二十四史梁書）

037　景印宋蜀刻大字本陳書跋

右陳書，爲宋眉山刊本七史之一。舊藏北(平)〔京〕圖書館，存者僅二十一卷。嗣中華學藝社由日本東京静嘉堂文庫影得同式印本，因乞補配，於是全書無一明修版。静嘉藏本，吴興陸氏皕宋樓舊物也。武英殿本，孫人龍跋，「古本既不可見，國子監所存舊板，舛訛殊甚。翬等篇末所疏疑義，亦無一存」云云。按汲古閣初印本，列傳第二十八、第三十，尚存三條。陸氏跋謂汲古削其校語，恐所見者爲後印之本。又云卷一、卷三、卷九、卷十六、卷二十八後，皆有校語，此卷數陸氏皆指大題，卷二十八，當爲列傳第二十二，然宋刻是卷實無校語，疑陸氏誤認小題爲大題，實即列傳第二十八也。是本於毛、陸二氏所見六條外，又增列傳第二十九一條，洵爲無上祕笈矣。陸氏指汲古本訛字三則，又卷二十二錢道戢傳脱二十五字，所藏宋本，足證其誤。是本均同。余請更舉數事以爲之佐：是本本紀第四，「光大二年，章昭達進號征南大將軍」下，不脱「中撫大將軍新除征南大將軍」十二字；列傳第二十四顧野王傳：「野王又好丹青」下，不脱「善圖寫」三字；第二十八陸瑜傳，「丁母憂」下，不脱「去職」二字；又本紀第五，「太建五年，五月己巳瓦梁城降」，「瓦梁」不誤「石梁」；又「十一年十二月己巳詔所稱大予祕戲」，「大予」不誤「太子」；列傳第十五史臣論，「蔬菲禪悦」，「禪悦」不誤「蟬蜕」。以上所舉，均非尋常訛奪。不獨汲古，即北監、殿本無不如是。彼此互證，宋本之勝，實非諸本所能望其項背。惜陸氏全書，流出海外，國内僅一殘帙。然則余之獲印是本，既窺全豹，且駕陸本而上之，非猶不幸之幸歟。海鹽張元濟。

（原載百衲本二十四史陳書）

038 景印宋蜀刻大字本魏書跋

右魏書亦眉山七史刊本，涵芬樓所藏，僅得其半，先後假北（平）〔京〕圖書館暨江安雙鑑樓傅氏、吴興嘉業堂劉氏藏本補完。卷中有元代修補之葉，或謂有明初續補者，然皆不著年號，殊難斷言。馮夢禎萬曆重雕是書序，謂「南監所藏唐以前諸史，獨此書刓敝甚，議更新之，苦無善本校讎，魯魚帝虎，不能盡刊，斷篇脱字，所在而有」。孫人龍乾隆殿本校刊後跋，亦云「明刻二十一史中，此書最爲刓敝，今欲摘謬辨譌，不留遺憾，此實難矣」，然則兩朝覆刊，所據均非宋刊原本可知。雖廣平王傳，樂志劉芳上書，是本闕葉並同。夏侯道遷傳，更有錯簡。其他字句訛奪，間亦有不逮後出諸本者。然如帝紀三太宗紀：「泰常八年九月，劉義符潁川太守李元德竊入許昌，詔周幾擊之，元德遁」下，殿本闕三字，是本有「走幾平」三字。帝紀六顯祖紀：「天安元年秋七月」下，殿本闕二字，是本有「辛亥」二字。列傳二十八陸麗傳，「至於奉迎守順臣」下，殿本闕二字，是本有「職之」二字。又陸叡傳殿本：「各賜衣物有差」下闕二字，是本有「高祖」二字，而「有差」二字作「布帛」。又「親幸城北，訓誓羣帥，除尚書令衞將軍」下闕一字，是本有「叡」字。又「陸叡元不早」下闕五字，是本有「蒙寵禄位極」五字，且上文「元不」二字，是本作「元丕」；下文「大臣」二字，是本作「人臣」。列傳三十九吕羅漢傳：「故内委羣司外任」下，殿本闕四字，是本有「方牧正是」四字。志四天象一之四：「肅宗正光三年」注「辛亥又暈之占曰」下，殿本闕二字，是本「饑旱」二字，猶可辨認。又宋臣校語，是本帝紀三後有三百八字，殿本全佚。以上云云，考之南、北監本、汲古閣本，沿訛襲謬，大抵相同。明監校刊時，苦無善本，馮夢禎已具言之。毛氏固據宋本開雕者，何以除吕羅漢傳無闕文，及帝紀三，校語尚存九十七字外，均與明監本、殿本一無差别，殊不可解。猶不止此，帝紀二太祖紀：「登國元年」下「帝左右于桓等」，「桓」之誤「植」；帝紀九肅宗紀：「神龜元年」下「無人任保者，奪官還役」，「任」之誤「在」；列傳二十八陸叡傳：「辭以疾病土温則甚」，「土」之誤「上」；列傳四十宗欽傳：「宗」之誤「宋」；列傳四十八韓子熙傳：「節義純貞」，「義」之誤「乂」；列傳五十一宋弁傳：「皆減戍士營農」，「減」之誤「滅」；列傳五十二張彝傳：「微號華侈」，

「微」之誤「徽」；列傳五十九李苗傳：「梓潼涪人」，「潼」之誤「橦」；志一天象一之一：「世祖始光四年諸侯非其人」，「侯」之誤「佐」；志九律曆三下：「推五星見伏術，歲在已未」，「已」之誤「乙」；志十八靈徵下：「高祖太和五年得玉車釧三枚」，「釧」之誤「馴」；殿本校刊諸臣，猶能參據他書，加以訂正，而明監、汲古，則一任其舛誤，而不思自糾其非矣。雖然，校刊諸臣，不見舊本，憑空想像，亦有終難脗合者，請更舉之。志二天象一之二，「高祖太和四年正月」第二節「犯心」上闕，考證云：「所闕之字，南監本作戊午月，當亦誤也。係何月戊午耶？或此『犯心』二字重出」，不知宋本戊午月下，尚有又字，前節「正月丁巳月犯心」，戊午爲丁巳後一日，即正月之戊午也。故云又「犯心」，何得爲誤。又志六地形二中：「揚州邊城郡領縣二，期思注：『郡治有九口（宋本作彐）山豐城。』」考證云：「召南按此（指豐城言）與期思並屬邊城郡，監本誤刊豐城二小字於期思注下，則邊城少一縣矣。今改正。」不知宋本期思注「豐城」二小字下，別有「新息」二大字，與期思同爲邊城之縣。豐城爲期思所屬之城，並非縣名。召南倘見是本，何致有誤改之過耶？近人華陽葉氏嘗得宋刻，長沙王先謙以校汲古本，有校勘記，所指亦有異於是本者。帝紀四上世祖紀：「始光元年是劉義符爲其臣徐羨之等所廢殺。」王校「是」下脫「年」字，是本不脫。列傳三十五盧淵傳：「傳業累世，有能名。」王校「世」下當重一「世」字，是本正重一「世」字。列傳三十八尉元傳：「陡茲父事。」王校「陡」宋本作「涉」不誤，是本作「陟」不作「涉」。列傳四十八程駿傳：「文成踐阼。」王校「文成」作「高祖」，是本作「宗」不作「祖」。以上諸條，倘非廣雅誤刊，不能不謂是本之較勝也。王氏所校，凡八百餘條，全卷未舉一字者又十卷。蓋葉氏購得是書時，將之粤東，王氏獲見，不克久假。急約在京同官十人，分任讎校，計日而畢。爲時匆遽，容未詳盡。余參校再四，不敢謂悉無遺漏，然所增益不少；異時當整理付印，竊附王氏驥尾焉。海鹽張元濟。

（原載百衲本二十四史魏書）

039　景印宋蜀刻大字本補配元明遞修本北齊書跋

是亦眉山七史之一。帝紀及列傳一至二十六，涵芬樓舊藏，皆宋刊元、明遞修本。列傳二十七至四十二，借自北（平）〔京〕圖書館，其書爲元、明之際所印，遠勝於前三十四卷，在今日誠僅見矣。汲古閣本，文宣紀：「朝夕臨幸時」下，脱三百二十四字，李繪傳：「而輒竊用未」下，脱三百二十一字，且儳入高隆之傳，蓋原書適缺二葉，毛氏刊板麤率，未及校訂，誤相聯綴，而文義遂不可通。是本二葉具存，與明監本、武英殿本合。然以是本與殿本對校，乃時有異同。祖珽傳：「倉曹雖云州局，乃受山東課輸」下，接「大文綾并連珠孔雀羅等百餘疋，令諸嫗擲樗蒲，調新曲，招城市年少歌儛爲娱。遊諸倡家，與陳元康、穆子容、任胄、元士亮等爲聲色之遊」五十三字。又「文宣作相，珽擬補令史十餘人，皆有受納」下，接「據法處絞，上尋捨之，又盜官遍略一部事發」十七字，與殿本多不相合。然以文義核之，亦未嘗不言之成理。又列傳第二十元暉業傳，是本在元弼前，殿本反之。以常例言，子不當先父，而暉業與其祖孝友同時被害。孝友傳後，繼以暉業，史以紀事，連類而及，例亦恒有。按殿本是史考證，多引北史、通鑑及魏周諸書，館臣校刊時，或未獲見是本，頗疑彼此未必同出一源，故異辭如此其多也。眉山七史，此爲最遜。訛文脱句，不一而足。然亦殊有勝於殿本之處。文宣紀：「天保九年十一月丁酉大赦，内外文武普汎一大階。」按廢帝紀：「天保十年十一月太子即位。」武成紀：「河清元年正月立緯爲太子。」其下均有内外百官「普」加「汎」級之文。蓋「普」「汎」爲當時法令習語。殿本易爲「並進」，殊嫌臆造。列傳第九斛律金傳：「女若有寵，諸貴妬人；女若無寵，天子嫌人。」措詞何等雋永，殿本乃易妬人爲人妬，嫌人爲嫌之，辭氣鄙倍，不可方矣。列傳第十二慕容紹宗傳：「謂可爾不？」此「爾」朱榮稱兵入洛欲誅百官私告紹宗之言，意謂可否如是也。殿本乃作「爾」謂「可不」，亦失語趣。列傳第二十二崔暹傳：「暹喜躍，奏爲司徒中郎，時暹欲誇耀其子達拏，令昇座講周易，屈服朝貴，寵之以官。」喜躍者，極言其喜之甚也。殿本乃易「躍」爲「擢」，形容既未曲盡，即「擢」字無差，而擢奏亦嫌倒置。列傳第二十六楊愔傳：「其開府封王諸叨竊恩榮者。」殿本作「開封王」無「府」字，一似上文常山王、長廣王之外，又增一王矣。列傳第三十元文遥傳：「詔特賜姓高氏籍隸宗正，第依例，歲時入朝。」殿本易「第」爲「子弟」二字，以宗正子弟爲句，語已不文，且文遥爲孝昭顧命之臣，武成即位，任遇益隆，賜姓高氏，正所以優禮老臣，豈有視如子弟之理？又「文遥自鄴遷洛，惟有地十頃，家貧所資衣食而已」，殿本無「而已」二字，語意亦欠完足。列傳第三十一崔季舒傳：「庶子長君尚書右丞兵部郎中，次鏡玄著作佐郎，並流於遠惡。」蓋兄弟二人，同時流放於遠方惡地也。殿本乃作並流於長城，是反令其兄弟同居一地，非竄逐之意矣。列傳第三十四盧潛傳：「特赦潛以爲岳行臺郎中。」時潛方坐譏議魏書，與王松年李庶等，俱被禁止，今將起用，故先赦之。殿本乃易「赦」爲「敕」，與上文文義不貫。陽休之傳：「齊受禪，除散騎常侍修起居注，頃之坐詔書脱誤，左遷驍騎將軍。」按魏書官氏志：「散騎常侍從第三品，驍騎將軍第四品。」故云左遷。殿本乃易驍騎爲驃騎，驃騎將軍第二品，與事實全反矣。列傳第三十八孟業傳：「劉仁之謂吏部崔暹曰：貴州人士唯有孟業宜銓舉之，他人不可信也。」殿本後二句作「銓舉之次，不可忘也」。仁之於業，推舉甚殷，故語暹亦極專摯。若如殿本所言，乖其旨矣。列傳第三十九宋游道傳：「臨喪必哀，躬親襄事。」殿本

「襄」作「喪」。上文既言臨喪矣，又何必重言躬親喪事乎？以上諸條，不過摘其大要，其他類似者尚不勝舉。則信乎披沙之猶可揀金也。余聞人言，舊本諸史，訛字較殿本爲多。按殿本從監本出，明人刻書，每喜竄易，遇舊本不可解者，即臆改之，使其文從字順。然以言行文則可，以言讀書則不可。即以是書言之，如列傳第二十四王琳傳：「兵士透水，死十二三。」「透水」殿本作「投水」，「透」「投」二字，南、北諸史往往通用。王西莊備舉其例，不知者必以透爲非矣。又列傳第二十五蕭放傳：「慈烏來集，各據一樹爲巢，每臨時舒翅悲鳴，全似哀泣，家人則之。」「則」字不可解，殿本易之以「伺」，意自了然；然烏知「則」非「測」之訛乎？又徐之才傳：「郡廨遭火，之才起望，夜中不著衣，披紅服帕，出戾映光，爲昂所見。」「戾」字殿本作「户」，誠極明瞭。然余竊疑上句斷自「出」字，「戾」或原作「户火」，誤併爲「戾」，解爲户外之火，其光反映，似亦可通。又列傳第二十九魏收傳：「文襄曰魏收恃才無宜適，須出其短。」殿本作「魏收恃才使氣，卿須出其短」，語意固較明顯，然「無宜適」云云，亦何嘗不可索解，特措詞稍隱峭耳。又列傳第三十五李稚廉傳：「并州王者之基，須好長史各舉所知，時㸦有所稱。」三朝本「㸦」已訛「牙」，余校諸史，凡遇「㸦」字，誤者什九。明監刊版時，疑「牙」誤脱半字，遂改爲「雅」。殿本仍之，庸知實非半字之奪？而僅爲一筆之訛。又列傳第三十七樊遜傳：「秦穆有道勾甚錫手。」殿本作「勾芒錫祥」，「甚」

「芒」形近，「錫祥」與下文「降禍」對舉，義亦允洽，糾正誠當。然手字究從何來？蓋「羊」古通「祥」，因「羊」而轉爲「手」，則何如易「手」爲「羊」之得反其原乎？又顏之推傳：「牽痾痾而就路。」自注「時患腳氣」，殿本作「痾疻」，「痾痾」二字，誠鮮疊用。然痯痯瘦瘦，見於爾雅，安知彼時無此二字疊用之古語乎？又「款一相之故人」，自注「故人祖僕射掌璣（璣當作機）密土納帝令也」。「土納」殿本作「吐納」，似矣。然尚書舜典「龍作納言，夙夜出納朕命」，「土」「出」形似，故知「土」實「出」訛，而非「吐」訛。又列傳第三十九宋遊道傳：「遊道從至晉陽，以爲大行臺吏部，又以爲太原公開府諮議，及平陽公爲中尉，遊道以議領書侍御史。」此「以議領書」四字，必有脱誤。殿本作「遊道以爲太原侍御史」。驟讀之似甚順，不知侍御史非外職，不當冠以地名，改者見上文有太原公之稱，以爲其官必隷公府，但前後不接，更增一「爲」字以聯之。於是遂似遊道別舉一人以充斯職，是則文義更不可通矣。魏官氏志：「有開府諮議參軍，有治書侍御史。」品秩相等。時遊道正官太原公開府諮議。竊謂原文議上奪「諮」字，領下奪「治」字，當作「遊道以諮議領治書侍御史」，似較殿本所改爲適。又列傳第四十二高阿那肱傳：「安吐根曰一把子賊刺取郎者汾河中。」「郎者」二字，殿本作「擲取」，汲古本作「一擲」，「郎」「擲」形似，故易推測。「者」字無可比擬，毛氏去之，代以「一」字。殿本且並删之。然「郎」可改「擲」，「者」何不可改「諸」？且擲諸汾河，語意更爲完滿。此不過就文字言之，而原文究爲何語？則不可知矣。尤有證者：列傳第三十七有睦豫傳，錢氏廿二史考異曰：「廣韻『睦』字下不云『又姓』，它書亦未見『睦』姓者，然諸本皆從目旁。」按本傳：「睦豫趙郡高邑人。」本書崔暹傳：「趙郡睦仲讓陽屈之。」魏收傳：「房延祐、辛元植、睦仲讓雖夙涉朝位，並非史才。」北史此二傳皆作眭仲讓，又魏書逸士傳，有眭夸者，亦趙郡高邑人。又慕容寶傳：「有中書令眭邃。」汲古本亦誤作「睦」，而監本則作「眭」。由此推之，眭氏必爲趙郡鉅族，且當時人物必甚盛。竊疑睦豫當爲眭豫之譌，猶幸尚從目旁，未改爲「陸」，使非然者，恐錢氏亦無從致疑矣。古之良史，紀其所聞所見，每用其當日之語言，千百年來，必有變遷，且書成而後，幾經寫刻，魯魚帝虎，更所難免，賴有廑存之本，去古未遠，蹤跡易尋，審慎追求，或猶可稍得其事實。則即此訛誤之字，抑亦古人遺跡之可寶者也。使徒就吾輩口耳所習，讀其書，遇有疑義，輒參己見以删訂之，未有不失其真者。不然，孔子修春秋，何不取郭公夏五之文，而竟加以筆削乎？竊願讀是書者一思之也。海鹽張元濟。

（原載百衲本二十四史北齊書）

040　景印宋蜀刻大字本補配元明遞修本周書跋

眉山七史，唯周書最罕見。涵芬樓獨有其二，且宋刊之葉，尚存什之七八。壬申初春，正在攝影，將付印矣。戰事遽作，燬於火，殘餘才百數十葉，懸格訪補，應者凡六七部，多刓敝不可用。余友吴縣潘博山以所藏三朝本相假，元、明補版，多於涵芬藏本，版心雖已剜去，一望可識。然以余所見，此亦其亞已。列傳第十二賀蘭祥傳：「宣陽縣公」下，有「建德五年從高祖於并州戰殁，贈上大將軍，追封清都郡公。師尚世宗女，位至上儀同大將軍幽州刺史博陵郡公。寬開府儀同大將軍。武始郡公祥弟隆大將軍襄樂縣公」六十六字，爲武英殿本及明監本汲古閣本所闕。尚不止此，紀第四史臣贊，「享年不永」下，有「嗚呼」二字。列傳第十王羆傳：「有客與羆食瓜」下，有「客削瓜」三字。列傳第二十六元定傳：「遂爲度等所執」下，有「所部」二字。列傳第二十八裴果傳：「幽州總管府」下，有「司馬朔州總管府」七字。列傳第三十一杜杲傳：「後四年遷」下，有「温州諸軍事」五字。殿本及他本亦無之。（唯汲古本有「客削瓜」三字）其他訛字，不勝枚舉，舉其甚者：紀第七「大象二年」下，「立天元皇后楊氏爲天元大皇后，天皇后朱氏爲天大皇后，天右皇后元氏爲天右大皇后」，三「大」字，殿本均作「太」。按宣帝即位，即立妃楊氏爲皇后。大象元年四月，又立妃朱氏爲天元帝后。七月，又改天元帝后朱氏爲天皇后，立妃元氏爲天右皇后。又列傳：「宣帝楊皇后，隋文帝長女，朱皇后，静帝之母，元皇后，開府晟之第二女。」是可知三氏皆皇后。殿本稱「太皇后」，實誤。列傳第七于謹傳：「太師晉國公護升階設几於席。」承上文「有司設三老席於中楹」而言，殿本乃云「設几施席」，一似原未有席者，豈非自相牴牾？列傳第十二尉遲綱傳：「太祖西討關隴，迥、綱與母昌樂大長公主留于晉陽。」殿本乃曰「留守晉陽」，是綱與其兄母，同爲守土之官矣。安得有此事乎？列傳第十五蘇綽傳：「以供養老之具，」殿本「養老」作「養生」，上文已言「以備生生之資」矣。此又何必複述。故知「養生」二字實非。列傳第二十二于翼傳：「數日間至。」殿本「間」作「問」，間者，猶言間諜。時土谷渾入寇河右，涼鄯河三州咸被攻圍，軍事方急，遣使偵探，事所當有。若通音問，恐有未能。列傳第三十八皇甫遐傳：「遭母喪，乃廬於墓側，負土爲墳，後於墓南作一禪窟。」又云：「禪窟重臺兩匝，總成十有二室。」按「禪」字當從衣旁，訓附訓小，蓋遐於其母墓側穿一窟室，取土培墓，已即處於窟中，冀朝夕不離其母。而殿本乃改爲「禪窟」，按之本傳，絶無於彼習佛參禪之意，蓋「禪」「禪」形近，遂因而致誤耳。列傳第四十二突厥傳：「父兄伯叔死者。」殿本無「兄」字。按此對下文子弟及姪等與後母世叔母及嫂言，若無「兄」字，則文義爲不完矣。先是涵芬藏本未燬時，余嘗用校諸本，其校記尚存。紀第七：「大象二年」下，「每召侍臣論議」，是本「論議」作「論議」。列傳第七李檦傳：「贈恒、朔等五州刺史。」是本無贈字。列傳第十王羆傳：「討平諸賊。」是本「討平」作「許平」。列傳第十六盧辯傳：「强記默識。」是本「默識」作「默契」。列傳第二十史寧傳：「梁武帝引寧至香磴前。」是本「磴」作「蹬」。列傳第二十二竇熾傳：「政號清淨。」是本「淨」作「静」。列傳第二十四陸通傳，「戰於邙山」，是本「邙」作「芒」。列傳第二十六元定傳：「先時生羌據險不賓者。」是本「生羌」作「主羌」。列傳第二十八司馬裔傳：「信州蠻酋冉令賢等。」是本「冉」作「舟」。裴果傳：「司右中士帥都督涼州别駕。」是本無「士」字。列傳第三十一辛慶之族子昂傳：「遂募開、通二州得三千人。」是本「開通」作「通開」。列傳第三十三庾信傳：「才子并命俱非百年。」是本「非」作「飛」。又「硎穽摺拉」，是本「硎」作「州」。列傳第三十六扶猛傳：「時遣使微通餉饋而已。」是本「微」作「徵」。凡此諸字，均似舊本勝於今，兹所用之本，而灰燼銷沈，永不復見於人世，良可惜已。海鹽張元濟。

（原載百衲本二十四史周書）

041　景印元大德刻本隋書跋

此元大德九路刊本也。明黄佐南廱志：「元江東建康道肅政廉訪使以十七史艱得善本，從太平路學官之請，偏牒九路，令本路以兩漢書率先諸路咸取而式之。」按元史建康道所轄九路：一寧國，二徽州，三饒州，四集慶，五太平，六池州，七信州，八廣德，其九爲鉛山州，不稱路。然直隸行省與路同。是本版心有「堯學」「路學」「番泮」「浮學」「樂平」「錦江」「初庵」等字。「堯」爲「饒」之省文，堯學、路學即饒州路學，「番泮」即鄱陽縣學，「浮學」「樂平」即浮梁、樂平二州學，蓋某路承刊某史，又與其所屬州縣分任之。至錦江、初庵皆書院名。錦江在安仁縣，爲宋倪玠講學之所。初庵在德興縣，爲邑人傅立號初庵者所設。元制，書院設山長，亦爲朝廷命官，故與州、縣學同任刊刻之役也。殿本是書，據宋刻校勘，故訛脱視他史爲少。然校刊官張映斗識語，謂：「宋本殘缺，乃以監本爲底本。」故有時不免爲監本所誤。即以地名、人名、官名、物名言之，如：高祖紀下「開皇十年六月癸亥，以浙州刺史元胄爲靈州總管」。監本「浙州」乃作「浙江」。本書地理志下餘杭郡注：「平陳置杭州。」當時並無浙州之名，至浙江則至明洪武時始有之，而地理志中有淅陽郡，注：「西魏置淅州。隋初未改郡，當仍其稱。」此「浙」字必「淅」字之訛。殿本不知改「浙」

爲「淅」，而反沿監本浙江之名，誤一。又地理志上：「西城郡統縣黄土。注：西魏置淯陽郡，後周改郡置縣，曰黄土。」監本「淯陽」乃作「涓陽」。本書地理志中淯陽郡注：「西魏置蒙州，仁壽中改曰淯州。」寰宇記：「淯水在廢淯陽縣西一百步，自商州上津縣來，東流注於漢。」是淯陽實以淯水得名。殿本沿監本作「涓」，誤二。又張嬰傳：「河間鄚人也。」監本「鄚」乃作「鄭」。本書地理志中河間郡統縣十三，有鄚縣，隋有鄚州，屬滎陽郡，有鄭縣，屬京兆郡，去河間均甚遠。舊唐書地理志：「河北道莫州，本瀛州之鄚縣。開元十三年以『鄚』字類『鄭』字，改爲『莫』」，是「鄚」之訛「鄭」，由來已久。監本然，殿本亦然，誤三。又李密傳：「王世充引兵來與密決戰，密留王伯當守金墉，自引精兵就偃師，北阻邙山以待之。」舊唐書紀此事，亦作邙山，監本「邙山」乃作「邛山」。元和郡縣志：「北邙山在偃師縣北二里」，此云「就偃師」，必爲邙山無疑。監本作「邛」者，誤於形似也，殿本仍之，誤四。又律曆志中張賓改曆，劉孝孫等駮言其失，謂「漢書武帝太初元年丁丑歲，落下閎等考定太初曆」，又天文志渾天儀篇：「落下閎爲漢孝武帝於地中轉渾天定時節。」監本「落下」乃均作「洛下」。漢書律曆志：「武帝元封七年，議造漢曆，募治曆者，方士唐都、巴郡落下閎與焉。」「落下」不作「洛下」，監本妄改，殿本從之，誤五。又王（世）充傳：「有道士桓法嗣者，自言解圖讖。」監本「桓」乃作「相」。北史、兩唐書世充傳，紀此事均作「桓法嗣」，不作「相法嗣」，蓋「桓」爲宋諱，避缺末筆，元本亦往往沿之。監本不察，誤認爲「相」，殿本循之，誤六。又禮儀志六，紀文武冠服，尚書都令史節，「謁都水令史」監本乃作「謁都令史」。按「謁」爲謁者臺，「都水」爲都水臺，令史爲二臺屬官，且上文有尚書都令史，謁者位卑，不當有都令史，必爲都水無疑。監本既脱，殿本不予補正，誤七。又史祥傳「進位上開府，尋拜蘄州總管，未幾徵拜左領左右將軍」，監本乃作「左領軍右將軍」。本書百官志：「左右領左右府，各大將軍一人，將軍二人。」曰「各一人、二人」者，必有左領或右領左右大將軍、將軍矣。且獨孤陁傳亦有「拜上開府右領左右將軍」之語，此可證左領左右將軍實有其官。監本疑疊見左字有譌，故改其一，殿本因之，誤八。又裴矩傳：「祖他魏都官尚書。」監本乃作「郡官尚書」。魏書官氏志有列曹尚書，都官爲列曹之一，魏書、北史本傳雖不言其曾官此職，然若以「郡」上屬「魏」字「官」下屬「尚書」字爲句，則更不成詞，且魏官名無獨用尚書二字者，監本失於前，殿本踵於後，誤九。又李崇傳「突厥欲降崇，遣使謂之曰：『若來降者，封爲特勤。』」西突厥傳：「其國立鞅素特勤之子。」監本二「特勤」字乃均作「特勸」。耶律鑄雙溪醉隱集自注：「和林城東北，有唐明皇開元壬申御製御書闕特勤碑，其碑額及碑文，皆是『殷勤』之『勤』字。唐新舊史凡書『特勤』，皆作『銜勒』之『勒』字，誤也！諸突厥部之遺俗，猶呼可汗之子爲『特勤』『特謹』字也。」近人在三音諾顔之哲里夢，獲覩是碑，拓以示人，釋之者謂今蒙古呼王之子弟皆爲「台吉」，即「特勤」「特謹」之轉音，且據此以駁顧亭林、畢秋帆之言，而伸錢竹汀之説。又突厥傳：「都藍可汗遣其母弟褥但特勤獻于闐玉杖」，是本亦已誤「勤」爲「勒」，監、殿二本，且更誤爲「特勒」矣。是「特勤」二字之見於是本者，豈非碩果之遺；殿本襲監本之謬，誤十。尚有一字，其異同僅在點畫之微，亦正惟其微，而愈徵舊本之足貴。禮儀志六「皇后衣十二等」節，其翟衣有六，采桑則服鳪衣。注：黄色。其下諸公夫人、諸伯夫人、諸子夫人、三妃、三公夫人均服此衣，故「鳪」字凡七見，是本惟「諸公夫人」節誤作「卜」旁，監本則全作「鵏」。爾雅釋鳥：「鳪，雉。」郭璞注：「黄色，鳴自呼。」與本書注正同。鳪衣外尚有翬衣、褕衣、鷩衣、鶅衣、翞衣五者，皆以雉文爲色，故稱翟衣，亦正與爾雅鷩雉、秩秩、海雉、鶅雉、翬鷂各注色澤相合，是「鳪」之當從卜旁，毫無疑義。是本誤者一而未誤者六，校刊監本者見舊本互有異同，以卜旁之字罕見，遂不問上下文之意義及其字之有無，而昧然盡改爲「卜」旁，武英殿校刊諸臣，一仍舊貫，更無所容心於其間，而「鳪」字遂從此湮滅，刊書之人愈多，而識字之人愈少，豈非事之可哀者乎。儀顧堂題跋，謂是本百官志上、董純傳各有闕文，證之是本，所脱正同，古籍日稀，奚能姑舍，美猶有憾，吾無諱焉！海鹽張元濟。

（原載百衲本二十四史隋書）

042　景印元大德刻本南史跋

眉山七史既印行，隋書選用元大德本，亦已竣工，當續出南、北史。北史宋刻雖有殘本，而南史則幾絶迹於天壤間，不得已，而思其次。北（平）〔京〕圖書館藏元大德本，既借影如干卷，不足，補以涵芬樓藏本，顧版多漫漶不可讀。余友常熟瞿良士、江安傅沅叔各出所藏，以彌其憾。雖間有補版，然皆清朗悦目，是亦爲建康道屬九路刻本。卷首有大德丙午刊書序，惜缺一葉，諸家藏本均同，無自訪補。版心不記刊版地名，惟梁本紀八，第一葉魚尾下有「古杭占閏」，列傳第三十一第十八葉有「古杭良卿刊」等字。又列傳第七十末葉版心下題「桐學儒生趙良寀謹書，自起手至閣筆凡十月」小字二行。縣名首冠「桐」字者，不一，以上文刻工推之，當爲桐廬。按元太平路刻漢書，儒學教授孔文聲跋，有致工於武林之語。宋南渡後，杭州刻書甚盛，即遭鼎革，良工猶存。以意度之，是占閏、良卿二人必至自武林之匠役。寫官趙氏或同時與之俱來，至爲何路所刻，則不能確定矣。鐵琴銅劍樓藏書目稱是本謝瀹傳「流湎」不誤「沈湎」，王儉傳「長兼侍中」不誤「長史兼侍中」。雙鑑樓藏書續記亦歷舉是本卷一勝於殿本者有二十餘字。然尚有出於所述外者。殿本及明監本，汲古閣本，齊本紀上宋帝九錫文，「乃者袁、劉搆禍，實繁有徒」。袁劉何人？王鳴盛舉袁標、劉延熙以當之。是本袁劉作袁鄧，按本史宋本紀下，泰始元年十二月江州刺史晉安王子勛舉兵反，鎮軍長史袁顗赴之，鄧琬爲其謀主。（宋本宋書作劉琬實誤，殿本考證，謂無其人。）若袁標劉延熙者，不過後來響應之輩，且與袁劉同時舉兵者，〔尚〕有顧深、王曇生、程天祚諸人。九錫文贊揚齊帝功業，必以戡除禍首爲言，斷無遺首舉從之理。是知袁劉誤而袁鄧實不誤也。江祏傳「祏等既誅，帝恣意遊走，單騎奔馳，謂左右曰『祏常禁吾騎馬，小子若在，吾豈能得此？』因問祏親親餘誰。答曰江祥，今猶在也。乃於馬上作敕，賜祥死」。是本作「今猶在治」，不作「在也」。按本史梁武帝紀：「東昏聞郢城没，乃爲城守計，簡二尚方二治囚徒以配軍，」始安王遥光傳：「遥光欲以討劉暄爲名，夜遣數百人破東冶出囚。」晉安王子懋傳：「子懋既被害，其故人董僧慧爲王玄邈所執。僧慧請俟主人大斂畢，退就湯鑊。玄邈義之，具白明帝，乃配東冶。」文學卞彬傳：「永明中琅邪諸葛勗爲國子生，坐事繫東冶，作東冶徒賦。」是「冶」者，實爲當時縶繫囚徒之所。江祏既誅，其弟祥必以親屬繫獄，左右答明帝問，謂今猶在「冶」者，猶言今尚在獄中也。若僅言其人猶在，則必先事追捕，又安能即於馬上作敕賜死乎？是知「在也」誤，而「在治」實不誤也。蘭欽傳：「欽授都督衡州刺史未及赴職。」下文「詔加散騎常侍，仍令赴職」。是本均作「述職」，不作「赴職」（此惟汲古閣本未改）。按本史張纘傳：「改爲湘州刺史，述職經塗，作南征賦。」孫謙傳：「宋明帝以爲巴東、建平二郡太守，謙將述職，勅募千人自隨。」雖與孟子「諸侯朝於天子」之義有所不合，然此自是當時通行之語。且張纘、孫謙二傳亦均仍其原文，則蘭欽傳必爲後人竄改，是可知「赴職」誤，而「述職」實不誤也。昭明太子傳：「始興王憺薨，舊事以東宫禮絶傍親，書翰並依常儀，太子以爲疑，命僕射劉孝綽議其事。」是本作「僕劉孝綽」，無「射」字。按下文「太子令亦言劉僕議云：傍絶之義，義在去服」云云，並不稱劉僕射。孝綽本傳：「爲太子僕，掌東宫管記。」梁書本傳，亦言「先後爲太子僕」，考其歷官，未至僕射，是可知「僕射」誤，而無「射」字實不誤也。孝義江泌傳：「牽車至染烏頭，見一老公步行，下車載之，躬自步去。」按本史梁武帝諸子傳：有南康簡王績，而無子琳其人，子琳實爲齊武帝第十九子，見齊武帝諸子傳。齊書江泌傳亦言「世祖以爲南康王子琳侍讀」，且「染」爲上文「染烏頭」之省文，「步去」下綴此一字，於文義亦較完足。是知「梁」誤而「染」實不誤也。其他譌舛，不可僂指，余别有札記，今不悉舉矣。

海鹽張元濟。

（原載百衲本二十四史南史）

043　景印元大德刻本北史跋

北史宋槧，世間尚有存者，然皆不全。且南史已采元大德本，故亦取同時刊本，以爲之配。校讀既竣，其較勝於時本者：魏孝莊帝紀，「永安二年秋七月，以柱國大將軍太原王尒朱榮爲天柱大將軍」下，多「癸酉臨潁縣卒江豐斬元顥，傳首京師，甲戌以大將軍」二十一字（見本紀第五第四葉）。魏宗室元丕傳：燕州刺史穆羆論移都事，「臣聞黄帝」下，多「都涿鹿，古昔聖王，不必悉居中原，帝曰：黄帝」十七字（見列傳第三第十一葉）。儒林劉獻之傳「獻之語諸從學者：儻不能然，雖復不」句，「復不」作「復下」，以下多「帷針股蹋屩從師，正可博聞多識，不過爲土龍乞雨眩惑，其於」二十四字（見列傳第六十九第十一二葉）。恩幸和士開傳：「士開説武成以國事分付大臣，於是委趙彦深」下多「掌官爵，元文遥掌財用，唐邕掌外兵，白建掌騎兵，馮子琮胡長粲」二十五字（見列傳第八十第二十七葉）。韓鳳傳紀段孝言監造晉陽宫事，「見孝言役官夫匠自」下，多「營宅，即語云：僕射爲至尊起臺殿，□未訖，何用先自營造，鳳及穆提婆」二十六字（見列傳第八十第三十六葉）。明監本、武英殿本固均闕如；即校勘較慎之汲古閣本，亦僅存魏孝莊帝紀一則，餘四則皆佚。其他單詞隻字之較勝者，尤不可指屈。然則此本雖非最上，抑猶不失爲次也。原本板心卷第多附「上」字，然有上無下，求其故不可得，存之轉滋眩瞀，因悉芟削，附識於此。海鹽張元濟。

044 景印宋刻本補配明聞人詮刻本舊唐書跋

（原載百衲本二十四史北史）

石晉時劉昫等奉敕撰，原稱唐書，自歐、宋重修本出，始以舊别之。全書二百卷。是本存宋刻志卷第十一至十四，卷第二十一至二十五，卷第二十八至三十。列傳卷第十五至二十八，卷第三十八至四十七，卷第五十至六十，卷第七十八至八十三，卷第一百十五至一百十九，卷第一百二十九至一百三十四，卷第一百四十下至一百四十四上，凡六十七卷。又子卷二卷。餘均以有明嘉靖聞人詮、沈桐校刻本配。聞人自叙，謂窮搜力索，得宋遺籍；文徵明叙，謂是書刻於越州，卷後有教授朱倬名，倬忤秦檜，出爲越州教授，當是紹興初年。是本宋刻，卷末有「左奉議郎充紹興府府學教授朱倬校正」一行者，凡十五卷，與聞、沈所據本正同。顧紹興原刻，每半葉十四行，行二十五字。嘉靖覆刻行數猶同，而字數增一，爲微異耳。文叙又言：「世無善本，沈君僅得舊刻數册，較全書才十之六七，徧訪藏書之家，殘章斷簡，悉取以從事校閲，惟審一字或數易」云云。夫字爲數易，則必無原書可據，而出於臆改可知。沈氏記借書者陳沂、王延喆、王穀祥、張汴四人，皆吳中藏書家。是本鈐有紹興府鎮越堂官書印者若干卷，疑彼時必猶庋越中，未爲沈氏所見。故其中如志卷十四，曆三第二十葉，「求九服所在每氣蝕差」節：「并二率半之，六而一爲夏率，二率相減，六一爲差，置總差六而一爲氣半氣差，以加夏率。又以總差減之爲冬率，冬率即是冬至之率也。每以氣差加之，各爲每氣定率」。明本竟誤爲「并二率半之六而一爲夏，總差減之爲冬率，冬率即是冬至之率也。每以氣差加之各差以加夏率又以〔率〕，二率相減六一爲差置總差六而一爲氣半氣爲每氣定率」。又卷二十一地理四第二十四葉，「廣州中都督府」節：「其年又以」下，明本又奪「義寧、新會二縣立岡州，今督廣、韶、端、康、封、岡、雜、藥、隴、竇、義、雷、循、潮十四州。永徽後以廣、桂、容、邕、安南府皆隸廣府都督統攝，謂之五府節度使，名嶺南五管。天寶元年，改爲南海郡。乾元元年復爲廣州。州內」七十八字。列傳卷一百四十下第四葉李白傳「隱於剡中」下，明本又奪「既而玄宗詔筠赴京師，筠薦之於朝，遣使召之，與筠俱待詔翰林。白」二十六字。武英殿本雖未明言其所自出，然實以聞、沈刻本爲主，上列三條，明本已佚而殿本無之，猶可言也，乃何以明本具存而殿本亦闕如。志卷九音樂二第十二葉「制氏在太樂能記鏗鏘鼓舞河間」下，奪「王著樂記八佾之舞，與制氏不甚相遠，又舞八佾之明文也，漢儀云」二十六字。又同葉「充庭七十二架」

下，奪「武后遷都乃省之，皇后廟及郊祭並二十架」十七字。又卷十七五行第七葉「溺死者數千人三年」下，奪「夏，山東、河北二十餘州大旱饑饉，死者二千餘人。景龍二年正月」二十五字。又卷二十一地理四第十五葉「戎州中都督府」節「以處生獠也」下，奪「戎州都督府，羈縻州十六，武德、貞觀後招慰羌戎開置也」二十二字。又卷二十四職官三第十一葉「衛尉寺」節，「卿一員從三品」下，奪「古曰衛尉，梁加卿字。隋品第二，龍朔改爲司衛正卿，咸亨復衛尉卿也」二十七字。又同卷第十三葉「鴻臚寺」節，「卿一員從三品」下，奪「周曰大行人、中大夫，秦曰典客，漢曰大鴻臚，梁加卿字，後周曰賓部中大夫，隋官從三品，龍朔爲同文正卿，光宅曰司賓」四十六字。又第十四葉「司農寺」節，「景帝改爲大農，武帝加」下，奪「司字，梁置十二卿，以署爲寺，以官爲卿」十五字。又第十五葉「太府寺」節，「梁置，後周曰」下，奪「太府中大夫，隋爲太府卿，品第三，龍朔改爲外府正卿，光宅爲司府卿，神龍復也」三十一字。列傳卷一百三十五下第十四葉袁滋傳「拜檢校吏部尚書平章事劍南西川節度使」下，奪「賊兵方熾，滋懼而不進，貶吉州刺史，俄拜義成軍節度使」二十二字。又卷一百四十九上高麗傳第四葉「因下馬再拜以謝天，延壽」下，奪「惠真率十五萬六千八百人請降，太宗引入轅門，延壽」二十一字。他類是者，不勝枚舉。此則館臣校勘之疏，實不能自辭其咎矣。或有爲之解者曰：信如是説，何以又有宋、明二本，俱無其文，而獨見於殿本，且文義確似較勝者？曰：宋明二本，固不能一無訛脱，然吾敢言殿本所獨有者，必非劉氏原書。何以言之？聞、沈二氏所得宋本，因有殘缺，以意修訂，故與宋本時有異同，沈德潛等殿本校勘跋語，明言「合之新書以核其異同，徵之通鑑綱目以審其裁制，博求之通典、通志、通考與夫英華、文粹等書以廣其參訂，參錯者更之，謬誤者正之」。然則殿本之異於宋、明二本者，必出於采用以上之書，是祇可謂爲清代重修之本，而不得視爲劉氏原撰之本也。清道光時，揚州羅士琳、劉文淇輩嘗校是史，以宋人所引書爲之考證，其異於今之殿本者，往往轉與太平御覽、册府元龜、元和郡縣志、太平寰宇記、唐會要諸書相合，然則清代重修之本，抑猶有未可盡信者歟。尤有證者，諸突厥部呼可汗之子爲「特勤」，余於隋書後跋已詳言之，是本列傳卷七第十葉張長遜傳：「遂附於突厥，號長遜爲割利特勤。」又卷十第五葉襄武王琛傳：「遺骨咄禄特勤隨琛貢方物。」又卷十二第九葉李大亮傳：「北荒諸部，相率内屬，有大度設拓設泥熟特勤及七姓種落等，尚散在伊吾。」殿本均誤爲「特勒」。請更舉數字，宋本吾勿言，即在明本已誤者亦勿論，其未誤者，如列傳卷十六房玄齡傳第四葉：「高昌叛换於流沙，吐渾首鼠於積石。」又卷三十四裴行儉傳第九葉：「吐蕃叛换，干戈未息。」又卷九十九歸崇敬傳第八葉：「以兩河叛换之徒，初稟朝命。」此「叛换」二字，殿本均改爲「叛涣」。又本紀卷十一代宗紀第十六葉：「其天下見禁囚，死罪降從流，流已下釋放，左降流人，移隸等委司奏聽進旨。」又列傳卷一百十五温造傳第十二葉：「即合待罪朝堂，候取進旨。」又卷一百四十下第六葉吴通玄傳：「天子召集賢學士于禁中草書詔，因在翰林院待進旨，遂以爲名。」此「進旨」二字，殿本均改爲「進止」。又列傳卷一百二十九張濬傳第八葉：「張濬所陳，萬代之利也，陛下所惜，即目之利也。」又列傳卷一百三十二高駢傳第十一葉：「逆黨人數不多，即目弛於防禁。」此「即目」二字，殿本均改爲「即日」。又列傳卷二十七第十二葉崔義玄傳：「兼採衆家，皆爲解釋，傍引證據，各有條流。」又卷一百十五柳公綽傳第四葉：「乃下中書條流人數，自是吏不告勞。」又柳仲郢傳第六葉：「武宗有詔減冗官，吏部條流，欲牒天下州府取户額官員。」此「條流」二字，殿本均改爲「條疏」。是不過以其罕用，而易以習見之詞，然不知已蹈竄亂古書之弊矣。錢大昕精於史學，其所撰廿二史考異論本書地理者：關内道鳳翔府下「改雍州爲鳳翔縣」句，謂「州」字衍，而明本實作「雍縣」，不作「雍州」。見志卷十八第十葉前九行。又河南道河南府下「領洛、鄭、熊、穀、嵩、管、伊、汝、管」句，謂兩「管」字必有一誤，而明本實作「伊、汝、魯」，不作「伊、汝、管」。見同卷第二十葉前六行。又鄆州下「天寶元年改爲河陽郡」句，謂「河陽」當爲「濟陽」之譌，而明本實作「濟陽」，不作「河陽」。見同卷第三十一葉前九行。又棣州下「猒次，漢當平縣」句，謂「當平」蓋「富平」之譌，而明本實作「富平」，不作「當平」。見同卷第三十六葉後十四行。又山南道利州下「漢葭萌縣地，屬爲漢壽縣」句，謂「屬」當作「蜀」，而明本實作「蜀」不作「屬」。見志卷十九第三十二葉後三行。錢氏多讀異書，斷無不見聞，沈刻本之理，而茲數卷者，以上文所言證之，則確爲其所未覩，明本罕祕，在錢氏時已然，況紹興原刻更在其前四百年者乎。聞人叙曰：「古訓有獲，私喜無涯。」校閱既竟，吾於是書亦云。海鹽張元濟。

（原載百衲本二十四史舊唐書）

045　景印宋刻本新唐書跋

繆藝風前輩得南宋建安魏仲立所刊新唐書，其後歸於余友劉翰怡。版印極精。余既假得攝影，凡闕四十餘卷，求之數年，卒無所遇。歲戊辰，東渡觀書於静嘉堂文庫，覩皕宋樓陸氏舊藏小字本，半葉十四行，行二十五字，堪與舊唐書相耦。亟思印行，顧有殘闕；然以天禄琳琅藏本，亦云行密字整，且諸家藏印如李安詩，如錢唐梁氏，如梅谷，款識皆同，私意必可牉合，乃乞影攜歸；而故宮之書，又已無存。復匄北(平)〔京〕圖書館殘帙補之，猶不足，適書肆以别一殘宋本至，爲商邱宋氏故物，視陸本每半葉僅贏一行，行增四五字，喜其相近，亟留之。凡陸本所無，及漫漶過甚者，均可攙配。然猶缺表之第八九卷，又原目亦僅存五葉，不得已更縮劉本以足之，於是此書全爲宋刻矣。陸氏本避諱及英宗止。儀顧堂題跋定爲嘉祐進書時所刻；並北(平)〔京〕配本，存本紀十卷，志五十卷，表十三卷，列傳一百十四卷，又子卷六。其足以糾正殿本者，地理志第二十八，陝州陝郡夏縣注下，多「芮城」二字。又注「望武德二年以芮城河北永樂置芮州。貞觀元年州廢，以永樂隸鼎州。芮城河北來屬」三十三字，藝文志第五十，「盧受采集二十卷」句下，多「王適集二十卷，喬知之集二十卷」，十三字。又「崔液集十卷，張説集」下，多「二十卷蘇頲集」六字。宰相表上第一「貞觀四年二月甲寅，珪爲侍中」節下，多「七月癸酉，瑀罷爲太子少傅」一行。又「表」下第三，「乾符元年十一月，彦昭爲門下侍郎」節，「畋爲中書侍」下，多「郎兼禮部尚書，攜爲中書侍郎」十二字。列傳第一，則天順聖皇后武氏傳「凡言變吏不得何詰」句，又上官昭容傳「是時左右内職皆聽出外不何止」句，「何」均不作「呵」。按史記秦本紀太史公引賈生之言，「陳利兵而誰何？」如淳注：「何，猶問也。」是「何」字不誤也。又第二十六，蕭復傳：「自楊炎、盧杞放命」句，又第二十八韋雲起傳：「御史大夫裴藴怙寵放命」句，「放」均不作「妨」。按尚書堯典「方命圮族」孔疏，鄭王以「方」爲「放」，謂放棄教命，是「放」字不誤也。又第一百一十七張巡傳：「士日賦米一勺，齕木皮鬻紙而食」句，「鬻」不作「鬻」。按「鬻」即「煮」字，見周禮，此正與上文齕木皮相應。是「鬻」字不誤也。

又第一百四十六下康傳：「在那密水之陽，東距何二百里」句，「何」不作「河」，與上文曰安、曰曹、曰石、曰米、曰何、曰火尋、曰戊地、曰史合，是「何」字不誤也。至配入之宋氏本，凡三十有二卷，又子卷四。宋諱避至高宗止。其列傳第二十三，馬周傳「往貞觀初率土霜儉」句，「霜」不作「荒」，按本紀「貞觀元年八月，河南隴右邊州霜」。又舊書，同年月，亦云「關東及河南隴右沿邊諸州霜害秋稼」，是「霜」字實不誤。又第二十五封倫傳：「初，竇建德援洛，王將趣虎牢」句，「王」不作「陽」，「王」，謂秦王，與竇建德傳合。是「王」字亦不誤。又第七十六關播傳「觀察使皇甫政表其至以發帝怒」句，「表其至」不作「殺其姪」。按舊書亦言皇甫政「表其到以發上怒」，全無殺姪之事。是「表」「至」二字亦不誤。又第一百四十五新羅傳「且言往歲册故主俊邕爲王，母申太妃，妻叔妃」句，「叔」不作「淑」，按叔爲王妃之氏，與舊書合。是「叔」字亦不誤。又第一百二十五盧履冰傳：「罔極者，春秋祭祀，以時思之，君子有終身之憂之謂」句，不脱「之謂」二字，庶合詮解上文語意。又第一百四十六上吐谷渾傳「帝欲徙其部於涼州之南山，羣臣議不同，帝難之」句，不脱「不同帝」三字。按徙諸曷鉢之議，本發自帝，羣臣集議，各有所見，故帝難決，若無「不同帝」三字，則是建議在帝，決議在羣臣，非當時之政體也。即此數則，已遠出殿本之上，又所補劉本方鎮表書僅二卷，而殿本亦有甚大之疵繆，見於其間。按福建漳、潮二州，於天寶十載，改隸嶺南經略使，殿本於乾元二年後，忽增一葉，由三年至十四年，與本卷第四葉全同。但改「載」字爲「年」字。按本紀肅宗乾元二年後，即爲上元元年，又上元元年閏月己卯，大赦改元，舊書亦云：「乾元三年閏四月己卯，改乾元爲上元。」是乾元祇有二年，殿本不知何以衍此一葉。年歲既差，事實亦複，即是以觀，而殿本之不可盡信，可斷言矣。海鹽張元濟。

（原載百衲本二十四史新唐書）

046 景印吴興劉氏嘉業堂刻本舊五代史跋

宋史太祖紀：開寶六年四月戊申，詔修五代史。玉海：是年四月二十五日，詔梁、後唐、晉、漢、周五代史，宜令參政薛居正監修，盧多遜、扈蒙、張澹、李穆、李昉等同修。至七年閏十月甲子書成，凡百五十卷，目録二卷。其事凡記十四帝五十三年，爲紀六十一，志十二，傳七十七。居正本傳則以監修五代史在開寶五年。王鳴盛已辨其誤。晁氏讀書志：同修者尚有劉兼、李九齡二人，或刊本結銜如是也。其後歐陽修以薛史繁猥失實，重加修定，藏於家。修殁後，朝廷聞之，取以付國子監刊行。按宋史選舉志，朱子議設諸經、子、史、時務各科試士，諸史以左傳、國語、史記、兩漢爲一科，三國、晉書、南北史爲一科，新、舊唐書、五代史爲一科。唐書兼舉新舊，而五代史僅舉其一。維時歐史盛行，所指必非薛史。又金史選舉志，學校以經、史、子課士，均指定當用之書。諸史則史記用裴駰註，前漢書用顏師古註，後漢書用李賢註，三國志用裴松之註，及唐太宗晉書，沈約宋書，蕭子顯齊書，姚思廉梁書、陳書，魏收後魏書，李百藥北齊書，令狐德棻周書，魏徵隋書，新、舊唐書，新、舊五代史，皆國子監印之，授諸學校。至章宗泰和七年十一月癸酉，詔新定學令内削去薛居正五代史，止用歐陽修所撰。按金泰和七年當宋寧宗開禧三年，爲朱子殁後七年。竊意是時南朝先已擯廢薛史，北朝文化自知不逮，故起而從其後。自是其書遂微。元九路分刊十七史，明南北監兩刊二十一史均不之及，四庫總目謂惟明内府有之，見於文淵閣書目。按閣目宇字號第三橱，存五代史十部，有册數，無卷數，不注新舊。使悉爲薛史，不應通行之歐史反無一存。且薛史刊本絶少，亦不應流傳如是之夥；如謂兼而有之，更不應一無區别。頗疑總目所言誤也。以余所知，明萬曆間連江陳一齋有是書，所記卷數，與玉海合。見世善堂書目。清初黄太冲亦有之，見南雷文定附録吴任臣書，全謝山謂其已燬於火。陳氏所藏，陸存齋謂嘉慶時散出，趙谷林以兼金求之不可得，則亦必化爲劫灰矣。然余微聞有人曾見金承安四年南京路轉運司刊本。故輯印之始，雖選用嘉業堂劉氏所刻大典有注本，仍刊報蒐訪，冀有所獲。未幾，果有來告者，謂昔爲歙人汪允宗所藏，民國四年三月售於某書估，且出其貨書記相眎。允宗，余故人也。方其在日，絶未道及。然余讀其所記，謂所藏爲大定刊本，與上文所云承安，微有不合。然相距不遠，或一爲鳩工之始，一爲蕆事之期。題五代書，不作五代史。較今本不特篇第異同甚多，即文字亦什增三四。且同時記所沽書凡七種，書名版本均甚詳，知所言爲不虛。乃展轉追尋，歷有年所，迷離惝怳，莫可究詰。今諸史均將竣事，不得已，惟有仍用劉氏大典本，以觀厥成。大典本者，餘姚邵晉涵取永樂大典所引薛史，掇拾成文。不足，以册府元龜所引補之，均各記其所從出卷數。又不足，則取宋人所著如：太平御覽、五代會要、通鑑考異等書凡數十種，或入正文，或作附注，亦一一載其來歷。四庫館臣復加參訂。書成，奏進，勑許頒行。最先刊者，爲武英殿本。主其事者，盡削其所注原輯卷數，彭元瑞力争不從，而薛史真面不可復見。且原文凡涉契丹之戎、夷、蕃、胡、寇、賊、虜、敵、僞、僭、酋、首、凶、醜及犬羊、異類、腥膻、羶幕、編髮、左衽、犯闕、盜據、猾夏、亂華等字，無一不改。一再失真，尤涉誣衊，久已爲世詬病矣。同時有四庫全書寫本，近歲南昌熊氏據以景印，稍免於已上諸弊。然仍有所芟削。劉本得諸甬東抱經樓盧氏，疑亦當時傳録之本。所列附注凡一千三百七十條，彼此對校，殿本少於劉本者凡五百三十八條，庫本少於劉本者凡四百七十一條，雖殿本增於劉本者有三十九條，庫本亦三條，而以此方彼，總不能不以劉本爲較備。

且劉本卷七十一有鄭元素傳，庫本闕。卷九十六有淳于晏傳，殿本又闕。卷九十八張礪傳，文字亦視殿、庫二本爲詳。凡此皆足證劉本之彼善於此也。曩聞長洲章式之同年嘗迻録孔葓谷校邵氏稿本，馳書乞假。留案頭者數月，悉心讎校，亦有異同。劉本有而孔本無者三百八十一條，有而不全者二十三條；孔本有而劉本無者六十五條。式之謂邵氏所輯，不免偶誤。館臣有所增補改正，然亦未必能出於劉本之上。所惜者，劉氏校勘稍疏，間有譌奪。全書既成，當續輯校記，並取各本所增注文，別爲補編，以臻完美。然余終望金南京路轉運司刊本尚在人間，有出而與願讀者相見之一日也。海鹽張元濟。

（原載百衲本二十四史舊五代史）

047　景印宋慶元刻本五代史記跋

此宋刊五代史記，朗、匡、貞、徵、弍、讓、昫、愼、敦皆闕末筆。卷十八漢家人傳後，有「慶元五年魯曾三異校定」一行，當爲寧宗時刊本。此爲建陽坊刻，書中時有訛奪，然佳處正復不少。宋吴縝五代史纂誤，於是書糾摘綦詳。如唐明宗紀贊，其「即位時春秋已高，不邇聲色，不樂遊畋，在位十年」，謂「明宗在位止七年七月，可强名八年，以爲十年則誤」。此本固作七年。唐家人皇后劉氏傳，「同光二年四月己卯，皇帝御文明殿遣使册劉氏爲皇后」，謂「按莊宗紀，乃是同光二年二月癸未立皇后劉氏，與此不同，未知孰是」。此本固作同光二年癸未，但脱去「二月」二字。周臣傳贊，「治君之用，能置賢知於近」，謂「按上下文意，此『治君之用』當是『治國之君』傳寫之誤爾」。此本固作「治國之君」。義兒李存孝傳「求救于幽州李斥威，斥威兵至」，謂「按王鎔傳，乃是李匡威，作『斥』則非」。此本固作匡威。是可見此所從出之本，勝於吳氏所見。如謂曾氏據纂誤改正，則吳氏所舉甚多，何僅取此數條耶？他如唐莊宗紀下，「降於李嗣源，嗣源入於汴州」，不脱下「嗣源」二字。晉出帝紀，「如京，使李仁廓使於契丹」，「如京」下無「師」字。梁家人皇后張氏傳，「天祐元年，后以疾卒」，「天祐」不誤「天福」。晉家人高祖諸子傳，「重胤郯王」不誤「鄭王」。宦者傳，「漢瓊西迎廢帝於路」，「路」不誤「潞」。職方攷，「秦、成、階、鳳四州均蜀有」，不誤「漢有」。南漢劉鋹世家，「鋹喜曰，昭、桂、連、賀本屬湖南」，「昭、桂」不誤「韶、桂」，皆與吳蘭庭五代史記纂誤補所訂正者合。又周太祖紀，「請立武寧軍節度使贇爲嗣」，「武寧」不誤「泰寧」。唐家人皇后劉氏傳，「後嫁契丹突欲李贊華」，「突欲」不誤「突厥」。康福傳，「乃拜福涼州刺史，朔方河西軍節度使」。「刺史」下不脱「朔方」二字。張彦澤傳，「敗契丹於泰州」，不誤「秦州」。司天攷二，「天福五年十一月丁丑，月有食之」，「開運元年三月戊子，月有食之」，「顯德三年十二月癸酉，月有食之」，均不誤「日食」。職方攷，「衍州，周廢」，不誤「周有」。「定州梁有義武」，不誤「義成」。南唐李景世家，「始改名景」，不誤「璟」。閩王審知世家，「唐以福州爲威武軍」，不誤「武威」。皆與錢大昕廿二史攷異所訂正者合。又梁太祖紀一，「天子復位」，不誤「復立」。紀二，「赦流罪以下囚」，不誤「以下因」。梁末帝紀，「劉鄩爲兗州安撫制置使以討之」，「制置」下不脱「使」字。唐家人太祖諸子傳，「以兵圍其第而誅之」，不誤「族之」。郭崇韜傳「彦章圍之」，不誤「圖之」。蘇逢吉傳，「獄上中書」，不誤「獄中上書」。楚馬希範世家，「開府承制」，不誤「開封」。皆與王鳴盛十七史商榷所訂正者合。此外尚有武英殿本及各本之訛誤，前人皆未覺察，亦賴有此本始得攷見者：如梁太祖紀二注「克丹州無主將姓名」，不脱「克」字。按若無「克」字，則似謂丹州無主將姓名，而正文之首惡王行思爲不可通矣。周世宗紀，「殺左羽林大將軍孟漢卿」，不誤「漢瓊」。按舊五代史本紀亦作漢卿，又武英殿本考證，監本脱「瓊」字，今增正。是則此「瓊」字爲館臣所增。又及見「淤口關止置寨」，不誤「上置」。按世宗下三關，瓦橋、益津二關皆建爲州，惟淤口關則但置寨，故以作止爲是。郭崇韜傳，「梁兵日掠澶、相，取黎陽、衛州」，不脱「取」字。按本書梁末帝紀，「龍德二年八月，段凝攻衛州，執其刺史李存儒」。舊五代史梁末帝紀下，「龍德二年八月，段凝、張朗攻衛州，下之」，蓋衛州本屬唐，此時爲梁所奪，故當有「取」字。周德威傳，「以功遷衙内指揮使」，袁建豐傳，「明宗爲衙内指揮使」，義兒李嗣昭傳，「爲衙内指揮使」，均不誤「内衙」。按唐末至宋初，各鎮將多以親子弟爲衙内官，宋代尚有某衙内之稱，其明證也。張延朗傳，「以租庸吏爲鄆州糧料使」，不作「租庸使」。按下文：「梁興，始置租庸使領天下錢穀，是租庸使爲掌度支最高之職，似無降爲鄆州糧料使之理，則當以租庸吏爲是。張敬達傳，「自雁門入，旌旗相屬五十餘里」，「五十」不誤「五千」，按此爲契丹救太原之師，由雁門至太原，安得有五千里之遥。又按四夷附録一，「九月，契丹出雁門，車騎連亘數十里，將至太原」，知不當作「五千」矣。李罕之傳，「遣子顥送于梁以乞兵」，不作「遣子頎」。按下文罕之子名頎者，早留於晉，罕之背晉歸梁，晉王幾欲殺頎，則是往梁乞兵者，必是顥非頎無疑。袁象先傳，「末帝即遣人之魏州，以謀告楊師厚，師厚遣裨將王舜賢至洛陽」，叠見「師厚」二字。按如不叠見，則似末帝徑自遣王舜賢至洛陽矣。高行周傳，「契丹滅晉，留蕭翰守汴，翰又棄去」，不脱下「翰」字。按如無下「翰」字，則似契丹將汴棄去矣。史圭傳，「爲寧晉樂壽縣令」，「寧晉」不誤「晉寧」。按寧晉與樂壽，在唐時同屬河北道。地望相近，新唐書昆州有縣四，晉寧居其一，然昆州在蠻州之列，隸戎州都督府。且舊唐書又作普寧，則作晉寧者非矣。南平高季興世家，「季興因請夔、忠等州爲屬郡」，「屬」不誤「蜀」。按屬郡，謂以夔、忠等州爲己所屬之郡也，作「蜀」者非。南漢世家篇末，注「皇朝開寶四年」，不誤「宋開寶」。東漢劉承鈞世家,「太祖皇帝嘗因界上諜者」,繼元世家「太祖皇帝以詔書招繼元出降」,又「太祖皇帝命引汾水浸其城」,又「太宗皇帝御城北高臺受降」,均不脱「皇帝」二字。此蓋未經後人删改,猶足考見歐、徐原文。以上諸條,僅及一二,其他疵纇,殆不勝舉。他日當别爲詳録,以資考證。卷首序目,原有闕葉,改用北宋殘本。卷三十五第九葉,卷五十九第九葉,卷六十第三四葉,卷六十二第四葉,卷七十四第六至十七葉,均寫補,附識於此。海鹽張元濟。

(原載百衲本二十四史新五代史)

048　景印元至正刻本補配明成化刻本宋史跋

宋史爲全史中之最鉅者,目録三卷,正書四百九十六卷,成於元世祖至正五年。翌歲下杭州路雕板。陸存齋儀顧堂題跋稱其所藏元本,每葉二十行,每行二十字,版心中間紀、志、表、傳各爲卷第,魚尾上:左宋史幾,右字數。魚尾下:左寫人姓名,右刻工姓名。至正中杭州刻本,是書初刊祖本也。不知元刊祖本,每葉二十行,而字數則每行各二十有二,版心魚尾上有紀、志、表、傳等字及字數。其下刻工姓名,均或記或不記,無宋史幾及寫人姓名。舊藏内閣大庫,今歸北(平)〔京〕圖書館。當未出時,世無知者。故每以明成化本當之。桂陽朱英總督兩廣軍務時，得漳浦陳布政家抄本，復於浙中得善本，以補其缺，成化十六年刊成。有英自序，市估輒去之，以冒元刻。不知者，每爲所紿。嘉靖六年，錦衣衛閒住沈麟奏准校勘史書，禮部行文南京國子監，以祭酒張邦奇、司業江汝璧任校脩之役。同時差取廣東原刻宋史付監。按南廱志經籍考，宋史好板七千七百零四面，裂破模糊板二千零四十三面，失者一百二十七面。今明監本間有板心無小字，或小字黑質白章者，皆監中補刻之板。儀顧堂題跋謂成化本以元本翻雕者，蓋誤以初刻爲元板，補刻爲本板也。大庫元板存者僅四之一。余初意諸家藏目，多收元本，必可補完。迨往蹤跡，所誤悉如陸氏。無已，乃以成化初刻本充之，雖遜一籌，而佳處亦非他板所可幾及。本紀卷三十五孝宗紀不脱第八葉，亦不複出卷三十三之第九葉。錢曉徵、陸存齋均詳言之，無待覆述。其他足以糾訂殿本及他本之訛奪者，尤指不勝屈也。進而言元本，則列傳第五十一田況傳：「保州雲翼軍殺州吏據城叛，詔況處置之」句，處字下，比殿本多四百字。而成化本適滿一葉，完善無缺。又第一百八十八張栻傳：「卒時年四十有八」句，「有」字下，比殿本多四百有四字，成化本亦無之。然「有」字下全爲墨板，實預留訪得補刻之地。殿本則增入八字，改作完語，以自掩其不全之迹。是更可見至正、成化二本之勝，而殿本盡沿監本之訛，不加審慎，亦可徵矣。昔人譏宋史最爲蕪冗，余謂其宗室世系表，泛抄玉牒，尤屬無用。然覆刻與重脩不同，既爲原書本文，祇可悉仍舊貫。表第三十二，此所影者爲成化本，以依元抄本校之，增得一葉，今附卷末，以留真面。表中人名半屬奇字，有不可以常理度者，殿本每加改竄，期於易識，殊違名從主人之例。印板漫漶，點畫致多不全，此亦悉存原迹，不敢稍有變易。闕疑之慎，竊願勉焉。海鹽張元濟。

（原載百衲本二十四史宋史）

049　景印元刻本遼史跋

遼史進史表，是史成於至正四年三月，先於金史者八月。按元刻金史，卷首有江浙等處行中書省准中書省至正五年四月十三日咨文，「去年教纂修遼、金、宋三代史書，即目遼、金史書纂修了有，如今將這史書，令江浙、江西二省開板」等語。是遼、金二史，必同時鐫刻。然以此刊本，與北京圖書館所藏初刻金史相較，字體絶異。刻工姓名，亦無一相合，而與涵芬樓所補之五十五卷較，則字體相類，刻工姓名同者，亦有四十六人。是此決非初刻無疑。然徧觀海内外所存遼史，祇有此本。是否别有初刻，殊難言也。是本刊版粗率，訛字亦多，如「廷」之誤「延」，「宫」之誤「官」，「徙」之誤「徒」，「蕭」之誤「簫」及「肅」，幾成通病。其他訛舛，亦指不勝屈。然究是最古之本，足以校正後出諸本者，猶自不少。

本紀第十八，「重熙」二年，即遣興聖宮使耶律壽寧、給事中知制誥李奎充祭奠使」句。諸本均作「遼遣延昌宮使」。又「以耶律寔、高升、耶律迪、王惟允充兩宮賀宋生辰使副」句，諸本於第一人均作耶律楚。余所見數本，是葉均極漫漶，疑明代重刻所據之本，此數字亦不可辨，故輒取他宮以實耶律壽寧所居之職。同時改「即」字爲「遼」字，然遼史自稱爲遼，語氣亦殊不合。至「寔」字則匡廓微存，故揣爲形似之「楚」字，而不知亦非其人。又志第十六百官志二，五國部後，有「以上四十九節度爲小部族」一行，南監本行格猶存，文字已佚。而北監及武英殿本，則並此空行去之。按上文大部族小部族，兩者並舉。四大王府後，有「已上四大王府爲大部族」一語。總結上文，使四十九節度後無此一語，則文理爲不完矣。又志第三十一刑法志下，「伶人張隋本宋所遣汋者」，按周禮秋官，掌士之八成，一曰邦汋，鄭氏註，斟汋盜取國家密事，若今時刺探尚書事。張隋爲宋遺至遼之間諜，「汋者」取義，蓋本於此。明人覆刻，不加深究，竟認爲殘缺之「的」字，妄補數筆，而文義遂不可通。猶不止此，本紀第八，保寧三年「又以潛邸給使者爲撻馬部置官堂之」，「堂」必「掌」字之誤，而諸本竟改爲「主」字矣。志第三十一，「遼二百餘年，骨肉屢相殘滅」，「屢」字僅存半形，然細辨實非他字，而諸本又改爲「自」字矣。本紀第十九，重熙十三年，「詔富者遺行餘留屯疑天德軍」，諸本「疑」作「田」。又第二十，重熙十九年，「敵魯疑遣六院軍將海里擊敗之」，諸本「疑」作「古」。又第二十一，重熙二十四年，「百僚上表固疑許之」，諸本「疑」作「請」。又第二十四，大安元年，「以樞密直學士杜公疑參知政事」，諸本「疑」作「謂」。志第二行營：「長城以南多疑多暑，」諸本「疑」作「雨」。隋契丹十部「元魏疑莫勿賀勿于畏高麗、蠕蠕侵逼」，諸本「疑」作「末」。又第四，兵衛志上，「四年疑親征渤海」，諸本「疑」作「又」。以上七「疑」字，殆鐫板之時，原書本文，俱已損佚，究爲何字，不敢臆斷，故著一「疑」字以代之。此在宋刊南、北諸史，多有其例。但彼則旁注小字，此則列入正文。後人疏忽，斷爲訛字。任意改竄，不知妄作，殊失闕疑之意矣。此在元刊，誠非精本，然求較勝者，竟不可得。瑕不掩瑜，故猶取焉。海鹽張元濟。

（原載百衲本二十四史遼史）

050 景印元刻本金史跋

此金史一百三十五卷，皆元刊本。其書法圓潤者，爲元代初刻，凡八十卷。其餘字較瘦弱暨摹刻拙劣者，又黑闊口者，皆元覆本，凡五十五卷，用以補配。按武英殿本卷三十三，暨初版卷七十六，各闕一葉。卷五十六末，闕五行。又卷十四第十七葉，卷六十二第十九葉，卷六十六第七葉，卷一百一第六葉，卷一百二十五第四葉，各有闕文。此均完好無損。烏程施國祁金史詳校，素號精審，上列各條，悉據元本訂補，獨卷一百一第六葉一條，漏未之及。偶爾遺脱，亦未可知。然吾以爲施氏所見元本，似猶在此數本之後。何以證之？施氏例言，余先讀南本，次校北本及諸本。又從吴門蔣槐堂借校元本，其間各本皆譌者，則曰某字當作某。然卷二「遺宗斡止之」句，「斡」當作「幹」，此正作「幹」。卷五「持环校」句，當作「持杯珓」，此正作「杯」，惟「校」字仍誤。卷七「付烏古里石壘部蓄收」句，「收」當作「牧」，此正作「牧」。卷九「王尉爲尚書右丞」句，「尉」當作「蔚」，此正作「蔚」。卷十二「丙午詔策論進士」句，「丙」當作「戊」，此正作「戊」。卷十三「清倉被兵民户」句，「倉」當作「滄」，此正作「滄」。「流華滿野」句，「華」當作「莩」，此正作「莩」。「鋒轄石古乃子」句，「鋒」當作「鈐」，此正作「鈐」。「張承旨家于本」句，「于」當作「手」，此正作「手」。卷十五「敗夏人于質孤保」句，「保」當作「堡」，此正作「堡」。卷二十一「益二百二十二」句，「二十」當作「三十」，此正作「三十」。卷二十五「縣一百八」句，「八」當作「五」，此正作「五」。「斗山天齊淵」句，「斗」當作「牛」，此正作「牛」。「顔袖店」句，「袖」當作「神」，此正作「神」。卷二十六「浜德烏偷安邊」句，「浜」當作「濱」，此乃作「洪」。卷二十七「於被災路分推排河耶」句，「河」當作「何」，此正作「何」。「水勢之溢」句，「之」當作「泛」，此正作「泛」。卷二十八「第一等内官」句，「一」當作「二」，此正作「二」。卷三十一「皇帝洗手訖」

句，「洗」當作「帨」，此正作「帨」。卷三十二「各奉册寶降幣」句，「幣」當作「輅」，此正作「輅」。「各就西北褥位」句，「西」當作「面」，此正作「面」。卷三十四「少稷於故處」句，「稷」當作「移」，此正作「移」。卷三十七「舁册寶床臣以出」句，「臣」當作「匣」，此正作「匣」。卷三十九「太呂宫昌寧之曲」句，「太」當作「大」，此正作「大」。「太簇角再奏」句，「簇」當作「蔟」，此正作「蔟」。卷四十二「夾一人」句，「一」當作「二」，此正作「二」。卷四十三「駕赤駓六」句，「駓」當作「騂」，此正作「騂」。卷四十五「其六賞主」句，「賞」當作「償」，此正作「償」。卷四十九「北京宗錦之未鹽」句，「未」當作「末」，此正作「末」。「歲獲銀三十六萬一千五百貫」句，「銀」當作「錢」，此正作「錢」。卷五十七「毁舊主簿曆」句，「主」當作「注」，此正作「注」。卷五十八「詔隨朝官承應人奉」句，「奉」當作「俸」，此正作「俸」。「減修内司所後軍夫之半」句，「後」當作「役」，此正作「役」。卷六十「宿直將軍温敦幹喝」句，「幹」當作「斡」，此正作「斡」。卷六十一「並以兄睍喪求封」句，「喪」當作「病」，此乃作「表」。卷六十六「父胡八曾」句，「曾」當作「魯」，此正作「魯」。「以族改充司屬司將軍」句，「改」當作「次」，此正作「次」。「其寬明大體」句，「大」當作「有」，此正作「有」。「三國潘輔」句，「三」當作「王」，「潘」當作「藩」，此正作「王」「藩」。卷六十九「留守師」句，「守」當作「京」，此正作「京」。「將兵往東京」句，「東」當作「南」，此正作「南」。卷七十「破遼師千萬於鴨子河」

句，「千」當作「十」，此正作「十」。「從都統杲取中原」句，「原」當作「京」，此正作「京」。「各隨所受地主」句，「主」當作「土」，此正作「土」。卷七十一「斡魯征伐之」句，「征」當作「往」，此正作「往」。卷七十三「卿等尚未信也」句，「信」當作「仕」，此正作「仕」。「後張汝弼妻高陀韓獄起」句，「韓」當作「斡」，此正作「斡」。卷七十四「其四月七日兩書」句，「日」當作「月」，此正作「月」。「奔時那野賽剌臺實連破宋援兵」句，「時」當作「睹」，此正作「睹」。卷七十五「遣謀克辛斡持剌」句，「持」當作「特」，此正作「特」。卷七十六「宗磐與斡魯、宗翰、宗幹魯爲之副」句，下「魯」字當作「皆」，此正作「皆」。「本名斡本」句，「幹」當作「斡」，此正作「斡」。卷七十七「詔宗弼爲太子」句，「子」當作「保」，此正作「保」。卷八十九「祈州刺史斜哥」句，「祈」當作「祁」，此正作「祁」。「移剌因修遼史」句，「因」當作「固」，此正作「固」。卷九十「十年改中都路都轉運使」句，「十」當作「七」，此正作「七」。卷九十六「坐致宋敝」句，「敝」當作「幣」，此正作「幣」。「字叔和」句，當作「和叔」，此正作「和叔」。卷九十八「烏古孫乃屯」句，「乃」當作「兀」，此正作「兀」。卷一百一「當不衍於旌賞」句，「衍」當作「愆」，此正作「愆」。卷一百三「進攻西和洲」句，「洲」當作「州」，此正作「州」。卷一百四「遥授彰德軍節度使」句，「德」當作「國」，此正作「國」。卷一百八「二年十一月出爲彰化軍節度使」句，「二」當作「三」，此正作「三」。「以遺衆託安石」句，「衆」當作「表」，此正作「表」。卷一百十三「合喜及楊幹烈等」句，「幹」當作「斡」，此正作「斡」。卷一百十四「華附奏人耕稼已廢」句，「人」當作「今」，此正作「今」。卷一百十九「因出入長大主家」句，「長大」當作「大長」，此正作「大長」。卷一百二十一「使省檄」句，「使」當作「被」，此正作「被」。卷一百二十三「本屬唐和迪剌部族」句，「和」當作「括」，此正作「括」。「蘭州極陳僧等」句，「極」當作「程」，此正作「程」。卷一百二十六「召爲官教」句，「官」當作「宫」，此正作「宫」。「大定三年」句，「定」當作「安」，此正作「安」。「及知嘗師九疇」句，「及」當作「乃」，此正作「乃」。卷一百二十九「以手劍釐其口」句，「釐」當作「剺」，此正作「剺」。卷一百三十二「世家聲其罪」句，「家」當作「宗」，此正作「宗」。卷一百三十四「暴洧以環州降」(句)，「暴洧」當作「慕洧」，此正作「慕洧」。「遣人伐將」句，「伐」當作「代」，此正作「代」。卷一百三十五「此與先文國王之書」句，「文」當作「父」，此正作「父」。又例言，各本互譌者，以南本爲主，則曰某字元作某，是；北作某，是。或云某字元作某，非；北作某，非。然卷十六「西面節度使把古咬住」句，元作「西西」，亦譌；此乃作「平西」。卷三十一「後恐大豐」句，元作「復恐大豐」，是；此乃作「復恐太豐」。卷四十三「大圭長以尺壹寸」句，元作「長尺一寸」無「以」字，是；此乃作「長尺二寸」。卷四十四「彼方之人」句，「彼」元作「被」，非；此却作「彼」，不作「被」。卷五十一「遂加以五品以上官」句，「五」元作「王」，非，此並不作「王」，乃作

「王」。板木微損，而「五」字筆勢尚存。卷六十五「獲甲矢萬餘」句，「矢」元作「午」，非；此並不作「午」，乃作「二」。卷七十「習室摧鋒力戰」句，「摧」元作「惟」，非，此並不作「惟」，乃作「推」。卷七十四「文召敲仙詰問」句，「召」元作「名」，非，此却作「召」，不作「名」。又「文」當作「聞」，「聞」下當加「之」字，此却作「聞」，惟無「之」字。卷七十五「進官汝州防禦使」句，「汝」元作「女」，非；此並不作「女」，乃作「安」。卷八十二「本欲殺汝」句，「殺」元作「授」，非；此却作「殺」，不作「授」。卷八十八「頊之世宗曰」句，「頊」元作「須」，非；此却作「頊」，不作「須」。「上曰箠楚之下」句，「上」元作「二」，非；此却作「上」，不作「二」。卷九十「擬彥潛、大榮皆進士第一」句，「大」元作「天」，非；此却作「大」，不作「天」。卷九十七「有治劇材」句，「材」元作「林」，非；此却作「材」，不作「林」。卷一百二「足以取給」句，「給」元作「絡」，非；此却作「給」，不作「絡」。「頊之完顔匡軍次白虎粒」句，「頊」元作「須」，非，此却作「頊」，不作「須」。又例言，各本俱脱者，則曰當加某字，然卷五十六「率捧案擘」句，此下當加「執」，此原有「執」字。又例言，各本俱衍者，則曰某字當削，然卷七十「札八詐稱降」句，「稱」字當削，此原無「稱」字。卷八十四「與習泥烈僧行」句，「僧」字當「削」，此原不作「僧」，乃作「偕」。由此觀之，是施氏所見吳門蔣氏元本，微特非原刊原印，抑亦非初覆本矣。書經翻刻，必多錯誤。卷一百三十二「烏帶傳」，諸本皆以「言本名」三字綴於上唐括辯傳尾，而以「烏帶」二字提行。錢大昕廿二史攷異，譏爲可笑之甚。然若不見元刊初印本，實不知其致誤之由。元本每行二十二字，烏帶傳第一行，乃二十六字，第二行，乃二十五字，均顯有剜改痕迹，是必刊刻之時，誤以此傳與上唐括辯傳連綴爲一。嗣覺其誤，乃剜改提行。而剜改之時，又誤將「言本名」三字留於上行，其下適空七字，與本傳第一二行所增字數相合，覆本已無剜改之迹。然行字獨增，亦尚可追其致誤之由。若南北監本及殿本，則行字均已改成一律，遂泯然無縫矣。雖元本訛字，經後（去）〔來〕諸本校正者不少。然新舊相較，諸本與元本，終不可以同日語。而元初刻本，又遠勝於覆本，初覆本又遠勝於他覆本，諸本之誤，除上文所指外，可據是本以訂正而爲施氏所未見者，尚復盈千累百，殆難枚舉。昔人言書貴初刻，豈不信歟。海鹽張元濟。

（原載百衲本二十四史金史）

051　景印明洪武刻本元史跋

宋濂後記：「洪武元年十二月詔脩元史，明年春二月丙寅開局，至秋八月癸酉，成紀三十有七卷，志五十有三卷，表六卷，傳六十有三卷。順帝無實録，遣使行天下，涉於史事者，令郡縣上之。又明年春二月乙丑開局，至秋七月丁亥，又成紀十，志五，表二，傳三十有六。」錢大昕謂「綜前後廑三百三十一日，古今史成之速，未有如元史者；而文之陋劣，亦無有如元史者」，非虚言也。其重複脱漏譌舛，不可勝計。錢氏而外，顧亭林、朱竹垞、趙甌北、汪龍莊、魏默深諸人均各有所指摘。然使舊本尚存，讀者可以就其疵纇所在，加以探索，猶不至迷於所嚮。不謂覆刻通行之本，愈趨愈下。今武英殿本文宗紀上謚祔廟後，「詔除其廟主，放燕」句下，複出順帝紀後至元六月放逐燕帖古思詔書中語：「遐之後，祖母太皇太后」至「揆之大義」，削去凡四百字。又曆志錯簡三葉，紀三國以來日食，其文未畢，忽雜入前代月食之文。南朝劉宋元嘉十一年後，繼以趙宋嘉泰二年；元至元十四年後，繼以梁中大通元年；慶元元年下疊見「授時曆」一行。劉宋元嘉十三年十二月己巳望食，一更三唱，「食既」下，因有所闕。於是加「授時曆」三字以彌之，而下行又接「大明曆，虧初午初二刻」云云。併日月食爲一事。如此乖謬，何以絶未發覺？又祭祀志攝祀儀四曰迎香「獻官司徒大禮使助奠官」句下，脱「從於輿後，至廟入自南門，至神門外，百官儀衞皆止。太常卿博士御史導輿三獻。司徒大禮使助奠爵官」四十字。又兵志鎮戍類，泰定四年十二月，河南行省議設萬户府，「摘軍五千名」句下，脱「設萬户府隨省鎮遏，樞密院議自至元十九年」十八字。又達識帖睦邇傳，張士信逼取江浙行省左丞相符印，「徙達識帖睦邇」句下，脱「居嘉興，事聞朝廷，即就以士信爲江浙行省左丞相，達識帖睦邇」二十五字。其他一二字之訛奪，尤難悉舉。豈非於原有重複脱漏譌舛之外，更重其弊，而使讀者愈益眩瞀乎。不寧惟是，乾隆四年，武英殿版既已刊行，至四十六年，高宗以原書譯名舛誤，復命館臣詳加釐定，取原用之人名、地名、官名、物名，一一改正。此於書後附一對表，自可了然。乃不此之務，而就原書剜刻。有時所改之名，不能適如原用字數，於是取上下文而損益之。滅裂支離，全失本相。余嘗得一部，坊肆以原改兩本配合者，新舊雜糅，幾於不可卒讀。乾隆之世，號稱太平，物力豐盛，何以不重刊新版，而爲此苟且塞責之爲？甚矣，其不可解也。元史列傳複出，爲前人所糾者，凡十有八篇。或爲本人，或爲其附見之父若祖、子若孫，乾隆剜改之版，去其一而留其一者凡五：去雪不台（見列傳卷第九）、留速不台（見列傳卷第八），改曰蘇布特。去忽剌出（見列傳第二十）、留直脱兒（見列傳第十），改曰齊都爾。去重喜（見列傳第二十）、留塔不已兒（見列傳第十），改曰塔本哲爾。去完者拔都（見列傳第二十）、留完者都（見列傳第十八），改曰諤勒哲圖。去阿答赤（見列傳第二十二）、留杭忽思（見列傳第十九），改曰哈噶斯。而任其重出者凡八：曰阿朮魯（見列傳第十），改曰額斯倫。又其子曰懷都（見列傳第十八），改曰輝圖。曰也蒲甘卜（見列傳第十），改曰額卜甘布。又其子曰昂吉兒（見列傳第十九），改曰昂吉爾。曰石抹也先（見列傳第三十七），改曰舒穆嚕額森，又同爲一人曰石抹阿辛（見列傳第三十九)，改曰舒穆嚕愛新。曰譚資榮(見列傳第五十四)。又其子曰譚澄(見列傳第七十八)。昔人著書，後人取而删訂之，原無不可。乃同一重見之文，而或棄或取，漫無意識，秉筆者其將何以自解乎？然此猶可諉曰偶疏覺察；洪武書成，明明分爲兩期，乃削去宋濂後記，而又臆改李善長進書表，取紀、志、表、傳前後所成卷數，併而爲一，一若同時修成也者。又泰定帝即位，詔書原爲譯文口語，而修正之本，盡易爲文言，是誠不得不謂爲好自用自專矣。吾敢爲讀者告曰，此洪武本復出，而乾隆修正之本可廢，即武英殿初刊之本，亦可廢。海鹽張元濟。

(原載百衲本二十四史元史)

052 景印清乾隆武英殿刻本明史跋

是史經始於康熙十八年，成於雍正末年高宗繼位之後。武英殿刊刻至乾隆四年竣工，此爲第一官板，今即據以影印，亦世間通行本也。乾隆四十年高宗以元時人地名對音訛舛，譯字鄙俚，諭令改訂，並就原板扣算字數刊正。越二年，館臣籤改進呈，高宗又以本紀所載事實，每涉疏略，特派大臣考覈添修，並有「親閲鑒定，重刊頒行」之語。其後刊成本紀二十四卷，坊肆從未之見。聞故宮博物院檢獲刊本，亟思假印；維時掌院事者，夙未相識，句人往請，堅不之許。其後院自印行，取校初板，其蒙古人地名汗號官職均已改譯；增補字句，每卷溢出數行，乃至數十行，然多有僅涉文辭，而於史事全無出入者。此不過受命諸臣，奉有事實疏略之諭，勉爲敷飾，藉塞其責。余特不解高宗之意，何以拳拳於本紀，而志、表、列傳絶不之及，滋可異也。余所見者，皆乾隆四年刊本，詢之友人凡四十年，後就原板刊正者，亦未寓目。本紀既已重刊，何以未見頒行，志、表、列傳既已剜改，何以亦未摹印？余頗疑本紀改刊，其他亦待覆刻。嗣以高宗倦勤，境過情遷，不加督責，事遂中廢。按仁和邵懿辰四庫簡明目録標注，明史下注亦言「在方略館見乾隆末年改定之本，惜已不全。僅列傳百數十卷，中多簽改繙譯人名、地名。亦間引他書簽改本文，似乎未曾改刊」云云。是志、表、列傳固未重刊，而亦未嘗剜改也。殿本諸史均有考證，明史係出欽定，臣下不敢有所評隲，故獨闕如。逮高宗一再指摘，而受命考覈諸臣，乃敢爲之。長洲王芾卿丈，光緒中入值軍機處，於方略館獲見進呈本初刊樣本。正本暨當日總裁閲定纂修稿本，均有殘缺，輯成四十二卷，然又祇有列傳，而無紀、志、表。哲嗣君九克成先志，復就文津閣四庫寫本校對，證爲完書。且增輯三十餘條，以補其尊人所據原本之闕。付嘉業堂劉氏刊行，今以附印殿本之後。讀是史者，當有取也。曩聞友人預修清史者言，屬稿之始，檢核明史。其事其文，不少譌誤，今明代實録具存，嘉隆以後，被禁之書，先後復出，安得盡取諸書及明人著述之有涉史事者，一一參校而勘正之。其成績必有出重刊本紀之上者。兹事體大，匪余遲暮所可企及，不能不有望於後賢已。海鹽張元濟。

（原載百衲本二十四史明史）

053 景印明本新唐書糾謬跋

涵芬樓舊藏沈寶硯校影宋本，存上册卷一至六，下册卷十二至二十。半葉十四行，行二十五字。葉排長號，故上册得五十二葉，下册得五十葉，惜中册佚去。沅叔同年以明刊本眎余，版刷清美，因取以印行。其卷末柳宗元傳下誤印三十行，爲宋刻下册之第四十七葉，今摘出覆印附後。其所以致誤之由，則所取一葉，適爲宋刻上册之第四十七葉，葉號相同，裝本時偶爾疏忽，以致誤收。趙氏實刊而不校，未與糾正，而非肆賈之有意欺僞也。至卷二第七葉後一行，至「元和四年二月罷」下，脱「黄裳罷」三字；第八葉表中丁亥下，第六格脱「中書舍人」四字；戊子己丑下第三格、第六格，各誤移上一格；此均沿宋刻之譌。至九月戊戌吉甫罷，爲淮南節度使，宋刻原未誤「吉甫」爲「從史」；覆刻者不加審度，以其文在盧從史行内，不應異名，遂改「吉甫」爲「從史」以就之。今亦摘取宋刻一葉，附印卷後，以助讀者思誤之適。又知不足齋鮑氏刊本，表中第五格「唐史」二字，宋刻原作「唐書」，「樊川集」下原無「云」字，「則見從史」原作「則是從史」，「丁父（喪）〔憂〕」〔上〕原無「從史」三字。又第八格「正月己巳黄裳罷」，按舊唐書元和二年正月己丑朔，同月内不當有己巳；且新舊唐書憲宗本紀「杜黄裳罷相」，紀日均係乙巳，鮑本實誤乙爲己，是又可以宋刻訂其失也。丙子春日海鹽張元濟。

（原載四部叢刊三編）

054　景印舊鈔本太宗皇帝實録跋

晁公武郡齋讀書志：太宗實録，至道三年詔錢若水〔一〕、柴成務、宋度、吴淑、楊億同修，咸平元年書成，上之。凡八十卷，是爲南宋館閣寫本。宋諱避至「筠」字，錢竹汀定爲理宗朝重録之書。存者僅二十卷，第三十一至三十五，第四十一至四十五，第七十七，第七十八，皆宋寫原本，卷末有書寫人初對覆對姓名，有塗改補注轉互之字。丹黄遺跡，粲焉具存。第二十六至三十，第七十六，第七十九，第八十，則從寫本迻録。此八卷，張月霄、李申耆輩展轉傳鈔，不少概見。獨前十二卷，則僅見藝芸（精）〔書〕舍宋元本書目，其後即不復再見。曾勉士、繆筱珊嘗求之而不得，今歸余插架，不敢自祕，因從吾友瞿良士乞假所藏，併印行世。是書與李燾通鑑長編互有詳略，與宋史亦必有異同，倘取以互校，證訛補闕，於讀者當甚有裨也。海鹽張元濟。

〔一〕錢　原作「李」，據郡齋讀書志卷六改。

（原載四部叢刊三編）

055　景印景元鈔本元朝祕史跋

是書著録有二本：一十五卷：出於永樂大典，錢竹汀所藏阮文達録以呈進，靈石楊氏、桐廬袁氏先後刊行者也；一十二卷：正十卷，續二卷，見於千頃堂書目。廬州太守張某藏有影抄本，張古餘從之覆影，李芍農師用以參校十五卷本，長沙葉氏於光緒季年刊行者也。明文淵閣書目亦有是書，然不記卷數，僅注一部五册，又續集一册。按其分册之由，疑亦爲十二卷本。二本分卷不同，而紀事實無殊異。顧千里跋謂是本較勝，亦祇在字句行段之間。友人趙君斐雲語余，北平圖書館有明初刊本殘葉，行款相同。因乞借影，凡得四十一葉，分屬於三、四、七、八諸卷，與是本各葉前後銜接，必爲其所自出。顧首尾均闕，刊版年月無可攷見。顧亭林言「洪武十五年命翰林侍講火原潔，編修馬沙亦黑等以華言譯蒙古文字，凡天文、地理、人事、物類、服食、器用，靡不具載。復取元祕史參攷，紐切其字，以諧其聲音，既成，詔刻行之。豈是書亦同時所刻乎？然玩顧氏語意，似彼時是書已先成也。楊氏、袁氏刊本均不載原譯蒙語，葉氏刊本有之。然如卷一第二十五葉後二行，「阿鄰」之作「阿都」；第三十三葉前一行，「斡乞泥顔」之作「斡乞泥額」；卷二第一葉後一行「蒙力克額赤格」之脱「克」字；第五葉後四行，第十七葉後二行，「癸邇周」之作「癸趨周」；第十一葉前三行，「赤來兀合周」譯文「容顔」之作「客顔」；第十三葉後三行，「失別額」譯文「藩籬」之作「藩誰」；第十七葉前三行，「帖兒格勒」譯文「圓光」之作「圖兒」；第二十八葉前一行，「塔兒巴合」譯文「土撥鼠」之作「士撥鼠」；卷三第二葉後一行，「合勒塔赤周」之脱「勒」字；第十葉前五行，「豁兒豁納」譯文「小河行」之脱「小」字；第十一葉後五行，「兀者額惕」之脱「惕」字；第十五葉後三行「豁阿黑臣」之脱「黑」字；第二十一葉前三行，「額列牙速禿」之作「顔列牙速禿」；第二十三葉後四行，「兀速訥」譯文「水的」之作「你的」；第二十四葉前一行，「可兀客泥」譯文「小兒行」之脱「小兒」二字；第二十八葉後三行，「合黑察」之脱譯文「獨」字；第四十六葉後三行，「輕古里惕坤」譯文「截斷您每」之作「截斷悠每」；第四十七葉前四行，「孛勒禿孩」之脱「勒」字；前五行「忽里牙勒都速」之脱「勒」字；卷四第四葉前四行，「客連」之作「客速」；第十五葉前四行，「篾迭額惕」之脱「惕」字；第十八葉前五行，「乞克迭罷」之脱譯文「被做了」三字；第四十五葉前三行，「合札剌察」之作「合相剌察」；前四行，「都兒別克薛惕」譯文「忙走了的」之脱「忙」字；第四十九葉後四行，「潮魯朶卜秃勒周」之脱「卜」字；卷五第六葉前五行，「兀者額惕」之脱譯文「看着」二字；第十三葉前四行，「乞坤」譯文「怎做」之作「怎飲」；卷六第七葉後二行，「主兒扯歹」之作「王兒扯歹」；第十八葉前三行，「合沕合」之作「合勒合」；卷七第三十五葉後五行，「多羅木只阿察」之作「多羅勒只阿察」；卷八第四葉後五行，「答魯主兀」譯文「勝了」之脱「了」字；第二十四葉後三行，「只卜失耶侖巴剌周」譯文「整治了着」之脱「着」字；第三十一葉後四行，「巴剌合速納察」譯文「城子每處」之作「成子每處」；第三十八葉前一行，「迓步塔剌」譯文「直行了」之作「一行了」；第四十葉前二行，「斡克罷」之脱譯文「與了」二字；後四行，「那卜失勒都周」之脱「卜」字；後五行，「闊卜失勒都周」之脱「卜」字；續集卷一第二十五葉後一行，「罕土合剌周」譯文「馬上捎着」之作「馬上指着」；第五十二葉前五行，「阿不阿惕」之脱譯文「要了」二字；續集卷二第三葉後五行，「勺里黑三突兒」譯文「指了的」之作「扯了的」；第十三葉前二行，「唐兀惕」之作「唐兀黑」；第二十三葉前二行，「莎汪忽周」之作「莎注忽周」，均不免有所訛誤。至卷八之第三十五、三十六、三十七葉，前後錯簡，均爲蒙語，不易辨認，讀者易爲所誤。元槧殘葉，固屬祖本；即此覆影，亦猶近真；攻錯之資，正復不少。今者漢蒙兩族同在邦域之中，吾嘗謂漢人宜多習蒙語，以達彼此情意。是書之出，其足以津逮學者，必匪淺鮮也。海鹽張元濟。

按刊本分卷，而葉號則聯貫而下。茲將刊本殘葉，插印卷中，因特加注本卷葉號，以便查檢。又刊本「行」「合」「當」「教」「更」「爲」「間」「分」等字均有圈發，寫本均未依原式；又寫本人名之旁，原有直綫，與加於譯音字者無甚區別，付印之始，因易蒙混，且字旁已注明人名，故均削去。嗣見刊本，乃知粗細迥殊，自可並列，然書已印成，無可更易。附識於此，以明真相。元濟又識。

（原載四部叢刊三編）

056 景印手稿本罪惟録跋

海寧張君閬聲，傳録其鄉賢查東山先生罪惟録既成，畀余數十鉅册，曰：「是不可以不傳。」余受而讀之，復㠯劉君翰怡所藏東山手稿互校，知二本文無增損，卷目微異，則閬聲所變更也。按原書本紀二十二卷，志三十二卷，列傳三十五卷，增子目又八卷，綜九十七卷。全書無總目，無分目，紀志井然，獨列傳或有總論；或無總論；有總論者，亦略不及本傳姓名，僅首列一人，前題「某某傳」，餘均各爲起迄，復不記卷次葉號；故隸甲類者，往往可移之乙，乃至於丙丁。閬聲以其闊略疏誤，重加釐次，有併合者：如傳卷十一、十三，漏載總論。傳目無統可繫，則以分隸於經濟、諫議二傳；有分析者：武略、播匿原均列卷二十一，則區之爲二；有增益者：如參照他本，補荒節、叛逆二傳；又析傳卷十四、志卷三十二，爲三子卷，以弭其有上無中下之失；有削除者：如删原不列卷，且僅存一人之回，誤而納之於荒節中。其他各依其性質，互爲移徙者有之；詳辨其文義，釐正錯簡者有之。余恐其猶有未盡，以授何君柏丞。柏丞復舉所見，與閬聲商榷，更定次第，一如今本，共成一百有二卷。余惟東山之著是書，始於崇禎甲申，終於康熙壬子，原名明書，經莊氏史案，改易今名，深自晦匿，幸逃禁網。至乾隆時文字之獄又起，藏者懼罪，不忍投諸水火，取「建鹵」「滿兵」「北師」「東人」等字而塗易之，冀免於禍，今筆痕墨影之中，猶可徐返其朔。閲時既久，蟲鼠爲虐，大者或連篇累葉，首尾不完；小者亦零段散片，破碎華離；裝工無識，妄相湊合，文義乖舛，不可卒讀。反覆追尋，棼絲稍治，此不可謂非藝林幸事。且名賢遺墨，實爲瑰寶；修飾點竄，尤具苦心。翰怡慫恿以原稿印行，顧卷葉淆亂，既經檢理；文字殘逸，閬聲亦多有校補；既取原稿付印，更須摹補校文，姜君佐禹以二本讐對，歷時半載，始克蕆事。佐禹語余，此蓋東山重訂未完之書。出獄以還，深懼覆轍，埋首數年，匆匆卒業，自叙暨他人分寫之本，殆成於此時。其全文中脱數行，合傳缺一二人者，或當時未就之稿，有傳爲清本，而論爲手寫；或全篇手寫者，必續訪新得；或芟除重撰之作，書尚徐待編排，故各自爲篇，篇不記葉，觀於某卷「顛倒錯亂，當重爲排定」之言，眉端

「入某某目」之註，可以概見。其紀逸、志逸、傳逸諸篇，揆之史例，殊多未合。意必當日筆削餘材，不忍舍棄，强立名目，附以流傳。要之東山冒死成書，爲有明留三百年之信史，歷劫無算，終免沈淪，正不必以其有所疏漏，而過爲吹求。况張氏拾補，所以彌其缺憾者，尤非鮮也。余嘗讀蓺風堂文漫存，記其所見一本，志僅二十七卷，頗疑其何以不符。證以佐禹之言，乃知爲初修之稿，而非手定之本。則此洵爲最後而可信者矣。東山自言罪惟録得復原題之日，即左尹得復原姓名之日。今雖仍題所易之名，而原名實已盡人皆喻。九原有知，其亦可以稍慰也乎。民國二十五年丙子六月海鹽張元濟。

（原載四部叢刊三編）

057　景印石門吕氏殘鈔本明史鈔略跋

莊氏史案，爲有清一代文字大獄，罹禍者至七十餘人，死者剖棺剉尸，生者延頸就戮，妻孥極邊充軍爲奴。私家紀述，廑有存者，迄今讀之，未嘗不令人神魂讋慄也。以意度之，其書必醜詆清室無所不至，顧版已盡毁，求之數十年不可得。聞吾友潘君博山藏殘本數卷，亟往求之。至則寫本兩鉅册，存神宗紀二卷有半，又光熹二宗紀暨李成梁、戚繼光等傳，開國後釋教傳，李、戚傳論均冠以莊鑨之名，其涉及清室並無訕謗語，僅偶見「建夷」及「夷氛」「夷寇」等字，不意竟觸震怒，釀成慘獄。噫，帝王之量抑何隘耶？夫以雷霆萬鈞之力，加諸無拳無勇之輩，自可以爲所欲爲。推其意，且必謂經此懲創，自今以往，當無有敢稍干犯之徒。即凡受庇宇下者，亦皆可無所忌憚，同享諱尊諱親之利，於是人人低首，家家頌聖。專制之樂，其樂無窮。乃曾幾何時，敵國外患，相偪而來。當日之不許他人夷己者，而人亦不許以夷字相加。江寧訂約，著爲專條，而侵陵之甚，竟因是以亡其國。循環倚伏，終無已時，豈不大可哀耶。書名明史抄略，必爲抄者所定，原本當不如是。卷中遇「留」字缺筆，章（炳麟）、趙（萬里）諸君定爲石門吕氏抄本，説當可信。余以是書湮没久，且可補官書之不逮，故雖殘缺，仍乞博山假我影印，以貽世之留心史事者。中華民國二十四年七月海鹽張元濟。

（原載四部叢刊三編）

058　景印錢氏述古堂鈔本弔伐録跋

是書久無刻本，常熟張氏輯墨海金壺，首據超然堂吴氏抄本刊行。金山錢氏以其多有訛奪，復録文瀾閣本，刊入守山閣叢書。是本爲錢遵王述古堂抄藏，繼入於知不足齋鮑氏，今歸吾友傅沅叔。雖遠出吴氏抄本之上，以校錢本，則顛倒訛誤，仍所不免。然靖康元年四月七日宋主回金國元帥一書，乃爲是本所獨有。且亦間有可以勘正錢本訛奪之處。四庫總目稱是書録自永樂大典，原無卷數，館臣析爲四卷。超然堂吴氏本僅分上下二卷，與是本同。又王時雍等依准製造迎接等事狀，是本與吴氏本均缺，頗疑當時所據必别爲一本，與大典不同出一源。是則固可並存者也。海鹽張元濟。

（原載四部叢刊三編）

059　景印吴翌鳳鈔本吴越備史跋

此吴枚菴據述古堂抄本傳録者也。述古自跋謂「武肅十九世孫德洪刊本，與其家所藏舊本不合。是爲范坰、林禹所撰，稱忠懿爲今元帥吴越國王，自乾祐戊申至端拱戊子，紀王事終始歷然；新刻於乾德四年後，序次紊亂，脱誤弘多，翻以開寶二年後事爲補遺」云。又言：「閭丘方遠建金籙醮，羅隱師事方遠，執禮甚恭，及迎釋迦建浮圖諸事，皆失載」云云。是本於所指三事具存，其他所言亦均合。錢竹汀嘗云「恨未得見遵王所藏」，吾輩今得見其傳録之本，抑猶幸也。四庫著録，亦范、林二氏所撰，但四卷後有補遺一卷；其後虞山張氏有刊本，卷數亦合，其自跋稱：「據肅潤道生重訂德洪刊本」，故與此本不同。庫本於建金籙醮諸事，咸備無闕，然别有補遺，又稱訖太宗丁亥，與此之訖戊子端拱元年者，亦不相合。陳振孫書録解題有是書九卷，謂「按中興書目，其初十二卷，盡開寶三年，今書止石晉開運，尚闕三卷。按石晉開運至宋開寶，凡二十餘年，却當在後三卷之數」。是書實起唐僖宗乾符二年，庫本提要稱爲「起石晉開運前闕三卷」云云，陳氏實無此語。然其書既僅存九卷，則亦與此不合也。此避武肅嫌諱，凡劉姓悉改彭城；又避忠懿諱，凡官名「左」者，悉改「上」，又「左右」俱作「上右」；遇文穆、忠獻名，俱空格，或作「諱」字；宋諱「匡」字，有注「名犯太祖諱上一字」者；蓋所據爲成書後最初刊本矣。枚菴用朱墨筆校訂者十七處，别録附後。此外尚有疑義者，如：

卷一第六十五葉前七行「嘗以彈丸牆樓之外」，「丸」字下疑有脱字。

卷二第十一葉後八九行「父淮浙行軍司馬……馬綽之女」，「父」字或「之女」二字，疑衍。

第十四葉後六行「王于兄弟甚衆」，「衆」字疑誤。

卷四第三十四葉後二行「中貴必良藥也」，「貴」字下疑有脱字。

第三十五葉前五行「龍鳳蕭笛」，「蕭」當作「簫」。

後九行「還遣中使諭王」，「還」字疑衍。

第三十八葉前十行「仍又勑遣供奉官」，「仍」字疑衍。

第三十九葉前一行「實治周一甲子」，「治」字疑誤。枚菴均未校出，附識於此。又卷末九葉，非枚菴手寫，不知當時命人代筆，抑原本散失，他人補鈔，今不可知矣。海鹽張元濟。

（原載四部叢刊續編）

060　景印明本馬氏南唐書跋

馬令南唐書，單刻本不易得，友人有荼夢齋鈔本，初思影印；既得假讀，中有一葉乃闕至二百餘字，躊躇不能決。嗣見此本，喜其鐫印精整，遇「太祖」「太宗」「皇朝」「京師」，凡涉及宋室之字，或空格，或提行，蓋猶宋刻舊式。取對鈔本，行款相合，是必同出一源。姚氏自稱「嘉靖辛丑主洛川張氏家塾，獲見此書，乃張氏先世宦閩時所録者，抱疾過録」云云。原出寫本，難免訛誤；病中握管，尤易疏忽。雖其佳處，足以校正是本者不少，然訛文奪字，終覺瑜不掩瑕。故舍彼取此，仍摘其意義較勝之字，及其文異而意可通者，別爲校記，附録於後。甲戌仲春海鹽張元濟。

（原載四部叢刊續編）

061 景印明錢穀鈔本陸氏南唐書跋

陸氏南唐書，四庫提要引錢曾讀書敏求記稱舊本遵史、漢體，首行書某紀某傳卷第幾，而注南唐書於下。王士禎古夫于亭雜録又稱其門人大名成文昭，寄以宋槧本凡十五卷，與今刻十八卷，編次小異。今其本均不可見，世行者惟毛氏汲古閣本。是本亦毛氏舊藏明錢叔寶手録王酉室吏部鈔本，王氏自跋謂「出自陸子虚家所藏，宋刻」。本紀三卷，列傳十五卷，與錢曾所見小題在上大題在下者異，與王氏所稱宋槧十五卷亦不同，書中涉及宋室，如「太祖」「真宗」「趙點檢」「天子」「天威」「宋興」「宋受禪」「國朝」等字，均空格，蓋猶沿宋本之舊。毛氏刊本後跋云：「放翁書一十八卷，僅見于鹽官胡孝轅祕册函中，又半燼於武林之火。庚午夏仲，購其焚餘板一百有奇，斷蝕不能讀，因簡家藏鈔本訂正」。然以是本校之，則彼此多不相侔，且足以訂正刊本之訛奪者，多至四百餘字，不知毛氏何以舍甲而取乙？昔人謂汲古所刊，多非精本，非虚言也。原書有硃筆校改之字，如紀一第四葉，後第六行「潚灘鎮」之「潚」改作「淵」，音釋第二葉前第八行「咼彦下後世去辵」之「辵」改作「足」，第五葉前第十行「豆盧下姓出北地」之「北」改作「羌」，又第四葉前第四行「昇下西都金陵」之「西」，前第九行「江下德化軍」之「德」，前第十行「洪下奉新」之「新」，後第二行「南下漳名」之「漳」，第五葉後第七行「肝肺附」之「肝」，均校增；又第四葉前第九行「江下湖口」下，原有一空格，一流字，前第十行「�」下原有「清江�以」四字，均校删；度必爲錢氏手筆，且與毛本不同，而意義亦較原本爲長。因即依校筆上版，並以全部與毛本異同之字，别爲校記，附録於後，以諗讀者。甲戌仲春海鹽張元濟。

（原載四部叢刊續編）

062　景印明翻刻宋本盡言集跋

右爲宋劉安世所撰章疏。史稱安世魏人，即河北路大名府。府有元城縣，故稱元城先生。紹興初王𣏌跋謂建炎初爲給事中，過同寮直舍，傳公諫草盡言集；又言於先生季子至叔借是集，已爲人所先；又言至叔守海陵，復來待次，始求是集，傳録親校。皆不詳其卷數。至淳熙鏤版，梁安世跋始著爲十三卷。越四百年，至明隆慶，刊本不傳。廬山張公得舊抄本，覆刻行世。石星序乃謂集凡三卷，殆誤奪「十」字也。余讀其論差除多執政親戚一疏，一則曰：「援引親屬，並據高勢，根連蒂固，更相朋比，絶孤寒之進路，增膏粱之驕氣。」再則曰：「執心偏黨，所用匪人，排斥孤寒，專引親戚。」嗚呼！何其言之懇切而沈痛歟。吾祖有言：器之在諫垣，扶持正道；讀其遺藁，徒深慨歎。余今讀是書，其慨歎蓋尤有甚已。民國紀元二十三年五月海鹽張元濟。

（原載四部叢刊續編）

063　清宣統三年排印本南海先生戊戌奏稿跋

光緒二十四年戊戌四月，余以徐子静學士之薦，與長素先生奉旨同於二十八日預備召見。是日晨，余至頤和園朝房謹候，長素已先在。未幾，榮禄踵至，蓋亦奉召入覲也。長素與榮談，備言變法之要。榮意殊落寞，余已窺其志不在是矣。有頃，命下，榮與長素先後入。既出，余入見。一室之内，獨君臣二人相對。德宗首問余所主辦之通藝學堂之情狀，次言學堂培養人才之宜廣設，次言中國貧弱由於交通之不利，痛言邊遠省分須數月方達，言下不勝憤慨。余一一奏對。約一刻許，命退下。旋聞翁常熟師罷斥之命，爲之驚駭。自是長素多所陳奏。迨既奉停科舉、設學堂之諭，余勸長素勿再進言，姑出京，盡力於教育。長素不聽，且陳奏不已，益急進，遂致有八月六日之變。夫以數千年之古國，一旦欲效法歐美，變易一切，誠非易事。然使無孝欽后之頑梗，又無庸劣守舊之大臣助長其燄，有君如此，上下一心，何至釀成庚子之（役）〔拳亂〕。即辛亥之革命，亦何常不可避免。和平改革，勿傷元氣，雖不能驟躋强盛，要決不至有今日分崩之禍。每一念及，爲之悵悵。今長素之歿已踰十稔，回首前塵，猶如昨日，而嬰黨禍者，只余一人尚存。手此一編，不禁感慨繫之已。中華民國三十年八月十二日張元濟。

（原書，上海圖書館藏）

064　景印宋本漢丞相諸葛忠武侯傳跋

是書向少傳本，四庫未著於録。阮文達以影宋寫本進呈，其提要謂：「前、後出師表與今所傳，字句間有異同，必有古書足據」云云。陸存齋亦以影宋寫本，刊入十萬卷樓叢書，取校是刻，頗多未合。其歧異之字，則是本多係剜版擠補。疑此爲已修之本，而陸氏則從未修之本傳録。修補諸字，義自較勝，陸本頗多訛誤，或當時讎校偶疏；然是本末葉四行，缺十九字，卻賴陸本補完。是則藏書者，固當新舊並蓄歟。海鹽張元濟。

（原載四部叢刊續編）

065　景印稿本翁文恭日記跋

有宋名臣，以文學政事顯者，曰歐陽修，曰司馬光。求之近今，足與媲匹者，其惟吾師翁文恭乎。雖然，吾讀宋史，未嘗不歎二公遭際之隆，而悲吾師之獨阨也。英宗初立，光獻臨朝，大臣奏事有疑未決者，輒曰公輩更議之，未嘗出己意，時左右交搆，母子幾成嫌隙。修與韓琦從容諫諍，后遽釋然還政。哲宗嗣位，宣仁垂簾，光任使相，諫行言聽，嘗自稱母后當陽，非國家美事。兢兢業業，卒成元祐之治。此固二公之忠誠感格，而亦后之賢明，有以訢合於無間也。文恭當同、光兩朝，洊登樞要。維時沖人踐阼，母后臨政，强敵憑陵，國勢寖弱，士大夫昌言變法，新舊交争，漸成門户之見。國步艱難，與二公所處正同。公以一身楮柱其間，而卒不免於得罪以去。其困心衡慮，必有甚於二公者。世之人莫由知之。迄於今時移世易，亦幾淡焉若忘矣。公之從孫克齋，以公手書日記眎余。余受而讀之，四十餘年大事，粲然具備。小心寅畏，下筆矜慎。然紀載所及，偶有一二流露之處，觀微知著，益不能不歎公之遭際爲可悲也。史稱光獻性慈儉，嘗諫止仁宗正月望夕張燈。宣仁聽政，即散遣修城役夫，止禁廷工技，文思院奉上之物無問鉅細，終身不取，是自奉至約也。而公之時，内廷之供奉何如（參看第二十三册九十三、四葉及九十六、七葉，第二十七册七十九及八十葉）？光獻於左右臣僕，毫分不以假借。神宗乳媪爲宋用臣等游説，宣仁峻拒，至欲斬媪，是御下至嚴也。而公之時，宮壺之禁約又何如（參看第二十五册六十葉，第二十六册五十五葉）？安石變法，光獻痛言民生疾苦，祁王侍側，頌爲至言，勸神宗不可不思。賢王憂國，與聖母有同心也。而公之時所信任之親貴又何如（參看第二十三册十八葉）？蘇軾得罪光獻，稱爲宰相才，戒勿寃濫。文彦博既老，宣仁起之，遣使迎勞，是誠有知人之哲也。而公之時所擢用之人才又何如（參看第十三册一百八葉，第三十四册五十九葉）？嗚呼！公既不見容於朝，遽被讁謫，正人退而僉壬進，遂釀成庚子之禍。回鑾以後，天子幽囚，權臣柄政，國事益敗壞不可問，而公亦抑鬱以終。於以知文忠、文正生際聖明，得行其志，以致君而澤民，垂令名於千古者，其中固有天幸在也。余既悲公之遇，且痛世人知公者少，因請以日記行世。克齋韙余言，畀余景印。鳩工歲餘，今始竟事，敢述所見，以告讀者。乙丑仲秋門下士海鹽張元濟謹跋。

（原載翁文恭公日記，商務印書館一九二五年七月版）

066　景印舊鈔本丞相魏公譚訓跋

是爲宋蘇象先記其祖魏公頌之遺訓。魏公相業彪炳，布在簡策，一言一行，咸可師法。象先熟聞提命，纂成兹帙；濟南周泌刊於紹熙之世，旋即隱晦，四庫亦未著録。有清道光，裔孫廷玉得宋槧本，刊之蘇郡，迄今百年，復甚罕覯。是爲愛日精廬舊鈔，行款悉依宋刻，稍有訛奪，藉廷玉刊本校正。凡避清代忌諱之字，悉還舊觀；其義可兩通，暨新刊疑誤者，並附校記，讀者可參證焉。海鹽張元濟。

（原載四部叢刊三編）

067　景印鈔本大清一統志跋

民國肇興，議修清史。十年前友人在史館者，以書來告，謂：「有清代第三修一統志，斷至嘉慶二十五年，視乾隆重修本加詳，道光二十二年進呈後，迄未刊布。史館存寫本全部五百六十二卷，不亟印行，懼就散佚，子盍圖之。」余感其言，因囑北京分館取全書攝影，歷數月始畢。影片既至，乃有一萬三千餘葉，事繁工鉅，荏苒數年，甫印成而閘北之戰起，工廠盡燬，已成之書，先徙他所，故未被燔；然散亂浥爛，不可勝計。重加整理，殘失三十餘葉；友人任君振采，以所藏藍印本，假余抄補，得潰於成。蓋至是而散佚之懼，可幸免矣。有清一統志始修於康熙，才三百五十六卷；繼修於乾隆，增爲四百二十四卷；今均罕見。有之，惟坊肆覆本。汪穰卿筆記斥杭州竹簡齋縮印康熙修本，變亂卷第。其後上海鴻寶齋續印乾隆重修五百卷本，余友陶蘭泉嘗以故宫寫本、四庫本，與之對勘，亦謂其沿四庫總目之訛，强析原卷，以充厥數。居今日而治輿地之學，欲求一官本，且後出而可信者，宜莫如此書。然使當日史館未撤，不亟借影，復歸中祕，奚可復出。又使閘北之亂，書未他徙，或雖徙而庋存之所亦燬於礮火機彈，則終化爲煙雲耳。方戰事至烈之際，飛灰漫天，殘紙墮地，無一非吾商務印書館之書，而是書獨告無恙；且已闕者，猶能復完；使治輿地學者，稍得此尺寸之助，余又烏能不爲是書幸，而兼以自幸也。雖然，展卷以觀，我國家全盛之時，（海宇寧静，四鄰輯睦，曾幾何時？政教之不修，舉）（如朝鮮；如琉球；如暹羅；如越南；如緬甸，何一非朝貢于我者，今猶有存焉者乎？如蒙古；如西藏；如新疆，今猶能屏翰吾圉乎？引領北望，）數百萬方里之沃壤，任人刳割，莫敢誰何。租賃之地，徧於口岸，深入腹地；外人艦隊，出入無禁；設營置戍，悉惟其便。嗚呼！僅僅九十年而日闢日蹙之勢，竟前後相反若是。自今以往，其僅存之版圖，是否能永無殘闕，恐尚在不可必得之數。然則讀是書者，其能無顧名思義，憂勤惕勵，而謀所以保茲疆土之策，毋貽前人羞也。甲戌仲春海鹽張元濟。

（原載四部叢刊續編）

068 景印手稿本天下郡國利病書跋

知崑山縣事彭君百川暨邑人士王君頌文、潘君鳴鳳，欲以其縣立圖書館所藏鄉賢顧亭林先生天下郡國利病書手藁，傳播於世，畀商務印書館印行。余既爲之編定，乃謹書其後曰：「作者往矣，明社屋矣。立説於數百年前，而燭照數計，一一印證於數百年之後。」嗚呼！何其憂之深，而慮之遠也。亭林身嬰亡國之痛，所言萬端，而其所再三致意者，不過數事，曰兵防，曰賦役，曰水利而已。敵國外患，姦宄竊發，以守其國，不可無防。防之於外，則門户洞開，不可無以遏之；防之於内，則伏莽徧地，不可無以靖之；欲盡其道，責在於兵。有兵不可以無養，養之之責，又在於民。無事之時，所衣所食，民供之；有事徵調輸輓之勞，屯紮之需，又吾民任之。有國者既不能不增此數十百萬之民，用之於安内攘外之途，自更不能不重取吾民數百千萬之財，以贍此不稼不穡之輩；曰吾將以禦外侮也，吾將以戡内亂也，而民又何辭。然果有未雨綢繆之計，先足食而後足兵，則生事稍裕，供億雖繁，抑猶不至於顛躓。我國自古訖今，所業惟農，可耕之土，本已不廣，所恃者，又僅數千年前之農事知識，偶遇天災，無術自救，賴有溝洫之制，防患未然，薄有收穫，聊以卒歲。若水旱之象既成，且屢見不一，見則民且救死之不暇，又奚能效力而輸將。彫瘵之極，有不堪設想者矣。亭林是書，始於崇禎己卯，蓋親見夫東北邊防，日就廢弛，清兵崛起，取瀋陽，圍寧遠，克永平、灤州，而遵化，而昌平，而高陽，遂至於濟南，深入二千餘里，下畿内山東七十餘城。孔有德、耿仲明、尚可喜、祖大壽等乘機叛國，納土降附，稽首敵庭，惟恐或後。〔編氓〕〔流賊〕如高迎祥、羅汝才、李自成、張獻忠、馬守應、賀一龍、賀錦、劉希堯、藺養成、劉國能（輩）〔之徒〕，（羣起）〔竄突〕於陜、甘、四川、湖廣、河南、山西、山東、江淮、近畿境内，（斬木揭竿，雲從風應，如火燎原，不可向邇）〔旋起旋伏，撲滅無期〕，土崩瓦解，四方鼎沸，知兵防之不可不嚴。故於沿邊如北直隸之四鎮三關，山西大同，陜西鞏昌洮岷之堡塞，沿海如浙江之海防圖、寧波府志、海防書，福建之海防總論，廣東惠、潮、高、廉、雷、瓊之關寨營隘，則備録之。又親見夫國用不足，苛征暴斂，如遼餉，如勦餉，如助餉，如練餉，如官莊，如榷水陸衝要，如增關税田賦，如遣使督直省逋賦，民生日艱，掊克日甚，凍餒逃亡，流爲寇盜，知賦役之不可不慎。故於江浙租税最重之區，如松江府志之田賦，海鹽縣志之食貨，於征額最鉅之鹽課，如山西解州之池鹽，四川之井鹽，南直浙江之場鹽，則詳述之。又親見夫崇禎改元而後，或久旱，或大水，或蝗，史不絶書，而黄河決口於曹縣、於睢寧、於徐州、於原武、於建義、於孟津、於淮安、於沛縣，下民昏墊，殆無寧日，室家離散，餓莩載塗，知水利之不可不修。故於河患最甚之區，如河南山東之河工，於長江上游衆流匯集之地，如荆州、鄖陽、襄陽、承天、常德諸府之隄防，則歷紀之。明之君臣生於其間，大局敗壞，已至不可收拾；即翻然醒悟，亦無能爲。亭林豈不知之，而所以諄諄於此者，無非欲詔示後世，使凡有國有家者，知此數事，推而至於其他。蒞民之事，得其道則利，失其道則病；利則其民奮而國隨之以興，病則其民悴而國隨之以亡。爲政之術，古今不必同出一途，而爲禍爲福，終莫能逃此因果之律。果能曉然於利病之所在，而講求其趨避之方，轉貧弱而爲富强，康樂和親之盛，何在不可幾及。不然，未有不蹈亡明之覆轍者也。讀是書者其能悚然而思，惕然而興，而無負亭林之瘏口曉音乎。中華民國二十五年三月海鹽張元濟。

（原載四部叢刊三編）

069 續修滕縣志跋

有清之季，余爲東方圖書館蒐藏全國方志，歷二十年，凡得二千一百餘種，綜二十有二行省，並邊遠各區計之，十有其九。民國既建，腹地議修新志者，書缺有閒，每馳書相假，圖書館借鈔者又絡繹不絕。竊自幸於文獻之徵稍有裨助。上年閘北之役，燬於兵火，百無一存。丁兹大難，戎馬蹂躪，萬方一概，幾何循此以往，不亟修葺，殆真有杞宋無徵之慨矣！山東滕縣生君克昭，遠道涖滬，攜其新刊續志示余，喜其先得我心也，受而讀之。按滕縣志今存者，有康熙五十五年修，道光二十七年所重修本。是編爲高仲誠前輩所纂，踵道光志而作，凡已見者不復叙，闕者補之，訛者正之，斷自道光之末，訖於宣統三年。水利與民生有關，鐵路爲新政之要，一因一創，載筆特詳。入民國後，則高君延柳、生君克中所續，凡未改易者，悉仍曩例。最近倡始者，別定新名，蓋運當鼎革，政體攸殊，固不容混前後爲一也。克昭淵雅好古，復以所集金石拓本涉於本邑掌故者，詳加攷覈，附刊編末，尤足補前志所未備。而余竊有感者：今之方志，比於古者列國史書，史以記事，事必責實，而彰善癉惡之意，即行於其中。自來方志隱惡揚善，多舉名宦循吏，章氏七難，慨乎言之。余於深歎吾仲誠前輩爲不可及也！舊志有職官譜、宦績志，此則併爲官師。賢者表之，不肖者糾之。舊志已引其緒，此則益嚴其辭。是非衡乎大公，毀譽準諸輿論，是誠爲修志者之準的矣。世風日降，廉耻淪亡，贓官污吏，踵趾交錯，士大夫膺筆削之責者，倘能於賞罰不明之時，而以褒貶代之，是吾夫子修春秋之志也。斯意也，豈不可爲之先導乎？

070　續修滕縣志跋代

右滕縣續志，同邑高仲誠先生著也。先生清季史官，道德文章，爲世推重。是書經始於癸酉，越一載而成。其義例精嚴，足與康對山、陸清獻、陸祁孫諸家後先輝映。稿藏縣署未梓，歲戊寅邑遭兵燹，署中圖籍散佚，詢是書無知者。昭搜求久之不可得，一日張金元、吴象揆二君來告曰：「稿固在，今藏張君守斌家也。」昭亟與楊君知性取録副本，邑紳高君延柳等謀刊之，顧費無所出。先是，先生有修城之議，昭嘗助田五十畝，議成，未興工。因取田鬻錢，所得幣五千二百圓以充剞劂之用。同屬一邑公事，移彼就此，知我者當不我罪也。先生昔受知於安陸陳文恪公，館其家者有年。庚辰春，昭攜志稿走京師，將鐫之梓，獲見文恪冢嗣墨香□□，知爲先生高足弟子，因出稿乞其讐校，慨然允諾。都中名下士，張君小元邃於經史，以小學稱於時，昭匄其校閱重刊，稿中通紀訂正無譌，得張君之力尤多。舊志故無金石一門，昭往來京、津數年，蒐得自吾邑出土，周□漢印，暨漢、晉、唐、宋畫像、碑碣拓本如干種，思附印卷末。夙慕天津王倫閣、王斗瞻，東莞容希白，膠西柯燕齡諸君子嗜古多識，躬往就正，備承教益；且爲之審慎抉擇，別類編次。既製版景印，克附先生之驥尾焉。不幸世亂日滋，物力愈絀，前者鬻田之資，用猶不足，昭復廢斥祖産，裒集鉅萬，乃得不潰於成。遜清遺老華壁臣京卿，素負書名，聞而嘉之，爲之題耑以彰其盛。昭何人斯。敢荷此任。乃由諸大君子誘掖奬勸，以成其美。雖艱阻備嘗，卒無廢事，得竟先生之志。張君守斌受謝縣長錫文之屬，弆藏無斁，一邑文獻，得以不墜，其功尤不可没。書既成，因述其原委如右。

071　清光緒二十四年重刊本嘉靖海寧縣志跋

千頃堂書目：海寧縣志九卷，海鹽董穀撰。蔡序稱碧里子者即董君自號。董君著有四存，均冠以「碧里」二字。鹽邑志林中有碧里雜存，余近又收碧里疑存、達存二種，是可證矣。縣志董君傳中，此節漏載。他日續修，當補叙也。張元濟。

（原書，上海圖書館藏）

072　清嘉慶十四年刊本徽縣志跋

是志爲余五世族祖春溪公令徽縣時所修。去年續修家乘，公支下本籍已無後人，其近支有遠出甘肅者，登報布告，杳無答音，爲之慨歎久之。近輯先代遺箸，僅於兩浙輶軒續録得公詩一首。公所箸寄吾廬詩稿終不可得見。是書來自紹興，中有公詩文數十首，因購存之。俾後之人有所考焉。辛酉仲冬元濟謹識，旹年五十有五。

（原書，上海圖書館藏）

073　景印元本三輔黄圖跋

隋志云一卷，晁志三卷，陳録分上下卷。此爲六卷本，雜用晉以後書，並顔師古説，畢秋帆定爲唐世好事者所輯。又以漸臺、高廟二條，無舊圖之文，與程大昌所見不同，疑此亦非宋舊。四庫總目則以滮池、滄池、元始祭、社稷儀均引舊圖，謂即大昌所見之本。是刻卷首有苗昌言題詞，刊於紹興癸酉。大昌爲紹興二十一年進士，是書後六年而出，所見當即此本。此爲致和覆刻，卷首載苗氏題詞必即出自宋刻。畢氏云云，未可據爲確論也。畢氏有校正重刻本，致力甚勤，以是對校猶未盡善，如「殁祤」之誤「殁栩」，「丙殿」之誤「兩殿」，「滄池」之誤「倉池」，「陵旁立廟」之誤「立朝」，「古徼」之誤「石徼」，此均足以是正。他類是者，不少概見，今悉録入校記，讀者當有取焉。海鹽張元濟。

（原載四部叢刊三編）

074　景印明如隱堂本洛陽伽藍記跋

洛陽伽藍記，隋、唐以下著録均五卷。惟宋史藝文志、郡齋讀書志作三卷，連江陳氏世善堂書目亦同。或原有别本，今已失傳。近世存者，以如隱堂本爲最古。其刊版當在明代嘉、隆之際。是本卷二闕第四、第九、第十八等葉，均寫補。毛斧季獲見是刻即已言之，世間存本，無不皆然，蓋殘佚久矣。古今逸史、漢魏叢書中均載是書，各家所補三葉，大抵從之傳録，文字前後悉相銜接，必同出一源也。史通補註篇，謂書舊有註；顧千里疑原用大小字爲别，後世連寫，遂混註入正文。錢塘吴若準重爲編次，釐定綱目，蒐據衆刻，校其異同，成集證一卷，世稱善本。然仍有人議其不免混淆，未盡塵障。朱紫貴序舉其所據校者，以如隱堂本爲首，余取以對勘，與是本互異者，凡百數十字。吴氏均未指出，疑所見或亦爲傳録之本，因札録附後。其足以糾正是本者亦不少云。中華民國二十五年春三月海鹽張元濟。

（原載四部叢刊三編）

075　清宣統元年刻本歸潛記跋

是書爲吾友錢念劬之夫人單女士所撰。念劬使義時，其夫人偕往。是書即紀其在義之見聞。念劬語余，卷首紀一古碑，尚未脱稿，故起於乙。書中積顛步主人者，即念劬也。戊午初夏，念劬南來，寓一品香，余往訪之，念劬出此以贈。元濟識。

（原書，上海圖書館藏）

076 景印明影宋鈔本麟臺故事跋

四庫著録，總目稱原書五卷，凡十二篇。篇名散見于永樂大典者，祇存其九：曰沿革，曰省舍，曰儲藏，曰修纂，曰職掌，曰選任，曰官聯，曰恩聯，曰禄廩。是本僅存三卷，凡六篇，除官聯、選任、修纂外，有書籍、校讎、國史，爲四庫本所無，意必可補其闕矣。而庸知不然：武英殿聚珍本與是本篇次不符；即篇名相同，而所收各條屬於他篇者，亦比比皆是，如沿革篇内闌入原書官聯第一、第六條；儲藏篇内闌入書籍第五至第八、第十二條；修纂篇内闌入書籍第十九條；校讎第二、第五、第八、第十、第十二條；國史第九條；職掌篇内闌入官聯第五、第七至第九、第十二條；選任篇内闌入國史第七條；惟官聯篇未見他類，然是本官聯篇凡十二條，第二條聚珍本未録；選任篇凡十三條，第五、六條未録；修纂篇凡十五條，第四、第九、第十一至第十四條未録；以此推之，其他六篇，必多遺佚。且所録各條，有不完者，有分合錯亂者，顛倒訛奪，不勝枚舉。然大典編輯無緒，纂修四庫諸臣，裒輯叢殘，憑空排比，得此已非易易，固不能執是本以相責也。是本遇宋諱玄、鉉、桓、完、勾、購、慎等字，多闕末筆，必自宋本傳録。然有可疑者：卷首進書中省原狀，何以特闕「書凡十有二篇」六字？五卷何以作三卷？南宋館閣録依是書體例編纂，其篇目亦以沿革、省舍、儲藏居前，而是本何以卷一即爲官聯、選任？次第亦嫌未合。意者，影寫之時，原書僅存三卷，狀文已被剜改，卷第亦有移動，寫官依樣描畫，故致有此舛誤。若如黄復翁言，爲影寫者所爲，則何不並將「書凡十有二篇」六字改爲「書凡六篇」，反盡泯其痕跡乎？是可見此六字，原書久作空白矣。原書每卷之「上」「中」「下」字，黄氏指爲書賈所填，細辨誠信。聚珍本校勘殊慎，有可以糾正是本者，别撰校記，附印如左。海鹽張元濟。

（原載四部叢刊續編）

077　景印影宋鈔本作邑自箴跋

是書見於直齋書録解題及明文淵閣、世善堂兩書目。常熟陳子準依宋本傳録，繼入於鐵琴銅劍樓，卷首有李元弼自序，作於廣陵，時爲政和丁酉。是本卷末有「淳熙己亥中元，浙西提刑司刊」二行，距成書時已六十餘年，是必當時重視兹書，可爲牧令圭臬，故由官署覆刻，俾膺民社者有所取法也。篇中於刑獄、賦税、户口、田土、買賣、官物、約束、耆壯諸事，紀述特詳，可以考見當時社會情狀；且爲北宋人著述，又四庫所未收，故特印行，俾免湮没。海鹽張元濟。

（原載四部叢刊續編）

078　景印元本爲政忠告跋

此爲元臣張養浩所撰。元史本傳稱養浩爲堂邑令，毀淫祠，罷舊盜，朔望參賓李虎黨於法，擢監察御史，疏時政，言切直，爲當國者所不容。英宗立，命參議中書省事，又諫帝以崇德慮遠爲法，以喜奢樂近爲戒，洵乎元之名臣也。是書分爲三編，各就其居官所得，剴切指陳，欲凡從政者知所法戒。其書非一時所成，刊有先後，故款式亦有異同，然均爲元代所刻。舊爲莆田郭尚先所藏，郭氏有跋，極重其書。清道光中嘗摹寫全部，畀歷城尹濟源刊行，板印極精。然如牧民編以義處命節「皆本夫命」，尹本誤「夫」作「天」；「雖竭蹶求進而亦窮」，尹本誤「竭蹶求進爲躁競」；風憲編審録第五節，「温以善色」，尹本誤「善」作「顔」；廟堂編修身第一節「籍胡椒八百斛」下蝕一字，尹本不留空格；退休第十節「凡有所言，優容喜納」，尹本脱「凡有所言」四字。此爲知書者所親書，猶不免於訛奪，則凡成於鈔胥者，更可知矣。語云「書貴初刻」，豈不信歟？海鹽張元濟。

（原載四部叢刊三編）

079　景印宋本及影宋鈔本故唐律疏義跋

滂喜齋藏書記據卷二犯十惡故殺人反逆緣坐條注,「犯宣祖上一字廟諱」云云,定爲宋刻。然不止此,卷一,四曰惡逆條疏議「梟鴟其心愛慕同盡」,元刊本「梟鴟」作「梟鏡」,「愛慕」作「愛敬」,是必因避宋諱改易,且注亦有「犯翼祖諱,改爲鴟」之語,是葉雖屬補配,然爲宋刻可證也。岱南閣孫氏得元至正時釋文本,屬顧千里爲之梓行。顧氏未見宋刻,跋語稍誤,潘氏先已指明;其他亦間有訛奪。然顧氏精於校勘,殊有足以訂正是本之處。是本點畫之譌,不少概見,已藉孫本一一是正。其有爲事理所未愜者,孫本悉已芟削。然如:卷二十三戲殺傷人條,「其不和同及於期親尊長外祖父母夫夫之祖父母」句之一「夫」字;卷二十四告緦麻卑幼條疏議中,「若告大功以上減一等」句之「以上」二字;卷二十五詐爲官文書增減條疏議中,「徒罪以上各從徒流死上減」句之「死」字;卷二十九死罪囚辭窮竟條答問中,「至死者並皆處死不合加徒流」句之「處死」二字;仍各留空格,此足見顧氏之審慎。茲並取顧氏所校異同之字,列表附後。又前訪得影宋鈔本律十二卷,附宋孫奭撰音義一卷。今攷所載全爲唐律,與本書律文盡同,因亟撤出。惟音義仿經典釋文體,極爲精覈。案玉海載天聖七年四月刊律文音義於國子監。先是四年十一月孫奭言諸科惟明法一科律文及疏，未有印本，舉人難得真本習讀，詔國子直講楊安國、趙希言、王圭、公孫覺、宋祁、楊中和校勘，判監孫奭、馮元詳校。是本卷末，列諸臣銜名，同者六人；又有「天聖七年四月日，准勑送崇文院雕造」二行；蓋即玉海所載之本。久稱罕見，因附本書以行。海鹽張元濟。

（原載四部叢刊三編）

080　明嘉靖二年官刊本嘉靖二年會試録跋

鄭端簡爲吾邑聞人。余既得公年譜、奏議、文集及吾學編等書，得以多識前言往行，良深欣幸。公舉嘉靖元年浙江鄉試弟一人。天一閣藏書散出，余收得是年鄉試題名録，公褎然居其首，次年聯捷成進士。余又收得是册。是雖不能與紹興十八年同年小録、寶祐四年登科録等觀，而自吾邑視之，則不能不謂物以人重，且兩録並存，尤爲罕有。徵文攷獻，洵足珍已。丁卯孟夏既望張元濟識。

（原書，上海圖書館藏）

081　明科場原卷本明彭德符先生萬曆乙卯科硃卷跋

德符先生名長宜，公孟侍御之長子。明萬曆乙卯浙江鄉試舉人，崇禎癸未進士，官上海縣知縣。清兵克南京，棄官還家，絶食死。弟期生同榜舉人，丙辰聯捷成進士，洊官湖西兵備僉事。清兵入關，南都繼失，奉命守贛州，城破死難。期生子孫貽字茗齋，終身不仕。張元濟。

（原書，上海圖書館藏）

082　景印宋淳祐袁州本昭德先生郡齋讀書志跋

此爲宋淳祐袁州刊本，故宫博物院圖書館所藏，蓋沈埋者六百餘年矣。按晁志，今行世者有衢本、袁本之别。公武原志既刊於蜀，其後蜀中别行姚應績編二十卷本，有所增益，淳祐己酉南充游鈞傳刻姚本於信安郡，是爲衢本。番陽黎安朝於原志四卷之後，録趙希弁藏書爲附志，録衢本姚氏所增爲後志，增訂考異，後一年庚戌合刊於宜春郡，是爲袁本，即此刻也。康熙末葉，海寧陳師曾得舊鈔袁本刊傳之，晁志始行于今世。四庫據以著録，其書久佚無徵，館臣莫能論定。提要泥於馬氏經籍考，反覆未得其説，則以誤目陳刻錯簡爲殘闕，未省馬氏所採爲蜀本也。迨嘉慶間，瞿中溶得不全舊鈔衢本，汪閬源刻家塾。舊鈔衢本，一時矜爲祕笈，瞿氏撰衢本攷辯一文，倡爲兩本優劣之論；錢大昕十駕齋養新録、阮元進書録、錢泰吉曝書雜記各有載筆，乃至近人王先謙莫不推波助瀾，附和瞿説。或病袁志子部脱佚五類，而疑後志非趙氏原書；或誇衢本收書多幾及倍，而目袁志四卷爲不全初稿；或誤馬考舍袁取衢，引爲兩本優劣之判。余友姜子佐禹即衆説以稽求，往往不合事實，蓋皆墨守提要「衢本不可復見，袁本亦非盡舊文」之語，有以誤之。百年樸學之品題，舉世盲從而不察，衢本顯而袁本晦，是非之倒置久矣。今按宋槧袁本卷三第十五葉起至三十四葉止，幕府燕閒録至天隱子止。即爲陳刻見於後志釋書類，輔教編後，玄聖蘧廬前。錯入之書，陳氏失於校訂，館臣未能舉正。原書固門類悉合，未嘗殘闕也。衢本二十卷，收書千四百六十一部；今行汪、王兩刻並同。袁本卷一至四，凡千三十三部，摘自衢本之後志，又四百三十五部；合兩志以併計，陳刻雖有錯簡，兩志總數亦與宋本合。袁、衢相抵，袁多於衢者且七，更未嘗有衢本多幾及倍之事也。公武四卷之書，宋史藝文志、王應麟玉海並見著録，所志皆南陽井氏書。袁本杜序有曰：「先生校井氏書，爲讀書志四卷。」黎序亦曰：「昭德先生讀書志四卷，蓋所録南陽井氏藏書也。」公武序原文亦自言「故家多書，兵火之後，尺素不存」，但謂南陽井公所託，不云晁氏有舊藏也。姚氏所編，削杜序而竄自序，改南陽井公爲南陽公，故直齋著録是書，有「南陽公未知何人，或云井度憲孟也」之語。觀趙希弁後志序，知姚編序且僞託，其書真贋難定。是希弁當日所不敢信彼二十卷爲公武續筆者，今數百年後，反可疑此四卷爲不全初稿乎？馬氏經籍攷讀書志條，全録直齋書録原文，末有「未詳」二字。未詳云者，未詳南陽公之果爲井度否也。竊謂馬氏所見者，非袁本抑亦非衢本而爲蜀本。何以言之？袁本杜、晁、黎三序，均著井氏字，馬氏果見，何云未詳？提要稱袁本所有，衢本所遺，如晉公談録、六祖壇經之類，經籍考實並引晁說，謂爲馬氏兼采袁本。余按衢遺二十九種，經籍考引晁說者，惟此二書。是二書者，袁本兩見晉公談録，雜史類作三卷，小說類作一卷；六祖壇經一作三卷，惠昕撰；一作二卷，慧能撰；志文亦各異其說。衢所遺者皆其第二種；經籍考所引晁說，乃衢本未遺之第一種。館臣鈎覈偶疏，並非兼採袁本也。簿録重目不重文，袁本趙氏附志，豈果無書可采，謂志文袁略於衢，馬氏並趙志而棄之，有是理乎？是皆馬氏未見袁本之顯證，此前人衢袁優劣，陳馬取舍之說之不足信也。陳馬蓋世收藏，插架必重舊本。衢本源出於蜀，所摭寧非蜀本？以時代考之，厲鶚宋詩紀事載直齋端平中已守郡嘉興，淳祐己庚兩刻出板，已當陳氏晚歲，未必據新刻而始著於録也。馬氏悉本陳説，益可證所摭之無與於衢袁也。抑余更有進者，附志不登馬考，其書久佚可知。陳刻出而始傳，當時豈非瓌寶？前人謂衢書多於袁，實則此附志諸書，凡四百六十九部，除衢本已見三十三種，直齋書録略有並見外，皆佚目也。皆袁多於衢。黄蕘翁序汪刻衢本，不及袁本，褒貶最爲有識。顧千里跋衢本考辨，譏汪本小學類中有不可通者，當畫分六段，其更定次序，與此本前後志合者，殆十有七八。陸心源儀顧堂集，衢本郡齋讀書志第三跋，舉汪本誤改楊補之爲晁補之，斥其不如不刻。然則袁本舛駁棼亂之名，且可移贈衢本矣。汪刻衢本，數數剜板，傳於世者，究不知孰爲定本。涵芬樓蓄有李薌芷輩初出傳校之本，鈎抹幾同草稿，非衢本真傳也。丁志有述古堂鈔衢本存世可考。此又衢本本書是非，兹不詳論。袁本志分目別存井書四卷之舊前有杜鵬舉、公武兩舊序。附趙氏三世所藏，詳見卷首黎安朝淳祐己酉序。而不没姚氏增收之實。後志有希弁序，仍收衢本自序、二十卷類目於卷首，所以明後志所從出著自序之異文也。附二本考異游鈞衢本跋，於卷末殿以黎安朝淳祐庚戌後志跋，所以見兩本得失之所在，前後傳刊之淵源也。世行陳刻舊抄，於三志序跋往往裝綴失次，讀者莫明其緒。此亦袁本致謗之一因。撰録傳刻，源流井井，非衢本所及。私竊以爲袁本出而衢本可廢矣。古書之可貴，從未有不貴其最初之原本，而反貴其後人改編之本者。余夙爲袁本懷不平，今獲見宋刻，更足正陳本錯簡之訛，因綴一言，以就正於世之嗜讀是書者。海鹽張元濟。

（原載四部叢刊三編）

083　張元濟手鈔本清綺齋藏書目跋

清綺齋者，余六世祖青在公讀書之所。公嘗覆刻李雁湖王荆公詩箋註，署曰「清綺齋藏板」者，以此。其宅在本城城隍廟西首，産歸長房，爲文甫族伯暨小庭、季輔諸族叔所居。雖經兵燹，廬舍未改。聞諸族伯叔言，幼時猶及見齋額三字，今已燬矣。明萬曆時，余十世祖大白公讀書城南烏夜村，既建涉園，廣貯圖籍，緜歷數代，至公之世而益盛。園爲一邑勝境，公與羣從兄弟絃誦其中，首刊王荆公詩註，諸弟亦各有著述，刊布行世。今所稱帶經堂詩話、詞林紀事、初白庵詩評者，皆是徵引繁博，想見當時弆藏之富。今雖化爲雲煙，猶徧及於海内藏書家。余亦於坊肆蒐得數十種，均鈐有六世叔祖詠川公、芷齋公印記。雖園中藏書爲大白公支下所公有，而二公居園中最久，遇所心嗜之書，每加鈐私印於上也。兹編所記，蓋爲公私有之物，故題清綺齋以别之。書凡一千五百五十九部，册數有漏記者，不能知其詳，僅所記者已一萬有奇。甘泉鄉人曝書雜記所稱之宋板六一、山谷、淮海三琴趣，及公所據以覆刻之元板王荆公詩註，亦不見於目内。蓋遺漏甚多。或爲後此所收，未及入目。然已有宋、元刊本五十餘種，抄本二百九十餘種，洵可云美富矣。涉園所藏，當嘉慶時爲蘇州書估陶氏五柳居捆載而去（余見黄蕘圃某書後跋有此語）。

張月霄愛日精廬藏書志刊於道光丙戌，猶云：「清綺後人尚能世守陳編。」至道光癸卯，相距僅十七年，而管芷湘獲見是本書目，已入於僧院敝簏。是其書已盡散矣。時國家尚稱承平，而吾家何以衰退若此。余幼時及見之族中長老，多生於嘉道年間，何以絶不言及此事？涉園遺書徧布海內，而清綺所藏除吾所見之六一、山谷琴趣及精抄隸續下册外，亦絶無（僅）有，且不見於他藏書家，是可異也。管氏原書忽爲友人孫君失去，猶幸余借閲之始，先已録存。祖庭遺澤，不致湮没殆盡，可不謂呵護有靈乎。瞻望先型，竊願永保勿替已。帋孫元濟謹識。

（原書，上海圖書館藏）

084 排印本寶禮堂宋本書録序

文化之源，繫於書契；書契之利，資於物質。結繩既廢，漆書竹簡而已；筆墨代興，迺更縑帛。後漢蔡倫造紙，史稱莫不從用，然書必手寫，製爲卷軸，事涉繁重，功難廣遠。越八百餘年，而雕版興。人文蜕化，既由樸而華；藝術演進，亦由粗而精。故昉於晚唐，沿及五代，至南北宋而極盛。西起巴蜀，東達浙閩，舉凡國監、官廨、公庫、郡齋、書院、祠堂、家塾、坊肆無不各盡所能，而使吾國文化日趨於發揚光大之境。此其工事之美善，有可得而言者：一曰寫本，鐫工之美惡，視乎書法之優劣。宋本可貴，以其多出能書者之手。王溥五代史會要：「後唐長興三年二月中書門下奏請依石經文字，刻九經印板，勅令國子監集博士儒徒，將西京石經本各以所業本經句度，鈔寫注出，子細看讀，然後顧召能雕字匠人，各部隨帙刻印板，廣頒天下。其年四月，敕差太子賓客馬縞、太常丞陳觀、太常博士段顒、路航、尚書屯田員外郎田敏充詳勘官，兼委國子監於諸色選人中，召能書人，端楷寫出，旋付匠人雕刻。」王明清揮麈餘話：「後唐平蜀，明宗命太學博士李鍔書五經，仿其製作，刊板於國子監。」宋史趙安仁傳：「安仁生而穎悟，幼時執筆，能大字。雍熙二年登進士第，補梓州榷鹽院判官，以親老勿果往。會國子監刻五經正義板本，以安仁善楷隸，遂奏留書之。」洪邁容齋續筆：「予家有舊監本周禮，其末云：『大周廣順三年癸丑五月雕造九經書畢，前鄉貢三禮郭嵠書。』經典釋文末云：『顯德六年己未三月太廟室長朱延熙書。』此書字畫端嚴，有楷法，更無舛誤。士人筆札，猶有正觀遺風，故不庸俗，可以傳遠。」余所見者，有紹興覆端拱本周易正義，書者爲鄉貢進士張壽。又紹興覆淳化本毛詩正義，書者爲廣文館進士韋宿，鄉貢進士陳元吉，承奉郎守大理評事張致用，承奉郎守光禄寺丞趙安仁。此皆官家所刊之書。其刊於私家者，亦多踵行。先是孟蜀時，毋昭裔在成都令門人句中正、孫逢吉書文選、初學記、白氏六帖鏤版，其子守素齎至中朝，行於世。

事載宋史毋守素傳。句、孫二子均有書名。本傳：「中正，益州華陽人。昭裔奏授崇文館校書郎，精於字學、古文，篆隸、行草無不工。逢吉常爲蜀國子毛詩博士，檢校刻石經。」又徐鉉傳：「弟鍇亦善小學，嘗以許慎説文依四聲譜次爲十卷，目曰説文解字韻譜。鉉親爲之篆，鏤板以行於世。」舊五代史和凝傳：「平生爲文章，長於短歌豔曲，有集百卷，自篆于版，模印數百帙。」錢曾讀書敏求記：「坡詩注武子因傳稱漢儒善歐書，俾書之以鋟板者，曾見於絳雲樓中。」凡此皆有姓名可稽者，其他即不出於專家，不成於一手，亦多下筆不苟，體格謹嚴，虞、褚、歐、顔，各擅其勝，直可與碑版齊觀。今有所謂宋體者，世每以爲胚胎宋刻，實則起於有明正、嘉之際，刻畫無鹽，毫無生意；乃匠役之所爲，而宋刻原不爾爾也。二曰開版，古有銅版，岳珂刊正九經三傳沿革例，自言家塾所藏，有晉天福銅版本；後有人得韓文「易奇而法，詩正而葩，春秋謹嚴，左氏浮誇」十六字銅范者，蔡澄、張廷濟均謂是宋太宗初年頒行天下刻書之式。然今所傳銅版印本，僅爲有明建業張氏、錫山安氏及華氏會通館、蘭雪堂所製，而宋本已無一存。其次爲泥版，沈括夢溪筆談：「慶曆中有布衣畢昇爲活板，其法用膠泥刻字，薄如錢脣，每字爲一印，火燒令堅。先設一鐵板，其上以松脂蠟和紙灰之類冒之。欲印，則以一鐵範置鐵板上，乃密布字印，滿鐵範爲一板。持就火煬之藥，稍鎔，則以一平板按其面，則字平如砥。若止印三二本，未爲簡易；若印數十百千本，則極爲神速。常作二鐵板，一板印刷，一板已自布字，此印者纔畢，則第二版已具，更互用之，瞬息可就。」然其印本，今亦不傳。傳於今者，厥惟木板。刊印之便，宜莫如木，若梨若棗，取用尤繁，故當時所稱曰鋟板，曰鋟梓，曰繡梓，曰刻板，曰鏤板，曰雕造，曰模刻，曰板行，無不與木爲緣。揆其功能，實遠出範金合土之上。維時剞劂盛行，上下交勵，其敕刊諸書，有督刊諸臣，管幹雕造官者無論矣；即諸路軍州所刊官本，如紹興十七年黄州刻王黄州小畜集，有監雕造右文林郎軍事推官宗亞昌，右文林郎軍事判官王某二人。嘉泰五年吉州刻文苑英華，提督雕造者爲成忠郎新差充筠州臨江軍巡轄馬遞鋪權周少傅府使王思恭。余嘗爲涵芬樓收宋鎮江本説苑，卷末有「咸淳乙丑九月鄉貢進士直學胡達之眎役」一行。又明覆宋括蒼本沈氏三先生集，卷末有「從事郎處州司理參軍高布重校兼監雕」一行。督責既嚴，工技自進。下逮臨安陳氏，建安余氏，鬻書營利，亦靡不各炫已長，別開風氣。鴻編鉅帙，雕鏤精嚴。其最可取法者，舉每葉大小之字數，列本版起訖之歲時，而鐫工姓名，一一標載。此可見責任之攸歸，自不肯苟焉從事也。三曰印刷，使寫刻俱工，而所需紙墨，不足相副，則前功幾於盡棄。嘗讀葉盛水東日記：「宋時所刻書，皆潔白厚紙所印，乃知古人於書籍，不惟雕鐫不苟，雖摹印亦不苟也。」項元汴蕉窗九録：「宋書紙堅刻軟，字畫如寫，用墨稀薄，雖着水溼燥無湮跡，開卷一種書香，自生異味。」孫從添藏書記要：若果南北宋刻本，紙質羅紋不同，字畫刻手古勁而雅，墨氣香澹，紙色蒼潤，展卷便有驚人之處。凡兹緒論，匪託空談，略舉前言，以爲左證。周密志雅堂雜鈔：「廖羣玉諸書，皆以撫州萆鈔清江紙，油烟墨印造，所開韓柳文尤精好。」王世貞宋刻本漢書跋：「余生平所購周易、禮經、毛詩、左傳、史記、三國志、唐書之類，過三千餘卷，皆宋本精絶，最後班、范二書，尤爲諸本之冠。桑皮紙白潔如玉，四旁寬廣，字大者如錢，絶有歐、柳筆法，細書絲髮膚緻，墨色精純。」又六臣注文選跋：「余所見宋本文選，亡慮數種，此本繕刻極精，紙用澄心堂，墨用奚氏，舊爲趙承旨所賞。」按撫州萆鈔，今已不傳，所開韓柳文，原書猶存，紙至精美。桑皮質理堅緻，至今猶爲造紙良材。澄心堂爲江南李後主遺製。梅聖俞詩有百金一枚之語。油煙即宋世豔稱之蒲大韶墨。奚氏家居易水，世業造墨。唐時墨工有奚鼐、奚鼎、奚超，超後渡江，卜居宣、歙，爲李後主製墨，賜姓李氏。其子廷珪、廷寬、廷宴所製均有名，而廷珪爲尤著。據此可信其印造之精矣。其他有用椒紙者，天禄琳琅宋板春秋經傳集解，後有木記，「淳熙三年八月十七日左廊司局内曹掌典秦玉楨等奏聞壁經春秋左傳、國語、史記等多爲蠹魚傷牘，未敢備進上覽。奉敕用棗木椒紙，各造十部。四年九月進覽，監造臣曹棟校梓，司局臣郭慶驗牘」。又有用雞林紙者。張萱疑耀：「長睿得雞林小紙一卷，書章草急就。余嘗疑之，幸獲校祕閣書籍，每見宋板書，多以官府文牒翻其背印以行，如治平類篇一部四十卷，皆元符二年及崇寧五年公私文牘牋啓之故紙也。其紙極堅厚，背面光澤如一，故可兩用。」即余所見建陽刊本六臣注文選，墨光燦爛，捫之隆起，紙亦瑩潔無瑕，殆足與趙承旨本媲美。此亦可爲明證也。四曰裝潢，隋書經籍志：「祕閣之書爲三品：上品紅瑠璃軸，中品紺瑠璃軸，下品漆軸。」舊唐書經籍志：「開元時甲乙丙丁四部書，各爲一部，庫書兩京各一本，其集賢院御書經庫，皆鈿白牙軸黄縹帶，紅牙籤；史庫，皆鈿青牙軸縹帶，緑牙籤；子庫，皆雕紫檀軸紫帶，碧牙籤；集庫，皆緑牙軸，朱帶，白牙籤，以分別之。」然此皆古寫卷子所用，而不宜於印本。張邦基墨莊漫録：「王洙原叔内翰嘗云，作書册粘葉爲上，久脱爛，苟不逸去，尋其次第，足可鈔録，屢得逸書，以此獲全。若縫績，歲久斷絶，即難次序。初得董氏繁露數册，錯亂顛倒。伏讀歲餘，尋繹綴次，方稍完復，乃縫績之弊也。嘗與宋宣獻談之，公悉令家所録者，作粘法。」予嘗見舊三館黄本書及白本書，皆作粘葉，上下欄界，皆界出于紙葉，後在高郵借孫莘老家書，亦作此法。又見錢穆父所蓄，亦如是，多只用白紙作褾，黄紙作狹簽子，蓋前輩多用此法。王氏所謂縫績者，不知何如？惟粘葉法，似即後來所稱之蝴蝶裝。張萱疑耀：「祕閣中所藏宋板書，皆如今制，鄉會進呈試録，謂之蝴蝶裝。其糊經數百年不脱落，宋人舊製，今猶有存者，其法以正書反摺向内，書口向外，板心齊叠，粘連護帙，翻閲之時，正如蝴蝶展開雙翅，與今之西洋書同式。特彼則紙厚雙面印，我則紙簿一面印耳。」又有所謂旋風裝者，錢曾讀書敏求記雲煙過眼録云：「焦達卿有吴彩鸞書切韻一卷，予從延令季氏曾覩其真蹟，逐葉翻看，展轉至末，仍合爲一卷。張邦基墨莊云旋風葉者即此。真歷代之奇寶，因悟古人玉燮金題之義，今季氏凌替，此卷歸之不知何人？世無有賞鑒其裝潢者，惜哉。」自綫裝行而以上諸式皆廢。孫從添嘗言見宋刻本，襯書紙，古人有用澄心堂紙，書面用宋箋者，亦有用墨箋灑金書面者，書簽用宋箋藏經紙、古色紙爲上。此即指綫裝書言，而宋本之珍貴，更可見一斑矣。余喜蓄書，尤嗜宋刻，固重其去古未遠，亦愛其製作之精善，每一展玩，心曠神怡。余嘗言一國藝事之進退，與其政治之隆汙、民心之仁暴，有息息相通之理。況在書籍，爲國民智識之所寄託，爲古人千百年之所留貽。抱殘守缺，責在吾輩。友人潘君明訓，與余有同好，聞余言亦不以爲謬。每估人挾書登門求沽，輒就余考其真贋，評其高下，苟爲善本，重值勿吝；但非宋刻，則不屑措意。十餘年來旁蒐博采，駸駸與北楊南瞿相頡頏。因綜所得，輯爲宋本書録，既成，眎余。余嘗登寶禮之堂，縱覩所藏，琳琅滿目，如遊羣玉之府。簿而録之，以詔來者，雖曰流略之緒餘，抑亦藝林之炳燭矣。雖然，今之爲是業者，藉口於推廣文化，謂出版之事，不惟其精而惟其廉。於是方寸之册，字盈億萬，紙麄墨垢，觸目生厭。裝製陋劣，轉瞬散落，而爲之者方翹然自號於衆曰，吾能爲賤鬻之書。嗚呼。此直剗滅文明而返於草昧之途耳。文化云乎哉？推廣云乎哉？余讀兹編，有感於懷，不知讀者視之，又作何感也？中華民國二十有八年二月一日海鹽張元濟叙。

（原載寶禮堂宋本書録，南海潘氏藏板，商務印書館一九三九年排印綫裝本）

085 宋本金石録跋

趙明誠金石録三十卷，宋槧久亡。世傳鈔本，以菉竹堂葉氏鈔宋本爲最善。錢磬室自言借文休承宋雕本鈔完，識於第十卷後，獨吴文定本，人未之見，莫知其所從出。後人重刻：清初有謝世箕本，譌舛甚多，殊不足觀；繆小山得汲古毛氏本，行款均據宋刻，爲仁和朱氏刊行；余家藏有吕无黨鈔本，曾印入四部叢刊。嘗借瞿氏所藏顧澗薲校本對校之，二本大抵不離乎葉、錢所傳録者。近是盧雅雨本最爲通行，然亦僅據何義門校鈔宋本，並未親見宋刊。讀書敏求記稱馮硯祥有不全宋槧十卷，余頗疑即文休承所曾藏者。馮書散出，迭經名家鑒藏，先後入於朱文石、鮑以文、江玉屏、趙晉齋、阮文達、韓小亭家，卒乃歸於潘文勤。其十卷，即原書跋尾之一至十，實即全書之卷第十一至二十也。當世詫爲奇書，得之者咸鐫一「金石録十卷人家」小印，以自矜異。一時名下如翁覃溪、姚伯昂、汪孟慈、洪筠軒、沈匏廬諸人，均有題記。滂喜齋藏書記備載無遺，各以盧本互校，是正良多。雖宋本亦有訛誤，然迴非其他諸本所能幾及。文勤自言異書到處，真如景星慶雲，先覩爲快。獲覩之人，亦以爲此十卷者，殆爲人閒孤本矣。而孰知三十卷本尚存天壤，忽於千百年沈薶之下，燦然呈現，夫豈非希世之珍乎。是本舊藏金陵甘氏津逮樓，世無知者。目録十卷，跋尾二十卷，完好無缺。宋時刊本凡二，初鋟版於龍舒郡齋，開禧改元，趙不譾重刻於浚儀，且惜易安之跋未附，因以爲殿；劉跋之序成於政和七年，必早經剞劂在前，今皆不存，想已遺佚。然窺見全豹，衹欠一斑，固無傷也。滋可異者，潘本諸人題記，所引宋本文字，余取以對勘是本，多有不符。如：卷第十四，漢陽朔塼字跋，洪校引「尉府靈壁陽朔四年始造設已所有」十四字，甘本「四年」字下「始造」字上多「正朔」二字。又巴官鐵量銘跋，翁校題下「韓暉仲」，此作「韓注仲」，甘本却作「韓暉仲」，不作「韓注仲」。又漢從事武梁碑跋，洪校引「故從事武掾掾字綏宗掾體德忠孝」十四字，謂隸釋本上「掾」字不重，「綏宗」下無「掾」字，此本與碑合。甘本上「掾」字却重，「掾」字下更有「諱梁」二字，「綏宗」下亦有「掾」字。卷第十五，漢州輔墓石獸膊字跋，姚校謂「天禄近歲爲村民所毀，『天』作『夫』。」甘本却作「天」，不作「夫」。卷第十六，漢車騎將軍馮緄碑跋，翁校謂：「『謡』，此作『誣』」。甘本却作「謡」不作「誣」。又漢帝堯碑跋，沈校引「龍龜負銜校鈐」六字，謂盧本作「校鈐」，案隸釋碑文正作「鈐」。甘本固作「鈐」，但作「投鈐」，不作「校鈐」。卷第十八，漢司空宗俱碑跋，汪校引「官秩姓名」四字，謂「官」誤作「呈」。甘本固作「官」，但「官秩」字下，「名」字上，却無「姓」字。姚伯昂又言，本中「傅」字俱作「傳」，亦係刊刻之未精。案甘本卷第十六，漢淳于長夏承碑跋，「太傅胡公歆其德美」，又漢廷尉仲定碑跋，「太傅下邳趙公，舉君高行」。下文「傅」字又一見。卷第十九，漢逢府君墓石柱篆文跋，「漢故博士趙傅，逢府君神道」，下文「傅」字又四見。此八「傅」字，右旁俱作「尃」，但上半「甫」字，有點者二，無點者六，從無作「專」者。安有「傳」俱作「傳」之誤乎？依此言之，甘本與潘氏十卷必非同出一版。沈匏廬又謂潘本惲草漫漶，乃當時坊刻，讐校未精，翁覃溪定爲南宋末書賈所重刻。江鄭堂又疑爲浚儀重刊本，語當可信。且是本字體勁秀，筆畫謹嚴，鐫工亦極整飭，絶無惲草之迹。是非浚儀重刊，必爲龍舒初版矣。洪邁容齋四筆云：「趙德甫金石録，其妻易安李居士作後序，今龍舒郡庫刻其書，而此序不見取。」是本無易安後序，是亦一證也。原書中縫，屢記書寫人龍彦姓名，刻工亦記有數人。惟書曾受水，墨痕汙漬，摺紋破裂，裝工不善補綴，致其他字跡多難辨認，未能據以考訂刊印時代，爲可惜耳。趙敦甫世講得之南京肆中，以此罕見珍本，不願私爲己有，屬代鑒定，並附題詞，將以獻諸中央人民政府。崇古奉公，至堪嘉尚。爰抒所見，質諸敦甫，兼就正於世之讀者。辛卯立夏節日海鹽張元濟。

（原書，國家圖書館藏）

080 景印清吕無黨鈔本金石録跋

是書宋刻，世間僅存十卷，即跋尾之卷十一至二十。今藏滂喜齋潘氏，迄未寓目。其傳鈔之善者，推葉文莊本、吴文定本、錢罄室本。葉、吴二本，何義門均獲見之；唯錢本，則僅見陸勅先所過校者。何氏復自有校定之本，盧見曾得之；又得景鈔濟南謝世箕刊本，因刻入雅雨堂叢書。顧千里嘗以葉、錢二氏鈔本覆校盧刻，糾正其訛奪甚多。是爲石門吕无黨手抄，舊藏余家。卷中遇「留」字均缺筆，遇「啓」字「學」字同；後六卷別出一手，於「留」字外兼避「公」字，蓋亦晚村後裔也。无黨抄筆精整，全書讐校極審慎，然鈔校均不言所據何本。余從鐵琴銅劍樓借顧氏校本讐對，是固遠勝盧刻；與葉、錢二本，互有異同；較近錢本，而亦不盡合；意者，所據爲吴文定本耶？滂喜齋藏書記諸家跋文，所舉宋本佳處，是本多同；其宋本誤者，此亦誤。惟第十四卷漢從事武梁碑跋「字綏宗體德忠孝」，此「綏宗」下，衍「掾」字；第十七卷漢費君碑陰跋：「甘陵石勯。」此作「石勖」。即顧氏亦未校正，此則稍有瑕疵耳。顧氏兼録義門校筆，既正盧刻之譌，其足爲是本借鏡者，亦自不尠。今以呂氏原校，及顧氏所校，與是本互異之處，彙録校記，附刊於後，庶幾成一善本乎？海鹽張元濟。

（原載四部叢刊續編）

087　景印明万曆本隷釋跋

右明王雲鷺刊本，卷中玄、朗、弘、匡、胤、貞、勗、讓、桓、完、慎字，偶闕末筆，慎字並注「犯御名」，此必自宋刊洪氏原刊傳録。乾隆時汪日秀據傳是樓抄本覆刻，其序言「較之明季鏤版，大相逕庭」。所謂「明季鏤版」，當即是本。黄蕘圃得崑山葉氏舊抄本，借袁氏、錢氏兩抄本補完勘正，復以婁彦發漢隷字源，訂其異同，撰爲刊誤，謂「文惠原書，字體纖悉依碑，汪本則失之遠」。汪氏序稱馮緄碑補三十字，孫叔敖碑補三十八字；惟黄氏則謂「洪書板本損壞，他本有字者，後來掇拾補苴，依之羼入，實誤」。黄氏此語，蓋爲王本張目。然余嘗見常熟瞿氏所藏明人抄本，卷第六、七末均有「泰定乙丑寧國路儒學重刊」一行，半葉十行，行二十字，其避宋諱與王氏刊本正同。而二碑闕文具存，黄氏謂洪本損壞，語似未確。按王本半葉九行，行二十字；卷六從事武梁碑所闕，適當泰定本第三十二葉卷十九魏公卿上尊號及魏受禪表之錯簡，亦適爲泰定本之第七、八、九葉。王本卷末，自識謂得元人手抄，蓋必與泰定本同出一源。故前後如此相合，特不知抄者何以改半葉十行爲九行，致王氏暗蹈其覆轍耳。元本不可得，即明刻本在今日，亦至罕覯。余嘗取此濟陰太守孟郁修堯廟碑、帝堯碑與汪本互校，則刊誤所指之字，兩本俱誤者，凡二十四字。汪誤而此不誤者，亦二十四字；知是本猶去古未遠也。全書經傅青主點校。傅爲清初大儒，閻潛邱稱其長於金石遺文之學；全謝山撰傅氏事略，亦稱其工書，自大小篆隸以下無不精。王本雖有疵纇，得傅氏手校而轉增其價值。卷六脱文，卷十九錯簡，傅氏均已校出，其他闕佚，余亦各據泰定本寫補，有不宜寫注者，或與泰定本異同者，别撰校記附後。余輩生古人後，得見傅、黄二氏未見之書，能不與讀者共相慶幸乎。海鹽張元濟。

（原載四部叢刊三編）

088　宋刊本纂圖互注荀子跋

是書爲余六世叔祖芷齋公所藏，有公名號及「涉園」「遂初堂」印記，先是迭藏於泰興季氏，秀水朱氏，由朱氏入於余家，繼又歸於太倉顧氏。目録首葉，「謏聞齋」「竹泉珍祕圖籍」二印記，皆顧氏之物也。辛亥（之役）〔國變〕，革命軍入江寧，豐潤張氏之書，聞太半爲于右任所掠。于今歲寓京師，復以售人。傅沅叔同年得元本困學紀聞，絶精美，有于氏印記，此亦有「右任之印」二，度必爲幼樵前輩舊藏矣。沅叔先爲余購得殘宋本莊子一部，與此相同，亦爲余家舊物，尚在途中。涉園遺籍來歸者，歲必數種，多沅叔爲之介，可感也。丙寅仲冬月杪張元濟。

（原書，上海圖書館藏）

089 黄丕烈校本新書跋

戊辰秋，友人莫楚生歿於蘇州，不數月而藏書盡散。余友潘博山得此書於肆中，定爲黄蕘圃先生所校，攜至海上以眎余。余謂博山所識爲至碻也。卷一後有硃筆八字，曰：「成化癸卯喬縉本校」；墨筆亦八字，曰「正德九年陸相本校」。之二本今皆不可得見，雖校出之字，有時似不逮盧本，然孰敢謂盧必是而喬、陸皆非哉？鄉賢手澤，善本遺文，博山其珍視之。海鹽張元濟。

（原書，上海圖書館藏）

090 景印宋本張子語録跋

右張子語録三卷，後録二卷，無纂輯人姓氏。宋史藝文志、馬氏經籍考、陳氏書録解題均不載；獨晁氏讀書志附志；有横渠先生語録，卷數同，無後録。是本卷上首葉缺前九行，舊藏汲古閣毛氏、藝芸書舍汪氏，迄鐵琴銅劍樓瞿氏，均未補得。余聞滂喜齋潘氏有宋刻諸儒鳴道集，因往假閲，則是書所缺九行，儼然具存，遂得影寫補足。鳴道集所收亦三卷，且序次悉合；間有異同，可互相是正。時刻張子全書第十二卷，有語録抄，取以對勘，乃僅得六十七節，減於是本者，約三之二。然卷末有六節，爲是本及鳴道集所無。意者，其明人增輯耶？是書及龜山語録，卷末均有「後學天台吴堅刊于福建漕治」一行。按宋、元史，堅於德祐元年，簽書樞密院事；二年正月，晉左丞相兼樞密使；先受命與文天祥同使元軍，時元兵進次近郊，堅與賈餘慶檄告天下守令以城降；二月，又與餘慶、謝堂、家鉉翁充祈請使，堅等北至鎮江，天祥亡去；閏三月，奉元副樞張易命與夏貴等同赴上都；至至元十四年十二月，與夏貴等同拜元世祖銀鈔幣帛之賜；蓋其後遂終爲降臣矣。堅刊是書，意必服膺張、楊二子之學者。乃既躋高位，遽易初衷，稽首敵庭，偷生異域，至不克與文文山、家則堂諸子同爲宋室之完臣，豈不大可哀乎。海鹽張元濟。

（原載四部叢刊續編）

091　景印宋本龜山先生語録跋

右龜山先生語録，卷末有「後學天台吴堅刊于福建漕治」二行，行款與張子語録同，蓋同時刊本也。晁氏讀書附志著録四卷，無撰人名氏。陳氏解題則言：「延平陳淵幾叟、羅從彦仲素、建安胡大原伯逢所録楊時中立語，及其子迥稾録，共四卷；末卷爲附録墓志、遺事，順昌廖德明子晦所集」云云。今世行龜山集四十二卷，中有語録四卷，文字與是本合。然無附録，且此稱「後録」，所載皆他人論贊之語，無墓志、遺事，與陳志所稱不同。又二志所記語録，卷數雖同，而其刊本不可得見，亦不知果同爲一書否也。是本卷一第二葉後四行「記言正心尊德性」，全集本乃羼入「記言正行佛氏之言」八字；第九葉後二行「人亦不以爲是」，全集本乃誤爲「人亦以爲是」；第二十葉前九十行「但以禽獸待之可也，以禽獸待之，如前所爲是矣」三句，全集本乃易爲「但以前法待之可也」八字；卷二第五葉後六行「耳餘之交」一節，全集本乃全脱；第十八葉前四行「春秋正是聖人處置事處，他經言其理，此明其用」，全集本乃誤「他經」爲「宜經」；第二十二葉後一行「機心一萌，鷗鳥舞而不下矣」，全集本乃誤「（鷗）（驅）鳥舞」爲「驅鳥獸」；卷三第二十一葉後四五行「以氣不和而然也，然氣不和非其常，治之而使和，則反常矣」四句，全集本乃脱去「而然也」至「使其和」十六字；卷四第十八葉前八行「只如左氏春秋書君氏卒，君氏乃惠公繼室聲子也」，前十行「然聲子，而書曰，君氏是何義」，全集乃誤三「君」字爲「尹」字。其他訛奪，殆不勝舉。雖是本亦間有舛誤，然其佳勝處，固非時本所可幾及者矣。癸酉歲暮海鹽張元濟。

（原載四部叢刊續編）

092　景印影元鈔本棠陰比事跋

宋四明桂萬榮采和魯公父子疑獄集，參以鄭克折獄龜鑑，撰爲此書，聯成七十二韻，凡一百四十四事。嘉定癸酉、端平甲午，先後刊行。至明景泰，海虞吴訥取而删訂之，減爲八十事；而以己所增輯五十事爲續補，附而刊行之。四庫著録，即吴本，當時桂氏原本未出，館臣於吴氏增入之語，故多疑詞。曾一見諸學海類編，從未單行。道光己酉，上元朱緒曾據黄蕘圃所藏宋本覆刻行世，今甚罕見矣。此爲知不足齋抄本，通體經鮑以文親筆校正，並附校語。得此名蹟，雖非宋刻，抑其亞已。海鹽張元濟。

（原載四部叢刊續編）

093　涵芬樓秘笈本雪庵字要跋

今夏遊京師，閱市，見明抄雪庵字要，有毛汲古印，黄蕘圃跋，問價殊不奢，喜而購之。旅牕展玩，見副葉無存，祇留殘腦，疑莫能明也。適上元鄧孝先太史過譚，出此相賞。太史一見，詫爲故物。云原有手跋，檢之則無。予曰：「君之手跋，已爲售者撕去，以滅其迹矣，不見殘腦之猶存乎？」太史乃始恍然。予謂此無足奇，讀士禮居題跋記，則蕘圃亦常遇見此等事，遂以其書輟贈。且請於太史曰：「殆天欲以羣碧樓中所藏人間孤本，傳布藝林，故作是狡獪乎？得借印入所輯之涵芬樓祕笈，則幸甚。」太史曰：「諾。」殺青既就，漫書其事，以記因緣。至是書之見於汲古閣祕本書目，書法之逼近雅宜山人，蕘翁與太史之跋詳之矣。今不復贅。戊午十月海鹽張元濟識。

（原載涵芬樓秘笈本雪庵字要，商務印書館一九二〇年六月版）

094　石印本海鹽張東谷先生遺墨跋

此余六世叔祖東谷公遺墨也。余友吴君芸孫得之海寧新倉里拜經樓吴氏，藏弆有年。今歲夏郵以示余，書凡三十五通，皆公與其孫聟吴嵎賓先生者。先生名壽暘，爲兔床先生次子，娶公之第二女孫。書中所述，大抵皆家庭瑣事，親戚情話，殊不足以窺見公之生平。然其訓女孫之辭，於事親，則曰：「宜奔走代勞，不可退後」；於治家，則曰：「宜勤儉習勞，事事留心」；於御下，則曰：「宜寬厚，惜衣有衣穿，惜人有人使。」語語真摯，皆布帛菽粟之言，洵足爲吾家典範矣。家乘稱公著有搴雲樓詩集，經亂散佚，不可復見。吉光片羽，彌足珍貴。因乞於芸孫，許余景印。謹識數語，以誌盛誼，兼告後人。乙丑中秋日族孫元濟敬跋。

（原書，上海圖書館藏）

095　景印鈔本圖畫考跋

盛熙明著有法書考，曩得吴元朗舊藏寫本，印於續編。友人傅沅叔歎爲精絶，謂遠出曹楝亭詩局刊本之上。此亦熙明所著，四庫未著於録，即錢氏元史藝文志亦不載，蓋遺佚久矣。盛氏自序謂繼法書考而作，故體例悉同。大抵取材於張彦遠名畫記、郭若虚圖畫見聞誌及宣和畫譜與夫謝赫、米芾、郭熙諸家緒論，然亦有出於其外者。逸事珍聞，足資探討，人間祕笈，久付沉淪，故亟印行，以爲盛氏遺著兩美之合，且以補錢氏元史藝文之缺焉。海鹽張元濟。

（原載四部叢刊三編）

096　吉雲居書畫録跋

海昌世家陳氏，系出宋檢校太尉忠武軍節度使高瓊，故其郡望不曰潁川，而曰渤海。吾邑與海昌毗鄰，陳氏自宋齋先生於清康熙時移居邑中，其後裔遂兼籍海鹽。余家與陳氏，世爲婚媾。余本生七世祖暨高、曾二祖均壻於陳氏，而良齋先生又爲余次曾祖姑之孫。先生爲海鹽縣學生員，聯舉咸豐辛亥、壬子兩科副貢。既不得志，乃以同知官江蘇。先是先生曾祖去海鹽之蘇州，留居於彼者數世。中更洪、楊之（役）〔亂〕，雖至戚罕通音問。余生也晚，故於先生行誼宦績均不詳。顧子起潛眎余是編，知先生嗜好殊俗，喜以書畫自娱。高情遠致，令人想見王、謝門風。所録雖皆近世之作，然多爲名家手筆。余聞友人潘博山嘗於蘇州獲覩名人遺墨，多有鈐先生印記者。則兹之箸録，要不過斷珪殘璧，而未能窺見全豹也。吾邑故家以收藏著者：於明有鄭端簡、胡孝轅、姚叔祥，於清有黄椒升，馬笏齋暨余家之涉園。然大都專重經籍，罕有以書畫稱者。得先生是編，可以爲志乘光矣。李君英年讀而悦之，輸資印行。原稿展轉迻録，間有訛奪，起潛既予訂正，復據所見補輯若干則，附於卷末。屬爲題記，故述其梗概如右。中華民國三十一年十一月〔二〕海鹽張元濟跋。

〔二〕合衆圖書館叢書 吉雲居書畫録 吉雲居書畫續録，上海科學技術出版社二〇一六年影印版有作者手書跋文，落款爲「海鹽張元濟謹跋」，無撰文時間。

097 景印明本飲膳正要跋

飲膳正要三卷，元忽思慧撰。前有天曆三年常普蘭奚進書表、虞集奉敕序，蓋元代飲膳太醫官書也。明景泰間，重刻于内府。此本皕宋樓藏書志作元刊元印，余嚮見常熟瞿氏鐵琴銅劍樓藏本，同出一刻，而楮印較遜，有景泰年序；知此爲明本而非元本，特佚去景泰一序耳。其書詳於育嬰姙娠、飲膳衞生、食性宜忌諸端，雖未合於醫學真理，然可考見元人之俗尚。舊時民間傳本極稀，近世藏目以鈔本爲多，究不若此刻本之可信。余求之有年，十七年冬，始覯之於東京静嘉文庫，因得借印流傳，償余夙昔之願焉。民國紀元十有九年十月，海鹽張元濟。

景泰一序，原書已佚，初版未獲印入，殊爲缺憾。嗣從瞿氏借得，今當重印，因以冠諸卷端，讀者鑒之。元濟再識。

（原載四部叢刊續編）

098　景印明弘治本獨斷跋

宋崇文書目：「獨斷二卷，采前古及漢以來典章、制度、品式、稱謂、考證、辨釋凡數百事，其書間有顛錯，嘉祐中余擇中更爲次序，釋以己説，題曰新定獨斷。」今其書已不傳，傳者，有百川學海、古今逸史、漢魏叢書諸本。是爲明弘治癸亥劉遜所刊，卷末淳熙江都吕宗孟跋，與百川本同，蓋同出一源，但彼此亦互有殊異，其他二刻，均出其下。盧抱經有校正本，視諸本差勝；然自言轉寫多訛，仍有疑莫能通之處。古書難讀，大抵皆然，無足怪也。四庫著録者，爲通行本。提要謂「劉昭輿服志『建華冠』注引是書『其狀若婦人縷鹿』，今無此文」；是本卷下第十一葉，天子十二旒節，其文具存，特「縷鹿」作「縷簏」耳。又謂初學記：「『乘輿之車，皆副轄者，施轄於外，乃復設轄』數語，與今本亦全異。」是本卷下第九葉，凡乘輿節曰「重轂副牽」，又下二節曰「施牽其外，乃復設牽」，此三「牽」字，各本皆同，惟盧抱經指爲「舝」字之譌。按漢書天文志：「北一星曰舝。」引晉灼曰：「舝，古『轄』字也。」左傳昭公二十五年：「昭子賦車轄，」杜氏註：「詩小雅：『周人思得賢女以配君子；』」又云：「轄，本又作『舝』。」是「舝」「轄」二字通用。則初學記所引，明明即此數語，又何得謂爲全異乎？是本亦有訛奪，今取上所舉四本互相讐對，摘録校記，附諸卷末，用資參正。惟抱經本僅以其原文爲限，其據他書，或以己意訂補者，概未闌入。海鹽張元濟。

（原載四部叢刊三編）

099 景印宋本古今註跋

郡齋讀書志是書卷數篇目，均與此合。四庫著録亦三卷，但不載篇目，且無序跋。提要據太平御覽所引書名，有此書，而無馬縞中華古今注。文獻通考祇有縞書而無此書，定爲豹書久亡，縞書晚出，後人摭其中魏以前事，贋爲豹作。是本後有眉山李燾、東徐丁黼二跋：黼跋作於嘉定庚辰，爲寧宗在位之二十六年。陳振孫書録解題以是書入雜家類，其中華古今注下則謂縞爲推廣崔豹之書。是二書在宋末明明並存。振孫於理宗端平時仕爲江西提舉，馬端臨嘗中度宗咸淳漕試，相距僅三十年，其去丁黼重刻是書之日，亦僅四十餘年，何得遽斷爲久亡？且振孫明言縞爲推廣豹書，更何得反指爲豹書出自縞作？通考全引晁、陳二氏之説，其不及是書者，安知非偶然漏略乎？且不止此，李燾跋謂：「錫山尤氏刻唐武功蘇鶚衍義十卷，後四卷，誤勦入豹今書，予在册府得本書四卷，與豹今所著絶不類。嘗以遺同年本郡學錢子敬，俾改而正之。庶兩書並行，不相殽亂」云云。四庫提要以是書及縞書與永樂大典所載蘇鶚演義同者十之五六，遂謂豹書出於依託，縞書亦不免勦襲，與李氏之言相反。余以意度之，李氏在册府所得四卷，錢子敬必未刊行；大典所收，即尤氏誤勦豹書之本；館臣未見焘跋，不知此段公案，遂目刊崔、馬二氏書者爲僞冒偷盜，寧非千古奇冤。所謂真者反爲僞，所謂僞者反爲真，使不獲見是本，又安能平反此獄乎？昔黄蕘圃嘗得一明刻，謂「李注文選，沈休文詩『賓階緑錢滿』句，引是書曰『空室無人行，則生苔蘚，或青或紫，一名緑錢』，今檢此本無之，則此書所失多矣。」余案是本卷下第四葉，明有此條，黄氏所見爲明覆宋刻。余嘗取顧氏文房、古今逸史、漢魏叢書數本勘之，所言誠然。其他如鳥獸類「馬自識其駒」一節，「豬一名長喙參軍」一節，明本亦皆闕佚。其章節次第，文字詳略，尤多不同。顧氏自記以家藏宋本刊行，何以有此差異？又其魚蟲類「蝸牛」「舡子」二節，文字較此爲詳，埤雅、爾雅翼亦均引之，疑必出於别本。然綜觀全書，則不逮是本遠甚。姑舉二證：輿服類「凡先合單紡與縱者，古佩璲也」二節，本以釋明前節「首圭縱綬」之義，明本乃以羼入其間，豈非舛繆？又音樂類「薤露蒿里」節，末云：「亦謂之長短歌，言人壽命長短定分，不可妄求也。」明本乃别爲一節，且以長歌、短歌爲題，是於薤露、蒿里二曲之外，又有文字一長一短之歌，與下文壽命長短之義，全不相合，真所謂「差若毫釐，謬以千里」者矣。其他訛闕，不可勝數。今以彼此節次辭句之異，列表附後，以見先後板本之别，且可定其優劣焉。海鹽張元濟。

（原載四部叢刊三編）

100　景印宋本配明弘治活字本容齋隨筆跋

洪文敏自序稱：「余作容齋隨筆，首尾十八年；續筆十三年；三筆五年；四筆不費一歲。」丘𣗳跋稱：「筆爲卷各十六，咸冠以叙，五獨十卷，而無題辭，蓋未及成而絶筆也。」隨筆刻於婺州，嘉定中，其侄孫伋守章貢，始裒五筆，鋟於郡齋；其後移守建寧，又復鋟之。紹定改元，臨川周謹得建溪刊本，更爲覆刻。是本隨筆、續筆均宋刻，宋諱闕筆，或改字以避，當即伋守章貢時所刊者，字體端嚴，寫刻絶精。明嘉靖本誤處甚多，此可是正。四筆卷一至五亦宋刻，行款相同；然刻工姓名，無一與首二筆同者，且字體已轉爲圓潤，疑是建寧覆本，且有元大德補刊之葉。餘皆配以明華氏會通館銅活字板，此由宋紹定刊本出，世亦推爲善本。顧間有訛奪：四筆卷八承天塔記「或疾疫連數十州」至穆護歌末行，誤羼入項韓兵書第二、三行間，今爲移正，取便讀者；其空格闕字，則仍未敢率補。清代坊刻，隨筆卷九闕「五胡亂華」一則；三筆卷三闕「北狄俘虜之苦」一則；卷五闕「北虜誅宗王」一則；蓋當時深諱「胡」「虜」等字，刊者懼罹禁網，故概從删削。又三筆卷七

「唐昭宗恤録儒士」一則，坊本移入卷五，均非洪氏舊第，其竄亂脱漏，殆更甚已。民國紀元二十三年十月海鹽張元濟。

（原載四部叢刊續編）

101 景印明本夢溪筆談跋

此爲明代覆宋乾道二年揚州州學教授湯脩年刊本。滂喜齋潘氏有宋刻本，半葉十二行，行十八字，與此同；儀顧堂陸氏亦有宋刻，惟行款不合。然其跋文所舉宋諱各字，如卷七六壬節「登明」下之注「登」字「避仁宗嫌名」，卷十二本朝茶法節、卷十三曹南院節之「瑋」字，又卷十三予友人有任術者節之「慎」字，卷二十六麻子節之「完」字，此均爲字不成。其他如玄、匡、胤、驚、鏡、貞、構諸字，及軒轅二字，亦多缺筆，是均可爲源出宋刻之證，正不能以其爲明刻而輕之也。然世人多有認爲宋刻者，故特爲辨明於此。海鹽張元濟。

（原載四部叢刊續編）

102 景印明鈔本墨莊漫録跋

是書爲小説家言，著者後跋，歷舉宋人説部四十餘家，謂「凡寓言寄意，皆不敢載，必聞之審傳之的者，方録考其大旨，一以勸善懲惡爲歸」。宋藝文志及晁、陳二志均未著録，四庫總目謂當時猶未盛傳，故至今秖有一稗海刊本。是爲明人舊抄原本，爲俞守約所藏，先後經唐六如、文衡山勘定。余嘗得勞季言校本，其所據一爲錢遵王十二行二十四字本，一爲高瑞南十行二十字本，凡所異同，悉迻録於稗海本上。其一、二、三卷且經鮑以文重勘，惜僅存前七卷。余取校是本，惟錢本大半相合，然頗有闕佚，而稗海尤多。如：

卷一第四葉多「闕中侯爵」至「十六級」二十一字。稗海、高本均脱。

第十葉多「因上之道」至「止得賜幣焉」二十七字。稗海、高、錢二本均脱。

第十四葉多「遜文集」至「所作序乃云」二十字。稗海、高、錢二本均脱。

卷二第四葉多「白題胡名」至「後騎告云落下」四十三字。稗海、高本均脱。

卷五第八葉多「曰汝宜亟反」至「欲祈天」十八字。錢本原脱，校補。

第十一葉多「晶宫皆婦人有才思者可喜也」十二字，又「邦基從伯康孫字曼老時彦榜高科」十四字。高本脱。

第十九葉多「杜子美詩云江閣要賓許馬迎」全節七十一字。稗海、錢本均脱。

卷六第三葉多「自有筋骨」至「要如大字唯」十八字。錢本原脱校補。

第五葉多「殊有功」至「一筆書者謂意」十九字。稗海、高本均脱，錢本校補。

卷七第四葉多「川峽間」至「亦有之如」二十一字。錢本原脱，校補。

卷九第十、十一葉多「乃爲祭酹而祝之」至「故亦樂爲之」一百十四字。稗海脱。

第十一葉多「枸杞神藥也」至「與道士宇文」二百七十五字。稗海脱。

第十三葉多「時臺省館閣」至「萬國流云云」四十二字。稗海脱。

卷十第十九葉多「御柳陰森」至「月旁九霄凜」十九字。稗海脱。

卷末二葉有張孝基後跋四百五十九字。稗海脱。

以上均各本不逮是本之證。綜全書觀之，以稗海爲尤遜。「枸杞神藥」一節，余未見高、錢二本，不知如何。稗海則以上下不相聯接，因臆增「臣昔與」三字，於「希真」二字上，以完一句之意，作僞之迹，最爲顯著。是則是書之存於天壤間者，固當以此爲較勝矣。雖然，書經三寫，烏焉成馬。此爲傳鈔之本，唐曰「魯魚甚多」，文曰「差繆不少」，誠難諱言。高、錢、鮑、勞諸子，素以校勘著稱，較短絜長，足供探討，即稗海亦不無可采。因並摘録所校附後，以爲讀者考鏡之資。海鹽張元濟。

（原載四部叢刊三編）

103 景印宋本愧郯録跋

蕘圃謂原書空白十葉，與知不足齋刊本相合，定爲祖本，且謂抄者必非無據。余嘗見同式後印者二部，及曹溶學海類編印本，亦均無此十葉。明代有岳元聲刊本，余未之見。按岳爲浙江嘉興縣人，萬曆癸未進士；曹爲秀水縣人，崇禎丁丑進士；先後相距僅五十五年。曹輯是書，不知所據何本，然與岳生既同地而時又相近，倦圃藏書甲於東南，不容不見岳本，度亦必同闕矣。友人周君越然購得祁氏澹生堂鈔本半部，余聞之往假，開卷則此十葉者宛然具在。因迻録之，倩人依原書款式寫補各葉，前後適相銜接。雖卷五之第九至十二葉，仍有闕文，是本卷二「淳熙南衙」一則闕七字，卷四「魚袋」一則闕八字；卷六「仙釋異教之禁」一則共闕七字，祁本亦無可補；然大致要已具足。明清鼎革，忠敏遭難，藏書散盡，世極罕見。閲三百年於有人覆印之時，而是書忽出，且亡其半，而有此十葉之半部獨不亡，不可謂非異事矣。書此以識吾友通假之惠，並爲是書慶幸焉。民國紀元二十三年元月海鹽張元濟。

（原載四部叢刊續編）

104 印行四部叢刊啓

覩喬木而思故家，考文獻而愛舊邦，知新温故，二者並重。自咸同以來，神州幾經多故，舊籍日就淪亡；蓋求書之難，國學之微，未有甚於此時者也。上海涵芬樓留意收藏，多蓄善本，同人慫恿景印，以資津逮；間有未備，復各出公私所儲，恣其搜擥，得於風流闃寂之會，成此四部叢刊之刻，提挈宏綱，網羅鉅帙，誠可云學海之鉅觀，書林之創舉矣。覶縷陳之，有七善焉。彙刻羣書，昉於南宋，後世踵之；顧其所收，類多小種，足備專門之流覽，而非常人所必需；此之所收，皆四部之中家絃户誦之書，如布帛菽粟，四民不可一日缺者，其善一矣。明之永樂大典、清之圖書集成，無所不包，誠爲鴻博，而所收古書，悉經剪裁；此則仍存原本，其善二矣。書貴舊本，昔人明訓，麻沙惡槧，安用流傳；此則廣事購借，類多祕帙，其善三矣。求書者，縱胸有晁、陳之學，冥心搜訪，然其聚也非在一地，其得也不能同時；此則所求之本具於一編，省事省時，其善四矣。雕板之書，卷帙浩繁，藏之充棟，載之專車，平時翻閱，亦屢煩乎轉換；此用石印，但略小其匡，而不併其葉，故册小而字大，册小則便庋藏，字大則能悦目，其善五矣。鏤刻之本，時有後先，往往小大不齊，縹緗異色，以之插架，殊傷美觀；此則版型紙色，斠若畫一，列之清齋，實爲精雅，其善六矣。夫書貴流通，流通之機在於廉價；此書搜羅宏富，計卷逾萬，而議價不特視今時舊籍廉至倍蓰，即較市上新版亦減之再三，復行預約之法，分期交付，既可出書迅速，使讀者先覩爲快，亦便分年納價，使購者舉重若輕，其善七矣。自古藝林學海，奚止充棟汗牛，今茲所收，不無遺漏，假以歲月，更當擇要嗣刊。至於別裁僞體，妙選佳槧，亦既盱衡時世之所宜，屢訪通人而是正，未嘗率爾以操觚，差可求諒於當世。邦人君子，或欲坐擁書城，或擬宏開邑館，依此取求，庶有當焉。〔王秉恩、沈曾植、翁斌孫、嚴修、張謇、董康、羅振玉、葉德輝、齊耀琳、徐乃昌、張一麐、傅增湘、莫棠、鄧邦述、袁思亮、陶湘、瞿啓甲、蔣汝藻、劉承幹、葛嗣浵、鄭孝胥、葉景葵、夏敬觀、孫毓修、張元濟同啓。繆筱珊先生提倡最先，未觀厥成，遽歸道山，謹志於此，以不没其盛心。己未十月。〕

（原載縮本四部叢刊初編書録，商務印書館一九三六年排印本）

105　四部叢刊刊成記

四部叢刊始於己未，越今乃潰於成。爲書三百二十三部，二十四史不在内。都八千五百四十八卷，四種無卷數。二千一百册。賴新法影印之便，如此鉅帙，煞青之期，僅費四年，誠藝林之快事。採用底本，涵芬樓所藏外，尤承海内外同志之助，得宋本三十九，金本二，元本十八，影宋寫本十六，影元寫本五，校本十八，明活字本八，高麗舊刻本四，釋、道藏本二，餘亦皆出明、清精刻。當兹神州多故，國學寖微之日，名山之藏不翼而至，微言大義繼續之機，翳於是賴；豈惟敝館感氣求聲應之雅，而永矢勿諼也哉。彙刻之旨，見於啓事，詳於例言，不煩再述。惟史部目載徐乾學資治通鑑後編，集部目載章實齋遺書、苕溪漁隱叢話，今皆未印，而增入資治通鑑紀事本末、揅經室全集、唐詩紀事，緣徐氏通鑑不如畢本之詳，涵芬所藏手稿，取對富陽夏氏刊本，亦無大異；實齋之書，近烏程劉氏已爲鋟梓；漁隱叢話不如唐詩紀事之難得也。諸書版本，亦與前目略有變通，要皆後勝於前。如：經部禮記初用明本，今用宋本；説文繫傳初用祁氏刊本，今用影宋鈔本；玉篇初用鈔本，今用元本。史部資治通鑑釋文，初用十萬卷樓本，今用宋本；大唐西域記初用明本，今用宋本。子部韓非子初用明本，今用黄蕘圃校影宋鈔本；脈經初用明本，今用元本；翻譯名義集初用元本，今用宋本。集部杜工部詩集，初用明本，今用宋本；皎然白蓮禪月三集，初用汲古閣本，今用影宋明鈔本；廣成集初用鈔本，今用明正統道藏本；東坡集初用明本，今詩文兩集均用宋本；後山集初用鈔本，今用高麗活字本；盤洲集初用洪氏刊本，今用影宋鈔本；鶴山集初用安氏活字本，今用宋本；范德機詩集初用明本，今用影元鈔本；文選初用明本，今用宋本；樂府雅詞初用詞學叢書本，今用鮑渌飲校本；

花庵詞選初用汲古閣本，今用萬曆仿宋本。又如丁卯詩集擬用元大德刊有注本，石湖居士文集擬用明金蘭館活字本，皇元風雅擬用元梅溪書院三十卷本，而此三種印本漫漶，攝影之後竟同没字，故丁卯集易以影宋鈔本，石湖集易以愛汝堂本，皇元風雅易以高麗十二卷本。目載沈寶硯校本南華真經，套印後，見宋刊與沈校有異同，乃録爲札記，附於卷後，不復用朱墨套印。更若方望溪之改用戴刻，汪容甫之加入遺詩，茗柯、定盦亦均有補篇，此非喜爲更張也。書囊無底，善本難窮，隨時搜訪，不敢自足。敝館區區苦心，其諸君子所不鄙棄者歟。書名卷數及惠假善本諸家姓氏，並詳書録。壬戌十二月商務印書館謹識。

（原載縮本四部叢刊初編書録，商務印書館一九三六年排印本）

106　重印四部叢刊刊成記

是書經始於己未，蕆事於壬戌。出版以來，謬承士林推重。丙寅初冬，乃有重印之舉，亦越三載，復觀厥成，部別類居，悉仍舊貫。惟景印伊始，事屬草創，或懸格以求而書不可得，有既得者而又不盡如我之所期；大輅椎輪，殊未愜當，今之所成，稍彌前憾。綜兹數事，可略言焉：輯印初意，惟求善本，比歲涵芬樓續收之書，不下數十萬卷；藏弆之家，聲應氣求，時復以祕笈相餉，所得見珍，不憚更易。如孝經前用影宋鈔本，今改宋本；説文繫傳通釋前用述古堂影宋鈔本，今後十一卷改配宋本；吴越春秋前用明萬曆本，今改弘治本；越絶書前用明萬曆本，今改雙柏堂本；金匱要略前用明萬曆本，今改嘉靖本；鬼谷子前用清乾隆石研齋本，雲笈七籤前用明清真館本，今均改道藏本；寒山子詩前用高麗本，今改景宋刻本；岑嘉州詩前用明正德本，今改正德濟南足本；陸宣公翰苑集前用明不負堂本，小畜集前用經鉏堂鈔本，盤洲文集前用影宋鈔本，古文苑前用明成化本，今均改宋本；淵穎吴先生文集前用明嘉靖本，金華黄先生文集前用影元鈔本，今均改元本；西崑酬唱集前用舊鈔本，今改明嘉靖本；王陽明集前用明崇禎集要本，今改用明隆慶刻王文成公全書；又蔡中郎文集前用明華氏活字本，今辨爲覆刻，已改原本。凡諸改易，悉皆後勝於前。惟有學集前用康熙甲辰刊本，中有數卷雜入金匱山房重訂者，今悉改用原本；唐文粹前用元刊，因多漫漶，今改用明嘉靖徐焴刊本，而補以宋本之校勘。此屬於版本之變更者也。古籍傳世遼遠，斷簡闕文，短篇欠葉，恒所不免；至於序跋，詳載鐫印源流，言簿録者尤所珍尚。重印每涉一書，必羅致多本，參考互證。挹彼注兹，藉得補正。管子原闕重令篇一葉，今補全；白虎通德論今改用初印元本，增目後第四葉；李賀歌詩(篇)〔編〕無外集，今補以宋本；權載之文集、李衛公文集，今各補佚文若干首；元氏長慶集卷十，闕第五、六葉，今據宋本補；白氏長慶集卷三十一，闕七十三行，今據錫山華氏活字本補；李義山文集卷一，遺四百餘字，今據徐氏箋注本補；遺山先生文集卷二十二第五葉後有所殘闕，今據靈石楊氏本補陽曲令周君墓表半首；有學集據金匱山房重訂本補詩文百餘首；抱經堂文集卷三十三，據别本補盧雅雨墓誌銘一首；唐詩紀事卷三十八，詩話總龜卷二十，均有闕葉，今各補完。他若春秋經傳集解之杜預前後序，春秋繁露之樓郁序，釋名之吕柟序，説文繫傳通釋之尤袤跋，廣韻之景德四年大中祥符元年牒，陸法言切韻序，郭知玄拾遺序，孫愐唐韻序，通鑑紀事本末之趙與簒序，大唐西域記之敬播序，黄帝内經之顧從德跋，注解傷寒論之高保衡等進書序、治平二年牒、仲景自序，重修政和經史證類備用本草之宇文虛中跋，論衡之楊文昌序，酉陽雜俎之鄧復、趙琦美、周登、二無名氏序，沖虛至德真經之張湛序、劉向上奏表，楊盈川集之皇甫汸序，駱賓王文集之郗雲卿序，曲江張先生文集之蘇韡後序，元次山文集之李商隱後序，白蓮集之孫光憲序，河東先生集之張景序，小畜外集之蘇頌序，直講李先生文集之祖無擇序、自序，祠堂記、奏詞、墓記，閑閑老人滏水文集之楊雲翼引，松雪齋文集之楊載行狀，静修先生文集之李謙序，高太史大全集之三自序，皇藻集之鄭顒跋，敬業堂詩集之唐孫華序，漏略雖出原本，究爲全書之玷，今復廣蒐舊刊，旁考他籍，爲之裒輯，俾成完璧。此屬於卷葉之增補者也。魯魚亥豕，自古已然。即在舊槧，非無訛奪，初印諸書，附校勘者僅若干種；既成之後，偶遇名家精校，復爲迻録，如山海經得黄蕘圃校本，元氏長慶集得錢牧齋校本，唐文粹得江鐵君、顧千里校宋本，均經掇拾，附載卷末。又如張説之文集、權載之文集、吕和叔文集、李衛公文集、唐甫里先生文集、小畜集、盤洲文集、淵穎吴先生文集、金華黄先生文集、東維子文集、有學集，或根據舊刻，或鉤稽衆本，或參以己見，辨别異同，輯爲校記。即初印諸書，曾經校勘者，亦必反覆研求。偶有紕繆，悉加是正。此則敝館同人所願竭其區區之忱，以爲讀者土壤細流之助，而又欿然不敢自信者也。全書版式裝〔置〕〔製〕，悉循曩例，惟因上文所舉三者之故，卷帙稍贏於前，都三百二十三部，八千五百七十三卷，四種無卷數。二千一百十二册。凡宋本四十五，金本二，元本十九，影寫宋本十三，影寫元本四，元寫本一，明寫本六，明活字本八，校本二十五，日本、高麗舊刻本七，釋、道藏本四，餘亦皆爲明、清佳刻，具載書録。前後三年，從事斯役者：紹興樊君炳清，吴縣姜君殿揚，閩縣林君志烜，海鹽張君元炘，崑山胡君文楷，奉賢莊君羲，海鹽沈君瑞河，崑山孫君義，平湖丁君英桂，夙夜辛勤，克盡厥職，誼得附書。中華民國紀元十有八載歲在己巳商務印書館謹識。

（原載縮本四部叢刊初編書録，商務印書館一九三六年排印本）

107　排印本海鹽張氏涉園叢刻跋

余幼時在粵東，聞先大夫言：「吾家世業耕讀，自有明中葉族漸大，而以能文章掇科第者，首稱符九公；然絶意仕進，潛心義理經濟之學，門弟子極盛，咸稱曰大白先生；嘗築屋城南，讀書其中，今所謂涉園是也。入國朝，螺浮公官京師，直言敢諫，有奏議入告編行於世。汝年既長，宜取而習之。」又言：「螺浮公不樂仕宦，引疾歸田，即城南書屋拓而充之，顔曰涉園。既以體若考作室之心，且以示後人繼述之義。歷皜亭公暨箕谷公，皆秉承先志，未躋通顯，遽辭簪紱，先後歸隱，增葺故園，林泉臺榭，極一時之勝；歗歌之暇，率族中子弟讀書其中，蓋猶是符九公之志也。」又言：「吾涉園藏書極富，積百數十年，未稍散失。嘉、道之際，江、浙名流，如吴兔牀、鮑渌飲、陳簡莊、黄蕘圃輩，猶嘗至吾家，借書校讐。青在公博通羣籍，性耽吟詠，尤喜刻書；羣季俊秀，咸有著述，剞劂流布，爲世引重。自更洪、楊之(役)〔亂〕，名園廢圮，圖籍亦散佚罄盡，而先世所刻書，更無片板存焉矣。」言次若不勝欷歔也者。余心感動，至今不能忘。年十四，待吾母歸居於鄉。春秋暇日，嘗偕羣從昆季出城訪涉園廢址。至則林木參天，頽垣欲墮；塗徑没蓬蒿中，小池湮塞，旁峙壞屋數椽，族人貧苦者居焉。躑躅牆畔，偶於苔蘚中見石刻范忠貞詩，摩挲讀之，徘徊不忍去。既覓得涉園題詠，吾母督令摹寫，乃與伯君從兄合成之。其他所刻書，則渺不可得。閲數年，又假得入告編，開卷莊誦，乃知吾螺浮公立朝大節，有非常人所能及者。聖祖踐阼，方在沖齡，權奸柄政，盈廷結舌，而螺浮公乃有恭請親政一疏。（清）〔本〕朝入關之始，滿、漢不無歧視，雷霆萬鈞，孰敢抗違？而螺浮公乃有「刑部審鞫録供，不宜但憑滿官執筆」，及「人民投充滿洲，餘地（發）〔撥〕給壯丁，不許復圈民地」之奏。吾於是益曉然於致君澤民之道，而懔然於吾父詔以誦習之意。釋褐而後，世方多難，（德宗）〔先帝〕勵精圖治，而魁柄已移；當國之臣，不學無術，至以漢肥滿疲之旨，標示一世。追懷祖德，愈益慨憤。（德宗）〔先帝〕詔言時事，不自揣量，封章數上，忤觸當道，放歸田里。亦欲閉門屏迹，息影故廬，依祖宗之邱壟，跡童時之游釣；而田園已蕪，歸耕無術。來居海上，囂塵湫隘中，恃筆硯以自給，緬想昔時林泉臺榭之勝，杳不可即；時一還里，往來於荒煙蔓草之間，俯仰陳迹而已。海上爲商市淵藪，故家遺物，羣萃此邦，因稍稍獲睹先世遺藁；搜求數年，卷帙略備，而涉園所藏刻書，亦有歸於故主者。余既不德，不克善承堂構，而先人手澤所寄，猶不爲葆存之謀。高曾矩矱，將自我而墜失，豈不重滋罪戾乎。吾父之歿，踰三十年，而耳提面命，如在昨日。兹刻既成，吾潸然淚下，不能自已矣。宣統三年歲次辛亥六月裔孫元濟謹跋。

（原載海鹽張氏涉園叢刻，張元濟輯，宣統三年六月上海商務印書館排印綫裝本）

108　景印宋本及日本聚珍本太平御覽跋

太平御覽爲有宋一大著作，其所引經史圖書，凡一千六百九十種；今不傳者，十之七八。或謂輯自古籍，或謂原出類書，要之徵引賅博，多識前言往行，洵足珍也。今所行者，有明代活字本，有錫邑刻本，其所從出，周堂序謂其祖曾得故本，黄正色序則謂據薛登甲所校善本繕寫付刻。然胡應麟譏其姓名顛倒，世代魯魚，學者病焉。明文淵閣書目存一部，一百三十册；一部，一百册，均殘缺。其後散出，遞入於蘇人朱文游、周錫瓚、黄丕烈、汪士鐘家，最後爲湖州陸心源所得，僅存三百六十餘卷，今已流入東瀛，爲岩崎氏静嘉堂中物矣。先是阮文達、何元錫各就黄氏假所藏文淵閣殘本謄校，藏諸篋衍；嘉慶間，常熟張若雲據何氏本，歙鮑崇城據阮氏本，次第梓行。張氏刊成，未幾板燬，存書稀如星鳳；傳者唯鮑氏刻本。歲戊辰，余赴日本訪書，先至静嘉堂文庫觀所得陸氏本，其文淵閣印燦然溢目，琳琅滿架，且於己國增得如干卷，爲之欣羨者不置。嗣復於帝室圖書寮、京都東福寺，獲見宋蜀刻本，雖各有殘佚，然視陸氏所得爲贏。因乞假影印，主者慨然允諾，凡得目録十五卷，正書九百四十五卷；又於静嘉堂文庫補卷第四十二至六十一，第一百十七至一百二十五。此二十九卷者，均半葉十三行，同於蜀刻，惟板心無刻工姓名，且每行悉二十二字，與蜀刻之偶有盈縮者不同，疑即在前之建寧刊本。蜀本卷首小引謂「建寧所刊，舛誤甚多」，李廷允跋亦言，「釐正三萬八千餘字」，今以二刻與鮑本校，雖各有脱誤，然阮文達序鮑刻，明言：「古書文義深奧，與後世判然不同，淺學者見爲誤而改之，不知所改者反誤矣。或其間實有宋本脱誤者，但使改動一字，即不能存宋本之真，不能見重於後世。」據此爲言，是宋本即有脱誤，未嘗損其聲價，且亦未必真爲脱誤也。今請再舉數例，以證宋刻之勝於今本：職官部金紫光禄大夫門，宋刻引干寶晉紀三國典略二則；鮑本則引左傳成上曰：「衛侯使孫良夫來聘，且尋盟。公問諸臧宣叔曰：『中行伯之於晉也，其位在三公下卿，孫子之於衛也，位爲上卿，將誰先？』對曰：『次國之上卿，當大國之中，中當其下，下當其上大夫，小國之上卿，當大國之下卿，中當其上大夫，下當其下大夫。上下如是，古之制也。』」九十八字，下接「入落授金紫光禄大夫」云云，見卷第二百四十三第五葉。前後渺不相涉；張本同，但注「上下疑有脱文」；兵部機略門引後漢書第十六則，「岑彭將兵三萬餘人」云云，凡一百三十七字，見卷第二百八十四第五葉。鮑、張二本全脱；妖異部精門引易、禮記、唐書、管子、列異傳，又搜神記二則，適成一葉，見卷第八百八十六第四葉。鮑、張二本全缺；獸部馬門引周禮夏官上：「馬及行則以任齊其行，若有馬訟則聽之，禁原蠶者」並注，又引論語、周書、韓詩外傳、尚書大傳、太公六韜、禮斗威儀、春秋考異郵、春秋說題辭凡十則，及「淮南子曰八九七十二」九字，見卷第八百九十三第六葉。鮑本全脱，且易「淮南子」三字爲「家語」；張本同，更少十餘字：即此數事觀之，彌覺宋本之可信。日本文久紀元，當我國咸豐十一年，喜多邨直寬嘗以影宋寫本，用聚珍版印行，其優於鮑本者，則板心所記刻工姓名，均與蜀本相合，且上文所舉四事，一無脱誤。宋刻而外，斷推此本，於是取以補影本二十六卷之闕。書經覆寫，又用活版，詞句訛謬，自所不免。然以校鮑、張二本，道部尸解門彼且缺「太微經曰，諸尸解者，按四極真科云，一百四十年，乃得神中真官，於是始得飛華蓋，乘輦龍，登太極，遊九宮也」四十二字；見卷第六百六十四第八葉。方術部占星門末節「元衡亦還吉甫」下又脱「先一年以元衡生月卒，元衡後一年以吉甫」十七字；見卷第七百三十三第四葉。巫門離騷曰「欲從靈氛之吉占兮」節，又脱注十八字；見卷第七百三十五第四葉。惟祝門韓詩外傳曰「齊桓公至海丘」節「盍復祝乎」下「封人曰，使吾君好學而不惡問，賢者在側，諫者得入。桓公曰，善哉祝乎？」二十七字，此言乃夫前二言之上也。臣聞下「子得罪於父母，可因姑姊妹而謝也，父乃赦之。臣得罪於君，可因便僻之左右而謝也，君乃赦之。昔」三十八字。見卷第七百三十六第三葉。史記曰：「楚大發兵如齊」節，有注二十七字，見卷第七百三十六第四葉。張本存，而鮑本猶脱；疾病部總叙疾病門引禮記、左傳、春秋穀梁傳、公羊傳、國語、論語、史記、漢書有注二十三條，鮑本全脱，張本僅存其二：見卷第七百三十八第一二三葉。是則此雖不逮建、蜀二本，抑猶出於吾國時本之上也。蜀本原缺卷第二十一、第六百五十六至六百六十五、第七百二十四至七百三十八，皆全卷；又目録及卷第四、第三十八、第一百一十、第一百三十、第一百四十、第一百六十六、第四百六十四、第五百三、第五百七十一、第六百九十、第七百五十七、第九百五十二，凡缺二十六葉有半，均以聚珍版補。宋刻每行二十二、三、四字不等，聚珍版則整二十二字，故前後葉銜接處，偶有移易，理合申明。乙亥仲冬海鹽張元濟。

（原載四部叢刊三編）

109　鈔本全芳備祖跋

吾友美國施永高博士爲農學專家，喜蒐求吾國植物學書，知涵芬樓藏有宋人所著全芳備祖，屬爲迻録。余適購得舊鈔前集一部，且經校勘，頗審慎，惜不知其姓名。因取涵芬樓所藏後集，鈔補足成之，並爲詳校，冀免訛奪。篇中用黑筆註於行側者，爲寫官誤鈔，隨時改正之字。校者據涵芬樓本，見有訛字，則以朱筆書之於旁。仍有所疑，復取諸家專集，及古今圖書集成互證之。有可勘正者，則書於眉端或空格之内。其或與原書所據不同，未能斷定者，則加一疑字以別之。雖不敢謂一無訛誤，要可稱爲較善之本矣。〔寫録者上海胡

紹益、方孤憤，校勘者奉賢莊羲、崑山胡文楷。時中華民國十四年十二月海鹽張元濟。〕

110 景印明本雲溪友議跋

右雲溪友議三卷，唐范攄撰。唐書藝文志、晁公武讀書志所載卷數同，陳氏書録解題則稱十二卷，然亦言唐志三卷，蓋當時已有兩本矣。稗海所刻即十二卷，以校是本，其訛奪不可勝數。是爲明代刊版，范序及三字標題均全，即四庫所稱較爲完善之本。黄蕘圃嘗得桐鄉金氏舊藏明版，行款相同，亦云此刻最善也。原本卷末有朱筆「康熙甲戌中秋，馮本校一過」二行，馮氏所藏，未詳何本，然異同無多。徐紹乾又於咸豐戊午用宋本對校，原文訛字，亦一一照録，此固爲校勘之一例，然佞宋甚矣。今擇其稍有出入者，列表如後，以資考訂，餘悉不取。民國紀元二十三年二月海鹽張元濟。

（原載四部叢刊續編）

111 景印明本雲仙雜記跋

此爲明隆慶葉氏菉竹堂刊本，凡十卷，與四庫所收本合。陳氏書録解題，雲仙散録一卷，亦題唐金城馮贄撰。陳氏謂其記事造語，如出一手，頗疑馮贄及所蓄書皆子虚烏有。四庫提要引墨莊漫録斷爲王銍僞作。此稱雜記，與陳氏所舉書名不同。南陵徐氏覆刻宋開禧本雲仙散録，全書三百六十八條，除「油脣兩注」條外，餘均見是本之前八卷，且條目序次，亦悉相合。其前後移易者僅十二條，是可爲二書相同之明證。至標題各異，續增七十九條，析爲十卷，且變易書名二字，必後來覆刻者之所爲。顧何以爲此，則序例無存，不可知矣。藝海珠塵、龍威祕書中均有是書，書名同而不分卷；然其編纂次第，首爲是書之前五卷，次第十卷，又次第七、八、九卷，均有脱漏；而卷六則全佚，蓋其所祖，皆殘闕錯亂。是本既出，可等諸自鄶以下已。海鹽張元濟。

（原載四部叢刊續編）

112　景印汲古閣影宋鈔本揮麈録跋

是書前録第三、四卷，後録十一卷，餘話二卷，爲汲古閣毛氏影宋鈔本；餘前録第一、二卷，三録三卷，均補鈔，然亦據汪閬源所藏宋刻本摹寫。卷中語涉宋室，均空格，或提行；宋諱多闕筆，亦有注「高宗廟諱」「孝宗御名」「今上御名」「犯御名」等字者；有時兼避寧宗嫌名，則以刊於慶元故也。是書宋刻，皕宋樓曾得葉文莊、汪閬源所藏，僅前録四卷、後録二卷、三録三卷，今已流入東瀛。士禮居校宋本，亦有殘缺，後歸海源閣；今遭兵燹，恐亦無存。是雖鈔本，然可窺見宋刻全部真面，亦可珍已！民國紀元二十有二年七月海鹽張元濟。

（原載四部叢刊續編）

113　景印宋本清波雜志跋

右清波雜志十二卷，宋周煇撰。卷内「敦」字注「御名音同」，後跋紀年爲慶元戊午，蓋光、孝兩朝之際所印行也。明商濬刊稗海，併作三卷，略有短缺。鮑以文得姚舜咨、曹冰侯兩鈔本，復刊於知不足齋叢書中。彼此對勘，自覺鈔不如刻。是本卷一「宰相呂大防等」節「予娶度支之辰」，「予娶」二字見尚書益稷篇，而鮑刻乃誤爲「于胥」。「選人改秩」節「成六考無玷闕」，六考之制，見宋史職官志九，而鮑刻乃誤爲「咸云考」。商本不言所出，其誤亦同。四庫全書著録爲影宋精本，不知何以亦沿商、鮑二本之誤；且章斯才之後序，名更誤爲張斯中，此可證展轉傳寫之多訛，更足見宋刻之可貴。鮑氏言稗海本亦有是正處，不敢没其善。予於宋本，亦不敢没其短。因先校鮑本，復以商本覈之，知鮑氏所遺尚多，而足以糾正宋刻者，亦自非鮮。今以校記附印卷末，俾讀者得以互證焉。鮑本後附别志三卷，然商刻、曹鈔，均僅此十二卷；即姚氏所見袁飛卿家鈔本亦然。意當時原自别行，而不得以此爲非足本也。民國紀元二十三年五月海鹽張元濟。

（原載四部叢刊續編）

114 景印元本桯史跋

是書爲鐵琴銅劍樓所藏，定爲元刊本。卷中語涉宋室，均空格，遇「敦」字，有註「光宗廟諱」者，是必源出宋刻。序第三行題雲間陳文東批點，或評衡文字，或註釋音訓，有時校正訛文，然不更易原字，可稱矜慎。海虞毛晉、張海鵬先後覆刻於陳氏，校正之字，多未采用，疑當日亦未見是本也。姜子佐禹語余，涵芬樓續得一本，行款相合，後有成化刊書跋，惜未影出，今付劫火矣。余亦恍惚憶有其事。是本筆法刀工，視元本卻微有別，然未敢遽決。姑識於此，以諗讀者。民國紀元二十有三年元月海鹽張元濟。

（原載四部叢刊續編）

115 景印元本南村輟耕録跋

宗儀生當元明之際，是本前有孫作至正丙午叙；四庫著録稱爲未入明時所作；叙後有青溪野史邵亨貞募刻疏，雖不著年月，然書中語涉元帝，均提行空格；是必刊於元代。史稱宗儀爲教官，洪武二十九年率諸生赴禮部試。則是書之刻，尚在中年，且必爲成書後第一刻本也。明成化有松江刻本，至萬曆又有玉蘭堂覆本，今均罕見。歷代小史、津逮祕書先後覆刻，然非單行，歷代本且節録無足取。四庫提要稱其詳於有元法令、制度，考訂書畫、文藝，足備參證。且不止此，戲劇之學，至元極盛，是書於院本、雜劇、曲名、歌調，考訂極詳。他如園林、建築、書畫、褾軸、製墨、斲琴、窯器、髹漆，無一不羅而列之。其有裨於時人之研習藝術者非淺。吾友陶蘭泉嘗以元刻鋟版行世，大板精雕，然不易得，故仍縮印，以便讀者。海鹽張元濟。

（原載四部叢刊三編）

116 稿本山居雜識跋

著者不著姓名，卷中稱朱虹舫閣學爲季父，朵山給諫爲兄，鏡香大令爲姪，是必爲朱氏子。又所居爲上水村，村在西郊外數里，爲朱氏故居。著者又嘗至京師與顔雪廬學士、徐小雲比部相往還，知必爲咸、同時人。閱至卷末潘樹辰君之跋，乃知爲保甫廣文之外集。廣文著有聽秋館吟藳，余亦得其原稿三册，附記於此。後學張元濟謹識。

（原書，上海圖書館藏）

117　輯校本夷堅志跋

洪文敏著夷堅志，據陳振孫書録解題：甲至癸二百卷，支甲至支癸一百卷，三甲至三癸一百卷，四甲四乙二十卷，大凡四百二十卷。宋史藝文志僅録甲、乙、丙六十卷，丁、戊、己、庚八十卷者，蓋未見全書也。卷帙繁多，積久散逸。元陳櫟勤有堂隨録謂：「坊中所刊僅四五卷」，明楊士奇文淵閣書目雖有四部，然均注殘闕。胡應麟少室山房類藁則稱：「今止存武林雕本五十卷，暨王參戎之鈔本百卷，其他均不可得。」惟陳第世善堂書目有全書四百二十卷，爲自宋迄今官私藏目所僅見。然是書前後流傳之端緒，無可考見，殊未敢信。朱國楨湧幢小品又稱「今行者僅五十一卷」，且謂：「病其煩蕪而芟之，分門別類，非全帙」云云。是即建安葉祖榮之新編分類夷堅志，與胡氏所見之武林雕本，蓋同爲一書。有明嘉靖清平山堂刊本亦極罕見。其書雜取諸志，融冶爲一。四庫全書提要指爲志中之一集，蓋亦未睹其書也。四庫著録亦僅原書之支甲至支戊。惟徐乾學傳是樓宋元版書目有夷堅志八十卷，後爲嚴元照所得爲甲、乙、丙、丁四志，版刻於宋，中有元人刊補之葉，竄入支志、三志之文。按沈天祐序謂：「洪公刊於古杭之本，分甲、乙至壬、癸爲十志。」又謂：「杭本與閩本詳略不同，所載之事，亦大同小異。」又謂：「摭浙本所有，補閩本所無。」是或杭本彙輯諸志，並無支志、三志之别。沈氏遂任取若干，以補其缺，亦未可知。要之，沈氏所見衹甲、乙、丙、丁四志，又與此四志大同小異之十志，其餘固均已無存矣。嚴氏之書，後以歸阮文達而自留所録副本，阮氏影寫進呈，其刊本展轉歸於陸心源。心源刊之，此四志始復行於世。乾、嘉之際，吴縣黄丕烈藏書最夥，先後得宋本支甲、支壬、支癸若干卷，又舊鈔支甲至支戊五十卷，支庚、支癸二十卷，三志己、辛、壬各十卷。宋本不知散落何處，而舊鈔百卷，暨嚴氏所録副本八十卷，均歸吾友湘潭袁伯夔。洪氏所著四百二十卷，今存於天壤者僅此矣。涵芬樓所藏凡四本，一明姚江吕胤昌本，無刊版年月；一清周信傳本，刊於乾隆四十三年；一明建安葉祖榮分類本，刊於嘉靖二十五年；一明鈔本，無年月。吕、周二本，均以甲乙編次，分爲十集。惟吕本稱新刻夷堅志集各一卷；周本稱夷堅志分一集爲上下，而不分卷；吕本多於周本者，凡二十四事。而周本所獨有者，亦十八事。然所分十集甲乙次第，與黄氏所藏之支志、三志並同。亦與胡應麟所得四甲中之一，周支志亡其三，三志亡其七者相合。黄氏謂「取兩集以配全，而其□俱不全本。」不知明人先已爲之。黄氏舊鈔與吕、周二本，互有增損，是必當時傳鈔之訛。明人刻書，大都以意改竄，此蓋欲泯其殘闕之迹，故並支志、三志之名而削之。今四庫全書僅存支甲至支戊，使非睹黄氏舊鈔，又誰知支庚、支癸及三志己、辛、壬之尚在人間乎？建安葉氏本與明鈔本同出一源，詞句略殊，門類悉合，雖於原書篇第盡已更變，而所輯各事，見於今存各卷中者，頗有異同，足資考訂。江陰繆小山前輩嘗取黄氏舊鈔，校正吕、周二本，慫恿印行。余思文敏遺著，冠冕説部，飄零墜失，讀者憾焉，因有輯印全書之意。伯夔既以所藏嚴、黄二本假余，乃盡發涵芬樓所藏，參互校讎，陸氏所刊初志，固多是正，而黄氏支志、三志之訛文奪葉，藉各本以補正者，亦自不少。建安葉氏分類本所輯不見於今存百八十卷中者，尚有二百七十七則，因輯爲二十五卷，名曰志補。此爲洪氏原書，後人分類編次，雖仍甲乙之稱，已非舊貫，固不能辨其出於何志矣。見聞所及，如趙與旹之賓退録，阮閱之詩話總龜，周密之志雅堂雜鈔，岳珂之桯史，唐順之之荆川稗編，焦竑之焦氏筆乘，江瓘之名醫類案，徐𤊹之榕陰新檢，王沂之稗史彙編，陳廷桂之歷陽典録均有采輯。又續得三十四事，輯爲一卷，名曰再補。此則諸書徵引，標所從出，故亦知爲文敏原書也。惟原書所引並無標題，此係依事仿擬，非文敏原文。古人箸述及收藏書目，涉及是書者，咸加採録，並彙輯諸本序跋，附列於後。綜計全書存者爲初志甲、乙、丙、丁，支志甲、乙、丙、丁、戊、庚、癸，三志己、辛、壬；益以蒐補之二十六卷，僅逮原書之半。今者世不經見之書，日出不窮，安知此已佚之本，異日不復見於世？即不然，掇拾叢殘，賡續有得，亦可輯爲三補四補以饜讀者之望。此則區區之願，有待於海内賢哲之助者已。庚申臘月海鹽張元濟跋。

（原載夷堅志，張元濟輯校商務印書館一九二七年六月，排印綫裝本）

118 景印影宋鈔本括異志跋

右括異志十卷，襄國張師正纂。宋史藝文志所記卷數同。晁氏郡齋讀書志曰：「師正擢甲科，得太常博士，後遊宦十年，不得志，於是推變怪之理，參見聞之異，得二百五十篇，魏泰爲之序。」是本無魏序，僅存一百三十三篇。陳氏解題尚有後志十卷，或其他一百十七篇，列入後志，而今已失之歟？四庫著録亦十卷，提要無貶詞，僅據王銍默記，疑爲魏泰託名之作，列入存目，以是流傳甚少。此尚爲明正德時人依宋本傳録，可貴也。

甲戌初春海鹽張元濟。

（原載四部叢刊續編）

119 景印宋本景德傳燈録跋

右書四庫未收，卷首楊億序：「東吴僧道原，冥心禪悦，索隱空宗，搜奕世之祖圖，采諸方之語録。次序其源派，錯綜其辭句，由七佛以至大法眼之嗣，凡五十二世，一千七百一人，成三十卷，詣闕奉進，冀於流布」云云。而紹興長樂鄭昂跋，則謂：「本住湖州鐵觀音院僧拱辰所撰，將遊京師投進，途中與一僧同舟，因出示之。一夕其僧負之而走，及至都，則道原者已進而被賞，拱辰謂吾意欲明佛祖之道，既已行矣，在彼在此同，遂絶不復言。」然則著此書者，名道原而實拱辰也。楊億、李維、王曙輩奉詔裁定，多所損益，具見叙言。最初鏤版，毁於靖康之亂。是尚爲宋代舊刊，合三本而成。其一半葉十三行，每行二十一至二十三字，板心有刻工，無字數，凡二十五卷有餘，有二卷抄配，行款同。宋諱避玄、弘、朗、殷、匡、敬、警、擎、驚、鏡、竟、戍等字；其一行數同，每行二十三至二十六字，板心有字數，無刻工，僅有殘葉，見於卷第十八第十九中；其一半葉十五行，每行二十八至三十字，板心有刻工，存卷十至十二，宋諱避玄、弘、朗、貞、偵、徵、署、豎、戍、樹等字。此二本均不避桓、構二字及其嫌名，然察其刀法筆意，實已具南宋風格，不能以其不避諱字而遽疑之也。貴池劉氏覆刻元延祐本，其元本所據，又有兩宋刻：一台州寧海思鑒刊本，見紹興四年劉棐序；一廬山穩庵古册，即湖州道場禪幽庵覆刻之祖本，見延祐三年希渭狀，是可想見當時傳刻之盛。劉氏謂延祐本與瞿氏所藏宋本正同。然取以對校，同者衹卷一之十餘葉，其他各卷，雖行數相同，而款式絶異。劉氏後序謂永樂梵夾本，徑山藏本，雍正釋藏本，讎校未精，脱文譌字，所在多有。誇元刊爲鴻寶，而是本足以正其訛誤者，尤非少數。然則所謂一字百縑者，舍是更奚屬耶？乙亥季夏海鹽張元濟識於牯嶺山居。

（原載四部叢刊三編）

120　景印明本文始真經跋

陳振孫書録解題言：「漢志：『關尹子九篇』，隋、唐及國史志皆不著録，徐蕆子禮得之於永嘉孫定，首載劉向校定序，篇末有葛洪後序。」按洪序言：「遇鄭君思遠，鄭君多玉笈瓊笥之書，屬以尹真人文始經九篇。道書亦言老子西遊，關令尹喜望見有紫氣浮關，知真人當過候，物色而迹之，果得老子。老子亦知其奇，爲著書，喜既得老子書，亦自著書九篇，名關尹子。」又言：「老子授經後，西出大散關，復會於成都青羊肆，賜號文始先生，所著書後爲文始真經」云云。是本篇數凡九，與各本同。惟析爲上中下三卷，則各本多不合。明萬曆所刊子彙本，與此最相近。每篇下各記章數，章首冠以關尹子曰，子彙本亦各有一「曰」字，故章次井然不紊。崇文書局刊本，一無界別，致有併一、二章爲一章者。道藏所收凡三種，一無上妙道文始真經，僅有經文，無注；一文始真經注，即神峯逍遥子牛道淳之直解；一文始真經言外旨，即抱一子陳顯微所述。又有爲道藏所未收者，則南谷子、杜道堅之關尹子闡玄。以上諸本，一一對勘，知不同出一源。然是本訛誤，足資訂正。其他各本，有前後錯亂者，有全章脱漏者，有增益數句者，亦有文字互異而不能定其孰是孰非者，今録爲校勘記，附列於後，庶讀者參觀互鑑，得一書，不啻兼得數書也。民國紀元二十三年元月海鹽張元濟。

（原載四部叢刊三編）

121 宋刊本纂圖互注南華真經跋〔一〕

余既跋荀子，越十日而莊子至。與荀子同一板本，芷齋公及先後藏家印記，亦悉與荀子相同；惟闕去弟八卷，又殘葉較多，印本亦遜，爲不及莊子耳。荀子之值爲三百四十圓，此則一百八十圓。先人手澤，得以來歸，雖糜重金，亦所不惜。涉園所藏，度必不止此二種。其他諸子，或尚在天壤間，余安得旦暮遇之乎。丙寅十二月初十日元濟謹識。

（原書，上海圖書館藏）

〔一〕上海圖書館藏張元濟古籍題跋真跡稱「元刻明修本」。

122 景印宋本通玄真經跋

文子舊注，北魏以來有李暹、徐靈府、朱元、杜道堅四家。四庫所見，惟杜注七篇而已。此爲徐靈府注。按唐志載，天寶中，靈府注文子上進，詔封通玄真人，號曰通玄真經。題默希子者，靈府道號也。崇文總目僅列其名，而注明已闕，則在宋時已極罕覯。光緒癸未，長洲蔣鳳藻刻入鐵華館叢書，成都楊守敬摹入留真譜，世人始得見之。蔣刻文多脱譌，讀者嘗以不見盧山真面爲憾。此即蔣刻之祖。本書中先秦通假之古文，晉、唐省俗之僞體，觸目皆是，不易卒讀。由漆書而毫翰，易竹帛爲梨棗，遷變存疑，其來已舊。所存疑文衍字，可資紬繹，以溝通經旨者，往往而有。卷一舊有錯簡，尚未經唐以後人翦易，取校道藏通玄真經、子彙文子，旁參道藏文子纘義，諸本異同，動逾千百，得失互見，莫衷壹是。古子辭旨淵奧，攻讀者鮮，傳鈔者各從所祖，非若羣經之各有定本。求其近古可信，莫如宋本。如道原篇「其衣煖而无綵」，卷一第十葉後四行。藏、彙從同，纘義作「其衣致煖而无綵」，此本錯簡，中衍「其衣致」三字，卷一第七葉前三行。尚未翦削，可證藏、彙之失；又「空於物者，終於无爲」，卷一第五葉前九行。藏、彙、纘義並譌「空」爲「究」；精誠篇「若圍之與革」，卷二第三葉前九行。注云：「夫圍革爲鼓，擊之則應」，藏、彙、纘義並譌「圍」爲「韋」；道德篇「執一者見小也，小，故能成其大也」。卷五第四葉後七行。與上文「執一无爲，因天地與之變化。天下，大器也」。意義貫洽。子彙譌「執者見小也，見小，故不能成其大也」。與上文義旨顯然刺謬矣。上德篇「倚易翻也」，翻下側注「附」字，卷六第四葉前四行。藏、彙、纘義並譌「翻」爲「軿」，而削去側注「附」字；又「蟾蜍塗兵」卷六第四葉前五行。注云「蟾蜍五月中殺之，塗五兵」，藏、彙、纘義並譌「塗」爲「辟」；又「弧弓能射而非弦不發」，卷六第四葉後五行。藏、彙、纘義並譌「張弓而射，非弦不能發」；上仁篇「則无以與下交矣」，卷十第三葉後六行。藏、彙、纘義並譌「无以與天下交矣」。此外，如四庫纘義提要所引符言篇「內在己者得」，上義篇「故天下可一也」，「內」不譌「則」，「一」下不衍「人」字，皆視諸本遠勝。類此佳字，不勝縷舉。惟唐寫卷子通病，大半咸在，非習見古本者所能通會，轉不若藏、彙諸刻之文從字順。因取藏、彙異同，悉録存之，附於卷末，以省讀者冥索之勞，而示古本今讀之準。其文子纘義經文，異於各本之佳字，亦略附見焉。讀此書者，舉一反三，宜無滯義，千人皆見之失，雖多無害；宋本獨具之長，罕而彌貴。若夫存是去非，釐爲定本，見仁見智，猶有俟於後賢。卷九、卷十一、卷十二，原有抄配十二葉，其注文與藏本不同者七，則皆誤録杜道堅纘義之文；少於藏本者三十餘則，而與藏本相合者亦三十餘則。蔣刻尚沿其譌，今依藏本重寫，俾成完書，合并著之。

中華民國二十五年三月海鹽張元濟。

（原載四部叢刊三編）

123 景印宋本新雕洞靈真經跋

右宋槧洞靈真經五卷，每卷標題新雕洞靈真經卷第幾，次行上題亢倉子，下題何粲注，書凡九篇，與諸家著録合。「治」「世」「民」等唐諱字，全書避之唯謹。宋諱亦僅及貞、徵，蓋源出唐卷子本。宋仁宗時始以上板，去古最近。唐卷本之可貴，貴在雖有譌奪，不輕改動。觀於是本文字之互有得失，殆猶未經唐以後人意爲增損也。正統道藏作三卷，取以對校，如政道篇「喜豫連日」，是本「喜」作「簡」；原注音喜 訓道篇「燕壯侯他」，是本「壯」作「莊」；原注一本作壯 農道篇「然後咸生」，是本「咸」作「盛」；原注：盛，咸生也。 兵道篇「散倉廩之穀」，是本「穀」作「秩」；原注：本再生稻，借爲秩序字。 「能生死一人」，是本作「能生原注：从屮，上象艸生出土上也。 死人原注：『人』下當有『生』字。 一人」；又「景主興稽首」，是本「稽」作「起」，原注：抑首而坐，至是坐而起立舉首也。 藏本經文既改，并將舊注删落，以滅妄改之跡。若非此本尚存，古書佳字，先唐原本真面，不幾盡被掩没邪？古子文義，儘多奥衍，奚必盡求可通？道藏刊於明初，世與宋槧齊觀，而猶有此失，此宋本之所以終勝明本歟？卷五抄配五葉，然與道藏互有異同，可知其必有所本。偶以子彙亢倉子一卷無注本參證之，多與藏本合。校印既竣，因取兩刻異同，悉録存之，以附於卷末，而著宋本最勝字如右。中華民國二十五年二月海鹽張元濟識。

（原載四部叢刊三編）

124　明萬曆十五年休陽程氏刊本陶靖節集跋

是書評點爲余六世〔六〕叔祖思嵒公手筆，眉端紅藍筆各條，與六世九叔祖芷齋公所輯初白庵詩評相合。蓋據初白先生評本過録也。惟卷二、三、五、六眉端墨筆各條，則初白庵詩評俱不載。然頗似先生手蹟。卷六閑情賦評語：「不肖身及其酷」云云，確似先生暮年出獄後口吻。卷端題詩，明係思嵒公手録，何以又有初白小印，殊不可解。按先生卒於雍正五年，思嵒公生康熙五十年，先生歿時，公已十八歲。先生爲余六世〔叔〕祖寒坪公題四時行樂圖見敬業堂續集漫與集下在康熙六十一年，越二年，又爲題捫腹圖見思嵒公鈔本敬業堂續集，刻本不載。是時先生詩名滿天下，而公又從許蒿廬先生學詩。思嵒公藕村詞存，謂含厂公三十初度，蒿廬師有詩；又家刻晴雪雅詞東谷公序，謂蒿廬館涉園十餘年。按思嵒公亞於含厂公六歲，是十六七歲時，蒿廬必已設帳涉園矣。芷齋公稱蒿廬於先生各種評語，手之不釋。度公過録是集評點時，必在十六七歲。

余七世祖妣陳太淑人爲宋齋先生之女，先生與宋齋先生同里，少同學，往還唱和，至老不輟。敬業堂續集餘生集下，丙午年尚有陳宋齋有新年試筆見寄詩即次去年中秋齒會二章韻再疊奉詶、花朝偕韓弈家德尹赴陳宋齋看梅之招、雨窗得宋齋見寄詩期於中秋踐廷益湖莊之約次韻奉答等詩。以意度之，必是公隨陳太淑人歸寧得見先生，以過録之本呈閲。先生奬掖後進，爲加印記，且特增評語數則，特後來芷齋公輯初白庵詩評不爲采入，不無可疑。意者偶未之見歟？卷末記陶詩畫册一節，爲含厂公手筆，餘皆行艸，亦必二公所書。特余獲見者少，不能辨認矣。江安傅沅叔同年，今年春自京師南下，過蘇州以銀幣二十圓爲我得之。先人手澤，幸得珠還。良朋雅誼，至可感謝。時國變後十二年癸亥穀雨節元濟識。

（原書，上海圖書館藏）

125　宋刊本箋注陶淵明集跋

是書余於宣統三年在京購得，以歸涵芬樓。初固認爲元本也。庚申春日，傅沅叔同年來滬，至樓中觀書兩日，出此示之，認爲宋本。細審之，則字體刀法，確有不同。繙閲一過，貞、慎、朗、恒、桓等字頗有闕筆者，微沅叔詔我，幾令此書受屈矣。海鹽張元濟。

（原載涵芬樓原藏宋刊本箋注陶淵明集）

126　景印明鈔本東皋子集跋

讀書敏求記有東皋子集三卷，記曰：「呂才仲英鳩訪無功遺文，輯成一書。其集今世罕傳，清常道人從金陵焦太史本録出。」是本卷中均有清常手筆，記載甚明，蓋先爲脈望館舊藏，繼入於述古堂也。嘉慶初，孫淵如刻岱南閣叢書，中有是集，亦三卷，序稱「爲吳門余蕭客影抄宋槧本，前有呂才序，稱五卷，疑非唐時編次。唐陸淳有删東皋子序，此或其所删。又讀書敏求記稱『從金陵焦太史録出』者，亦即此本」云云。然孫刻詩篇編次，與是本不合，且缺祭處士仲長子光文及自撰墓志二篇，頗疑所據之本各異；又是本呂序明言緝成三卷，並無五卷之説；蓋孫氏實未親見此本，其所云「亦即此本」者，僅爲揣度之詞。然唐書藝文志、晁、陳二志，均作五卷，是當時必有兩本，一爲五卷，一爲三卷，不能指爲孰誤孰不誤也。孫氏學術淹貫，刻書校讐尤精，然以所刻與是本校，異同近百許字，其足以糾正是本者不過數字，餘則皆誤，於此益知古書校勘之難，而古本之可貴矣。兩本異同，列表如左，讀者審之。甲戌初春海鹽張元濟。

（原載四部叢刊續編）

127 景印明本宋之問集跋

宋之問集二卷，前後無序跋，板心題𥳑西精舍四字，不知爲何人所刻。審其字體，當在明嘉靖時矣。板心題「宋之問上下」，似所刻不止此一種。涵芬樓舊藏東壁圖書府十二家唐詩中有宋集二卷，今已被燬，然板心似無𥳑西精舍等字。華亭徐獻忠刻唐百家詩亦有是集，余未獲睹，不知異同若何？今以全唐詩校之：卷首賦二篇，爲全唐本所無；詩則盡數收入，且溢出數首；惟編次不同，彼此各有訛字；似所出不同一源。今以校得異同之字列左，或可爲讀者之一助歟。海鹽張元濟。

（原載四部叢刊續編）

128 清雍正十年松柏堂刊本讀杜隨筆跋

余七世本生祖妣陳太淑人，爲宋齋先生之女。先生由海甯遷居海鹽，其宅址所謂松柏堂者，爲先大夫所得，即今之虎尾浜新居。是書弁言，有「御賜松柏堂」木印，是必刻於海鹽宅中。卷末有先生後裔兩跋，語重心長，惟恐隕墜。今竟散出，歸於余處。冥冥中若有呵護之者。故家喬木，遺澤猶存。余得此書，既仰外家世德之長，尤深鑿楹而藏之願已。癸亥仲冬月廿五日張元濟謹識。

（原書，上海圖書館藏）

129　明嘉靖黄埻刊本王摩詰集跋

顧子起潛以所輯明代版本圖録眎余，中有王摩詰集一葉，鈐我六世叔祖雨岩公二印，余欲知爲誰氏所藏，以詢起潛。一日書來，云是潘景鄭世兄得自蘇城者，初疑爲元和惠氏故籍。按周惕先生與雨岩公同名，然名同而字實異。且卷耑有紅藥山房印記，是先藏花山馬寒中家。花山距余邑僅二十餘里。馬氏書散，多爲余先人所得。余六世祖重鐫王荆文公詩註，其原本亦馬氏物也。是書校筆，非出先人手，疑是明人所爲。景鄭舉以相贈，余不敢受，已歸之矣。又以涉園弆藏均已移庋合衆圖書館，以供衆覽，因亦歸之館中，附於余家舊藏之列。余感其誠，兼徇起潛之請，謹書數行，以著是書淵源之自，並識良友盛誼焉。海鹽張元濟記，時年七十又五。

（原書，上海圖書館藏）

130 景印明本唐皇甫冉詩集附皇甫曾詩集跋

唐書藝文志：皇甫冉詩集三卷，但云與弟曾齊名，而不載曾詩；宋藝文志則並列曾詩一卷，皇甫冉集二卷；四庫著録，合集爲七卷。是集冉詩乃有七卷，獨孤及序謂其弟除喪，銜痛編集，然序稱存者三百五十篇，此則僅存二百三十篇，亦非其舊矣。曾詩僅四十篇，未分卷。計敏夫唐詩紀事謂張曲江甚愛冉詩，稱其清穎秀拔，有江、徐之風。徐獻忠詩品亦謂曾詩律度澄泓，聲文華潔，俯視當世，殆已飄然木末。是本刊刻，殆在有明正、嘉之際；其同時刊行者，余見有活字本、黄貫曾刊本、徐獻忠刊本、袁翼覆宋刊本，又席氏唐百家本，皆取而校之，文字略有歧異，别録校記。又從席氏本補冉詩二首，活字本補曾詩一首，全唐詩補冉詩四首、曾詩七首，均編列附後。卷首獨孤及序後闕二葉，度必别有一序，然無可補矣。海鹽張元濟。

（原載四部叢刊三編）

131 景印宋本朱慶餘詩集跋

黄蕘翁跋謂宋刻原有墨釘，妄人謬以意補，細辨可得其作僞之跡。今取原本觀之，如第一葉前八行「向爐新茗色」之「新」字，後三行「開幕賢人併望歸」之「望」字，第三葉後九行之「恭聞長與善」五字，第五葉前四行「世貴丈夫名」之「貴」字，第六葉前五行「傍竹行尋巷」之「尋」字，後十行「相逢樹色中」之「樹」字，第八葉後七行「惜與幽人别」之「幽」字，第十一葉前三行「風雨驅寒玉」之「寒」字，第十二葉後一行「竹逕通鄰圃」之「竹逕」二字，第十四葉後七行「骨清唯愛漱寒泉」之「愛」字，第十七葉後一行「不似居官似學僊」之「似居官」三字，第十九葉前九行「詩成獨未題」之「詩」字，第二十一葉後四行「物色不供才」之「才」字，第二十二葉後三行「悠然想高躅」之「想」字，後七行「潭水識人心」之「潭水」二字，第二十三葉後一行「空山雉雊禾苗短」之「雊」字，第二十五葉後十行「萬里去長征」之「去」字，第二十六葉後六行「昨夜忽已過」之「已過」二字，第三十三葉前一行「地幽漸覺水禽來」之「幽」字，果皆有剜補痕迹。摹寫之字，幾可亂真，蕘翁雖斥其妄，然未一一指出，讀者易爲所眩，故特揭明如上，俾得見其真相。至席刻百家本，蕘翁殊不重之，然亦未嘗一無可取。今並舉其異同，俾讀者参證焉。海鹽張元濟。

（原載四部叢刊續編）

132　景印宋本周賀詩集跋

晁氏郡齋讀書志：「唐僧清塞，字南清，詩格清雅，與賈島、無可齊名。寶曆中姚合爲杭州刺史，因攜書投謁，合閲其哭僧詩云：『凍鬚亡夜剃，遺偈病中書，』大愛之，因加以冠巾爲周賀云。」陳氏書録解題亦云：「周賀嘗爲僧，名清塞，後反初服。」別本又號清塞集，是賀詩當時固通行也。近無刻本，惟全唐詩及唐僧弘秀集有之。此爲宋臨安書棚本所收，視全唐爲少，而比弘秀爲多；亦有弘秀所收，而是本反闕者。黄蕘圃嘗得明人鈔本，原有何義門校筆，嗣又得顧竹君舊鈔本，蕘圃復據校於上。何氏所據爲影宋鈔本，所校與是不盡合，顧氏本亦互有異同。是宋刻時必不止此一本，而今則湮没無傳矣。全唐所輯，亦有出於諸本之外，足以互相參證者。余因彙集諸本，成校勘記，附印於後，或亦諸先民之所不棄歟。海鹽張元濟。

（原載四部叢刊續編）

133　景印明鈔本黎嶽詩集跋

右集，唐建州刺史李頻撰。頻治建有功德於民，卒官，民爲立廟黎山祀之。其遺集，唐、宋藝文志均曰李頻詩；陳氏書録解題曰李頻集；此名棃嶽詩集者，蓋因其祀典而尊崇之也。唐書本傳稱頻少秀悟，逮長，多所記覽，其屬辭於詩尤長。宋嘉熙三年，金華王埜首刻其集，至元元貞丁酉，其裔孫邦材重梓以行。是本即從之迻録。其後遞相傳刻，皆由此出。今從唐百家、全唐詩暨徐璈刊本，增補七律二首，七絶一首，五律四首，五古一首，五絶一首，附録於後。至送劉山人歸洞庭五律一首，則他本皆闕，是本獨存。海鹽張元濟。

（原載四部叢刊三編）

134　景印影宋鈔本新雕注胡曾詠史詩跋

詩三卷，卷五十首，總百五十首。首各有注，卷端有著述及序者姓名。四庫著録，謂前後無序跋，亦不載注者姓氏。胡珽後跋稱從文瀾閣鈔得庫本，與此不同。余案提要所引三注，惟洞庭一條，似與此合；餘鉅橋、渭濱二條云云，是本均無其語。蓋四庫所收，名同而實異也。此從宋本影寫原書，先藏士禮居黄氏，繼入琳琅書室胡氏，後爲吾友顧鶴逸所得。卷首缺半葉，此爲胡氏寫本，疑在彼時，即已如是。今故人之墓久有宿草，且聞藏書多散，借瓻不得，書罷黯然。海鹽張元濟。

（原載四部叢刊三編）

135 景印錢曾述古堂鈔本唐秘書省正字先輩徐公釣磯文集跋

徐夤昭夢撰。四庫著録，徐正字詩賦二卷，撰人作「寅」不作「夤」。是爲錢遵王也是園抄本，卷首有族孫師仁序，謂家故有賦五卷，探龍集五卷，又於蔡君謨家得雅道機要一卷；又訪於族人並好事者，得五言詩並絶句合二百五十餘首，以類相從爲八卷藏焉。其裔孫玩可珍序，則稱師仁序中所著，今皆亡失。延祐丁酉，得詩二百六十餘首，嗣又得遺賦四十篇，暫編成卷。今是本分爲十卷：前四卷，賦凡四十篇，卷四第十篇缺，卷五有題十而無賦，後五卷，詩凡二百六十五首，賦詩篇數與玩序合。玩序不言卷數，此本是否爲玩所編；又卷四五原闕，是否爲訪得時即僅存賦題，均不可知。全唐文録夤賦可補者凡八篇，尚缺其三：一曰漢武帝求仙，二曰星，三曰伍員知姑蘇臺有游鹿。阮文達嘗據錢遵王影宋抄本呈進，提要言賦五卷凡五十首。是本共十卷，阮氏僅得五卷，即珍其罕見，亦不應諱其殘闕。且有賦五十首，與是本不同，疑所見爲錢氏之别一抄本，然提要又明言爲其裔孫玩所編次。阮氏所進原本，今編入宛委别藏，假得對校，亦祇存四十六篇，除缺江令歸金陵賦，餘均與全唐文合。文字略有歧異；其所從出，又同而不同。然阮氏提要絶未明言其故，且一似五十首無少欠闕者，此真索解不得已。唐音(戊)〔癸〕籤、全唐詩亦有夤詩，增得三首。又於全唐文續增目外賦二首，今並與所補八賦全録於後，並附校記。海鹽張元濟。

（原載四部叢刊三編）

136　景印宋本李丞相詩集跋

李建勳字致堯，南唐南平王德誠之子。少好學，能屬文，尤工詩。徐温妻以女，起家爲金陵巡官。嘗佐知詢幕府，李昪鎮金陵，用爲副使，預禪代之策；拜中書郎，同平章事。璟嗣立，尊遇與宋齊丘埒，出爲撫州節度，召拜司空，稱疾乞骸骨，以司徒致仕，賜號鍾山公；營别墅于山中，放意水石。先是，宋齊丘退居青陽，號九華先生；未幾，一徵而起，時論薄之。或謂建勳曰：「公未老，又無大疾恙，遽爲此舉，欲復爲九華先生邪？」建勳曰：「吾生平笑宋公輕出處，何至效之。自知不壽，欲求數年間適爾。」因爲詩以見志曰：「桃花流水須相信，不學劉郎去又來。」馬令南唐書本傳，稱其博覽經史，民情政體，無不詳練，有藴藉，而卒不得行。其爲詩，少時猶浮靡，晚年頗清淡平易，見稱於時云。宋史藝文志無建勳詩，獨陳氏解題有李建勳集一卷。此雖分上下卷，僅八十五首，而見志之詩亦未載，蓋遺佚多矣。癸酉冬日海鹽張元濟。

（原載四部叢刊續編）

137　景印明本忠愍公詩集跋

寇萊公詩，先自擇百餘篇，刊於巴東，爲巴東集；後知河陽軍州事，范雍增輯爲二百四十首，類而第之，分爲上中下三卷，特未著刊版年月；至宋宣和五年，王次翁重刻於道州；隆興改元，辛斅又據王板刻於邘上。是本卷末嘉靖乙未王承裕記，謂有録藏舊本，零陵蔣君鏊取而刻之。卷内「太宗」「真宗」字均提行，「御製」「聖旨」字均空格，蓋必依王、辛二氏刊本傳録，故悉存宋板舊式。中有錯簡，已據舊鈔本訂正。儀顧堂陸氏故藏是書，跋言以舊鈔本校之，得正譌字數十處，所舉如卷上「山積瓌材咸備矣」，「材」譌「村」；「天安殿致齋」，「天」譌「大」；卷中「深歎高堂養獨違」，「違」譌「遲」；「宵殘猶伴吟」，「伴」譌「半」；是本亦誤。惟所稱卷上「懷柔祝帝禧」，「禧」譌「僖」；卷中「何當歸釣渚」，「歸」譌「窮」；「野鶴漸無驚弋意」，「漸」譌「慚」；「夜深窗竹動秋聲」，「深」譌「聲」；「已甘垂樹杪」，「杪」譌「抄」；是本却不誤。陸氏又稱「澤流紓宇福蒼生」，「福」譌「含」，是本作「澤流綿宇福含生」，「紓」蓋誤刻，「福」字亦不譌，譌者殆指「含」字。然卷上奉和御製南郊禮成，明有「福浸含生臻富壽」語，是「含」非譌字也。又言卷中「蜀客似悲秋」，「客」譌「魄」，按詩中「蜀魄」字凡三見：卷中春望書事：「春色難甘蜀魄催」；又書懷寄郝監軍：「望盡巴山蜀魄飛」，是「魄」亦非譌字也。又言卷中「江頭別去欲何之」，「去」譌「來」，按下句「數盃酒盡又南去」，「去」字不應複出，是「來」字譌，而「去」字亦譌也。陸氏未舉出之譌字尚多，悉見校記如別録。海鹽張元濟。

（原載四部叢刊三編）

138 景印宋紹興本宛陵集跋

宛陵集最先爲謝景初所類次，凡十卷；次爲歐陽修所掇，凡十五卷。均見歐公序。次爲六十卷本，見晁公武郡齋讀書志及陳振孫書録解題。解題又言有外集十卷，吴郡宋績臣序謂皆前集所不載，陳氏呰其不實。余頗疑此與六十卷本各自單行，故蒐録偶致複出。宋史本傳又有宛陵集四十卷，其十九世裔孫岦曆康熙丁卯重刻六十卷本時，采入遺著，欲謀蒐補。然本傳並不先言有六十卷。余又疑元脱脱修宋史時，必嘗見一四十卷本，故據以爲言，非必於六十卷外，更有四十卷也。今十卷本、十五卷本、四十卷本、又外集十卷，均不傳。傳者獨此詩五十九卷，文賦一卷之本。歐公序言：「聖俞既殁，得其遺藁千餘篇，並故舊所藏，掇其尤者六百七十七篇，爲一十五卷。」故四庫提要謂增編之本，未詳何人所爲。余友夏君劍丞語余，依梅氏出處之蹟，前二十三卷，當即景初及歐公所選之本，與後三十六卷之詩，各爲起訖，其次第亦無甚淩躐，蓋必彼時坊賈蒐輯所遺，與謝、歐所選彙刻而成。宋紹興十年重刊是本，汪伯彦跋：「聖俞之詩，『其工歐陽文忠公已序於集首，此不復道』云云。殆已見卷數不符，故爲是渾括之語。迨明正統袁旭重刻，不得其故，乃强改歐公原序，以事遷就。萬曆再刻，沿襲訛謬。自時厥後，遂亦習非成是矣。是本遇「桓」字注「淵聖名」，「構」字注「御名」，卷末汪跋具存，並有嘉定十六年修校諸人銜名一葉，正是紹興原刊，惜殘佚已多，存僅及半，然已有詩八十七首，爲明刻二本所無，而二本殊無删削之迹。余又疑宋明之際，必更有一删訂之本，爲其所自出，特亦不傳於今日耳。戊辰歲秋，余訪書東瀛，得見此於内野皎亭君家，審爲人間孤本。借影攜歸，嗣獲讀島田翰跋，謂彼邦尚有元代翠巖精舍覆紹興本，無可訪求。莫郘亭知見書目亦云，有元刊本，半葉十行十九字，與是刻行款正同，疑即所謂翠巖精舍本，但不著藏者姓氏。今亦不知流落何所矣。余得此影本已踰十稔，疊經兵燹，屢瀕於險，恐復亡失，爰付印行。先是劍丞借觀，爲加校訂。費君範九、胡君文楷復略有增益，合製校記，並附於後。世之讀者，庶一覽焉。民國紀元二十有九年五月一日海鹽張元濟。

（原載宛陵先生文集，涵芬樓據中華學藝社照存殘宋本影印本）

139　景印明弘治本鐔津文集跋

世界大通，教宗互峙；理無獨勝，事有相資。我國崇儒，儒宗孔子，孔子之言曰：「有教無類。」佛入中國殆二千年，涵濡浹洽，亦無遠弗届。余不學佛，而深以排佛者爲驕爲隘。竊嘗謂儒無不可佛，佛無不可儒；豈惟佛然，即凡同於佛而自外至者，亦無不然。余讀沙門契嵩之文，而深喜其合於斯旨也。人既有其所信仰，遇有起而非之者，自無不可發揮己見，以求其理之得伸。陳舜俞爲契嵩撰行業記曰：「當是時，天下之士，學爲古文，慕韓退之排佛而尊孔子。仲靈明儒釋之道一貫，以抗其説，由是排者浸止；而後有好之甚者，則信乎其理之自有可伸者在也。」四庫總目既録其書，而譏其恃氣求勝，與儒相争，反覆强辯，援儒入墨，此誠不免囿於一孔之見，非今日之所宜言。因於是集印成之日，而爲之辨正如右。海鹽張元濟。

（原載四部叢刊三編）

140　景印元大德本王荆文公詩跋

王荆文公詩李雁湖箋注，先六世祖嘗得華山馬氏元刊五十卷本，於乾隆辛酉之歲，覆刻行世。中經洪、楊之亂，板久散佚，書亦不易得矣。余幼嗜此書，訪求十餘年，既官京師，始得之。是書自元大德刊行後，未有別槧。四庫著録，亦吾家刻本。日本有翻雕者，然中土流傳絶少。先人有言，是書之善，不獨援據該洽，可號王氏功臣。又引鄉賢姚叔祥語，謂「藏書於家，但知祕惜爲藏，不知傳布爲藏」。余悚然以是爲懼。顧原書第三十卷第五十卷失去兩末葉，亟思蒐補，以償先人未竟之願，再謀剞劂。偶檢宜都楊惺吾參贊日本訪書志，有朝鮮活字本，完善無缺，且附年譜。亟遺書往索，既得楊君慨焉録寄。欣感交集，即思付印；會有歐、美之行，事遂中止。〔歸未及朞，復覯國變，俯仰身世，百念俱灰，撫兹遺編，愴然不知涕之何從也。是時故家藏書，多坐兵燹散出。〕（嗣）江安傅沅叔同年自京師來訪，謂道出蘇州，見有元刊本，爲季滄葦故物，已爲余購留。展之，則第三十卷第五十卷兩末葉均存，而年譜且有撰人名氏。沅叔勸以此本影印，謂留存須溪評點，雖違先志，然不失昔人面目，亦祖庭遺訓也。余以失去他卷十餘葉，仍非足本，未遽決。友人日本長尾雨山先生謂彼國宫内省圖書寮有是書，可以摹寫，且引爲己任。不數月，以寫真版來，所缺之十餘葉，僅欠其一，復就江南圖書館所儲殘本補之。考雁湖初作此注，有魏鶴山序，先人嘗以搜求未得爲憾，後從長塘鮑氏鈔録補刊，晚印之本，多有載此序者，而吾六世祖已不及見矣。烏程劉翰怡京卿，嘗得殘宋本，其魏序固存。余請於翰怡，許我假印，冠諸簡端，亦以繼先人之志也。惺吾初從朝鮮本録示劉將孫、毋逢辰兩序，文中稱荆公爲文正，亦稍有不可句讀者。余始猶疑之，迨余本撤裝攝影時，年譜前夾綫中，忽露殘紙兩段，因悟是必劉、毋兩序之餘，其足以致疑者，或朝鮮手民之誤歟。因並存之。夫以一書之微，閲數百年將就湮没，乃有人起而賡續之，而又故留其缺憾，待百數十年後，仍假其子孫之手，使其先代所引爲缺憾者，而一一彌之。其書欲亡，而卒不亡，是豈得謂造物之無意耶。抑亦血脈相承，雖更歷數世，苟精神有所訢合，而古昔之人，與生存者固隱隱有相通之道也。歲在壬戌，距乾隆辛酉爲百有八十年。影印既竣，謹識其緣起如右。海鹽張元濟。

（原書，張元濟圖書館藏，壬戌仲夏影印海鹽張氏藏板）

141　景印明覆宋本沈氏三先生文集跋

沈氏三先生者：曰遘，字文通；曰括，字存中，文通從父；曰遼，字叡達，文通弟也。西溪集十卷，遘所著；長興集四十一卷，括所著；雲巢集十卷，遼所著也。直齋書録解題曰，以上三集，刊於括蒼，號三沈集，其次序如此，蓋未之考。殆以括行輩尊，不當居次也。是爲明人覆刻，諸卷之末，均有「從事郎處州司理參軍高布重校兼監雕」一行，其原即括蒼本也。括集四十一卷，今卷末記曰：「前闕一卷至十二卷，中闕三十一卷，後闕三十三至四十一九卷，」蓋闕於明人覆刻之日也。原刻卷數具存，今總爲八卷。第一、二、三，西溪；第四、五，長興；第六、七、八，雲巢；則明人所併合也。世無他本，此刊於何時何地，刊者何人，而惜乎其不可攷也。昔東方圖書館有此書，余以重金得之，不幸燬於兵火。今所景者，假自浙江省立圖書館也。民國紀元二十有五年初夏海鹽張元濟。

（原載四部叢刊三編）

142　景印元本山谷外集詩注跋

此日本帝室圖書寮藏元至元乙酉建安重雕蜀本也。首錢文子序，次史容引，次總目；引後有元羅嘉績刻書識語木記八行，目後有「建安熊氏萬卷書堂」牌子一方；自明以來，不見著録，蓋即今行四庫十七卷本。容孫季温跋中所云「嘉定戊辰鋟梓眉山」之蜀本，蜀版毀於宋世，當時傳本已罕。此爲至元翻刻，世無人知，字畫縝密，真所謂元初刊本比於宋本者也。書凡十四卷，詩注二卷，約當外集原本之一卷。取勘明本，外集適盡於卷七而止。首尾起訖，一一符合。悉依李彤原編古律分體之舊。原本卷八至十爲文，十一至十四爲山谷晚年自删之詩，彤所附存者，此皆未録。明本外集卷二當詩注卷三末和甫得竹數本後。有寄題欽之草堂一首，和答梅子明一首，卷四當詩注卷八贈陳師道後。有松下淵明一首，卷六當詩注卷十一池口風雨留三日後有揚州戲題一首，卷七當詩注卷十四送高士敦赴成都鈐轄後有次韻子瞻元夕扈從端門三首，此本詩注皆無之。或宋時外集傳本有異，未必容所刪落也。黃罃山谷年譜載趙伯山中外舊事云：「山谷生平得意之作，及嘗手寫者，多在外集。」葉夢得避暑餘話載黃元明之言，謂「山谷中年自焚少作三之二，存焦尾敝帚二編」。此本首載史容引，謂秦少游簡李德叟云：「魯直焦尾敝帚兩編，文意高古，邈然有二漢之風，」即外集詩文也。任淵注山谷内集詩而不及外集，史容起而續之，不收自删之作，蓋皆山谷所自定外集之菁英。今見蜀本，方悉源流。世行十七卷，出自季温重刻，閩本即以此本分年改編，全失李彤分體舊第，不復可窺見根源，宜乎今本提要有「史容增注考訂在嘉定戊辰後十年，上距庭堅之没，已百有十年，外集原本，至是始經史容更定，併非山谷自删之本」云云之貶詞也。書中文字，足訂今本訛異者，難以縷舉，書貴初刻，得此益信。十七年冬，偕中華學藝社社友東渡訪書，始獲見之。因從借印，以彌中土書林之缺憾焉。民國二十年三月海鹽張元濟。

（原載四部叢刊續編）

143　景印宋本參寥子詩集跋

參寥子詩集，四庫著録，稱有二本：一題三學院法嗣廣㝊訂，智果院法嗣海惠閱；一題法嗣法穎編，卷帙俱同，而叙次迥異。又稱法穎本授受有緒，當得其真。此爲宋刻，每卷次行均有「法孫法穎編」五字，舊爲黄子羽所藏，嗣入於延令書室、傳是樓，後爲士禮居所得。百宋一廛賦「參寥歸攝六之物」，注云：「參寥子詩集十二卷。」驗其收藏，最先爲蓮鬚閣舊物，有「黄子羽讀書記」小印，即此書也。其後輾轉歸於涵芬樓。余又見明崇禎汪然明汝謙刊本，亦十二卷，其分卷編次，與此不合。刊書之序，但言從檇李叢林搜得原本。意者，即廣㝊、海惠二子所編。然未著其名，不敢臆決。以校是本，凡明刻所有者，是本皆全，其卷三酬邵彦瞻朝奉見寄，訪彭門太守蘇子瞻學士七古二首，彭門書事寄少游七絶三首，卷六同蘇文饒主簿西湖夜泛，酬錢塘宰王昭叔朝奉七律二首，卷七别蘇翰林五律一首，送景文證師聖可桐虛齋五古二首，贈太守林子中待制七律一首，卷九與定師話别六言第三首，次韻闕子容晚霽七絶第二首，卷十一游葉城韓氏東園七律一首，卷十二讀子蒼詩卷七絶一首，寄潘仲升秀才五古一首，維揚秋日西郊七絶第三、四首，均爲明本所闕。其他注脚，亦惟宋本有之。四庫總目謂法穎所編，爲得其真，洵非虛也。蕘圃後跋，謂明刻本尋訪未得，無從證其異同。余既獲見，因以讐對，别録校記附後，以竟黄氏未了之願。海鹽張元濟。

（原載四部叢刊三編）

144　景印舊鈔本嵩山文集跋

晁説之著述甚富，經亂散失，其孫子健訪求遺文，先成十二卷，其後續有所得，重編爲二十卷，刊於臨汀郡庠，時爲乾道三年。陳氏解題有景迂集二十卷，當即此本。是爲傳抄本，卷二十末有子健跋，卷中遇「構」字稱「太上御名」，「慎」字稱「今上御名」，其他廟號，及語涉宋帝，皆空格，或提行，仍宋刻舊式，是必出自乾道刊本。其不題景迂而稱嵩山者，蓋卷首次行題名，首冠「嵩山景迂生」數字，傳録者即據首二字以定名也。四庫著録亦二十卷，編次悉同，惟館臣泥於時忌，遇原書詆斥金人詞句，無不竄改，甚至顛倒序次，變易意義；其不易更動者，則故作闕文，或加以删削，有多至數百字者。今取負薪對一篇爲例，凡因避忌改削之處，上下對舉，列表附後，讀之可以推知全書，並可悟朝廷禁令之失，宜足以摧滅斯民之忠直無遺焉。四庫總目云：「洪範小傳及十七卷序文内，兼見脱簡。」又云：「有别本題嵩山集，所録詩文均與此合，訛闕之處亦同。」今校是本，惟卷十七首葉闕十六行，及止觀妙境辯正序，卷十八題蕭詢筆，卷二十吴瓊、蘇叔黨兩墓誌，所闕相合。其卷十一之洪範小傳，是本闕二十二行又四字，而庫本亦闕，乃增「師火也」三字，聯綴上下，以泯其迹。其他如卷一之元符三年應詔封事有「今夫人孰肯鬭狗彘」，至「恐非朝廷之福也」九十六字，又如「前日黜太后大事也」至「豈一夫獨鳴之力哉」一百八十六字，卷二靖康元年應詔封事有「契丹固非宜」至「得三關則遊粟積」三十七字，又「聞中國雷霆之音也」至「皆未有割」三百四十字，卷三達言有「唐虞之世」至「有姚萇慕容垂爲將」二百五十三字，卷十四申劉有「著見其薦益事則温公辯之矣」十二字，又卷十三大言、知本二首，卷二十後附雜文九首，均爲庫本所無，與館臣訛闕相同之言，殊不盡合，疑所見亦非足本。雖是本訛文脱字，庫本間可訂補；然館臣既有所臆改，故寧從闕疑，未敢據以是正焉。海鹽張元濟。

（原載四部叢刊續編）

145 景印舊鈔本眉山唐先生文集跋

四庫著録唐子西集二十四卷，據雍正汪亮采刊本。按宋史本傳，文集二十卷，陳氏直齋書録解題卷數同。宋史藝文志曰二十二卷，文獻通考曰十五卷，晁氏郡齋讀書志曰十卷，是本乃三十卷，與汪本編次全異。卷首鄭總、吕榮義及弟庾序，均不記卷數。卷末鄭康佐跋謂：「其父所序者，文四十五首，詩賦一百八十有五首，嗣自在惠陽閲寓公集續得文十二首，詩賦一百十有一首，既又得閩本文五十六首，詩賦二百八十七首，最後又於蜀得文一百四十二首，詩賦三百一十首，因屬教授王維則讐校，旁援博取，因其名類，勒爲三十卷刻板」云云。總計是本文凡一百五十五首，詩賦三百十七首，又羼入三國雜事三十六則，篇數與康佐跋所舉不合。余友傅沅叔嘗見吴尺鳧手抄本，據以校於汪亮采刊本，上爲卷二十，中缺卷九，無鄭康佐及唐文若跋，全書編次，與是本略同，「桓」字注「御名」或「淵聖御名」，「構」字注「今上御名」亦同。蓋皆從宋本出者。然何以卷數不合，以意度之，是蓋爲全集最初刊本。維則奉命讐校，僅僅綜合各本，汰其重複，並未重加編定，故諸體前後迭出，且有同屬一體，雜入他卷者。吴氏抄本，或爲後人整併重刊，冀與本傳卷數相合。至遺去康佐、文若二跋，則爲寫官與第九卷同時脱漏，而非必原書如是也。尤有證者：卷十六先君真贊，卷二十七送王觀復序，是本均有闕文。吴、汪二本均不闕，而文字彼此不同，是必以此爲祖本，又不欲仍其殘闕，遂各以意補之，故互見違異也。四庫總目以作者不及見歐陽修，疑汪本所收別永叔詩爲他人誤入，或别指一人。是本却作别句永叔。又汪本諭幽燕檄有目無文，書三謝詩後，黎氏權厝銘有文無目。是本俱完善無漏。

他如議賞論、史夫人墓銘，各有訛奪，均賴是本糾正。然汪本亦自有佳處。余既見傅氏校本，又假閱瞿氏藏本，視此均各有異同，因互相勘訂，彙録校記，附印卷末，俾讀者有所抉擇焉。海鹽張元濟。

（原載四部叢刊三編）

146 景印明本沈忠敏公龜谿集跋

宋史本傳稱與求歷御史三院，知無不言，前後幾四百奏，其言切直，自敵已已下有不能堪者，余心慕之。及觀是集所列表奏劄子，無非辭謝除授之文，無一涉及軍國重事者。蓋生平著述，散落殆盡，其孫詵所裒輯，僅此而已。是爲明萬曆刊本，遇「完」字注「欽廟諱」；「構」「遘」「彀」等字注「光堯御名嫌名」；「慎」字注「御名」；「瑋」字注「御舊諱」；其涉及宋帝詞句，均提行空格；此爲宋刻原式，蓋猶從淳熙刊本出也。吾友劉翰怡以舊鈔本梓行，曾據明本覆核，〔校訂精詳，而几塵風葉，間或不免。〕卷四賜劉光世韓世忠張浚詔，是本「浚」作「俊」，蓋二張實爲兩人，同官於朝。當建炎初苗傅、劉正彦之亂，戡定者爲張俊與韓、劉二將，而運籌帷幄者，則爲張浚。宋史張俊傳：「傅等兵敗，開門以出，世忠、俊、光世入城，見於内殿，帝嘉勞久之」云云。是詔之頒，當在斯時。玩詔中詞義，亦必賜俊而非賜浚。由是推之，則卷五賜劉光世張浚詔，亦當是俊而非浚。是本作「俊」，固不譌也。其他尚有誤字，今以校記附後，庶讀者有所參考焉。海鹽張元濟。

（原載四部叢刊續編）

147 景印影宋鈔本北山小集跋

江安傅沅叔同年，得此書於上海，藏余家者浹月。余請於沅叔攝影備印，存之有年矣。月霄先生跋，力斥藏書家愛護舊籍，祕不示人之謬，復深望後人之廣爲傳布。閘北之變，幸未被燔，今印成行世，可以慰先生於九原矣。卷第十二第八葉，小山賦首一、二行第一字，均不全，余見一明鈔節本，爲「何」字、「納」字；又卷第二十七第一葉，勑楊沂中等，首行第九似「舒」字，第十「游」字，僅存大半。次行「龔行天討」句闕「行」字，下作「大」字，檢閲原本，暨鐵琴銅劍樓瞿氏所藏同出一源者，均如此。此足見傳寫之慎，一筆不苟，洵可信已。民國紀元二十三年五月海鹽張元濟。

（原載四部叢刊續編）

148　景印明萬曆刻本横浦文集跋

先文忠公道德文章，照耀千古，生平著述，其見於宋史藝文志及他書者，凡二十餘種。余家所有者，僅横浦文集二十卷。端居誦習，倖免數典忘祖之咎。是書刊於明萬曆乙卯，卷端黄汝亨序，謂是海昌令方士騏覆新安吴康虞本。顧中有殘闕，且字多訛舛，思得吴氏萬曆甲寅原刻，蒐訪有年，果得之。集後且附横浦心傳三卷，横浦日新一卷，又施德操孟子發題一卷。卷葉俱完，與方本行款悉合。徧檢藏家書目，大都不載。間有著録，亦與此同。蓋世間傳本，此爲碩果矣。余近又收得明鈔本無垢張狀元心傳録，以校吴刻，字句多有異同，且析爲十二卷。卷九並題「自謝遜志學説後爲于憲所編」。此爲吴刻所不載，次行結銜爲「皇朝太師崇國文忠公」，是必自宋本出，先後爲錢叔寶父子、沈辨之、朱卧庵、黄蕘圃諸家所藏；朱氏復加點校，頗多是正，惜僅存此一種。當時文集是否併刻，殆無可考，度必散佚久矣。豈惟宋槧，即有明兩本，距今三百餘年，亦寥落如晨星。吾鄉錢警石求之至二十年，僅得其一。設不急謀傳布，數十年後，恐將絶跡於天壤。緬懷祖德，能無悚懼。黄汝亨序謂：「先生爲渡江大儒，其學以未發之中爲宗，以仁爲有宋家法，而不受權貴之餌，不諱趙鼎之黨；寒逆豫之膽，折和議之奸。澹泊簡静，形骸俱遺。清明剛正，國家是急。使盡展其用，足以挽弱宋而奮中興。」又云：「宋之儒者，務明理而不盡明心，能研心而不能任事。能明能任，横浦庶幾兼之，而不竟其用。其精義微言，幸是集存焉耳。」吴、方諸君景仰前徽，猶汲汲於剞劂，況余小子有繼志述事之責乎？因取吴刻，並附校勘若干條，以付景印。是書既行，豈惟吾子孫得所圭臬，抑於今之世道人心不無裨益也。乙丑孟冬大雪節日裔孫元濟敬跋。

（原載横浦文集，民國十四年影印本）

149　景印宋刊本盤洲文集札記

此宋槧盤洲集，舊爲檇李項氏天籟閣藏書，今歸涵芬樓插架，海内孤本也。今世傳本，並從此出。漫漶不全之字，盡成空格，此本迹象猶存，多可辨認。初屬江安傅沅叔君，以景宋本校之，烏馬陰陶之形誤，模糊莫辨之闕疑，補正至千三百字以上。上板之時，元濟重加勘訂，間有漏誤，從而補正，所增殆猶什一焉。積疑若釋，善可知已。叢刊再版，得本稱盛，是集當推甲選。書中點畫偏旁之異，竹艸不分，木才通假。宋承唐後，手民謹守前規，猶沿唐代卷子之習，未可盡目爲誤。今世讀者，不免見而滋惑，因略舉一隅，成斯札記；文從字順，取便覽誦云爾。見淺見深，惟讀者辨之。幸宏通之勿哂焉。己巳中秋海鹽張元濟。

（原載四部叢刊初編）

150　景印宋本東萊先生詩集跋

宋呂本中東萊詩集二十卷，乾道初元沈公雅守吳郡日，裒集鋟板，曾幾爲之序。是集宋本久佚，近代藏目皆舊鈔本，攙入慶元二年陸游文集序，蓋後來傳鈔所附益，非原刊所舊有也。戊辰秋，偕中華學藝社社友鄭君心南同渡東瀛，得見此本於内閣文庫，前有曾幾序及總目，無陸序。既從求借攝影，歸檢涵芬樓舊藏陳仲魚鈔本互校：陳本無總目；卷十全卷其詩皆與宋本不合；卷六闕東園七絶一首；卷七寄江端本「本」陳鈔誤「太」子之晁冲之叔用一首，脱二十字相忘有道術，那得厭塵寰；聖治先三輔，皇威極百蠻。卷八首闕問晁伯宇疾二首、商河村決一首、新霜行題一行，詩二韻。新霜下幽蘭，昔在顧盼間；過時理當爾，敢復致一言。凡十九行；又將赴海陵出京一首，末闕注文三十五字：陳氏爲清代知名藏家，所傳之本，略一檢校，謬誤已若是之甚；他之傳本邵位西四庫標注附録載有陽湖呂氏刻本，未見，度亦出於傳鈔本。可知矣。傳沅叔語余，近得宋刻東萊外集三卷，此之卷十，即爲其三卷之一，不知何以淆亂致此。非見宋刻，非見外集，何由知其誤處。書之必貴宋刻，豈好事哉。東萊於江西詩派中，自居殿軍，得此真本傳世，詎非學者之幸，而亦鄰邦七百年藏弆之貽也。校印既竣，爰舉宋刻勝處，誌之於册末云。民國紀元十有九年五月海鹽張元濟。

（原載四部叢刊續編）

151　明刻遞修本新註朱淑真斷腸詩集前集跋

此書爲江陰何秋輦同年所藏。秋輦逝後，其子邕威亦相繼下世。其家不能守，盡舉所有歸於涵芬樓。諸家所藏，都屬鈔本；此爲元人舊刻，古色古香，至堪珍重。友人徐君積餘藏有後集，版刻相同，葉號亦復銜接。叚此景印，俾成全璧。藉竟沈、黄二君之志，甚可喜也。於其歸還之日，書此識之。丙寅秋日海鹽張元濟。

（原載涵芬樓原藏明刻遞修本新註朱淑真斷腸詩集前集）

152　景印舊鈔本翠微南征録跋

亡友貴池劉葱石刊秋浦雙忠録，以是書爲之首，其自序稱抄自文瀾閣。明嘉靖時有王崇志刊本，外間罕見；清初黄俞邰從史館祕書抄出，同邑郎遂爲之付梓。所抄閣本，即從郎本出。涵芬樓有郎刻原本，與劉氏本不盡合。四庫開館，浙江采進者爲郎刻，而總目所收，却爲汪如藻家所藏；以劉氏後序證之，庫本與郎本又大同而小異。是本舊鈔，原爲士禮居故物，不詳其所自出。就卷一上皇帝書「陛下」字均提行觀之，其源當出宋刻。郎本凡例謂：「原本詩分體，而以五七言相雜，且先七言，後五言，七律先於五律，排律又先於律，五言絶句闕。」所言均與是本合。然吾頗疑郎氏所見，並非是本。何以言之？是本所載上皇帝書，其重要辭句，多於宋史本傳者，凡二百七十餘字，書中所指佞倖之徒，有某某之阿諛，僕輩某某之甘心鷹犬，某某之奴事奸惡，某某之先事迎合，某某之私立異議，宋史均已不載；此則姓名雖失，而罪案猶存。郎氏謂「上書有闕文，今補之字句，微有點竄。照嘉靖間王崇志本」云云。所謂點竄，不知何指？以意度之，或即書中指斥金人之語。夷狄戎虜，皆當日違礙之字，曲避時忌，情理宜然。然何以於所揭宋室罪臣，擿補者僅程松、魯館、富宮三人之名，而削迹者反在五人以上？觀原文空格可知。郎氏欲彰其鄉賢之忠直，當無爲之減削之理。不僅此也，卷中詩題及題下附注，有與是本全異者，此又何涉，而必加以點竄？揆之郎氏自言訂正存疑之意，亦可斷其必非所爲，故余謂郎氏所見，與此不同。黄蕘圃跋謂郎刻已鮮流傳，況此更爲郎氏所未見而出於俞郃所抄之外者乎。訛文奪字，郎、劉二刻，有足以參證者，已悉校出。友人瞿鳳起復出汲古閣毛氏抄本，校正如干字，尤見精審。其有疑不能明者，則仍闕之。海鹽張元濟。

（原載四部叢刊三編）

153　景印宋本梅亭先生四六標準跋

梅亭四六標準，不箸撰人，考四庫提要乃宋李劉所撰。劉有類稿、續類稿、梅亭四六，今皆不傳。此題梅亭四六標準，乃門人羅逢吉所輯，皆劉少作及初年在何異家並官湘、蜀時所作，非其全豹。自宋以來，風行不絶，蓋皆仕宦遷除慶弔通候所必用，書記操觚，靡不資爲藍本也。四庫箸録本，有明人孫雲翼箋注，所據爲徽本，而以家藏本及鄢陵劉氏本校補，篇什略多，出於掇拾，已非羅輯原本。涵芬樓舊藏明刊無注本，略與雲翼所據徽本合。此本世所未見，前後序跋不存，亦不題編輯姓氏。全書四十卷，分若干類，取勘明刻徽本，此多舉自代、宣賜、被召、樞屬四類；編次分卷，頗有出入，以校孫雲翼箋注本，合處爲多；知雲翼所據以校補之家藏本，鄢陵劉氏本，必有一本與此相合者。注本多論事二十首，其文不盡屬於論事，爲此本所不載，不知從何輯得。固不若此原刻之可貴矣。天禄琳琅有元刊本，分六十六目，箋啓千九十六首，此則僅六十五目，爲文亦少三首。

意者其别一刊本歟？海鹽張元濟。（原載四部叢刊續編）

154　景印影宋鈔本平齋文集跋

四庫全書提要洪平齋集三十二卷，編修汪如藻家藏本。鐵琴銅劍樓瞿氏有影宋鈔本，闕卷十一至十四，卷十九至二十二。瞿氏題記謂擬從閣本補鈔，蓋以四庫所録，必完本也。影宋鈔本極精，余以是書久尠流傳，因亟乞影，將以行世。戊辰秋，中華學藝社有輯印古書之議，余偕往日本訪書，抵東京，至其内閣文庫。典守者發篋相眎，適見是集，且爲宋刻。瞿氏所闕八卷，儼然具存。借影攜歸，與瞿本合印，遂成完璧。先是同治癸酉，安徽洪琴西、雨樓昆仲，得丁雨生舊藏鈔本，釀金梓行。余意兩本卷數相合，必同出一源。對勘乃大相逕庭，最前八卷，及所補宋刻八卷，洪本俱闕。其編次分卷，顛倒脱漏，亦不勝僂指。雨樓跋謂丁氏從江、浙三閣展轉傳鈔，是必出自四庫無疑。按四庫平齋詞提要謂「平齋集有壬辰小雪前奉親游道場何山五言古詩一首，中有句云：『老親八十健，』而集内未載其詞，疑其傳槀尚多散佚」云云。今此詩明在第八卷内，是館臣所見汪如藻本，必已殘闕可知。古書殘闕，事所恒有，後之人乃必竄易原編，分析卷數，泯其迹以欺世，是則最可憾耳。洪氏梓行時，嘗就咸淳臨安志、事文類聚、鶴林玉露、宋四六選、宋詩紀事、鐵綱珊瑚、梅磵詩話、昌化縣志諸書，補輯遺文，附刊卷後。間有詩文詞若干首，原爲是書所無；其他均見於所闕之十六卷中。然以校宋刻，尚佚什之七八。劉壽曾跋謂厲氏鶚宋詩紀事所采忠文之詩，有據平齋集收入者，疑厲氏所見，多於閣本。然諸家均未著録，豈即瞿氏本耶？夫以一書沈薶數百年，且離散於數千里之外，一旦得爲延津之合，復與人世相見，是可喜已！海鹽張元濟。

（原載四部叢刊續編）

155　景印明鈔本吾汶藁跋

右藁宋王炎午撰。炎午生當宋季，身嬰亡國之痛，以忠孝自勵。其遺集至元揭曼碩、歐陽圭齋起而表章之，始顯於世，然流傳甚少。至明弘治、正德，其後裔先後覆刻。此影鈔正德刊本，先爲閩人徐興公舊藏，繼入於知不足齋鮑氏，其後又爲吾郡戴光曾所得。鮑以文及光曾手校，釐正甚多；其字體勁瘦挺拔者，即以文筆也。炎午以生祭文文山得名；文山之死，固無與於炎午之祭。余讀其文，而因之重有感者：古今來殺身成仁之士，其所謂扶植綱常者，猶是表見之名，而實則深恫夫社會重心一有移易，回環震盪，將無已時；生靈塗炭，其禍有數年或數十年而不息者。慘毒之象，不忍睹視，故以一死殉之，將以警惕其國人，使知爲無上哀痛之事。而必謂其欲以一身繫一姓之興亡，報故君之知遇，抑猶淺之乎視文山與夫凡爲文山者也。嗚呼！文山不朽，而炎午亦附驥尾而名益彰矣。海鹽張元濟。

（原載四部叢刊三編）

156 景印明本蕭冰崖詩集拾遺跋

蕭冰崖詩集二十六卷，宋史藝文志、晁、陳二目均不載，四庫亦未收，蓋湮没久矣。阮文達得其九世從孫敏重刊三卷本，録以奏進，其提要謂僅有五七言古體、五七律及七絶。是爲明弘治乙丑刊本，與阮氏提要言合。後有敏跋，謂二三什僅一二，故名曰拾遺云云，蓋同出一版也。趙鶴齡序謂豪俊製作，隱顯有時，冰崖詩初刊行世，謝疊山見而跋之；旋遭兵燹，其後嗣掇拾重刊，羅一峯復叙而傳之；以爲一隱一顯之證。自弘治以至嘉慶，又將隱没，遇文達而復顯。文達至今，倏踰百年，幾成孤本；且聞宛委别藏彙列文達奏進之書，是集亦已不存。是又烏可聽其終於隱晦也耶？甲戌春日海鹽張元濟。

（原載四部叢刊續編）

157　景印明嘉靖刻本疊山集跋

卷首景泰廬陵劉儁序，謂疊山先生雜著詩文六十四卷，屢經兵燹，存者無幾；黄溥慨其散逸，多方采輯，得詩文如干編，釐爲十六卷。最初刊於景泰甲戌，此則嘉靖丁酉重刊也。天禄琳琅著録僅二卷，爲嘉靖中揭陽林光祖知廣信府時，以黄溥所校刊行，詩文篇數，視此本互有增減；丁氏善本藏書志有萬曆刊本，爲十六卷，御史吴某據林光祖本重刻於上饒，惟編次與林本有别；四庫所收爲五卷本，清康熙弋陽知縣譚瑄重訂刊行，提要謂視舊本詳備；是前後三刻，源皆出於黄溥，所收詩文，均不盡同，而此實爲其祖本。景泰舊刻，舊藏愛日精廬，且有黄溥後序，此本已佚，今恐不可復得矣。海鹽張元濟。

（原載四部叢刊續編）

158　景印林佶鈔本三山鄭菊山先生清雋集跋

鄭菊山父子詩文，藏家均傳抄本，鮑氏知不足齋刊入叢書。所南文集後有「平江路天心橋南劉氏梅谿書院印行」一行，卷首柴志道序，作於大德五年；清雋集又爲仇山村所選，蓋元代固有刊本，而所南小傳，鮑氏所據，乃録自盧熊蘇州府志，則亦必爲傳録本矣。菊山行詣，見於柴序；所南之特立獨行，其小傳志之尤詳。所作錦錢餘笑二十四首，皆白話詩，饒有風趣。唯先後與吴山人書，溺於青囊狐首之説，語多荒誕。然其書有言：「凡子孫堅欲上穴爲安厝計，有數十年求之不得者，非惟死者不能妥其陰魄，而生者空勞心費財，有累養生送死正理。强留死者，未得入土，骸骨却爲自己他時富貴之謀，何孝子順孫之用心哉。」則其言亦猶賢於今之地師也。是爲福建林吉人手寫本，以校鮑刻，足以正其訛繆者不鮮。然鮑刻亦自有佳處，因録爲校記附後。甲戌仲秋海鹽張元濟。

（原載四部叢刊續編）

159　傳鈔本魯齋先生集跋

始余得是書於太倉顧氏時，黦敝甚，幾不能觸手。附録中有十七葉已撕去，前後各存一角，因重裝之。此嘉靖刊本不可得，借得正德本，編次雖稍異，然所闕各文均在，可以參補。鉤稽配合，泯然無縫。惟考歲略篇行款不合，且溢出近百字，因擠入所闕行内，前後仍相銜接，然原本當不若是也。此外脱文，蕘圃先生未補得者，並據録入。海鹽張元濟。

（原載涵芬樓原藏傳鈔本魯齋先生集）

160　景印明正統刻本許白雲先生文集跋

元儒許謙，自號白雲山人，故其集因以爲名。其爲學之淵源，及遺集之傳衍，具詳於李、陳二氏之序。四庫著録商邱宋犖傳寫成化張瑄刊本，前有金臺李伸、金華陳相二序，與此合。提要譏其體例踳駁，如七言古詩之放棹行、見卷一第三十三葉。故朝列大夫婺州路總管府治中致仕朱公壙記、見卷二第七葉。題趙昌甫詩卷，見卷四第七葉。及附録之學箴，見卷四第二十葉編次失當，此本亦同。獨其斥南城晚望詩誤以五言長律八韻分爲二首，此則不然。豈宋氏傳寫之誤歟，抑所據爲正德重刻之本歟？是爲成化原刻，以宋氏藏弆之富，尚未能得，則此自以罕而見珍已。甲戌初春海鹽張元濟。

（原載四部叢刊續編）

161　景印元刻本金華黄先生文集札記

元槧金華黄先生文集四十三卷本，惟見歸安陸氏皕宋樓藏書志集部，孤本也。陸書流入東瀛，其本遂佚於中土。叢刊初印得景寫本，傳之於世，而元刊不可復見矣。心常慊慊。常熟瞿氏、上元宗氏各蓄殘本，重印從之乞借，謀爲碎錦之合。去其複重，得卷才三十有一。瞿本卷一至十三，卷二十二至三十一，宗本卷十四至二十，卷三十二。不足尚十二卷也。戊辰九秋，東渡扶桑，始於静嘉堂插架，獲覩其全。舉所不足者，告之主者，慨然許我景印，私喜有志竟成，不啻完璧歸趙也。歸而手校上板，因得盡讀一過。全書卷帙繁重，刊時猶有訛奪，屬目所及，隨筆札存，信乎。古書非校不可讀。所可貴者，損泐漫漶之字，猶可辨認，終勝後來景本之滿紙訛闕耳。是集綴合不易，札校頗瘁心力。崑山胡君文楷既爲掇拾成卷，視之裒然，因不復棄之。讀是書者，或有取焉。己巳霜降海鹽張元濟。

瞿氏殘本，舊爲昭文張氏書，有錢竹汀跋語，愛日精廬藏書志已收載之。跋中云云，其時足本未出，全書卷目無徵，錢氏旁稽行狀，其説非無所本。今張氏志中已據玩齋本集，訂正剜改之失。錢跋考訂偶疏，無可爲諱。重以名蹟，未忍割棄，仍附瞿本卷三十一之末，以誌得本所自。印本貢序，選自宗書，不復存剜改之迹，讀者幸無滋惑焉。回視百年前殘帙流傳，前賢寶重若此，今得合浦珠還，重致完書於既佚之後，益不勝其私幸已。元濟再識。

卷十二第十七葉，卷二十八第一、二兩葉，瞿本原缺。卷三十八第十九、廿一、廿二、廿三葉，静嘉堂本原係鈔配，今均校正寫補。行狀凡六葉，初印景元本有之，而静嘉堂本不存。蓋舊出江陰繆藝風先生從宋文憲集輯附，今亦仍之。原刻漫漶諸葉，别依瞿氏藏舊鈔二十三卷本參證摹寫，其餘缺脱，仍存白葉。是集前無總目，訪輯殊苦棘手。後之君子，幸留意焉。元濟又識。

（原載四部叢刊初編，涵芬樓借印常熟瞿氏、上元宗氏、日本岩崎氏藏元刊本影印）

162　景印明本蛻庵詩跋

元史張翥本傳稱其受業於李存。存之學，傳於陸九淵，翥從之游，道德性命之説，多所研究。留杭，又從仇遠學詩，盡得其音律之奥，遂以詩文名一時。又言其工近體長短句，生平所爲詩甚多。無子，及死，國亡，遺稿不傳；傳者僅律詩樂府三卷。是爲洪武初年所刊之四卷本，有五言古詩二十六首，五言長律五首，五言律一百九十六首，七言古詩三十一首，七言律三百六首，七言絶句三十首，絶非本傳所稱之三卷。卷首釋蒲庵序謂：至正丙午，其方外友杼禪師，以公手稿選次刊行；卷末釋宗泐後序，撰於洪武八年，則謂沙門大杼，攜其遺稿歸江南，將刊板以行於世；前後異辭，自當以後者爲準。元史成於洪武二年，其集尚未刊行，固無怪本傳謂其遺稿不傳也。宗泐序云「北山選其遺稿九百首」，是本諸體，總計才得五百九十四首；本傳所云樂府，亦無一篇之存。四庫著録爲朱彝尊所藏明初釋大杼手鈔本，就文瀾閣藏本檢校，視此僅增七十五首，故提要謂其亦非全本。然則九百首之原稿，蓋不可復見矣。海鹽張元濟。

（原載四部叢刊續編）

163　景印鈔本龜巢藁跋

謝子蘭先生爲余母十八世從祖，生於元季，歿於明，列明史儒林傳。史稱其篤志好學，潛心性理，以道義名節自勵。隱白鶴溪上，構小室，顔曰龜巢。嘗自作記，謂「視此大凷，吾生若浮，與夫龜浮蓮葉者何異？故所至以龜巢名室。室雖偪仄，心有餘裕，蓋不以棟宇爲巢，而以天地爲巢也。此巢自開闢以來，歷數千億載不壞。吾與萬物同居，其間正不必藩籬町畦以自足」云云。襟懷超逸，可以概見。明藝文志「龜巢集二十卷」，四庫著録，入元人别集，乃十七卷：一卷爲賦，二卷至五卷爲詩，六卷至十一卷爲雜文，十二卷爲詩餘，十三卷至十五卷又爲雜文，十六卷十七卷又爲詩。總目詆其編次無緒，疑後人傳寫亂其舊第；是編卷數與明志同。余於鐵琴銅劍樓見一抄本，分卷與四庫本合，王蓮涇、宋賓王先後讐校，極精審，但不言所自出。兩本詩文，互有多寡；其獨見於是本者，有詩二十一首；彼存此佚者，詩五首，文二首；又第二十卷代祭吴間間真人文、祭沈仁齋文、代祭表嫂文、代祭趙師呂文，是本均有錯簡，據王、宋校本訂正。本傳謂先生詩文雅麗藴藉，而所自得者，理學爲深。甌巢摘藁序亦自言其詩多以忠孝節義，形於詠歌。曩聞厚菴舅祖嘗以季滄葦藏本覆印行世，板燬於咸豐庚申之亂，今不可復見。余從江安傅沅叔假得此本，因更覆印，以廣其傳。復以王、宋校本讐對，輯録所遺詩文及校記，附之卷末。海鹽張元濟。

（原載四部叢刊三編）

164　景印明本青陽先生文集跋

有元余忠宣公既殉國，洪武初，吴陵張君彦剛首裒其遺文，鋟版以傳。然散佚者多，其門人淮西郭奎，復輯其古今體詩七十九首，又碑記序書録墓表雜著六十篇；維揚張毅仲剛又續得其詩十四首，文八篇；至正統十年，沅陵縣丞高誠彙刊以行，凡九卷。卷首有汝南高穀引青城山人王汝玉附録序，序謂「士大夫忻慕公高風大節，播之文辭，張仲剛氏採諸四方，裒集成編」。然莆田彭韶後跋，則言「羣賢諸作，殆敵其半，於公無所增損，作者無窮，别自爲集」云云。是雖有附録之名，而實未嘗併刻，固不得疑爲殘闕也。黄蕘圃嘗謂公集以是本爲最善，其他四卷五卷六卷者皆不及。元史本傳：公留意經術，爲文有氣魄，能達其所欲言；詩體尚江左，高視鮑謝，徐庾以下不論。今更得此善本，讀者宜如何興起耶。海鹽張元濟。

（原載四部叢刊續編）

165　景印明鈔本張光弼詩集跋

右張光弼詩集，明趙清常據吾邑胡孝轅先生藏本傳録，後歸於黄蕘圃。蕘圃復得胡氏藏本，重加校訂，並改正誤分之七卷爲二卷；原鈔卷七第二十五葉西湖晚春後，脱詩六首，趙氏爲之鈔補，附裝卷末，適跨兩葉，不使攙插；因就所脱處割裂移入，特增一葉，列爲補二十四。詩篇次第，既復其初，而誦覽亦較便矣。孝轅先生著作等身，刊書甚富，其家藏書久散，趙、黄二氏所得是集，不知飄流何許？先生後嗣式微，今聞冢墓且將不保，遑問遺書。里中少年，日日言新政不暇，先正典型，誰知矜式，不禁爲之擲筆三歎。海鹽張元濟。

（原載四部叢刊續編）

166　景印明本蟻術詩選蟻術詞選跋

右詩詞選，邵亨貞撰。卷首題元雲間邵復孺，復孺，亨貞字也。其先自睦州移居華亭，元末兵亂，浙中尤甚，一時騷人墨士，如會稽楊廉夫、天台陶九成、曲江錢惟善輩，多避居松江横泖之上。亨貞聲應氣求，更相唱和，故其詩亦有名於時。所著有野處集，四庫著録，稱其集與蟻術詩選、詞選同爲汪稷所刻。惜詩詞皆不傳。清嘉慶時，阮文達據舊抄本傳録呈進。涵芬樓舊藏詩選爲汪氏原刊本，卷一第十一、二葉均佚，借校阮氏抄本，所闕亦同，但葉號前後，已相聯接。按第十葉之末爲春晴次申屠仲權韻第二首之前半，第十三葉之始爲庚子歲暮極寒入春餘凍不解與林子敬催春之作之後半，一尾一首相接，適成五言，韻既相通，詞意亦復相類，使非總目具存，得見其間尚有五題，幾無能判爲兩詩；且反可執阮本以繩是刻，謂此葉號爲誤刊矣。阮氏提要云：「凡古今體三百七十六首，又聯句三首。」是本聯句三首在卷八，餘僅得三百四十二首，增入卷一所缺四首，尚欠三十首。兩本行款悉同，不應互有贏縮，或阮氏誤計歟？詞選刊本已佚，從故宫博物院圖書館借宛委别藏本配合印行，可稱完璧。海鹽張元濟。

（原載四部叢刊三編）

167 景印明嘉靖本白沙子跋

右集，新會陳獻章撰。獻章居新會白沙村，世人稱曰白沙先生，故以名其集。此稱曰子者，後人尊其所著，以比孟子也。明史本傳稱先生讀書，窮日夜不輟，築陽春臺，静坐其中，數年無户外迹；又言其學灑然獨得，論者謂有鳶飛魚躍之樂；門人湛甘泉稱其詩歌如風、雅、頌，其文詞如謨、訓、誥，詞雖少誇，然亦可想見其旨趣矣。先生全集，吉水羅僑始刊於弘治乙丑，詩文各十卷；越三年，至正德戊辰，莆田林齊重訂而補刻之；嘉靖癸巳，西蜀高簡又刻於維揚，有所增削，併爲八卷，即此本也。至嘉靖辛亥，内江蕭世延又刻之，增爲九卷；其後萬曆辛丑，閩林裕陽，壬子，同邑何熊祥，先後覆刻，大率取裁是本，遞有增益，其編次大略相同；是此本實爲後此諸刻之祖。其間如卷一之贈容一之歸番禺序、尋樂齋記，卷二之與朱都憲第三書、復陶廉憲第二第三書、趙提學僉憲第一第二第三書，卷三之與湛民澤第三書、李德孚第二書，均有闕文；惟嘉靖辛丑本，尚仍其舊；其後諸刻，則悉已彌補，其迹遂泯。弘治本今不可得覩，此猶可見廬山真面也。史稱先生在太學時，祭酒邢讓試以和楊時「此日不再得」詩，譽爲龜山不如，由是名震京師。而是本獨不載，豈以其爲應試之作，體先生不欲入官之意而遺之歟？海鹽張元濟。

（原載四部叢刊三編）

168　明鈔本朱西邨詩藁全集跋

是書四庫著録，所收即萬曆刊本。此爲未刊以前抄存稿本。五古凡一十八首，刊者十四；七古凡四十七首，刊者二十三；長短句凡三十五首，刊者十四；五言律凡七十六首，刊者二十；排律凡五首，刊者一；七言律凡二百三十六首，刊者六十四；五言絶句凡一百四十七首，刊者二十五；七言絶句凡三百十五首，刊者八十三。是刊者僅什之三弱。然見於刊本而爲抄本所無者，亦有五古、七古各二首，五言律十一首，七言三十首，五言絶句一首，六言二首，七言九首，又同見於兩本者，亦微有異同。或先生在日，手自改訂，外人傳録，有先後多寡之别。故此本亦非全豹，而其孫蒐輯所得，據以付刊者，又爲當時别本也。今刊本極不易得，而此抄本乃增出三分之一，殆爲世間孤本矣！海鹽後學張元濟謹識。

（原書，上海圖書館藏）

169　明嘉靖三十一年自刻萬曆二十九年續刻清乾隆三年重修本西村詩集識語

卷端有馬墨麟重刻序。細看實非全刻，即刻亦用明板覆雕，且非一時所成。目録弟四葉最顯，亦最後。卷末有吴兔床手跋，暨補寫遺詩一葉。名人真跡，可珍也。張元濟識〔一〕。

〔一〕原書封面張元濟識語：徐曉霞先生贈。元濟。目録頁天頭張元濟批注：凡加○者皆鈔本所無。

（原書，上海圖書館藏）

170 西村翁詩集

徐君曉霞贈余一部，與此同出一板。目録第一、二葉因斷板，致錯簡。此未訂正。張元濟識。

（原書，上海圖書館藏）

171 景印清康熙刻本居易堂集跋

往讀甘泉鄉人稿，知俟齋先生遺集，流播甚少。雖不盡如顧千里之言，失傳於世；然書刊於康熙甲子，板藏潘氏，潘氏中落，輾轉失守，至嘉慶乙亥，趙筠始復得之；捆束塵積，闕佚蝕損，蓋此百餘年間，絶未印行，故以顧千里之嗜書，而亦未嘗一覩也。今流行者，多趙氏補刊本。此猶是康熙初印；余友秀水王欣夫復搜得集外詩文如干首，附印卷末；是真顧、錢二氏所未獲覩者矣。讀之者，其能無引領澗上草堂，而興山高水長之思乎。丙子春日海鹽張元濟。

（原載四部叢刊三編）

172　景印手稿本配刻本、鈔本茗齋集跋

始余居鄉時，初讀彭羡門松桂堂集，諸父老爲余言其從兄茗齋先生之爲人，並稱其所爲詩遠出羡門右；又讀朱笠亭明人詩鈔，知先生所著，有史論、流寇志、亡臣表、方士外紀、彭氏舊聞録、客舍偶聞、茗齋雜記、歷代詩鈔、五言妙境、茗齋四韻合編，及纂輯天文、地理、陰陽、佛老、稗官、野乘等書，凡數十種。笠亭又言先生詩文集數十卷，亂後不自收拾，散落殆盡，搜訪猶得數千首；諸體皆擅場，樂府古詩，皆直造漢魏晉宋人堂奧；七言歌行，閒作初唐體，有時學温、李，大抵宗法在唐人也。余心益嚮往，求所稱陳世佶鹽邑藝文續編存先生詩五百七十七首者，不可得，得余春溪族祖所刊茗齋詩初集一卷，顧傳寫譌奪，不可卒讀。讀族祖所爲後序，乃知先生手鈔定本，尚在人間，方初集刊成時，客且舉世人咸望續刻，餘書幸存，藏者先吝借鈔，今將不求自得。以爲余族祖勉，而其後卒未

有成。余因發續成全集之願，頻歲蒐討，時遇散帙，且得先生手書稿本數種，有先生詩四册，乃爲他人迻録殘本，詩皆編年，不相銜接，余讀之洵有宏深奧衍，窮變極奇之觀，漁洋之言，固不虚也。余親家葛詞蔚藏茗齋詩十餘册，慨然相假，意謂必可配合，顧皆分體，間亦有出余所得外者，然所佚多，其不相銜接同。武昌徐行可友余有年，喜蓄書，聞余欲輯先生詩，乃以其手稿十二鉅册至，則正余族祖所欲借鈔而不得者。行可語余，是由海寧羊復禮攜之鄂中，展轉歸於其家。余久識先生書，信爲真蹟，喜可償續成全集之願。請於行可，行可亦以余志爲可與也，以其書歸於余。按先生生明萬曆四十三年歲在乙卯，歿清康熙十二年歲在癸丑，族祖所刊先生詩，起丁卯迄丁丑，爲先生年十三至二十三之作。自後三十七年，或一歲數集，或數歲一集，皆手自編定，最後一集，七律中有壬子除夕詩五首，後復有春日過興善寺禪院一首，是必作於癸丑之歲。其逝世月日雖不詳，然要可定爲臨殁一年之筆。是始末固完具矣。手稿缺庚子、辛丑、壬寅、癸卯四年，補以葛氏鈔本；又丁未一年，補以余所得殘册。葛本分體，然每集起迄悉循舊第，統觀前後，有欠缺而無淆紊，此一卷中可證爲此四年所作者，五古有四君子詩、寄懷李潛夫先生序、（李殁於康熙十一年，年八十有二。時七十歲，當順治十七年，是年爲庚子）五言排律有喜范陸二子與查生俱免、（三人因莊氏史案株連，案結於康熙癸卯）賦黄鸝武二十韻（序有康熙二年十月臨鞏總兵柏永馥奏之語）諸詩，所惜者，獨無七言律耳。顧或謂卷一刻本終於丁丑，卷二寫本始見年月爲辛巳除夕，其間三年，疑有闕佚。余以爲不然，是卷七古有盧尚書歌，尚書者，盧象昇。其兵敗死於鉅鹿，在崇禎十一年十二月，是年爲戊寅，證一；又奉送伯父北上公車，有「月閏之月月再弦，到京梅開未杏先」之句，崇禎十三年庚辰科會試，其年閏正月，與詩所指合，證二；五律夏夕侍大人露飲，末句云「惟愁吏版催」，先生父觀民太僕，丁丑自濟南太守罷官歸，辛巳起補湖廣按察司照磨，太僕辭不赴，詩所云「吏版催」者，必即指此。前此有五律六十八首，由秋而冬而春而夏，春夏不計，餘必在辛巳以前，證三；然則戊寅、己卯、庚辰三歲之詩，不皆在此卷中，而直與丁丑相接乎？茗齋先生忠於故君，孝於其父，在鄉黨矜式後進，可爲一世完人，身歿後，其名湮没而不彰。貴陽陳嵩山輯明詩紀事謂閲松桂堂集，其弟羨門無一言及其兄，以爲鼎革之際，事有難言；以是先生之詩，越百餘年，始得余族祖刊其初集一卷，餘皆以爲無復存焉矣。乃沈薶又百數十年，遷流至數千里外，時移代易，忽焉會合，且作者手自寫定之本，高幾盈尺，巋然具存，稍有散佚，卒能補綴以成完璧，而其事始終，又成於余之一家，冥冥中若有主宰之者，是可異也。茗齋百花詩爲先生手定本，世稱罕見，雖有與他卷複出者，不當删改。稿本中五七言摘句，其全篇，具見葛氏藏本中，亦有散見他書者，併詩餘輯存若干首，列爲補遺。笠亭言先生詩文集數十卷，余痛其詩存而文亡，因取舊藏雜文數十首，附詩詞後。彭氏舊聞録、太僕行略，重爲先生手稿，亦併録焉。綜先生所著，其見存者，流寇志，北平圖書館有印本；客舍偶聞、山中聞見録，余友汪穰卿、羅叔言先後刊行；虔臺逸史、湖西紀事，則涵芬樓祕笈有之矣。吾鄉張文魚藏先生所選歷代詩鈔，自漢、魏至南北朝，以及宋元，各代皆備，惟唐詩不全，今皆化爲烟雲。獨先生手寫所選明詩，首尾完好，存於余家，是可於錢氏列朝詩集、朱氏明詩綜及笠亭明人詩鈔外，更樹一幟者也。用爲附録，以殿全書。書成，謹述其原委如右。民國紀元二十三年十月邑後學張元濟識。

（原載四部叢刊續編）

173　稿本茗齋集跋

茗齋先生博學能文，於學無所不窺；著述甚夥，然多不傳。即以詩論，睹此鉅帙，洵足驚人。嘉慶間，余族祖春溪公官甘肅時，刊先生幼年詩十卷，聞同邑某氏藏先生手鈔定本全部，思續刊，求之不可得。余欲踵成公志，先後收得先生手稿如干種，暨他人傳鈔先生詩四鉅册，然所闕猶多。鄂友徐君行可喜蓄書，知余欲刻先生詩，語余有是稿。余請攜至海上，展視，則即先生手鈔定本也。行可謂得自宦游鄂中海寧羊復禮許，余請以六百金爲酬。行可許之。顧猶未全，補以余先所得傳鈔本，猶不足，則借余親家葛君詞蔚所藏先生詩十餘册，按年輯補，又得詩四百餘首。雖云未備，然所闕當無多矣。至是彙輯先生詩詞、雜文凡得二十三卷，因印入四部叢刊續編中。今已通行海内，亦可稍償吾春溪公未竟之願矣。彭氏族人今多賈於海上者，余既印先生全集，訪其後嗣，欲與商弆藏先生遺稿事，顧意甚落寞，一似不知其家世者。數典忘祖，可勝浩嘆。是稿凡十二册，皆出先生手筆。卷面記此作第幾卷者，即編入四部叢刊之次第，其第十三本則爲輯自葛氏藏本之詩，凡四百有一首，新抄本也。葛氏藏書盡燬於此次兵火，此書亦必無存矣，傷哉。民國紀元三十年八月六日張元濟識。

（原書，上海圖書館藏）

174　清康熙四十七年精刊本徐蘋村全稿識語

蘋村先生爲余六世伯祖南垞公配徐孺人之祖，與皜亭公同年。卷中有贈螺浮公及題涉園詩數首。余求之十餘年，終不可得。訪之湖州藏書劉、蔣諸家，均稱無有。今於無意中得之，可喜之至。丙寅夏日張元濟。

（原書，上海圖書館藏）

175　清朱光暄十三古印齋鈔本太冲詩鈔跋

此談麟祥世兄所贈。格紙中縫有「十三古印齋」字樣。前二册鈔寫甚精，後一册稍遜，不知爲誰氏藏本也。此爲十五卷，當係足本。惜卷首若干葉稍有損闕。不知世間尚有他本足以借補否？中與諸族祖唱和之作甚多，宜珍藏之。乙丑正月初三夜張元濟識。

偶閲朱晴嵐光暄先生健初詩鈔，知十三古印爲先生所藏，是即先生齋名也。丙寅孟夏既望元濟再記。

（原書，上海圖書館藏）

176　涵芬樓秘笈本敬業堂集補遺跋

甲辰冬日〔一〕，傅沅叔同年至自天津，同作天台、雁蕩之游。途中語余都中舊家有藏書散出，中有評校敬業堂集，爲涉園舊藏。余聞之神往。及沅叔北還，乃託代購，謂雖重值，不吝也。越兩月而書至。卷中鈐先六世叔祖思喦公印記數方，丹黄雜施，評校極精審，且補録續集及補遺一册，皆公手蹟。卷首附許君蒿廬識語數則。許君爲公受業師，此必迻録。許君藏本中有詩六十一首，詞五首，爲刊本所不載。許君謂初白先生手自删削，在先生之意，固以此爲不必存。然傳至今日，則彌足珍貴。余方輯涵芬樓祕笈，因綜爲補遺，印入第四集。凡所圈點，悉仍原本之舊，固以饜好讀先生詩者之望，亦以承蒿廬先生及思嵒公不敢任其廢佚之志也。乙巳春二月海鹽張元濟〔二〕。

〔一〕「甲辰」有誤，一九一六年（丙辰年），傅增湘（沅叔）來滬，與作者同游天台、雁蕩。
〔二〕「乙巳」有誤，涵芬樓秘笈第四集一九一七年（丁巳年）出版。

（原載涵芬樓秘笈第四集，商務印書館一九一七年版）

177　清刻本及鈔校本敬業堂詩集跋

查初白先生敬業堂詩集，刊於康熙五十八年，凡四十八卷，止粤游集，後附餘波詞二卷。續集漫與、餘生、詒獄、生還、住刧五集，均未付刊。許君昂霄倩查蓉村就原稿迻録一分，藏諸篋中。先六世叔祖思嵒公用最初刊本，評點一過，分紅、藍、黄三色筆，至精細。時許君在涉園授讀，公從之游，因乞借所録五集稿本，補録於後，時爲乾隆庚申季春月。公親筆識於卷末。復用硃筆評點，裝成一册，與刊本合爲一部，凡得十一册。是書全稿，先爲吴兔床所藏，後歸於福建沈愛蒼。愛蒼以歸於合衆圖書館。余復自館中借出，與公所補録者對勘，凡删改評點及鈎勒之處，與原稿大都相合。

江安傅沅叔同年在京見之，知爲涉園舊藏，展轉爲余購得。沅叔並於卷端，備載購置顛末，甚費周折，殊不易易。良朋摯誼，至可感也。讀公評校，知於先生服膺甚至。今將此評校全部，並鈔補一册，捨於合衆圖書館，俾得與先生原稿並厠廚架之列，永久保存。吾祖有靈，其亦可欣慰於地下也〔夫〕。一九五五年乙未三月二十一日六世從孫元濟謹識

（原書，上海圖書館藏）

178 排印本西泠鴻爪跋

余年十三，自粤東侍吾母歸於家，以子弟禮徧謁族中長老。棣園曾叔祖居城隍廟前老屋，鬢髮皤然，道貌巖巖。余進見時，硯青叔祖侍於側，余拜而退，不敢交一言。洎年稍長，嘗從諸伯叔從兄後，獲與硯青公相接，然行輩卑幼，學業尤淺，猶未敢以文字相切劘。故其學之所造，未能詳也。惟知公以能文名於鄉，每學政歲科試，書院月課，輒居前列。公豪於飲，一舉數十觥。既醉，則抵掌而談，聲若洪鐘，意氣豪放，有不可一世之概。嘗出外游幕，未幾，卒於嚴州，年四十有五，僅以青衿終其身，傷已。余索公遺文，得右詩如干首，皆僑寓杭州時所作。興酣落筆，慷慨淋漓，讀之想見其爲人。雖非全豹，要可窺見一

斑已。同時同居者，有梅君叔祖，於公爲從兄弟，有聲黌序，文名且出公上，亦坎坷不得志。卒後遺稿散佚，余求之數年，零篇斷句，亦不可得。懼其名終湮没，因附記於此。戊辰春族孫元濟謹跋。

（原載海鹽張氏涉園叢刻續編，張元濟輯，一九二八年四月商務印書館排印綫裝本）

179　清嘉慶二十四年刊後印本榕園吟藁跋

余先購得是集一部，後得此本，取校一過，卷八自食蔆以下，增出二十一首。卷十自同花橋金瀾和敬仙如舩樓詩以下增出十首。又十一、十二兩卷，亦舊本所無。此外並無異同。然既非一版，應並存之。乙丑正月初三日元濟補記。

（原書，上海圖書館藏）

180　稿本嵛山堂壬戌書曆跋

卷末嵛山偶録一則，僅第一行十九字，又除夕前一日有感一首，亦同。又癸亥冬日過官瀨杜氏舊宅詩，所作字尤見老態。他處亦間有相似者，大約先生手筆也。卷中夾有一葉，計詩六首。弟一首爲先生述母德詩，蓋皆從他處補輯者。又卷中割截處頗多，必爲當時忌諱之語，亦可見清初文字之禍之酷矣。乙丑正月初三日張元濟補記。

(原書,上海圖書館藏)

181 張元濟手鈔本補梅居士詩選識語

雲槎先生爲吾邑羽流之能詩者,輯有歷朝道家詩紀,余得其殘稿數册,其所爲詩,甚罕見。余於友人處借得此册,因録存之。卷末有蝕損處,無可覓補矣。海鹽張元濟甲子十一月初二日鈔竟。

(原書,上海圖書館藏)

182 排印本寄廡樓詩跋

查子肯堂既殁之二年,余聞朱逖先教授得吾師蓋卿先生寄廡樓詩遺稿,貽書索閲。逖先自京師郵余,且屬印行。余受而讀之,凡古今體一百十七首,詩餘二首,皆吾師殁後,肯堂掇拾叢殘,以請富丈熙伯、高子吹萬爲之編訂者。吾師天材卓越,於學無所不窺。縱筆爲文,不假思索。豪氣奔放,殊有濯足萬里,振衣千仞之概。其所爲詩,亦復相似。惜存稿過少,又多不著年月。肯堂趨庭日淺,鈔録兹稿,每不知其作於何時,先後不免凌躐，編訂者更難臆爲更定；尚論之際，或無由知其與時俱進之詣。然讀病中口占、排悶諸作，要可想見其懷才不遇，侘傺無聊之甚矣。吾師之殁，年未四十，肯堂能讀父書，宜必有以繼志而述事，顧又不獲展其所長，而且殞於非命。天於吾師，既靳之以遇，又促之以年，而復奪其克家之子，何所以阨之者如是其甚耶。追懷函丈，倏四十年，世事滄桑，音容如在，而所以傳吾師於後世者，乃僅僅在此，悲夫。丁卯歲暮集字印成。受業弟子同邑張元濟謹跋。

（原書，上海圖書館藏）

183　排印本半農草舍詩選跋

右詩爲余族父文圃公撰。公少有文名，早歲入邑庠，旋食餼。自幼喜爲詩，兼善繪事；性孤介，與人落落寡合。余歸自粤東，見公時已年踰四十矣。嘗設肆賣藥，躬自操執，不辭勞瘁，業不振，旋舍去，徙居於邑之西鄉，足不履城市。某歲新年，余往謁賀，棹小舟，行小港中，曲折不得達，入夜始抵其處，公以酒飯餉，余族祖母、族母暨弟妹輩團坐一室，融融洩洩，公語：「余鄉居甚樂也。」未幾，又還居城中。公素喜道家言，至是心益專，學益進，且屏其家人，獨居於城南福業寺，閒與朋輩習静談玄，蓋微有厭世之意矣。公僅一子，未授室卒，公痛之甚，踰月亦逝。女一，先適人，且寡居。聞余有涉園叢刻之輯，以公詩數册畀余，卷端有公自撰丙寅序。其李、徐、二陳諸公序言，亦皆成於癸酉以前；後此數十年所作，悉未編定。稿殊錯雜，略加整治，起同治丙寅，迄光緒丙午，得詩三百五十九首，析爲四卷。其詩冲和恬淡，天籟自鳴，不事修飾，與白香山、陸放翁兩家爲近。公自序曰：「詩之至者在乎道性情。」又曰：「偶有所觸，直抒胸臆。」斯言也，可謂自知也已。

戊辰仲春族孫元濟謹跋。

（原載海鹽張氏涉園叢刻續編，張元濟輯，一九二八年四月商務印書館排印綫裝本）

184　譚文勤師會試墨卷及覆試卷引首

茶陵譚文勤公，余壬辰會試覆試及朝考受知師也。此爲吾師咸豐丙辰會試墨卷暨覆試卷。瓶齋世兄出以相眎，屬爲題記。吾師之勳業文章，葉焕彬、（葉）柏臯、汪頌年三同年均闡述，無（復）〔俟〕贅言。竊惟科舉爲歷朝大政，沿及有清，措施益密。今停罷已三十餘年，（一切）〔百凡〕制度，知者漸尠，過此以往，恐遂湮没。謹就見於卷中爲余所知者，縷述如下，或亦關心國故者所樂聞歟。按會試例於丑、辰、未、戌年三月舉行，首場欽命四書文三題，首論語，次中庸，次孟子。如首題用大學，則移論語於次。又五言八韻排律詩題一，試期在初八日至初十日。二場五經題各一，首易經，次書經，次詩經，次春秋左傳，次禮記。試期十一日至十三日。三場策問五道，以古今政治學術爲題，不拘門類。應試者依次條〔對〕（答），不録全題，但書第幾問。試期十四日至十六日。經、策諸題，則正、副考官所命也。科場事爲禮部主管，會試設知貢舉，掌闈中事務，滿、漢各一人。先期由禮部奏請欽派。故三場試卷，卷面均鈐禮部之印及欽命知貢舉之關防。是科滿知貢舉爲禮部右侍郎寶鋆，漢員無考。據會典，試卷由提調官豫備，卷尾用印卷官紫色戳記。此三場卷末，均有印卷官關防。其上有横行湖南二字者，蓋以識別省分，不與下文印卷官三字連讀也。應試者例向禮部投卷，自於卷端（填註）〔親書〕本人姓名、年歲、籍貫、某科鄉試中式、暨三代。届期赴文場，候唱名領取，持卷歸號。號舍分東西二行，以千字文編列。此卷卷面首場有「西昃拾肆」，二場有「東玉貳肆」，三場有「西薑貳」各小紅印，即所指定之號舍也。題紙既下，先於卷中白紙起草，就有縱横紅格紙謄正。每藝之末，側書添註若干字，塗改若干字，最後更記其通共之數，真草俱畢，離號赴至公堂交卷。至公堂者，知貢舉提調各執事官治事總滙處也。執事官又分爲受卷所、彌封所、謄録所、對讀所，所官均以正途出身之閣部寺院司員奏充。此三場卷面，均鈐有「受卷所官工部額外主事陳鴻翥」紫色長戳，即當日至公堂上收卷之一人也。受卷所官既受卷，以卷送彌封所，所官就本人所填履歷，直至「紅印草稿止此以便彌封」一行處止，摺疊加封。封口上下，各鈐以彌封官關防。此爲中式之卷，已於填榜時覈對紅號，撤去彌封之紙。然首場卷内紫色關防餘瀋，猶隱隱可辨。紅號者，彌封後，取千字文每字編列一百號，每一人三場墨卷與硃卷，必用同字同號。此三場試卷，正稿前均印有「貳」「叁」二字，獨二場「貳」字上，有不全筆畫作「𠃋」形者，疑是千字文「長」「良」二字，其所以殘缺或全不見者，蓋適印在彌封紙上，於拆封時被揭去耳。謄録所有書手，由直隸總督於所屬各州縣正身書吏抽選應差；對讀所有對讀生，由順天學政於附近各學新進生員選送，彌封所糊名後，以墨卷送謄録所，所官令書手用硃筆依墨卷謄寫。謄寫既竣，同時以硃墨二卷送對讀所，對讀生取而互校之。硃卷有誤書處，用黄色筆改正，於是外簾之事畢。此首場及三場卷末，有硃書「清河縣書手寧中清」，二場有「曲周縣書手王晃堂」各一行，即所謂謄寫硃卷之人。又首場有黄書「良鄉縣對讀生果書麟」，二、三場有「平谷縣對讀生張冠英」各一行，即所謂硃墨互校之人也。舊制二場五經文，三場策問後，各默寫前一場某藝某段若干字句，均由考官於所發題紙開明。此卷僅二場經藝後録首場首藝起講，二場諸藝不復見於三場策問之後。我輩試時，亦復如是。蓋變易已久矣。第一場卷面正中，有墨書「第壹百叁拾捌名」七字，此爲拆彌封時考官所題中式之名次。是科正考官，工部尚書協辦大學士彭藴章，江蘇長洲縣人；

副考官工部尚書全慶，滿洲正白旗人；左都御史許乃普，浙江錢塘縣人；内閣學士劉崑，雲南景東廳人；同考官則吴江殷兆鏞，太倉陸增祥，湯溪貢璜，祥符張桐，大興陳泰初，瑞安孫衣言，宛平邵亨豫，吴縣潘祖蔭，江夏彭瑞毓，昆明蕭培元，大興俞奎垣，錢塘吴鳳藻，武陟毛昶熙，滿洲衍秀，仁和龔自閎，仁和金鈞，儀徵謝增，新鄉郭祥瑞也。是歲放榜在四月初九日，中式者凡二百十六人。會元馬元瑞。（閲）〔越〕五日，新貢士在保和殿覆試，四書文一，五言八韻詩一，題皆欽命。詩文不點句，不記添註塗改字數，亦不彌封，然仍不欲使閲者知某卷爲某人之作，故試卷卷面鈐禮部之印。中以浮籤記新貢士姓名，令於交卷時揭去，致留空白一方，別以片紙寫所作詩首句，下記本人姓名，隨卷交納。俟進呈欽定名次後，取出覈對，始予揭曉。是科覆試閲卷者：文慶，彭藴章，朱鳳標，何彤雲，趙光，杜翻，朱嶟，全慶，沈兆霖，景廉，徐樹銘凡十一人，見於翁文端知心齋日記。不知何以獨用奇數？又覆試取列一等第一者，爲趙有淳云。中華民國紀元二十有九年五月初四日門下士張元濟謹記。

（原載譚伯羽譚季甫先生昆仲捐贈文物目録，二〇〇〇年八月臺北故宫博物院出版）

185 高夔北先生殿試策卷跋

同學高貞一出示其尊翁夔北先生殿試策卷，屬題。卷故藏禮部衙門，此因經鼎革後散出，其鄉人許君得之京師，歸諸貞一。手澤如新，兼存國故，致足珍也。按殿試爲有清取士大典，自光緒三十年甲辰科後，永遠停罷，迄今四十餘年，一朝典制，漸就湮没，不勝慨嘆。謹就所親歷，並參以昔人記録，略述大要，俾世人有所考證焉。清制每逢丑、辰、未、戌年三月，集各省舉人於京師，舉行會試。榜發後，覆試。無疵者，始得赴殿試。試期在四月二十一日。先期一日，禮部奏請頒派讀卷大臣八人。時被派者：爲福錕、張之萬、翁同龢、潘祖蔭、景善、徐郙、廖壽恒、沈秉成，卷背墨印，即諸大臣之姓也。奉命後，即集南書房擬策題八道進呈。經御筆選用其四，復就選定者，擬具制策。再呈進，發下，即同赴内閣衙門大堂，寫刻題紙。監試御史涖場，護軍統領將内閣前後門封閉，關防嚴密。中書二人分繕畢，授工匠刊刷，終夕竣事。翌日黎明，内閣學士入，捧題紙出，至保和殿，陳於東堂案上。讀卷大臣朝服隨出，序立於丹陛下。時新貢士集中左門，聽候點名授卷。卷由禮部印製，故底葉有印卷官二人銜名。凡粘接處背面，均鈐有禮部堂印。卷面署應殿試舉人臣某某，卷内首葉填注年歲、履貫並三代脚色，均禮吏所辦，非本人自書也。領卷後，魚貫入，至保和殿，安設考具畢，復出，序立於丹陛下。讀卷大臣爲首者，入殿捧題紙出，授禮部堂官。禮部堂官由中路至丹陛，設於案上，讀卷大臣率諸貢士行三跪九叩首禮，讀卷大臣退。禮部司員分發題紙，諸貢士跪受，復入殿内，就坐對策。殿上原設矮桌，高僅尺許，東西對向。桌上均粘貢士姓名。定制，當依所定位次，趺坐地氈上，據桌撰寫。然應試者，均自攜折叠考桌，就地支起，高踰二尺，即以考箱作坐具，舒適多矣。在殿上各呼相識接席聯坐，談笑自若，凌亂無序。監試之大臣數人，徘徊於殿門内外，熟視無覩。想皇帝親臨，當不爾爾。蓋臨軒策士之舉，久已視爲具文矣。試策程式，起用「臣對臣聞」四字，末用「臣末學新進」至「臣謹對」二十餘字。全卷凡八葉，葉各十二行，行字無定數。然相沿均二十四字，行必到底。以七葉四行爲合格，必着一甲。第高下全憑書法，故所對多敷衍詞頭，湊合字數，而專注意於繕寫。全卷凡一千九百餘字，卷紙甚厚，字體亦鉅，無論撰作，即謄寫亦甚不易易矣。發題在日出以後，盡一日之力，試卷寫竟，先呈監試王大臣，於卷末畫押。攜考具出，至中左門，翰林院派收掌四員，駐彼交卷。收卷後，即付彌封。原卷端兩葉有折叠痕，並用紙撚穿釘，加印彌封官關防。今雖揭去，然餘紙尚存，可驗也。翌日讀卷大臣上殿讀卷，按卷數均分，每人各得若干。就所設矮桌展閲。閲畢，復彼此互閲，稱爲轉桌。各就眼力所及，各於本人姓下作一圈，或尖或點，以定高下。惟圈不見點，尖不見直。反是則爲淩躐，應受處分。檢閲是卷背有墨印八人之姓，即是科所派讀卷大臣。凡二圈六尖，即轉桌既畢，乃公定前十本，親粘簽書定甲第。其餘則各標識排定，交内閣供事粘籤。是卷卷背彌封官關防，紙側所粘黄簽「第二甲陸拾玖名」者，即是相傳殿試書法，以黑大方光爲上。先生書法秀勁，不合時趨，故僅得二圈，餘皆爲尖，不能列入高第也。凡兩日閲卷畢，次日具摺，由内閣呈進前十本。讀卷大臣同時入覲，候欽定。間有將原定次第更動者。是科一無更動，即就御案前拆去彌封，以次呈閲。讀卷大臣退至南書房，寫具名單進呈。候發下，讀卷大臣攜至乾清門外按名呼喚。諸貢士均齊集，候於階下，聞呼者即出班，隨諸大臣入宫引見而出。讀卷大臣復退至南書房，用硃筆判前十人甲第。至内閣大堂寫黄榜，飭供事將其餘各卷拆去彌封，由諸大臣分判甲第。是卷卷面有硃筆「第二甲陸拾玖」七字，即讀卷大臣所書也。傳臚亦爲大典，皇帝升太和殿，讀卷大臣及百官均朝服行禮。鴻臚寺官引新貢士序立宣制。第一甲賜進士及第，第二甲賜進士出身，第三甲賜同進士出身。復引第一甲三人出班就六七品品級山跪，餘不出班行禮。其實新貢士除一甲三人外，到者絶少。蓋亦視同具文矣。臚唱後，禮部奉黄榜出午門，置龍亭内，舁亭至東直門外張挂，並由内閣復呈進全榜題名録，交禮部刊刻之。禮部抄録策題及各進士甲第名次交工部，國子監鐫碑，樹立於聖廟大成門外。至是而殿試事畢。殿試後，復有朝考，别定高下，與殿試甲第參核授職。此别爲一事，故不論。

186　手稿本許恭慎公書札跋

叔和婭兄賢配閏卿女士，裒輯外舅許恭慎公歷年書札，裝成六册，以遺其息。子猷賢甥藏弆者有年矣。歲丁卯八月，子猷攜以眎余。余受而讀之，雖皆家常瑣事，然大抵爲布帛菽粟之言。其慰勉婭兄者，則曰「持家餘暇，温習經史」；曰「志堅力果，終有獲福之時」；曰「推肥取瘠，善處倫常」；曰「慎擇交游，上海不必常到」。詔女士者，則曰「克勤克儉，善事兄嫂，勿稍任性，稍大意」；曰「戒忿怒鬱結」；曰「删除煩惱，隨事欣然」。此於治家保身，接物應世，皆至理名言，後生所當奉爲圭臬者也。朋舊戚族有貧困者，存問賙卹，惓惓不置。而於治生之事，則十六年中僅僅三見。購置居宅，尤守儉約。中正巷有地三十畝，僅欲其半。議未成，改而之九曲巷，衹出錢萬串，脩葺乃限二千金。身居膴仕，而硜硜若此，尤可見昔賢之風誼矣。書凡七十六通，而用筆矜慎，不稍苟且，雖對卑幼而語氣温和，無絲毫疏忽處，公之福德，尤不可及。余入居甥館，已在公殁後。睹兹遺墨，翫誦不釋。謹跋數行，以識景仰。海鹽張元濟丁卯小除夕。

187 稿本徐樹百先生遺著序

遜清光緒十年歲次甲申，余應童子試，入縣學。是年徐樹百先生以拔萃貢成均。余聞師長言，先生歲科常居前列，邑中治經者，唯先生與張萊仙二人，而先生尤深。余少也賤，未獲望見顔色。先生居鄉，余居城習舉業，於經學茫無畔岸，未敢貿然請謁。通籍後，遂居京師益相睽隔。戊戌政變，褫職南下，橐筆於外，先生旋亦下世。同一里閈，但未能親炙受益，甚且惜也。余旅滬喜蒐輯鄉賢著述，得先生谷音水亭吟草、己壬叢稿，把卷閒吟，如親謦欬。十餘年前，其嗣楚如君書來，以先生所著自怡齋文鈔、六書形借、史記論語學、春秋名字解詁補、公羊札記、國策續校、荀子續校、莊列駢言凡九種見示，謂將先後梓行，索余序言。時方多難，中更倭亂，迄未握管。室廬被奪，不寧厥居，原稿幸未寄佚。楚如亂後，蹤迹莫由聞知，欲以原璧歸，不可得。某日有署名燮祥，自稱楚如之子者，踵門投謁，謂其尊人謀刊大父遺書未成，齎志以殁，檢其父與余往還書札，知有遺稿若干種存余家，因出以還歸之。燮祥又言，繼志述事，人子之職，苟力所能及，即將從事剞劂，乃督余序甚急。余夙未潛心經學，於先生遺著，烏能贊一辭，然諾言具在，不當却。余昔蒐得本鄉先著經義者，亦僅有鄭曉之禹貢圖説，鍾韶之論語逸解，陳言之易疑，畢弘述之六書通，陸以諴之毛詩草鳥左旨，吴東發之羣經字考、商周文拾遺，陳説之詩經述、易卦玩辭述，方涪之禹貢分箋，崔應榴之吾亦廬稿，廖廖數本。其他見於志乘者，大都無存，而先生獨能學行晦盲之際，伏處潛修，追踪曩哲，且能有所成就，可爲鄉黨光矣。燮祥生當晚近，畢業於□□大學，唯科學之是務，與吾國固有之學術，判然兩途。世人方厭故喜新，君獨數典不忘，護持先人手澤，更謀所以傳貽於後世，其祖若父在天之靈，實式憑之。有志竟成，余日望之已。三十七年十一月七日。

188　清海鹽張宗橚手鈔本唐人詩選跋

甲寅正月，孫星如兄得其友某君自硤石來信，云有吾家詠川、芷齋兩公手鈔許蒿廬先生所選唐詩，可以出售。余即請寄閲，展轉稽延，踰月始至。衹存五言律、七言律、五言排律、五言絶句、七言絶句、四言、六言、雜言八種，而五古、七古均已無存。且每卷首葉均注一「唐」字，則唐詩之外，必更有後來諸代之詩之選，今都散佚，不得復見，至可惋惜。蒿廬先生爲兩公從游業師，卷中丹黄殆徧，必係當年習誦之本。余生也晚，不獲辨先人手澤。然遇「亦」字、「涓」字均缺末筆，可決爲兩公手録無疑。因以重價購之。願吾後人，保守勿失也。甲寅陽曆三月二日晨起書此。元濟。

（原書，上海圖書館藏）

189 清康熙十年吴氏鑒古堂刊本宋詩鈔初集跋

此爲吾六世叔祖吟廬公收藏之本，卷耑重編目録，爲葉井叔所更定，而卷中評語，則許蒿廬先生依陸氏本迻録者也。首册有「鷗舫珍臧」印一方，鷗舫公爲公之長子，工詩文，能世其家學。此書不知何時散出。光緒之季，余爲商務印書館設圖書館，建樓庋書，題曰涵芬。購會稽徐氏書五十餘橱以實之，而此書適在其中。余見而慕之，然以其爲公有之物，不敢遽請爲私有也。前月偶至博古齋，見有同樣之書，即依吾家臧本過録者，且有海寧管芷湘先生評點手跡，因以銀餅四十枚購得之。商諸主者，用以易歸。吾家舊物，先人手澤，經百數十年，流傳於外，而復能爲其子孫所有，豈非冥冥中有呵護之靈耶。書面有「天字弟一五九八號」數字，即涵芬樓編目之號也。丁巳四月既望記。元濟。

謹按卷端目録爲吟廬公手筆，而書眉評語，則詠川公所録者也。丙寅五月十八日元濟又識。

（原書，上海圖書館藏）

190　稿本明詩選跋

石匏先生跋稱彭氏舊藏，有五七言古詩二册，續獲七言律一册。先生自藏五言律五七言排律一册，因以歸之彭氏，合爲全璧。今余所得者，又有五七言絶一册，在石匏先生跋語所紀之外。然五七言古，則固合裝一册也。意者，先生跋中誤脱「絶詩」二字乎？不然，何得以全璧稱之？自道光戊子至今又八十七年矣，而此書仍完而未散，可喜之至。重裝既竟，書此識幸。甲寅陽曆七月十八日張元濟。

（原書，上海圖書館藏；又載四部叢刊續編）

191　商務印書館排印本嶺南詩存跋

元濟幼隨宦廣東，頗留意此邦文獻。南園前後五子集，乾隆間重刊，久經散佚，即明末遺老膾炙人口之句，亦僅散見於感舊篋衍集中。見學海堂黄子高論粤詩絶句。雖屈翁山、丁勗庵、王蒲衣、梁宗簡輩，皆嘗有志采輯，而未見傳書。道光末，温謙山舍人輯詩文海，上起曲江，下迄馮黎，都凡九百餘家，頗稱詳贍。嗣是而粤詩蒐逸、鴻雪軒十三家繼起，蒐遺補缺，尤足補詩海之未逮。然詩海版，近經焚燬，市肆購至數十金，且不易得，而嚮日所編廣東詩粹、嶺南風雅等書凡數種，胥湮没無存。此吾友何翽高同年所以有兹編之選也。詩文海志在網羅文獻，務求詳盡，以人存詩，卷帙繁重，多束高閣，僅備檢查。雖以古人如元遺山之中州集、錢牧齋之列朝詩，阮文達之兩浙輶軒録，皆不免榛蘭並采之憾，體製則然也。兹編以詩存人，主約而精，取便講誦。嘉道後作者：楚庭耆舊集、學海堂集具有存書，所采從略。而宋、明遺老之作，甄選獨富。殆由身世之感，針磁相投。而明、清之際，亦粤詩極盛時代也。余因讀此編，别有感焉：余先後旅粤二十餘年，稔其土俗，竊怪粤人善歌，好爲窈窕眇曼之音。海濱日落，蛋船姑嫂倚櫂爲粤謳，纏綿悱惻，節拍天然，俗稱鹹水歌。瑶峒月夜，男女隔嶺相唱和，興往情來，餘音嬝娜，猶存歌僊之遺風。一字千迴百折，哀厲而長俗稱山歌，惠、潮客籍尤盛。嫁女前夕，姊妹戀别，哭以當歌。隨口成文，如古謡諺。古稱坐堂詞，俗稱送嫁曲，又婦女送殯哭臨亦然。鄉村秋穫，星月在天，村農醵錢，席草地，唱木魚俗稱大棚。十數童子，聯腔合唱，跌蕩激越，聲淚俱下。語淺俚而情遥深，時得楚騷、古樂府遺意。廣東音韻之妙，殆出天性，故於學詩尤近。王漁洋謂其僻處嶺南，不染江左習氣，猶未盡也。粤自張曲江開有唐一代正聲，陳白沙講學江門，復重詩教。故歷代名臣碩儒，殆無不工詩者。故即此一編，而廣東名人古蹟，已十得七八矣。其諸談粤乘者所不廢歟？詩隨選隨鈔，行輩先後，未及詮次，亦汲古閣六十家詞選例也。海鹽張元濟謹跋。

（原載嶺南詩存，鄒崖逋者鈔讀，商務印書館一九二五年四月初版）

192　商務印書館排印本戊戌六君子遺集序

丙辰余將謀輯戊戌六君子遺集，先後從歸安朱古微祖謀、中江王病山乃徵、山陰王書衡式通、閩縣李拔可宣龔、南海何澄意天柱得譚復生、林暾谷、楊叔（僑）〔峤〕、劉培村四參政、楊漪村侍御遺箸；獨康幼博茂才詩若文未之或見，僅獲其題潘蘭史獨立圖絶句一首。屢求之長素，謂家稿散漫，且無暇最録，以從闕爲言。然培村之文，經病山馳書其弟索久不獲，漪村之詩，則止於壬午以前，書衡求後集於其嗣子，亦不可得也。戊戌距今才二十年，政變至烈，六君子之遇害至慘且酷，其震駭宇宙，動盪幽憤，遏抑以萬變，忽忽蹈坎穽，移陵堙谷，以禍今日；匪直前代之鉤黨株累，邪正消長，以構一姓之覆亡已也。故輓近國政轉變，運會傾圮，六君子者，實世之先覺；而其成仁就義，又天下後世所深哀者。獨其文章若存若亡，悠悠者散佚於天壤閒，抑不得盡此區區後死者之責，循斯以往，將溷於叢殘，舊文益不可輯，可勝慨哉。默念當日，余追隨數子輦下，几席談論，旨歸一揆。其起而惴惴謀國，蓋恫於中外古今之故，有不計一己之利害者，而不測之禍，果發於旋踵。余幸不死，放逐江海，又二十年，始爲諸君子求遺稿而刊之。生死離合，雖復刳肝瀝紙，感喟有不能喻者矣。復生遺箸尚有仁學一卷，石菊隱廬筆識二卷，兹編所録，止於詩文。丁巳初夏海鹽張元濟謹識。

（原載戊戌六君子遺集，張元濟編，商務印書館一九一七年版）

193　涉園圖詠手卷題記

余家涉園經始於大白公，至螺浮公而遹觀厥成。皜亭公倩王補雲繪爲長卷，徧徵當代名人題詠。今此卷猶在客園公支琴垞叔所。客園公次子東谷公嘗倩查日華别摹縮本，馮孟亭先生爲文記之。兹圖末署名者爲龍山查昉，圖後録葉星期先生記一首，爲東谷公手蹟。前後有公印記五方，是確爲馮記所稱縮本無疑。惟記稱公自以小楷備録諸公之作，總萬餘言，今僅存葉星期先生一記，又後附張榕端、吴熙、陳尊、秦瀛、梁同書、吴璥、吴錫麒、朱瑞椿、阮元、劉鳳誥、林則徐諸公題詞，皆非本人原書，且亦非東谷公所録，殊不可解（謹按東谷公以嘉慶庚申歿於杭州府學訓導任所。卷中自吴穀人先生以下數人所題，均在公歿以後。）意者之數公之墨蹟，均爲人割盗，並東谷公所録前人諸作，連類而及，僅星期先生一文，幸而留遺耶？抑此圖先付裝潢，諸公所題，書於别紙，後人特迻録於此耶？是均不可知已。去秋張君樹屛語余，曾見之於徐君軼如齋中。余乞假觀，今春始獲一見。樹屛且言可爲祊田之歸。會摯友錢君銘伯移居滬上，爲余作緣，往復再四，迺以銀餅四百枚得之。嘉慶丙寅，鷗舫公嘗集涉園題詠梓以傳後。日長無事，將付重裝，因檢所載詩文，涉及是圖者，悉録於後。其有散見於他書者，亦附及焉，所以繼東谷公之志也。丁卯季夏九日裔孫元濟謹識時年六十有一。

（原書，上海圖書館藏）

194　排印本涉園題詠續編序

余家涉園，爲大白公讀書之處，創於明萬曆之季，逮螺浮公始觀厥成。林泉臺榭，爲一邑之勝。歷康、雍、乾、嘉四朝，修葺不廢。四方名士至余邑者必往游，游則必有題詠。嘉慶丙寅，鷗舫公集而刊之。又數十年而洪、楊難作，園始毁。然至於今，出南郭訪其遺址，崇岡崔巍，危石欲墮，登攬潮之峯，猶可以遠望大海也；問濠濮之館，龔合肥書額雖不得見，而老屋數楹猶峙立於希白池畔，而池亦未盡淤也。若榆、若桐、若松、若桂、若杉、若梅，雖不盡存，而叢篁古木，周遭掩映，樹之大可數圍者，依然參天而拔地也。徒以工鉅力薄，未能興復。俯仰盛衰，慨然興嘆。昔皜亭公官京師，繫懷斯園，嘗繪爲圖，置諸左右，以寄卧游之意。今圖猶藏宗人所，顧朽敝甚，不堪觸手。余請出貲重裝，至再至三，迄不獲命。余甚懼夫園既廢，而圖復將毁也。每念昔時繁華勝境，裙屐絡繹，四時佳日，觴詠稱盛，昔人游覽諸作，散見集中，多有爲前刻所未及者，余悉録而存之。桐鄉馮孟亭先生圖記謂東谷公當壯歲時，倩查日華别摹縮本，自以小楷備録諸公之作，總萬餘言，求諸同族，咸無所知。去夏忽遇於海上，輸金贖歸，展而讀之，公所録雖不全，然可補前刻之闕者，凡二十餘篇。又近人詩詞雜詠園中事物者，亦時有所見。不忍舍棄，因連類而及之，略變前例，輯爲上下二卷。集印既終，復有所獲，則爲補遺，附録於後。開卷莊誦，如見康、雍、乾、嘉之盛，則斯園雖廢而終不廢也。余今將以所贖之圖，徧乞友朋貺以篇什。百朋之錫，異日更爲是編之續。斯園將藉以長存，而斯圖亦隨以不朽，豈不懿歟。戊辰春日海鹽張元濟。

（原載海鹽張氏涉園叢刻續編，張元濟輯，一九二八年四月商務印書館排印綫裝本）

195 題秀埜草堂圖

始余讀俠君先生元詩選，繼爲涵芬樓蒐集善本，得先生藏書，有秀野草堂印記者若干種，景仰不能忘。先生八世從孫起潛君自北平來上海，掌合衆圖書館事，余詢先生遺書，知喪失殆盡，爲之慨嘆不置。一日，起潛以所得秀埜草堂圖卷見眎，且歷記其所以得之之由。余受而讀之，既竟，乃作而言曰：大矣哉。吾中國聖人之教孝也，記之言祭也，曰齋之日，思其居處，思其笑語，思其志意，思其所樂，思其所嗜。是子孫之於祖考，雖不及見，然神志相接，歷數十年，或數百年，總若有一貫之機緘，以維持於不敝。若無憑，若有憑，感而遂通，如響斯應，往往見於事物之間。無憑者吾勿論，其有憑者，吾將以起潛之得是圖，及吾之所遇證之。起潛自言先生所刊所藏，洪、楊之役，盪焉無存。嘗與羣從力事搜羅，冀保先澤。是圖已流入江西泰和蕭氏，散出後又幾經轉徙，始出現於上海。使不現焉，則起潛妻弟潘君景鄭必無由獲見，使景鄭仍居蘇州，則亦無從知之，又烏從而收之？此得不謂之有憑耶？余家涉園爲余十世祖大白公讀書之所，經始於明萬曆間，至九世祖螺浮公、八世祖皜亭公經營而光大之，清康熙時嘗倩王補雲先生繪爲長圖，徧乞當世名人題詠，其後藏於族人某許，余請展視，則紙墨黯敝，亟須重裝，而族人者不之允，且庋藏益祕。余意此終必成虛願矣。未幾友人張君樹屏來告，言在徐君軼如所，得見查日華所繪縮本，卷端有余六世從祖東谷公手書吳江葉星期記。介余往觀，果爲吾家舊物。會摯友錢君銘伯移居菭滬，錢與徐固有葭莩誼，因作緣以歸於余。是圖不載家乘，余先是亦絶未聞知。嚮使樹屏不獲見於徐氏，徐氏或不允銘伯之請，又烏能爲祊田之歸？此得不謂之有憑耶？三四年來，兵火不熄，族人某居室盡燬，原圖亦化爲劫灰。余猶憶圖中舊有韓文懿手書題記，余所得縮本，亦有阮文達、梁山舟、秦小峴諸子詩文，與秀野互相輝映。顧皆爲後人迻録，以視起潛所得，悉爲本人手蹟，其相去不啻天壤矣。涉園故有藏書，與秀埜同。洪、楊未起，先已散佚，余先後蒐輯，益以友朋所餽，綜計凡得數十種。先人印記暨校勘之筆，朱墨燦然，彌足珍重，今悉以歸於合衆圖書館，丐起潛爲我護持，俾不至復有散失，良以世間寶物，祕諸私室，總不及納諸公家之能久存。此查氏所繪副圖，已成碩果，余亦以踵先人遺籍，庋之合衆圖書館中，庶幾神物呵護，不至爲原圖之續乎。余請以斯意爲起潛晉一説，未知起潛以爲何如也？

196　題許玉年手繪歸耕圖

謹按，外舅祖許公玉年著有瑞芍軒詩鈔，道光十一年庚寅〔一〕，有仲冬出嘉峪關留別顏魯輿星使師兼呈惺甫宮保五古四首，中有「憶(別)尚書公，時秋歲在丑，貽我蠶眠(書)〔堂〕歸耕詩廿首。命我繪作圖，更繼聲於後」等句。越三年，又成五律四首，題爲爲顏惺甫宮保作歸耕圖並題四律寄呈保陽。按，顏惺甫名檢，廣東連平州人，由乾隆拔貢官禮曹，出守江西吉安，洊升直隸總督，加兵部尚書銜。在任以永定河三汛安瀾，又加太子少保銜，故公詩有宫保及尚書公之稱。公詩作於庚寅。魯輿名伯燾，檢子，由嘉慶庚午順天舉人，甲戌進士，官翰林院編修，戊寅典四川鄉試，旋簡授陝西延榆綏道。道光十年，由直隸布政使署陝西巡撫，朝命往肅州。時回疆有事，大軍西征，與陝甘總督楊芳受命督師出關，公方參楊侯戎幕，故出關時有留顔魯輿詩，魯輿西駐，以轉餉故，稱曰星使，但從未典試吾浙，又未分校禮闈，與公不當有師生之誼，或因同時昆弟受知而及耳。是圖題「宫保將由金城就養。」保陽今甘肅（肅）〔蘭〕州，唐宋時均稱金城。惺甫時已退休，必就養直藩官舍。魯輿移陝暫攝撫秦州，必從之西行，且遠至蘭州，或有他事，（挈）〔乘〕其子遠行，隨之而往，亦未可知。回事底定，魯輿仍回直藩任，計必同奉侍其東旋，故此圖成於癸巳，故云「寄呈保陽」。當時所作四律必附圖後，不知何以失去？今此圖爲寶驊内姪收得。祖庭手澤，墨彩如新；越百十有二年居然珠還合浦，展閲之餘，欣快無任，因補録原作四律於後。

〔一〕「道光十一年庚寅」，疑有誤。

197　影印清道光乙未夏重修本詞林紀事跋

涉園林泉臺榭之盛，與夫藏書之富，康、乾以來，著稱浙右。先比部公盛年歸養，優游林下，率子弟讀書其中，延海寧許蒿廬先生爲諸子師。先生善倚聲，余六世叔祖詠川公從之肄習，嘗取先生所輯晴雪雅詞梓以行世。其書評隲精審，學詞者奉爲圭臬。公得力於先生之教，喜爲長短句，晚年成詞林紀事一書，於詞苑叢談、古今詞話之外別樹一幟，多引師説，書末並附先生所著詞韻考略，初刊於乾隆戊戌，至道光乙未重修，兩次版行，流布甚廣。乃曾幾何時，洪楊（事起）〔構亂〕，雕版燬失，百無一存。余搜求是書，凡數十年，至今僅得五部。近歲余有涉園叢刻之輯，因覆印之，俾免湮没，亦後人纘緒之責也。卷末附刊宋張炎樂府指迷、陸韶詞旨二書，均爲世所罕見。卷中引用之書凡三百九十五種，同時諸昆弟復互出善本，藉相考證。開卷莊誦，想見當時天倫之樂，與夫涉園藏弆之盛。撫今思昔，如在天上，尤不能不感慨係之已。丙寅重陽日族孫元濟謹跋。

（原載詞林紀事，一九二五年商務印書館影印本）

198　景印宋本山谷琴趣外篇跋

四庫全書總目録晁无咎詞曰琴趣外篇，宋人中如歐陽修、黄庭堅、晁端禮、葉夢得四家詞，皆有此名，併補之此集而五，殊爲淆混。蓋館臣僅見毛氏所刊晁詞，實則「琴趣」爲當時詞之别名，曰「某某詞」者，亦可稱曰「某某琴趣」。今其書皆已復出，歐陽曰醉翁琴趣，黄曰山谷琴趣，一晁曰閑齋曰晁氏琴趣，可證也。是爲余六世祖寒坪公舊藏，卷端襯葉，鈐有「清綺齋書畫記」小印。錢警石曝書雜記云：「二十年前同家□□訪古鹽張氏主人，見有宋版琴趣外編，按爲「篇」字之譌。乃歐陽文忠、黄山谷、秦淮海之詞稿也」。余得此於故鄉某親串家，同時尚有醉翁琴趣後三卷，而淮海已不可復見。此爲四庫館臣所未知。設兼得之，不更快耶？雙照樓吳氏刊醉翁琴趣，用汲古毛氏影宋鈔本，卷末缺兩半行，與余家藏本正同，此可證爲毛氏所自出。吾友陶蘭泉假是本覆刻，與吳氏所刊並行。涵芬樓亦嘗印入續古逸叢書中，然皆非單行，不易得，故更縮影，以廣流通。海鹽張元濟。

（原載四部叢刊三編）

199　影印汲古閣毛氏精寫本稼軒詞跋

光緒季年，余爲涵芬樓收得太倉謏聞齋顧氏藏書，中有汲古閣毛氏精寫稼軒詞甲、乙、丙三集，詫爲罕見。取與所刊宋六十一家詞相校，則絶然不同。刊本以詞調長短爲次，此則以撰作先後爲次也。久思覆印，以缺丁集不果行。未幾，雙照樓景印宋金元明人詞，刊是三集，顧不言其所自來，而行款悉合。意必同出一源。然何以亦缺丁集，殆分散後而始傳録者歟？吾友趙斐雲據抄明吳文恪輯本補印丁集，同一舊抄，滋多誤字。拾遺補缺，美猶有憾。去歲斐雲南來，語余近見某估得精寫丁集，爲虞山舊山樓趙氏故物，正可配涵芬樓本，且或爲一書兩析者。余蹤跡得之，介吾友潘博山、顧起潛索觀，果如斐雲言。毛氏印記與前三集悉同，且原裝亦未改易，遂斥重金得之。龍劍必合，不可謂非書林佳話矣。婭壻夏劍丞精於倚聲，亟亟假閱，謂與行世諸本有霄壤之別，定爲源出宋槧。余初不能無疑，回環覆誦，乃知毛氏寫校即一點一畫之微，亦不肯輕率從事。丹鉛雜出，其爲字不成，暨空格未填補者，凡數十見，蓋爲當時校而未竟之書。然即此未竟之工，尤足證其有獨具之勝。如乙集：最高樓第三首，答晉臣「甚喚得雪來白倒雪，□喚得月來香殺月」，諸本空格均作「便」，而是本塗去者却是「便」字。水龍吟第二見第一首，過南劍雙溪樓，「峽□□江對起」，諸本峽下二字，均作「東蒼」，而是本塗去者上爲「夾」字，下却是「蒼」字。鷓鴣天第二首，席上再用韻「落日殘□更斷腸」，諸本空格均作「鴉」，而是本塗去者却是「鴉」字。又第三首，敗棋賦梅雨，「漠漠輕□撥不開」，諸本空格均作「陰」，而是本塗去者却是「陰」字。丙集：木蘭花慢第二首，題上饒郡圃翠微樓，「笙歌霧鬢□鬟」，諸本空格均作「風」，而是本塗去者却是「風」字。踏沙行，賦稼軒集經句，「日之夕矣□□下」，諸本「夕矣」下二字均作「牛羊」，而是本塗去者却是「牛羊」二字。雨中花慢登新樓有懷昌父斯遠仲止子似民瞻，「舊雨常來，今□不來」，諸本空格均作「雨」，而是本塗去者却是「雨」字。

揣其所以塗改之故，必爲誤書而非本字。諸本臆改，適蹈其非。其他竄補與既塗之字，絶不同者，爲數尤夥。原存空格，亦大都填注，無迹可尋。以上文之例推之，決不能與原書脗合。得見是本，殊令人有猶及闕文之感矣。稼軒詞爲世推重，余既得此僅存之本，且賴良友之助，得爲完璧，其何敢不公諸同好。劍丞既爲之書後，胡君文楷又取行世諸本勘其異同，撰爲校記，其爲是本獨有而不見於他本者，亦一一臚舉，今俱附印於後，俾閲者有所參覈。范開序謂「裒集冥搜，才逾百首」。是編乃有四百三十九首。梁任公疑丙、丁二集未經范手釐訂，然即甲、乙二集，亦已得二百二十五首，或范序專爲甲集而作，乙集而下，續序不無散佚。又諸家所刊在是編外者，有詞一百七十九首，豈即出於范序所言近時流布海内之贋本歟？吾甚望他日或有更勝之本出，得以一釋斯疑也。民國紀元二十有九年二月四日海鹽張元濟。

200　景印明嘉靖本雍熙樂府跋

是書凡二十卷，無撰人名氏。四庫入存目，但祇十三卷，題海西廣氏編，與此不同。所舉十二調：曰黄鐘、曰正宫、曰大石、曰小石、曰仙吕、曰中吕、曰南吕、曰雙調、曰越調、曰商調，至商角、般涉二調，則有目而無詞。是本所輯亦十調，唯前後次第不合；且有南曲、雜曲二類，爲四庫本所無。友人有精研曲學者，謂曾於海王肆中，獲見二部：一嘉靖足本，一萬曆節本。然則四庫所收，其爲萬曆節本乎？提要謂有凡例，此已亡逸，殊可惜耳。九宮大成南北詞宫譜選録至多，後人撰納書楹曲譜，亦尚蒐討及之。曾幾何時，竟成罕祕。是爲初刊足本，今尤難得，因亟印之，以廣流傳。海鹽張元濟。

（原載四部叢刊續編）

涉園序跋集録補輯

201　景印宋本論語注疏題辭

青淵先生德行事業冠絶東鄰，景仰久矣。前歲東渡訪書，抵東京後亟思摳謁，適逢先生參與大典，遄往京都，僕亦匆匆歸國，未由親炙，時以爲憾。聞先生嗜讀論語，庋藏凡千有餘種。貴國帝室圖書寮藏有邢昺疏十卷本。敝邦是本久佚，因乞借景印。欣逢先生九秩大慶，吉辰伊邇，輒奉全帙，敬祝期頤。中華浙江後學張元濟，中華民國十九年三月。

（録自手跡照片）

202　清初汲古閣刊本説文解字識語

是書爲吾邑文魚先生舊藏，且以宋本參校，惜内有三册係用他本補配。因其爲鄉先輩之手跡，故以銀幣十圓購之。時爲己未中秋後六日，甫自常熟鐵琴銅劍樓瞿氏看書歸也。張元濟。

（原書，上海圖書館藏）

203 景印百衲本二十四史緣起

敬啓者，敝館於民國九年輯印四部叢刊，注重版本，因二十四史未有善本，故以先印之武英殿版暫配，另售特價，且聲明售完截止，極思蒐集宋元舊刊續行印售，以備惠購叢刊嗜讀乙部者之采用，祇以歷朝正史古本難求，且未得全史，仍未足以饜讀者之望。迭蒙各界人士殷殷下問，故於十五年九月發售重印四部叢刊預約附告，略云「敝館擬輯印古本全史，蒐求數年，幸得集事，除明史仍用殿版外（但另附考證），餘如史記、晉書、宋書、南齊書、新舊唐書、新五代史均用宋本，三國志、隋書、南北史、宋遼金三史均用元本以校殿版，增出全葉者凡數見。其闕文譌字足以補正者尤指不勝屈」。並經聲明印成樣本即售預約。彼時前後漢書尚僅有元大德本、明正統本及汪文盛本，終未愜心，故預啓中不敢列入。數年以來，均已蒐得宋本。即三國志前經覓得元本，今續得宋刊，亦將影存元本棄去。四史均用宋本，差弭前憾，荏苒數載，屢承賜顧諸君馳書敦促，不勝惶悚。今重印四部叢刊全書出版，此書亦佈置就緒，定名百衲本二十四史，謹即製成樣本，發售預約，想惠購叢刊及有志史學諸君必以先覩爲快也。

中華民國十九年三月。

上海商務印書館謹啓

（原載百衲本二十四史樣本，商務印書館一九三〇年印行綫裝本）

204 百衲本二十四史後序

遜清文治，盛稱乾隆。高宗初立，成明史，命武英殿開雕，至四年竣工。繼之者二十一史。其後又詔增劉昫唐書，與歐、宋新書並行。越七年，遂成武英殿二十三史。四庫館開，諸臣復據永樂大典及太平御覽、册府元龜等書，裒輯薛居正舊五代史，請旨刊佈。以四十九年奏進，於是二十四史之名以立。按乾隆元年詔頒二十一史於各省會及府、州、縣學，綜計當需千數百部。監本刓敝，不堪摹印，度其事必未能行，故有四年重刻之舉。高宗制序，亦有「監本殘闕，並敕校讎，以廣刊佈」之言。是始意未嘗不思成一善本也。遷史、歐書，人争誦習，天水舊槧，詎乏貽留，且宋、遼、金、元相去未遠，至正、洪武初印原本尤不至靡有孑遺，乃悉舍置不問，而惟跼蹐於監本之下，因陋就簡，能無遺憾？在事諸臣既未能廣事搜求，復不知慎加校勘。佚者未補，訛者未正，甚或彌縫缺失，以贋亂真。改善無聞，作僞滋甚。余已一一指陳，疏諸卷末。非敢翹前哲之過，實不欲重誤來學也。劉、薛二史，幾就消沈，並予闡揚，堪稱盛舉。余於聞人舊刻更得其紹興祖本，雖僅三分有一，要亦人間未見之書。所惜者，薛史散亡，難窺真相。曩聞贛南故家尚存殘帙，赤眚遍地，早成劫灰。而南京路轉運司之録本流轉於嶺南江左之間，若存若亡，莫可蹤跡。不得已而思其次，乃以大典注本承之，抑亦藝林所同憾矣。景印之始，海宇清寧，未及兩年，戰氛彌布。中更閘北之亂，抱書而走。亂定掇拾，昕夕無間，先後七載，卒底於成。世之讀者，猶得於國學衰微之日，獲見數百年久經沈霾之典籍，相與探本而尋源，不至爲俗本所眩瞀，詎不幸歟！國立中央研究院、北平圖書館、江蘇省立國學圖書館網羅珍籍，不吝通假。常熟瞿君良士、江安傅君沅叔、南海潘君明訓、吴縣潘君博山、海寧蔣君藻新、吴興劉君翰怡復各出所儲，以相匡助。亦有海外儒林，素富藏弆，同時發篋，遠道置郵，使此九仞之山，未虧一簣。詩曰：「中心藏之，何日忘之。」撫兹編者，幸同鑒焉。中華民國二十六年二月立春日，海鹽張元濟。

（原載百衲本二十四史史記第一册，商務印書館一九三六年十二月初版）

205　百衲本二十四史版本述要

史記　宋慶元建安黄善夫刊本

四庫全書提要謂：「明代監本史記合集解、索隱、正義，散入句下，訛舛甚多，非震澤王氏刊本具存，無由知監本之妄删。」王本聲價，可以具見。是爲黄善夫刊本，即王本所自出。明有秦藩及柯氏兩刻，均稱善本，亦皆出於黄氏。昔黄紹箕遊歷日本，獲覩是書，題作「慶元舊槧」，當有所據。初由彼邦收回，原闕六十七卷，近向南海潘氏、江安傅氏及日本上杉侯爵先後借補，幸成完璧。

漢書 宋景祐刊本

此爲北宋景祐宋祁、余靖等參校刊正之本。錢大昕養新録、王念孫讀書雜志均經證明，元大德、明正統兩次覆刻，具從此出，可爲現存班書最古之本。顧千里跋顔注班書：「行世諸刻大約源於南宋槧本，惟是刻獨存北宋時面目。惜補版及剜損處無從取正，然可據是以求其添改之跡，誠今日希世寶笈」云云。覩於顔注比殿本增多，信非虚語。先後爲倪雲林、毛子晉、季滄葦、徐健菴、黄蕘圃、汪閬源收藏，彌見珍重。

後漢書 宋紹興刊本

本紀十卷後接列傳八十卷，大題卷數凡九十。續漢書志三十卷附列傳後，卷數不相銜接，不似殿本儳入紀傳之間。版刻於紹興之初，故「桓」字作「淵聖御名」，間有剜改或已剜未補者。「構」字則作「今上御名」。其他歷代廟諱、嫌名均缺筆惟謹，「軒轅」二字亦避，則他書甚罕見也。殿本以劉攽刊誤散入注内，所指誤字此多未誤。如謂據劉氏所刊訂正，又何以或改或不改，豈劉氏所見之本不及是所從出之善歟？章懷注殿本時有短缺，雖不如史記集解、正義、漢書顔注脱略之甚，然由數字乃至數十字亦層見迭出。」是本均可補正。

三國志　宋紹熙刊本

此爲南宋刊本。宋諱避至「敦」字爲止，蓋光宗時刻也。字字匀整，與黄善夫史記、曾三異五代史記相埒。國志舊本最爲罕見，聊城海源閣藏十行十八字本，楊紹和跋謂與錢氏考異，「劉殥侯」一條殿本考證所疑各字一一相合，誇爲彌足珍貴。此本悉與相同，其他足以訂正殿本者尚複不少。楊本抄配五卷，此則通體精刊，是更出於其右矣。

晉書　宋紹興重刊北宋本

是書向爲王弇州、項子京、毛子晉、宋牧仲所藏。毛氏且稱爲可寶。中有數卷，鈔配極精，即東湖叢記所云王弇州手鈔補缺之卷也。晉書素乏善本，嘗以是本並別一宋本及元刻十行本、明覆宋刻九行大字本與殿本互校，雖各有可以訂正殿本之處，而各本之訛字脱文亦往往發見，故均未能認爲佳刻。是本「構」字缺筆，而「禎」字仍作「御名」，猶爲紹興中翻雕北宋監本。數本之中，要爲差勝耳。

宋書 宋蜀大字本配元明遞修本

晁公武郡齋讀書志：「治平中曾鞏校定南齊、梁、陳三書，上之，劉恕等上後魏書，王安國上周書。政和中始皆畢，頒之學官，民間傳者尚少。未幾，遭靖康丙午之亂，中原淪陷，此書幾亡。紹興十四年，井憲孟爲四川漕，始檄諸州學官求當日所頒本。時四川五十餘州皆不被兵，書頗有在者，然往往亡缺不全。收合補綴，獨少後魏十餘卷。後得宇文季蒙家本，偶有所少者。於是七史遂全。因命眉山刊行」云云。以下七書皆眉山刊本，此即其第一種。志第二十五州郡一、傳第二十七謝靈運、傳第三十九桂陽王休範，均有訛脱，猶仍古本之舊。至殿本考證所指訛字，此猶多未誤者。惟傳第一「沈婕好諱容□□□□人也」，中空四格，殿本以「不知何許」四字實之；傳第二王弘，中闕十二字，殿本雖不闕，而詞意仍不可解。其他殿本有字，此作空格或旁注闕字者不知凡幾，殊令人有猶及闕文之感。全書百卷，原闕三十三卷，近由吴興劉氏借得二十二卷，餘以元明遞修本配。

南齊書 宋蜀大字本

是書通體僅有元補，而無一明刻。志第六州郡上、列傳第十六、第二十五、第三十九，殿本闕去四葉。世行各本皆同。是本前二葉尚存，僅闕其二，可稱孤本。

梁書　宋蜀大字本配元明遞修本

原本多避唐諱，如「虎」之改「獸」或「武」，「淵」之改「泉」或「深」，「世」之改「代」，「民」之改「人」，「丙」之改「景」。是刻多仍其舊，猶見原書真相。本紀第五、列傳第七、第十五、第三十三，校語均存，爲世行各本之所未見。全書五十六卷，中有十六卷半以元明遞修本配。

陳書　宋蜀大字本

殿本孫人龍跋：「宋嘉祐時，鏤版行世，參校諸臣於其疑者不敢損益，疏於篇末。今古本既不可見，國子監所存舊板舛訛殊甚，篇末所疏疑義亦無一存。」按其所言，是即三朝本亦未之見，況爲通體完善之宋本乎。卷中間有元補，無一明刻，篇末所疏疑義共存四條。

魏書　宋蜀大字本

馮夢禎萬曆重雕魏書序謂：「南監所藏唐以前諸史，獨此書刓敝甚，欲更新之，苦無善本。斷篇缺字，所在而有。」孫人龍乾隆殿本校刊後跋亦云：「明刻二十一史，此書最爲刓敝。」按殿本卷三太宗紀，卷六顯祖記，卷四十陸麗傳，卷五十一呂羅漢傳，卷七十七高崇傳，卷一百五之二、之四天象志，均有殘闕。此猶未損。錢大昕廿二史考異謂：「劉攽、劉恕、范祖禹皆長於史學，此書考證較它書爲精審，乃卷三校語原文三百餘字，殿本全佚，其他亦多所闕略，此均未失。足見當時參校之本不及是之完善。」光緒初年，華陽葉氏得有宋刻全部，王先謙用校汲古刊本，核其所指各節，猶視此本爲遜。後葉氏攜歸粤東，不知尚在人間否？全書一百十四卷，原闕三十七卷，擬以元明遞修本配。今由吴興劉氏借得宋本，補配完全。

北齊書 宋蜀大字本配元明遞修本

本紀第三、第五、第七、第八，列傳第二、第三、第四、第五、第六、第七、第二十、第二十一、第二十五、第二十六、第二十七、第二十九、第三十卷末，均有校語。錢大昕疑爲明人校刊所題且以李百藥結銜之誤，斥明人之無學。蓋未嘗見此本也。使生今日，得據此本以資校勘，不知如何愉快。全書五十卷，中有三十四卷以元明遞修本配。

周書 宋蜀大字本

殿本金文淳跋謂宋本不可得見。吴興陸氏儀顧堂藏有是本，謂「以校汲古閣本，譌奪甚多，乃知宋本之善。」按殿本已加糾正，較勝汲古，然以宋本校之，則訛脱所在多有。摘印殿本一葉賀蘭祥傳，脱去六十二字，「留于」誤作「留守」，即其例也。通體精整，間有元明修補之葉。

隋書 元大德刊本

元大德丙午建康道廉訪司徇太平路之請，分行十路儒學，合刻十七史，爲元代路學最善之本。是書版心有「路學」「堯學」「浮學」「番泮」「樂平」「錦江」等字，蓋元饒州路覆刻宋本也。前人取校汲古本，僅經籍志四卷訂正訛奪至八十餘字。今校殿本，此四卷内訛奪亦略相等。即摘印一葉，後十行中可以糾正殿本者已有九字。或謂天禄琳琅書目「有宋嘉定本隋書，想即殿本所從出，宜乎非元季官書所及」云云，未可信也。

南史 元大德刊本

此亦元大德建康十七史之一。中縫不記刊刻地名。列傳第七十末葉版心下方題「桐學儒生趙良寀謹書，自起手至閣筆凡十月」小字二行，良寀名見宋史宗室世系表商王房下。縣名有「桐」字者不一，不知屬於何路。字跡圓密，寫刻雅近南宋。元季路學刊本凡數見，他刻譌字此本皆不譌。略有缺卷，以至順本補配。

北史 元大德刊本

此與南史板匡一式，刻畫略瘦。版心有「信州路」「信州儒學」「玉山縣學」「永豐儒學」「弋陽縣學」「貴溪縣學」「象山書院」「稼軒書院」「藍山書院」「道一書院」等字。蓋信州路刊本也。瞿氏鐵琴銅劍樓、陸氏皕宋樓藏書志所舉殘宋本脱誤甚夥，此本轉多未誤。

舊唐書 宋紹興刊本配明嘉靖本

是書舊刻，存世僅有明嘉靖聞人詮本。按聞人敘謂：「酷志刊復，窮搜力索，俱出宋時範本模板。」文徵明敘亦謂：「書久不行世，無善本，偏訪藏書之家，殘章斷簡，悉取以從事。」是在明中葉，是書宋刻已極罕見，今何幸閲四百餘年而宋本復出，且尚存六十九卷。末有「左奉議郎充紹興府府學教授朱倬校正」一行者凡十一卷，與文敘所稱越州刊本正合。所闕各卷即以聞人本配補，並以葉石君據錢遵王所藏至樂樓鈔本校過，此本多與之合。

唐書 宋嘉祐刊本

前有嘉祐五年六月曾公亮進書表。宋諱避至「禎」字止，而不及英宗以下，故昔人定爲嘉祐進書後第一刊本。劉昫書刊於南宋紹興之初，與此行款悉同，或朱倬輩先見是刊，而後仿刻，以爲之配歟。以較殿本，如地理志第二十八「陜州」下，是本增三十五字；藝文志「盧受采集」下增十三字；表第一宰相上，「貞觀四年」下增十一字；表第三宰相下，「乾符元年」下增十二字；表第十上宗室世系「大鄭王房宗正卿翼」下增十字。略舉數則，已足見殿本校刊之率略矣。

舊五代史　吴興劉氏刊原輯大典本

薛氏原書今已散佚。此輯自永樂大典，四庫全書寫本均注原輯卷數。其采自他書者同。存闕章句，藉可考見。後武英殿鐫板一律芟削。彭文勤當日屢争不從，薛氏真面遂不復見，人多惜之。江西熊氏曾以庫本影印，南潯劉氏復據舊鈔刊行。以校殿本，除大典及他書從出卷數及案語外，異同尚復不尠，而劉本又比庫本稍詳。摘印張礪傳一葉，可爲證也。

五代史記　宋慶元刊本

是書卷十八末有「慶元五年魯郡曾三異校定」一行，蓋寧宗時刊本。卷二十三、卷二十四、卷三十四、卷五十七、卷五十八末亦各有「魯郡曾三異校定」一行，而不記年號。凡吴縝五代史纂誤及錢大昕廿二史考異、王鳴盛十七史商榷所訂正者，是本多與相合。直齋書録解題謂：「歐公集徧行海内而無善本，周益公以其所編之本屬舊客曾三異校正，益無遺恨」云云。以此例彼，此爲曾氏校定，故是精審。

宋史 元至正刊本

明成化朱英重刊宋史序稱：「借漳浦陳布政家鈔本傳録，稍有殘缺，後於浙中續得善本，始克成書。」是在明代，此本已不易得。迄於今日，則成化宋史亦極罕見矣，又况此爲第一刊本。前有阿魯圖等進史表、修史官員銜名，至正六年咨浙江等處行中書省咨文，皆殿本所不載。又本紀第三十五，殿本失去一葉，複出第三十三一葉。此本不誤。列傳第五十一田況傳，殿本脱一葉。此本具存。古人云，書貴初刻，益信然矣。

遼史 元至正刊本

前有聖旨兩道暨三史凡例、修史官員銜名，均殿本所無。此爲元刊，然與金史初印本相較，字體稍異，恐係覆本。其足以訂正殿本者亦頗不少。

金史 元至正刊本

卷首進書表、修史官員銜名與殿本同，又有江浙等處行中書省准咨委官印造公文，爲殿本所不載。殿本卷三十三暨初版卷七十六各闕一葉，卷十四、卷十七、卷五十六、卷六

十二、卷六十六、卷一百一、卷一百二十五，各有闕文。此均完好無損。烏程施國祁金史詳校訂正各字猶多未誤。蓋此爲初印之本，施氏當日所未見也。

元史　明洪武刊本

卷首有洪武二年八月李善長等進書表，目後有洪武三年十月宋濂記，紀先後成書源委甚詳。是元史第一刻也。用校殿本，訛奪甚多，如卷三十六文宗紀衍四百餘字；卷七十五祭祀志、卷九十九兵志、卷一百四十達識帖睦邇傳，各脱十餘字至數十字不等。略舉一斑，已可概見。又殿本卷五十三，錯簡多至三葉，非得是本，幾無從索解矣。

明史　清乾隆殿本　附考證攟逸

殿本二十三史均有考證，獨明史闕如。長洲王巘卿先生於光緒季年入直樞院，在方略館覓得明史卷一百十六至卷三百三十二黄簽案語進呈本，嗣又得考證正本三册，卷數略少，文字亦稍有異同。因參觀互證，汰其文義複沓及空衍無關宏旨者，成明史考證攟逸四十二卷。然頗疑是書未全。後二十年，哲嗣君九部郎獲見文津閣四庫全書，檢閲明史所附考證，實始自卷一百十六，逐條對勘，乃知遺漏甚少，足爲完書。並選得有關考證者三十餘條，列爲補遺。吴興劉氏爲之彙刊行世，列入嘉業堂叢書，今特景印，以附明史之後，俾讀者有所參訂焉。

（原載百衲本二十四史樣本，商務印書館一九三〇年印行線裝本）

206　校史隨筆自序

曩余讀王光禄十七史商榷，錢宫詹廿二史考異，頗疑今本正史之不可信。會禁網既弛，異書時出，因發重校正史之願。聞有舊本，展轉請託，就地攝影。影本既成，隨讀隨校。有可疑者，輒録存之。每畢一史，即摘要以書於後。商務印書館既覆印舊本行世，先後八載，中經兵燹，幸觀厥成。余始終其事，與同人共成校勘記百數十册。文字繁冗，亟待董理。際兹世變，異日能續印否，殊未敢言。友人傅沅叔貽書，屬先以諸史後跋別行。余重違其意，取閱原稿，語較詳盡，更摘如干條，用活字集印，備讀史者之參證。管蠡所及，詎敢望王、錢二子之什一，亦聊師其意而已。民國紀元二十有七年九月，海鹽張元濟。

（原載校史隨筆，商務印書館一九三八年十一月版）

207　景印宋本漢書第七十八至八十一卷識語二則

劉翰怡世兄假李木齋前輩所臧宋刻漢書四卷，託本公司爲之景印，將以上木，補其所刊四史之闕，贈此一分，留作紀念。癸亥八月菊生識。

劉君翰怡景刊宋本四史，其漢書闕四卷，屬余向李木齋前輩借建本補配，先制石印本，以備上木，贈余兩册，頃由書櫝檢得，謹以一册轉贈起潛仁兄。辛巳春日張元濟題識。

（原書，上海圖書館藏）

208　明嘉靖間刊本荆川先生批點精選漢書識語

戊午夏，余至京作西山之游，遇朱逖先於大學，以此書爲余家舊物，因以歸余。書此以誌不忘。

（原書，上海圖書館藏）

209　馮夢禎重校宋書跋

休文宋書畢二三年矣。余初閲數篇，猶有錯誤。會友人布衣姚叔祥自檇李見訪。

叔祥故博雅，即以委之，乃手對舊本，參以南北史、通典、通志等諸書，稽二三月始得竣事。凡補舊闕七十字，增一百九十餘字，正一千一百餘字。餘點劃差訛而改正者約數千字，已余又從叔祥所更定處復加校勘，而所爲是正者尚多有之。以此信校讎之難。古人喻之掃塵，愈掃愈有，果然。宋書至是亦可以稱善本矣。

（録自張元濟全集第十卷）

210 南宋紹熙間建陽刊本隋書殘卷跋

宋建陽坊刻正史，余所見有涵芬樓之史記，德化李氏之前、後漢書及晉書，日本圖書寮之三國志，常熟瞿氏之隋書、北史、新唐書，吴興陸氏之北史，江安傅氏之五代史記，筆法、行款皆與此同。惟南史未見耳。瞿氏隋書亦殘闕。此甚初印，可寶也。壬申重夏，海鹽張元濟識。

（録自手跡影印件，載蘇精近代藏書三十家，傳記文學出版社一九八二年版）

211 明新建李克家校刊本國語跋

錢遵王舉天聖本周語「昔我先王世后稷」及「左右皆免胄而下拜」二語，謂公序本脱

「王」字、「拜」字爲遜。此亦爲公序本，檢二字均脱，然汪遠孫撰明道本考異謂二本亦互有優劣。明代所刻有張一鯤本，有金李本，有許宗魯本，有葛端調本，有盧之頤本。此爲新建李克家所刊，極罕見。舊藏拜經樓吴氏，兼有兔牀先生手校之字。可珍也。

公魯仁世兄命題　　張元濟識〔一〕

〔一〕案：另見抄件署「廿六年三月二十日」。

（録自作者手書跋文影印件，載臺灣「中央研究院」善本題跋真跡）

212　清抄本三朝北盟會編跋

余友陶君星如眎余以家藏寫本三朝北盟會編。卷首有彭文勤跋，云爲杭州瓶花齋吴氏舊藏，後爲文勤所得，即用爲四庫底本。余昔爲涵芬樓收得是書寫本二部，一爲泰興延令書室季氏舊藏，係明人手寫。卷中遇宋諱避至「惇」字，或缺筆，或注「廟諱」，而寧宗諱則注「御名」二字，蓋源出宋時最初刊本。又一部爲長水知不足齋鮑氏抄本，且經以文先生校正，所據知出甌亭先生校筆。是本正與涵芬所藏前後銜接。余得寓目，可稱眼福。惜原書被四庫館臣竄易，凡稍涉指斥金人詞句，幾無一字留遺。前人言四庫書多不可信，得此可以證明。宣統季年，蜀藩許涵度又據吴本雕印，雖悉從庫本，而凡經館臣改削之字，仍一一記明，列爲夾註，使人得覩廬山真面，亦可謂有心人矣。星如並以許氏刊本段閲，因附記焉。星如語余，是書爲其先德得自京師，攜之蜀中。曾經烽火，幸未喪失。其後由蜀而贛而蘇，疊遭兵燹，均失而復得。此爲世間珍秘之本，自當有神物護持。而手澤長存，尤足爲傳家之寶。還瓻之日，謹識數語如右。

中華民國紀元二十又九年元月七日，海鹽張元濟。

（原書，上海圖書館藏）

213 手稿本翁文端公日記跋

民國肇興十有五載，歲在乙丑，余乞得翁文恭師手書日記，爲之景印行世。時逾五載，倭寇爲虐，虞山被擾，翁氏文物散佚殆盡。余於上海書肆收得翁文端公日記二十五册，起道光五年，迄同治元年，間有殘缺。此四十餘年中，實爲清祚衰落之際。外患如英人鴉片之戰，攻佔廣州、舟山，焚毁圓明園，偪成城下之盟，陷我爲半殖民地；内憂如洪楊之亂、淮撚、滇回之亂先後迭起，蔓延十餘省。維時軍政之廢弛，吏治之頽靡，財政之支絀，幾於無可措手。清廷雖僅免覆亡，而禍根實已遍於朝野。宣宗偏信滿員奕山、英經、耆英、琦善等，昏庸誤國，迄未省悟；端華、肅順之同在樞府，窺見西后蓄意攬權，思患預防，力謀阻抑，機事不密，卒被殲除，遂成牝朝亂政之局，皆可於此窺見概略。原書紀載繁瑣，因摘其有關史事者，以著於篇。浙江海鹽張元濟。

附摘録凡例

一、京外官升調降黜紀述至詳。京官録至講讀科道，外官録至監司爲止。其他從略。

二、朝覲儀注尤涉繁縟，如駕出、迎送、謝恩、奏事、站班、陪祀等，所在地點、應用服色、行何儀節，全屬浮文，概不采入。

三、恭理喪儀、勘修工程、收發餉銀、驗收糧米、大挑舉人、揀發人員，均以王公大臣親蒞厥□，虚應故事，無裨吏治。作者屢承申命，兹亦從略。

四、考試爲清代人才從出之地，如鄉、會、殿試、朝考，及舉人、貢士試覆試、庶常散館大考、翰詹考試、試差考送、御史軍機、總署章京、内閣中書、學正學録、官學教習、所試題目，閲卷人員，取録名額，原記均極重視。以其有關掄才要政，故仍著録。

五、判閲文牘爲京朝官最繁重之事，作者官大理寺時，嘗一日畫稿至百數十件。官户、工部時亦然。依畫葫蘆，疲精勞神，無裨實事。録之所見官事之塗□。

六、清初八旗素稱勁旅。至道咸之際，京東不靖，檄調入關，均先會集京師，分撥各地，以資戰守。沿途滋擾，□□搶奪□□，到京後復由公家供給食宿，兵丁均有跟伕，多者約居兵額十之六七。兵卒攜帶僕從又謂奇事，録之以見營制頽廢歟。

七、京朝風尚，酬酢往來不容疏忽。凡賀喜、祝壽、問疾、弔喪之事，幾於無日無之。悉行删削。

八、作者文字優長，兼工吟詠。記中間有所作詩詞，均可傳誦。挽聯壽語亦極矜煉，名貴，均予録存。

九、作者於法書名畫、古書版刻及精校名抄出於名家手筆均能辨别真贋，考訂源流，足資賞鑒。録之以助讀者雅興。

（録自作者親筆改定之抄稿）

214　排印本鄂軺載筆序

舊制，子、卯、午、酉歲八月，直省舉行鄉試。先期禮部以試官請於朝，天子乃命翰林官或進士出身之科道部曹二人，往司厥事，甚盛典也。光緒二十九年歲癸卯，吾友李守一編修受朝命充湖北鄉試正考官，至於今三十有八年，距君之歿亦十有三年矣。哲嗣崧峻將以君奉使時日記曰鄂軺載筆者刊印行世，問序於余。余受而讀之，鄉闈典則經述綦備，足以考見一朝選士之制。命題校藝，晨夕將事，必敬必慎，唯隕越之是懼。是科副考官饒編修芝祥，中道聞訃，奔喪去職，而君以一身肩其任，故忠勤倍著。取士如額，所得多知名之輩，誠可謂無辱君命者也。試事既竣，越二年，又奉命赴日本考察學務，旋授廣西提學。既到官，創設全省小學校，爲數至夥，考績稱最。且以時局艱危，非變法不足以自拯，非破格用人不足以有爲，屢上書請赦戊戌黨人，一時稱爲敢言。君之能宣導新學，焦勞國事，固與尋常詞臣不同，而是編者亦不足以盡君之生平矣。民國紀元二十九年五月，館愚弟張元濟拜序。

（原書，上海圖書館藏）

215　劉氏傳忠録補編序

人與人相處，必當先盡其在我者，而後彼此之間乃可以相感而通。語云「盡己謂忠」，其義彰矣。人有恒言曰忠信、曰忠恕、曰忠貞、曰忠義。人生美德，不可勝述，而要皆以忠先之。忠之時義大矣哉。我爲東方古國，有君者逾四千年，君臣之義冠於五倫。爲臣當忠，著爲彝訓，行之不替。忠之一言，幾爲爲人君者所專享，與爲子者之孝其父母正同。民國既建，帝制遂亡，世人乃呺呺然曰吾今無君矣，吾烏乎用吾忠。於是膺禦侮之任者稍不遂意，則起而倒戈矣。有守土之責者，志有所□，則棄城而遁矣。下逮臨民之官，昧其天良，則□下而媚上矣。恬不知恥，競以無君之説文其奸，而有心世道者亦莫敢昌言以觸衆忌。不知魯論言忠凡十三見，而舉事君者止對靈公一言及之。且大學揭桀紂之暴民，易卦誦湯武之王命，其所論述君臣之義與其俗所見迥殊。吾知孔子生於今日，必惡惡友邪説，彼行益能昌明其吾道一貫之旨也。宋儒真西山曰：「聖賢之言忠，不專於事君。爲人謀必忠也。於朋友必忠告也，事親必忠養也。至於以善與人，以利教民，無適而非忠也。」劉氏傳忠録首載此序，今劉子逸樵將踵續録而增補之，猶是此旨。余恐世人之不解其真意也，故爲之闡述如右。至劉氏三世先賢之行誼具在録中，兹不贅。三十七年十二月二十五日。

（録自張元濟全集第十卷）

216　景印永樂大典本水經注跋

是爲嘉靖重録之本。全書收入「賄」韻「水」字中，起卷一萬一千一百二十七，終一萬一千一百四十一，凡十五卷。此蓋依大典全書篇帙之多寡定卷册之厚薄，故與原書分卷不同。嘉靖迄今四百餘年，幾經兵燹而煌煌鉅册猶在人間，首尾完善，一無殘逸，不可謂非藝林盛事。四庫總目謂原出宋槧善本，戴震以朱謀㙔本校上是書，補其闕漏者二千一百二十八字，删其妄增者一千四百四十八字，正其臆改者三千七百一十五字，雖訛奪倒互，隨在皆有，而善長遺籍，得藉是以還舊觀，抑亦世間鴻寶矣。戴校定本自聚珍版印行，舉世奉爲圭臬。同時有趙一清之水經注釋，大旨相合。四庫亦著於録。提要於其注中有注，雙行夾寫之説，甚有微詞。趙氏成書在前而出書在後，戴氏反之，於是二家争端以起。祖戴者謂依據大典原本，經注分别之三例，爲戴氏所發明。祖趙者謂分經分注，見於全氏之七校本，而趙氏因之，戴氏竊據潤飾，僞託大典，以掩其跡。主前説者有孔氏繼涵、段氏玉裁、程氏易疇；主後説者有魏氏源、張氏穆、楊氏守敬；而調停其間者爲王氏先謙。聚訟紛紜，幾爲士林一大疑案。今何幸異書特出，百數十年之癥結涣然冰釋。是書之幸，亦讀者之幸也。高宗親題謂：「雖多割裂，按目稽核，全文具存。」又曰：「永樂大典所載之書散入各韻，分析破碎，殊無體例，是亦其一。」余誦其言，初疑必以一水名分列一韻，今覩是本，乃知不然。於此益信爲學之道之不可以耳食矣。海鹽張元濟。

（原載續古逸叢書之四十三永樂大典本水經注，商務印書館一九三五年十二月版）

217　明嘉靖刊本長安志跋

昔吴枚菴聞書賈朱繡城云，海鹽張氏有宋刻本。余家藏書久散，僅存六世祖青在公清綺齋書目一帙，不載其名。今不知此書尚在人間否？是本刊印不精，故竹垞指爲「字畫麄惡」，然黄俞邰跋陶爾成所藏同式之本，稱爲「流傳甚少」，則亦尚可藏弆矣。青氈不守，想像徒勞，獲睹是編，如逢故物。今以庋之涵芬樓中，其或能保存於勿替乎。壬子秋日。

（録自涵芬樓燼餘書録）

218　徐繼畬地理著作兩種序

五台徐松龕先生，道咸間名臣也。博聞强識，尤長輿地考證之學。所著瀛環志略，爲中土言外志者之先河，久已家置一編，不脛而走。晚年益究心東西北邊徼諸地，嘗取班、范地理、郡國二志，與一統志互證參稽，間下己意，纂成兩漢沿邊十郡及幽并涼三州今地考略二書，意在疏通今古，俾言邊事者得所攷鏡。削稿既竣，迄未行世。今從孫吉午，懼先箸之就湮，亟謀付諸剞劂，手稿本來索一言。元濟知識闇昧，地學夙尠研討，於先生之書之懿，無能有所闡述。獨念當先生著是書時，海禁初開，疆圉猶謐，凡所列漢時諸邊郡，非我行省，即我近藩，當軸者視之固晏然衽席地也。曾不百年，而門闥洞開，東西强鄰，鷹瞵鶚視，昔之行省近藩，或則視爲机肉禁臠，宰割已定，或方張周結之網，盤遠勢以皋牢之甚者，㗲我族類，爲虎倀，爲雉囮，冀以逞其耿耿馳逐之私，使我謀國之士，日憔然於邊事外交，黴繞紛拏而不可解，於以歎事變之至，如環無端。而一二前哲，深識遠鑒，以匡居箸述之意，動人以綢繆固圉之思。其爲慮，信非逡人所能及。惜乎先生此書，未及與瀛環志略同時踵出，而今讀者恨發矇之已晚也。民國二年仲春，海鹽張元濟謹序。

（録自手跡影印件，載徐繼畬著兩漢志沿邊十郡考略、兩漢幽并涼三州今地考略，臺灣廣文書局據「中研院」歷史語言研究所藏本影印，一九七八年版）

219 嘉慶十年路鐞續修平湖縣志跋

有清末葉，余始爲涵芬樓收書。積二十年，方志一門凡得一千四百餘種，總二萬餘册。不幸閘北之役盡化劫灰。先是余親家平湖葛君詞蔚纘承先業，傳樸堂藏書之富，駸駸乎爲浙西之冠。詞蔚亦喜集方志，彼此假缺，互假抄藏。涵芬樓所儲平湖縣志僅有乾隆年間高、王二本及光緒初彭潤章新修者，而葛氏乃獨有此嘉慶十年路鐞續修本，因借而迻録之，庋諸樓中。涵芬一炬，人無不爲海内方志惜。不意閲六年而日寇再至，傳樸弆藏隨之散佚。至是而浙西藏家之方志殆盡矣。書徵姻台語余，方寇至時，此本適攜出檢閲，故未及於難，因出以相示。余以痛涵芬者痛傳樸，然又未嘗不幸傳樸猶有此碩果之存。因書數行，以留此一段公案。余收書數十年，僅獲見此一本。物罕見珍，吾尤願葛氏賢子孫之能世守勿替也。乙酉孟秋，日寇乞降後之第二日，海鹽張元濟，時年七十九。

（録自張元濟全集第十卷）

220　太平天國海鹽縣糧户易知由單跋

余童時侍母自粤東回海鹽，時洪楊之亂甫就敉平，清廷方詡其中興之盛。洪氏遺跡剗削惟恐不盡，故「太平天國」之稱，絶未入於余耳。偶見有太平天國錢，「國」字作「国」，與右單所刊同。錢形制甚小，且至窳陋，未久亦不復再見。右單又有鄉官之名，鄉人多有曾充是職者，每諱言之。余年幼未能問其職掌，今其人亦無一存焉者矣。顔氏家居南郭，未遭兵燹，房櫳無恙，故是單獲全，亦廑存掌故之資也。庚寅初冬，張元濟，年八十四。

（原件，上海圖書館藏）

221　天父下凡詔書跋

原書每半葉九行，行二十二字。句讀圈點及人名旁加直豎，提行格數悉依原式。文字有不通處亦不改動，惟確知其誤者，則標注於下。又第一葉後半、二葉前半跨鈐「旨准」大方印，廣約方四寸。「旨准」二字廣約方二寸，外環龍文。本書十五葉又半葉零一行。中華民國二十一年八月四日在廬山録竟。張元濟。

（原載太平天國詩文鈔，下册，羅邕、沈祖基編，商務印書館一九三四年二月國難後第一版）

222　排印本入告編跋

是書原板久佚。今流傳者祇有嘉慶補刊本，且甚罕見，然舛誤既多，字亦漫漶。因參考他書謹加訂正，其有疑義者則空格，以方匡別之。至全書四編行款參差，今悉改歸一律。宣統三年四月在上海商務印書館用活字排印。既竣，謹識數語以示後人。

（原載入告編，［清］張惟赤著，商務印書館清宣統三年排印本，張元濟圖書館藏）

223 清道光二十五年海寧楊氏述鄭齋重刊本西臺奏議、黄門奏疏識語

以齋先生海鹽縣志亦列其名，或原籍歟。元濟。

（原書，上海圖書館藏）

224 明嘉靖元年浙江官刊本嘉靖元年浙江鄉試題名録識語

是由鄞縣天一閣散出。吾邑鄭端簡公舉是科鄉試第一人。物以人重，余故收之。海鹽張元濟識。

（原書，上海圖書館藏）

225 排印本癸酉浙江鄉試録識語

同治癸酉，余七歲甫入塾，仲可同年尊人印香年丈以是歲舉於鄉，迄於今五十五年矣，科舉之廢亦二十餘載。過此以往，凡涉兹事之掌故，故無復有知之者矣。余曩得先九世祖順治時鄉會聯捷闈藝，珍如拱璧。前日過市，偶得此録，因以歸諸仲可，想與余

有同感也。

（録自徐珂《張元濟訪書刻書》，載徐珂著《康居筆記彙函》，一九三三年排印本）

226　題張豫泉同年六十年前鄉榜題名録

光緒己卯歲，余年十三，隨宦粵垣，寓紙行街，從謝榴生先生讀，學爲舉業。是秋鄉試榜發，一夕燈下，余父出廣東闈墨，指弟一名陳伯陶所爲文爲余講解，言次若不勝企羨者。余私自揣，他日余亦必爲此以娱吾親。翌年，侍母回海鹽，其年冬余父以署理陵水縣事，積勞病殁任所。越九年己丑恩科，余獲中式。本省鄉試闈墨出，刊余首藝，余僅得捧呈吾母，而吾父已不及見。又四年壬辰，余舉進士，覯同榜陳伯陶名，追憶己卯秋夕侍吾父誦廣東闈墨事，歷歷如在目前，而吾父棄養已十有二年矣。追晤子礪同年，語以是事，真如舊識。豫泉同年，先與子礪同登鄉榜，是年又同舉進士，顧以病未與殿試，其後復改官外省，故蹤跡較疎，國變後來居上海，時一相見，始知與子礪爲兒女親家。子礪弟十一女適其弟七子俊堃，嘗偕其兄良士以年家子禮來謁，余見之如見故人。今歲余移居霞飛路，距豫泉寓所近，過從稍密。舊事舉鄉試滿六十年當重赴鹿鳴宴。豫泉今歲躬與其盛會，新得當年坊刻題名録一葉，朋輩競爲詩，以張其事。豫泉以眎余，余所識榜中人僅崔磐石前輩、劉問芻、謝漱六三君，顧皆已作古人，子礪亦已於八年前下世，獨豫泉爲僅存之碩果，且精神矍鑠，强健無殊五六十許人，轉瞬壬辰再周，重宴瓊林，亦意中事。余欲爲之賀而愧不能詩，因記其與是榜之因緣，兼豫爲十三年後隨君同會瓊林之左券焉。

豫泉宗兄同年大人雅鑒　　年小弟張元濟拜記

（録自手跡原件，上海圖書館藏）

227　題顔雪廬先生大考第一卷後

按此次大考，系咸豐九年九月十二日降旨，十六日在正大光明殿考試，十七日派出閲卷大臣彭藴章、周祖培、瑞常、趙光、花沙納、全慶、匡源、劉崐凡八人。十八日提曉，列入一等者二名，雪廬先生首列，次爲周學源，原擬四名，第二爲許彭壽，第三爲潘祖蔭，經欽定移置二等末。二等共二十二名，三等四十名，四等一名。二十三日引見一等二人，均以侍講學士升用。二等前列黄倬升侍講。夏同善、景其濬升庶子。楊秉璋、孫如僅、馬恩溥升侍讀。梁肇煌、杜聯升侍講。楊榮緒、瑞聯、任兆堅、張之萬、沈秉成、寇嘉相記名，遇缺提奏。其賞緞匹者譚鍾麟、洪昌蘇、馮譽驥、羅嘉福、鮑源深、藍拔奇，而欽定移置在後者亦蒙賞給。列三等降級罰俸者丁紹周、衍秀、麒慶、恩吉、延煦、馬元瑞、王凱泰、寶珣、范希淳、周礐芬、張訥、汪朝棨、錢桂森、王澎、董文焕、張正椿、福之、蘇勒布。改官内閣中書者一人，則列四等之于光甲也。其事距今八十五年，時移世易，先朝掌故，幾等雲煙，過此以往，恐無有人能言之者矣。樂真世兄出示此卷，余嘉其能述祖德，因詳考備録如右。民國紀元三十三年十月三日，張元濟。

按大考者爲考核詞臣之舉，惟翰林院、詹事府各員由進士授職者方得參與。考試無定期，特旨舉行。自少詹至編檢一律應試。既奉旨後不得告假，其告假在前者仍須補考。先由閲卷大臣擬定等第，再呈御覽核定。其考列在前者不次超擢，居下等者降黜不等。令至嚴，典至鉅也。

（録自張元濟全集第十卷）

228　題陸文慎手卷

嘉定陸伯葵先生於余爲七科前輩。余館選後，以後輩之禮晉謁，未獲相見。其後於廖仲山師家偶一晉接，嗣余與粵友設通藝學堂於宣武城南，其長公子芝田來共學，因得聞先生行誼甚詳，時深嚮往。戊戌政變，余以新黨落職，匆匆南返，歎親炙而無由，即芝田亦稀通音問矣。蘿庵賢婿爲先生外孫，出示此卷，爲先生手書，敘其家世及生平事蹟，而繫念温如同年之言行及所以勖勉蘿庵與其二兄者尤深。卷末讀書養志、植品擇友、識時擇術、兄弟妯娌和睦爲主。布帛菽粟之言，可爲家範，可爲座右銘。蘿庵昆仲世寶之。二十六年十一月九日。

（録自張元濟全集第十卷）

229　日本抄本潰癰流毒識語

此書爲日本内藤虎次郎所贈，恐今後無以慰兩死友之望矣。菊生。

（原書，上海圖書館藏）

230　清光緒年手稿本郎亭廉泉録跋

顧起潛既得此帳，以眎冒鶴亭。鶴亭爲撰長跋於後。非身歷其境者，固不能言之親切若是也。以今言之，除俸銀米摺外，皆非所當得者。然衡之當日，情似未允。起潛復屬余題數字於簡耑，余何敢貌爲苛論。爰定此名，冀稍副其實耳。壬辰夏五月，張元濟病中倚枕書。〔一〕

（原書，上海圖書館藏）

〔一〕案：另見一份抄稿，文端有「此汪柳門師手録親友、門生饋贈銀簿」十五字，但未注明所據何原件。

231　稿本沈氏(曾植)門簿跋

世人知有藍皮書、白皮書，不知前清京師時尚有黄皮、紅皮兩種本子。黄皮者，今報房每日印繕之京報，所載爲當日之宫門鈔、明發諭旨暨發鈔京外臣工之章奏，後改名諭摺匯存。紅面者，京官宅子之門簿。閽人記每日來訪之客之姓名、住址及來訪之原因，或見或否，有時並及其官職及與主人之關繫，以備酬答之用。二者均爲居官者每日必讀之物。是爲吾郡沈子培先生宅中之門簿，時在光緒二十九年。先生方官外務部，卜居於宣武門外上斜街，旋即簡授江西廣信遺缺府，出京赴任，道出天津、上海、揚州、九江、南昌，沿途所記，可以考見一時之人物。吾友顧君起潛得諸故紙堆中，持以相示。留閲數日，因記數語歸之。一九五一年十月十七日，海鹽張元濟，時卧病已一年又十月矣。

（原書，上海圖書館藏）

232　清吕無黨抄本金石録題記

此爲吕無黨先生手抄校定之本，後六卷爲他人所寫，然易安跋語，「留」字皆爲字不成，度必爲吕氏子弟之筆。卷端有「古鹽張氏」「松下藏書」兩印，是爲吾家舊物。散出之後，先後爲蘇州五硯樓袁氏、千墨菴貝氏，暨侯官林文忠公收藏，去秋又流入京師琉璃廠書肆。江安傅沅叔同年助余蒐羅先代藏書，以書來告，急請諧價，以銀幣貳百圓得之。甫議定而京津戰事又作，郵筒梗阻，寄存友人孫伯恒許半年有餘，昨始托人攜歸。展玩再四，既幸先人手澤之得以復還，益感良朋介紹之雅。謹書數語，以示後人。丙寅四月十八日晨起，泚筆記。菊生張元濟。

按農師公諱嘉穀，爲詠川公嗣孫，與余高祖爲兄弟行。元濟再識。

（原書，上海圖書館藏）

233 景印清儀閣所藏古器物文跋

有清之初，吾郡朱竹垞以經小學昌明於時，鄉賢承風。至乾嘉間，以搜羅金石文字爲經小學集考訂辨證之資，則自吾宗叔未解元始。解元所居去吾邑不二三十离，家有清儀閣，考藏古器物文。自三代迄清，凡鐘鼎、碑碣、鉢印、磚瓦，乃至文房、玩好之屬，多爲歐、趙、洪、婁、王、劉、吕、薛諸家所未及者。且諸家每詳於石而略於金，或專於金而闕於石。閣中所藏則皆搜集並存，手自摹拓，疏證翔實，尤出諸家之上。解元爲阮文達入室弟子。師資既富，又當時同學若吴侃叔、朱椒堂、張文漁父子及其戚串徐同柏類皆通金石學識、古文奇字，與之上下議論，互相觀摩，博考約取，積久而取益精，用益宏。清儀閣之著録溢乎研經室矣。夫講求金石之學浙中最盛，吾郡以文物著稱，甲於浙西。自竹垞以經小學開於先，而解元又集金石學之大成，精神呵護，終使裒然鉅帙，如昭陵繭紙發見人間，洵希世之珍，照乘連城未足諭也。徐子曉霞獲此重寶，思所以永綿鄉先生之手澤，以爲自來金石著録，皆鉤摹繕寫，棗木傳刻，展轉失真。原拓形神，往往愈去愈遠，實爲憾事。乃付涵芬樓爲之影印，與墨本不差累黍，出而公諸同好，摩挲方册，不啻與清儀閣默爾晤對，共敦古歡，而曉霞表揚鄉先生之功，即亦同垂不朽矣。海鹽張元濟。

（原載清儀閣所藏古器物文，涵芬樓一九二五年景印徐鈞藏本）

234　爲陳叔通題清代錢譜拓本

叔通吾友嗜收錢譜，數年以來，蔚成鉅觀，獨闕有清一代，嘗引以爲憾。丁巳冬，同年孔季修自粵寓書，謀印所拓錢譜，且言搜集清代錢爲獨富。叔通欲得其拓本，余爲請諸季修。未及數月，遂以新拓本寄示。雖自敘謂鮑氏所收有未覩者，又西藏寶錢亦均未獲，然罕見之品已指不勝屈。叔通得此，可以集古今之全矣。敘中舉余字曰「穀生」，粵音「穀」

「菊」無别，季修蓋誤書也。叔通裝成，因書數語還之。

戊午冬日，張元濟。

（録自手跡照片）

235 題翁同龢臨茅山碑

先師翁文恭公書名滿天下，得其寸縑片楮者，無不珍如拱璧。宗慶世兄以公所臨茅山碑見示。雖隨意揮灑，而剛勁之氣流露於翰墨之間，古誼忠肝，足與平原相頡頏。展對再四，欽仰無窮。宗慶於亂離之際，抱持而出，得使手澤常存，尤足珍也。壬午清明前三日張元濟敬題。

（録自張元濟全集第十卷）

236 瞿熙邦手鈔本清綺齋書目題識

先六世祖青在公藏書甚富，不知於何時散失。余父及伯叔輩從未言及，蓋爲時甚久矣。余家並無存目，此爲傳録海寧管芷湘先生寫本。誦其跋文，知涉園插架先散。顧涉園藏本尚時時見諸海内藏書家，獨清綺遺書幾於絶無僅有。此真千秋恨事矣。異日當印入涉園叢刻，以緜手澤。鳳起世兄借録副本，將以儲之鐵琴銅劍樓中，附驥尾而名益彰，豈不幸歟。丙子秋日，海鹽張元濟。

（録自瞿熙邦抄稿）

237　浙江圖書館善本書目甲編序

陳子叔諒長浙江省立圖書館有年。去歲冬於館創設全浙文獻展覽會，余往觀者再。雖公私藏弆未能盡致，然縢帙滿前，吾浙文物之盛可以概見。越二月，以所輯館藏善本書目甲編示余。余惟浙中藏書素負殊譽。宋元之世綿邈勿論，於明有錢塘妙賞樓高氏、嘉興萬卷堂項氏、山陰澹生堂祁氏、會稽世學樓鈕氏、鄞萬卷樓豐氏、天一閣范氏、蘭溪少室山房胡氏。於清有仁和小山堂趙氏、玉玲瓏閣龔氏、壽松堂孫氏、欣託山房汪氏、椒園沈氏、丹鉛精舍勞氏、琳琅秘室胡氏、結一廬朱氏、錢塘瓶花齋吴氏、振綺堂汪氏、抱經堂盧氏、蝀影園何氏、嘉惠堂丁氏、海寧道古樓馬氏、得樹樓查氏、向山閣陳氏、拜經樓吴氏、別下齋蔣氏、嘉興静惕堂曹氏、清儀閣張氏、秀水潛采堂朱氏、平湖味夢軒錢氏、小重山館胡氏、石門講習堂吕氏、桐鄉文瑞樓金氏、裘杼樓汪氏、知不足齋鮑氏、歸安芳椒堂嚴氏、咫進齋姚氏、皕宋樓陸氏、烏程䁖琴山館劉氏、德清鑒止水齋許氏、鄞雲在樓陳氏、雙韭山房全氏、抱經樓盧氏、山陰鳴野山房沈氏、瓞瓜堂周氏、蕭山十萬卷樓王氏、湖海樓陳氏。即吾海鹽，如胡孝轅之好古堂、張文魚之石鼓亭、馬笏齋之漢唐齋、黄椒叔之醉經樓及余家之涉園。當其盛時亦嘗充箱照軫，輝耀一世。或百年或數十年，堂構凋零，五厄時至，銷沉飄墮，莫可究詰。琳琅萬卷，化爲煙雲。東觀石渠，徒留後人憑弔之跡。獨天一兀峙，巋然靈光，而菁華亦既耗竭矣。七閣之建，逾二百載，東南存者，厥唯文瀾，雖中更喪亂，而鴻編鉅簡，散者復聚，佚者復完，典册有靈，神物呵護，省館得是以爲之基。主其事者錢、單二子，精研國故，思有以光大之，博收廣采，日有增益。叔諒規隨，克竟其志。自宋訖明，精槧名鈔凡得六百餘種，而浙人著述有四之一，其在今日洵難能而可貴矣。自兹以往，倘能盡集鄉賢遺著，薈萃一堂，更取宋之臨安書棚、元之西湖書院、明之閔淩二氏套板諸舊本而附益之，使全浙之文獻充實光輝，與湖山而益壽，豈不懿歟。吾知叔諒必有取於是矣。民國紀元二十有六年二月，海鹽張元濟拜序。

（原載文瀾學報第三卷，第一期，一九三七年三月三十一日發行）

238 藏園群書題記續集封面題詞

（第三册封面）此册沅叔初誤寄其所留者，未有題語。因寄還，易得此本。

（第二册封面）己卯正月中旬寄到。

（原書，上海圖書館藏）

239　排印本番禺葉氏遐庵藏書目録序

本館籌設於抗倭之際，旨在保存國粹，聯合氣誼相投之友，各出所藏，以期集腋。吾友葉君遐庵自港旋滬，力予贊助。三十二年五月即舉所藏地理類書籍相贈。空谷足音，良可喜慰。君宏才碩學，五膺閣席，凡交通、經濟、文化、教育諸大業，多所建樹。即以藏書一端而言，系統分明，博搜精鑿。其尤爲專嗜者，蓋有三類：當年掌領交通，周諮鄉邑，整理古蹟，瞻禮梵音，因收名山勝蹟、寺觀、書院、鄉鎮之志，蔚成大觀。是即捐贈本館之一部份也。此外有清人詞集類，爲從事清詞鈔之選輯，備一代風俗之史，若別集、總集，通行者咸列插架，並有罕見秘笈爲海内所無。又有美術、攷古類，擬撰識小録，爲經眼文物之攷證。若國内外所著有關我國文物之圖譜、照片，廣事蒐羅，幾無不備，不幸於今春運粤途中燬於沙面之火。專藏三類已失其一矣。去秋，君將返棹珂里，檢理平生師友手札，及親歷諸事文書，鄭重交館珍庋，足徵君之勤求文獻，垂老不倦。而於本館信賴之篤，尤感知音。兹先以地理類目録編纂告成，計九百六種，三千一百四十五册，付諸石印，以便檢閲。君頤養之暇，不遺在遠，復書來將以存滬藏書陸續見貽，同人咸爲感奮。他日詞鈔寫定，其詞集類倘亦舉以付館，俾與地理類合成雙璧，豈不懿歟。嘗念專藏之難，必日積月累，鍥而不舍，始克有成，斷非一時一地，咄嗟可以立辦，況丁喪亂，文物摧毀之餘邪。南雷所謂「讀書難，藏書尤難」，於今益信。上海爲通都大步，尚乏完善之圖書館，寧非憾事。甚願合各家之專藏，以成一館，合各專藏之館，以萃於一市，庶收分工合作之效，蓋亦我合衆命名之意也。質之遐庵，以爲何如？中華民國三十七年八月一日，海鹽張元濟，時年八十有二。

（原載番禺葉氏遐庵藏書目録，上海私立合衆圖書館一九四八年八月印行，線裝排印本）

240 排印本杭州葉氏卷盦藏書目録序

日寇蹂躪東南，故家淪替，圖籍散亡。吾友葉君揆初憂之，奮然興起，邀余與陳君陶遺共同創辦合衆圖書館於上海，以文史爲範圍，首出所藏，以資倡導。余亦舉所蓄繼之。賃廡兩年，思必自有館址始爲久遠之計。顧其時物價動盪，瞬息萬變，而滬地不易置屋，興作尤艱。君乃捐地畚築，半載落成。遂成立董事會，君當選常務董事，實主持之。洎後贊助者相率輦書至，蔚爲鉅觀。君傍館而居，昕夕莅止，舉凡制度之規畫，出納之籌措，以及徵訪採購，事無鉅細，往往躬與料理。暇且以善本之甄别、校筆之審鑒，啓導館友，娓娓不倦，如是者八年。滄桑迭更，而得履險如夷者，君護持之力也。君早掇甲科，盛年佐幕遼東，嘗參省政，興革未幾，退隱金融界，居恒丹鉛自遣，身履膏腴之境而淡泊持己。當干戈擾攘之日，獨負此爲而不有之宏業，不屈不撓，爲祖國保有此大宗文獻，其毅力爲何如耶。命名合衆者，取衆擎易舉之義，化私爲公，尤足詔示方來。君家非素封，又廉退不求積聚，世有以多資疑之者，殁後始恍然悟其無蓄。是可以覘高尚之志爲不可及矣。不幸未見解放，遽歸道山。同人追隨成規，尚無失墜。今我人民政府重視文教，對民族文化遺産保存尤力。同人秉承遺志，謀加鞏固，因決議捐獻政府，歸之人民，是亦成君以合衆名館之初意也。溯我館歷十有四年，藏書凡三十萬册，編具草目十之七，受讀集材者日至於門。每欣然獲覩罕異，各饜其所欲而歸，咸嘖歎流澤之長不置。又君藏箧多名人校稿，丹黄手勘親加題識者甚夥，自非寢饋甘苦，孰能臻此？世徒以經濟多君，而不知其爲學固卓犖有成若此。君藏書早成草目，曾自披閱而未及詳校，今先印行以作紀念，他日政府就此基礎大事發展，推原首創之功，亦以永垂不朽，相得益彰，是之謂歟。君名景葵，卷盦其别署也。余識君踰五十年。光緒丙申，余在京師創設通藝學堂，始得切磋，其後交誼倍親。

及際鼎革，息影滬上，往來益密，一瓻之樂，與有同嗜。君今往矣。後死有責，力疾寶護，庶亦足告慰於九原乎。西元一九五三年四月二十四日，海鹽張元濟，時年八十有七。

（原載杭州葉氏卷盦藏書目録，一九五三年四月合衆圖書館印行本）

241　排印本涵芬樓燼餘書録序

余既受商務印書館編譯之職，同時高夢旦、蔡孑民、蔣竹莊諸子咸來相助。每削藁，輒思有所檢閱，苦無書，求諸市中，多坊肆所刊，未敢信，乃思訪求善本暨收藏有自者。會會稽徐氏鎔經鑄史齋之書將散，徐氏故子民居停主人，乞其介歸吾館。旋以數十櫝至。書固不惡，然所需者則猶未備也。

余昌言收書，聞者踵集。最先所得者爲清初沈寶研據宋趙安仁刊所校之莊子，次則明洪武刊西域海達兒等之譯天文書、宋刊元明遞修之王充論衡，諸明刊所佚累害篇一葉猶存焉。

古籍散亡，印術日新，余恒思擇要影印，以餉學者。然必須先得善本。革命軍興，故家淪替，楹書莫守。時則北京清宗室盛氏意園、廣東豐順丁氏持静齋所藏弆者，先後爲估人捆載而出。余各得其數種，而以影鈔明洪武刊之元朝秘史、宋景祐刊補元大德延祐元統明正統本之漢書爲之魁。

同館諸子謂宜乘時登報徵求。太倉謏聞齋顧氏後裔僑居上海者應募而至，邀余入城至其家。觀所藏，則櫥架淩亂，塵封蠹積。稍稍繙閲，大都爲黄蕘圃、汪閬源兩家之物。既諧價矣，主人謂尚有鈔本數百册，益我百金，可並攜去。余慨然諾之，則昭文張金吾所輯之詒經堂續經解也。今亦熸於兵燹矣。

於時涇陽端氏、江陰繆氏、巴陵方氏、荆州田氏、南海孔氏、海寧孫氏之書亦各星散。余展轉蒐求，多有所獲。今録中所載巍然首出者，有宋刊六臣注文選，則得之涇陽端氏；宋黄善夫刊史記、南北宋刊配合之南華真經，則得之荆州田氏；宋刊元修之資治通鑑，則得之南海孔氏；宋慶元刊春秋左傳正義、撫州本春秋公羊傳解詁、宋紹興刊後漢書，則得之海寧孫氏者也。

群書充積，而罕見之本亦日有增益。書室狹隘不能容，時人方以圖書館相督責，乃度工廠前寶山路左曩所置地，構築層樓，而東方圖書館以成，舉所常用之書實其中，以供衆覽。區所得宋元明舊刊暨鈔校本、名人手稿及其未刊者爲善本，别辟數楹以貯之，顔曰「涵芬樓」。

余積書之志至是稍慰，而影印古籍之念日迫，收書之願亦愈閎。烏程密韻樓蔣氏所蓄書，視吾館尤富。質於浙江興業銀行，期滿不能償。吾乃輸鉅資以得之。其最可寶者，有嘉靖重寫之永樂大典十餘册，而武英殿聚珍本水經注所自出之前半部即在其中。未幾，北伐軍起，訛言日至。東方圖書館距滬寧鐵道車站不半里，慮有不測，乃擇其尤者移存故租界金城銀行保管庫中。戰事粗定，而揚州何氏之書又有求沽之訊。余泝江而上，登門乞觀。察其書，多有用，且饒精本。市易既定，輦書而出。迨至鎮江，而江浙之戰又作。間關達滬，幸無遺佚。既入庫，分別部居，急擇其珍秘者登諸涵芬，並簡其前所未及者續移之金城庫中。部署甫竟，而倭寇遽至。「一·二八」鬨北之役遂肇興於此時。大難未臨，余何幸乃能爲思患之預防，不使此數十年辛勤所積之精華同歸於盡，可不謂天之所祐乎。

余樂睹此倖存之書，而又慮其聚久必散也。爰於暇日，各撰解題，成此四卷。總計所存，凡宋刊九十三部，元刊八十九部，明刊一百五十六部，鈔校本一百九十二部，稿本十七部。其曾入於著名藏家如鄞縣范氏之天一閣、崑山徐氏之傳是樓、常熟毛氏之汲古閣、錢氏之述古堂、張氏之愛日精廬、秀水朱氏之曝書亭、歙縣鮑氏之知不足齋、吴縣黄氏之士禮居、長洲汪氏之藝芸書舍及泰興延令季氏者，不可勝計。印記纍纍，其流傳固有緒也。清人校勘之學，夐絶前古。長洲何義門、仁和盧抱經、嘉定錢竹汀、曲阜孔葒谷、陽湖孫淵如、海寧陳仲魚、元和顧千里、高郵王伯申、吴縣黄蕘圃、長洲陳碩父輩，皆其矯矯者。録中之書爲所勘定者尤多。丹黄錯雜，析疑正謬。前賢手澤，歷久如新。是則至可寶貴者也。有何義門手校古今逸史全部，當危急時，曾令移出。典守者誤以他書充之，遂爲六丁攝去。變起倉卒，急不暇擇，類是者不知凡幾。每一念及，使我心痗。

民國之始，余鋭意收集全國方志。初每册值小銀錢一角，後有騰至什伯者。此雖不在善本之列，然積至二千六百餘種，凡二萬五千六百餘册，亦非易易。今無一存焉。其間珍貴之紀述，恐有比善本爲尤重者。而善本之存，亦僅此數十篋焉。題曰「燼餘」，所以志痛也。稿成，儲之篋中，未敢問世。館友李拔可敦促再四，前歲始付製版。工僅及半，余以病阻，事遂中輟。拔可復約顧子起潛賡續爲之。起潛邃於流略之學，悉心讎對，多所匡正，不數月遂觀厥成，滋可感也。

涵芬善本，原有簿録，未燬之前，外人有借出録副者。起潛語余，北京圖書館有傳鈔本，盍借歸併印，以見全豹。余韙其言，移書假得。審係草目，淩躐無序，就余記憶所及，遺漏甚夥。蔣、何二氏之書，尤多未列。然所記書名，汰其已見是録者，猶千有七百餘種。異日史家纂輯藝文，或可稍資採擇。因更按部分類，略加排比。校印既竣，以附卷末。後之覽者，庸有取焉。時距書焚後已十有九年矣。海鹽張元濟。

（原載涵芬樓燼餘書録，商務印書館一九五一年排印線裝本）

242 帝后像册題識

李君文卿有嗜古之癖，於金石書畫，無所不究。柯師醫士與有同好。己未歲暮，歸自歐洲，覓得影印吾國古帝后像凡數十葉。李君愛之，柯師君因輟以相贈，屬其友張元濟書此紀念。

（録自原件照片）

243 題葛書徵藏古印扇面

竹垞、羨門兩公同舉康熙鴻博，爲吾郡有數人物。書徵姻台搜輯古印，各得其名印數方，摹貼扇頭，堪稱雅玩。元濟。

（録自手蹟照片，原件葛賢鏆藏）

244 清抄本續澉水志跋*

余嘗以所收本邑文獻凡數百種，施之合衆圖書館。敦甫世兄嘉余此舉，慨出所藏董穀續澉水志附於其後，補余所施之闕。原書抄手不高，頗有訛奪，病中未能校正，然其盛

意不可忘也。爰題數言，兼以誌謝。張元濟。時年八十六。〔一〕

〔一〕案：該跋右側有趙世暹題辭：謹贈海鹽張氏涉園藏書慶。江右後學趙世暹。卅六年十、廿四。

（原書，上海圖書館藏）

245　校刻本意林跋

民國五年五月，友人以舊書數種見示，中有意林一部，爲譚仲修先生校本。徐仲可同年謂先生晚年病腕，卷中書勢倚縱者，爲先生手蹟。其字體工整者不知爲何人所校。翌日以示吾友陳叔通。甫閱數葉，即言爲其令叔謌士先生遺墨，因語余，仁和許邁孫擬刊是書，倩先生爲之校訂，今家中尚藏有藁本，又常與仲修先生從事本省書局，平日以校勘之事相切劘，故録副以就正於先生。先生又以己所見者增補於上也。余惟古書散佚，固當亟爲刊佈，然校勘不精，則盡失古人之意，雖刊布亦奚足貴。是書經兩先生手校，參互攷訂，無一字之苟且。朱墨爛然，望而知爲珍秘之本。叔通無意得見其先世手澤，尤爲欣幸，並出其所藏稿本，以相印證。余因購而歸之，以作兩美之合焉。周氏校注本近劉聚卿已刊入聚學軒叢書中，涉聞梓舊則依宋本補刊弟六卷。涵芬樓均有其書，疑此校必有出兩書外者，暇時當再從叔通借校也。海鹽張元濟。

（原書，上海圖書館藏）

246 清康熙潄六閣刊本清異録識語

山陰諸貞壯先生惠貽。丁卯仲春三日，張元濟謹識。

（原書，上海圖書館藏）

247 明隆慶五年葉恭焕手鈔本負暄野録跋

是書爲傅沅叔同年在京師爲余購得，計出銀幣十四圓，可謂貴矣。今距鈔録時已三百四十七年，即由吾家散出，亦百有餘年。今仍得歸故主，寧非至幸。余近來立願收涉園舊藏書籍，由沅叔作合者幾及十種。故人厚意，至可感也。丁巳除夕，涉園後裔張元濟識。

（原書，上海圖書館藏）

248 舊鈔本北窗炙録識語

辛亥十一月，傅潤沅同年自京師來上海，往蘇州訪古書，偶見此本，知爲吾家舊藏，因代購之，以歸於余，至可感也。陽曆正月十四日，元濟識。

（原書，上海圖書館藏）

249　景印宋本程氏演蕃露跋

陳氏書録解題雜家類：程大昌演蕃露十四卷，續六卷。宋史藝文志入類事類，卷數同。四庫總目正編增爲十六卷，續編六卷。此爲宋刻，無續編、正編之稱，僅存十卷，必非完本。特不知所闕者尚有如干卷。張氏學津討原所刊者十六卷，取校是本，分卷大略相合。然余決其非同出一源。何以言之？是本卷十「嘉慶李天鹿」「辟邪」二條，學津本乃見於十五、十六卷内，此不同者一；是本卷四「旌節」「梅雨」「佛骨」，卷十「笄」「時台」「臺榭」「吴牛喘月」「韋弦」「養和」凡九條，學津本均無之，即續編亦不載，此不同者二；尤異者卷九「箭貫耳」一條、卷十「金吾」「百丈」「先馬」三條，學津與是本同而又重見於十四、十五卷内。是必爲後人所竄亂，而非程氏原書可知。四庫本余未獲見，倘編次與學津本同，則所謂十六卷者亦未必可信。惜此僅存十卷，恐亦不足爲證耳。儒學警悟有是書六卷，適當學津本之十一至十六卷。然其卷六之「玉食」一條，則見於學津之第一卷；「壓角」「銅柱」二條則見於第十卷；而「玉食」「銅柱」二條文字且全不相合，又「嶓塚」「立仗馬」

「兩漢闕」三條，均不見於學津本。然則儒學本僅存之六卷亦必有所竄亂而非程氏之原書矣。卷三「北虜於達魯河鈎魚」條，「虜」字學津本均改「契丹」或「北」；卷四「父之稱呼」條，「虜呼父爲阿多」，「虜」字又改「回」，此則純避清代之忌諱。今欲睹程書真面，蓋非是本莫屬。雖有殘闕，亦可珍已。民國紀元二十有六年秋月，海鹽張元濟。

（原載續古逸叢書之四十五宋本程氏演蕃露，商務印書館一九三八年六月版）

250　夷堅志校例

甲、乙、丙、丁四志據嚴元照影宋手寫本。支志甲、乙、丙、丁、戊、庚、癸，三志己、辛、壬均據黄丕烈校定舊寫本。所補廿五卷則以葉祖榮分類本爲主，而輔以明鈔本。至再補一卷，則雜取諸書，均於條下注明從出。

篇中校注引嚴元照所校者曰「嚴校」，黄丕烈所校者曰「黄校」，其未知爲何人所校者則曰「原校」。嚴、黄兩氏均校勘專家，下筆審慎，凡所校訂，采數采列。

校時參用各本，其爲葉祖榮所編者曰「葉本」，陸心源所刊者曰「陸本」，呂胤昌、周傳信所刊者曰「呂本」「周本」，其援引他書者則載其本書之名。原據諸本錯簡、闕文，他本有可補正者，咸加甄録，並就本文記明起訖及若干字數，其文字異同而義涉兩可或較勝者，則取註於原文之下。惟葉本訛字頗多，明鈔本亦所不免，間從他本改訂。原文有不甚可解者，或審爲脱誤者，均以所疑附註於下。未必有當，聊備參考而已。排比工竣，覆校時見有與前條同例，爲初校所未及者，别撰校勘記附於卷末。亦有原本無譌而爲手民所誤者，不及一一更正，並附刊誤表於後，閲者諒之。全書卷帙既繁，校閲數年，時有作輟。前後歧誤，知必不免。學識淺陋，愆謬尤多。倘蒙指正，幸甚感甚。

（原載夷堅志，商務印書館一九二七年六月初版，排印線裝本）

251　清康熙漱六閣刊本名句文身表異録識語

山陰諸貞壯先生惠貽。丁卯二月初三日。張元濟謹識。

（原書，上海圖書館藏）

252　平湖葛氏傳樸堂原藏明本今獻彙言跋

明史藝文志雜史類高鳴鳳今獻彙言二十八卷，四庫雜家類存目僅八卷，提要云據其目録所刊凡爲書二十五種，乃首尾完具，不似有闕。北平圖書館所藏與通行彙刻書目均二十五種，而書名異者乃十之四五。是編爲余親家葛詞蔚兄所藏，乃有三十九種，較明史、四庫所紀及北平藏本均有增益。原書分裝八册，有書籤者三。首册題「内集」，注黑地白文「忠」字；七、八兩册題「外集」，注「征」「伐」二字。北平藏本雙溪雜記、菽園雜記二種合裝一册，書籤猶存，亦題「外集」，所注字形已損，約略可辨爲「樂」字。核其册數當爲第六，然則外集四册當以「禮」「樂」「征」「伐」四字爲記。以此推之，内集四册中有「忠」字，當亦必從論語中選用。論語中以「忠」字合成四言者，唯「忠信篤敬」及「文行忠信」二語。余友周越然嘗得一部，數種與是本同，惟是本首册三種乃在井觀瑣言之後，約當第三册。然則書籤所注當爲「文行忠信」四字而非「忠信篤敬」矣。原書雖無總目，然以書籤考之，當爲完書。余爲商務印書館輯印叢書集成，詞兄發篋相假。景印之時，司其事者不加審慎，乃以阿拉伯數字編印葉號，並以粉筆略施描潤。雖僅有二種，而原書真面已損。還書之日，詞兄墓有宿草，愧無以對死友。反因以重值，乞越然斥其所藏將以相易。詠莪姻台謂可不必，但屬紀數言，俾後之讀者得知此之由來。余重違其意，因書此以誌吾過。詞兄有靈，幸寬宥之。中華民國紀元二十有六年七月二十八日。

（録自張元濟全集第十卷）

253　清柘柳草堂鈔本客舍偶聞識語

民國十三年四月得於杭州抱經堂，計值銀幣六圓。付工重裝，踰月始畢。端陽節後一日，張元濟識。

（原書，上海圖書館藏）

254　排印本小蓬萊閣畫鑑序

吾邑李乾齋先生，以畫名於嘉道時，尤爲錢塘戴文節公所重，郡、縣志乘皆有記載。所著論畫諸書，展轉闕失，經後人搜輯編次，改定今名。畫雖藝事，然亦一邑文獻所關，久佚不傳，甚可惜也。乃語其賢孫介商務印書館爲之出版。書分七卷：曰宗派，曰鑒賞，曰畫學，曰畫法，曰畫友，曰自述，而殿以所著題跋。蓋畫理既賅，而先生之文采亦由此得見矣。書成，因爲略志數語，至其論畫精詣，則讀者共見，余不敏，不復贅云。後學張元濟謹序。

（原載小蓬萊閣畫鑑，民國二十三年四月商務印書館版，排印線裝本）

255　題張月霄詒經堂圖

余既掌商務印書館編譯之五年，先後得會稽鑄學齋徐氏、長洲十硯齋蔣氏遺書，乃建涵芬樓以庋之。其後又得太倉謏聞齋顧氏書千數百種，而以詒經堂寫本續經解爲最可貴。詒經堂者，昭文張月霄先生藏書之所也。曰續經解者，所以繼通志堂而作也。書凡數百鉅册，稍有欠闕，然存者尚什之八九。余爲之補寫，顧有罕見之本不易得，故猶未卒業。余欲竟月霄之志而未逮也。余友宗子戴，僑居常熟，嘗與數其邑藏書故事。及張氏，子戴語余其尊人湘文先生曩得詒經堂圖，藏弆有年矣，未幾，以圖至，展觀之，則蔣、朱、張、李諸序咸在是，此圖大抵爲是書作也。余先是以全書總目寫寄子戴，都八十六種，析之則言周易者二十，言尚書者十，言毛詩者十一，言三禮者十四，言春秋三傳者十五，言四書者九，言孝經者一，言五經總義者六，凡一千四百四十五卷。別有詩傳音釋二十卷，詩説解頤正釋二十三卷，詩傳通釋二十卷，新刊禮記纂言不分卷。春秋胡氏傳纂疏十一卷不在目内。丁氏善本書室藏書志有易講義、左氏摘奇二書，與涵芬樓本同版。匡外俱有「昭文張金吾寫定續經解」等字，似當時寫定者不止一部。然按蔣、朱、張三序，皆稱七十餘種；李序則云千二百餘卷，後之題者又云千六百卷，而月霄自序僅云如干卷。蓋隨見隨録，原無額限，編纂之始，爲格較寬，後經删定，重寫定本，刊落諸帙，遂多流播，諸人序題異辭者，時有先後，故數有多寡，大抵皆在未經寫定前。其目外五種暨丁氏所藏，殆又爲被删之初本也。朱槐廬行素堂目覩書目亦載是書，乃八十八種，所增者爲尚書疏義、春秋纂疏，顧有數種撰人、卷數既殊，書名亦微有歧異，而佚去撰人名氏者且九種。意者顧氏草草寫付，原多漏略，朱氏未獲目覩，故臆爲增訂以實之歟。常邑人士喜爲簿録之學，余聞趙能静先生家富藏書，其題詞深以不知是書書名、種數爲憾。余故詳著之，俾見斯圖者，得爲文獻之徵。子戴居是邦，與其賢士大夫游。其能助余搜補殘佚，復成完書，更與其鄉人共謀剞劂，以傳詒經之名於不朽乎。余日望之已。戊辰五月，海鹽張元濟記。

（録自張元濟全集第十卷）

256　題顧鶴逸畫海日樓圖

倪君壽川酷嗜吾友顧君鶴逸之畫，展轉得其爲沈子培先生所繪海日樓圖，重付裝潢，遍徵時人題詠，因及於余。余與培老累世交誼，同官京華，時往請益，厥後培老轉官江西、安徽，余已罷官僑滬，彼此音問不絶。逮國變後，培老亦移居海上，過從尤密。每談及國事，未嘗不太息痛恨，至於流涕。丁巳復辟之役，所謀不遂，鬱鬱南歸。余往慰藉，則瞠目相視，嗚咽不能成聲，蓋公固知其不可而爲之者。余以是益壯其志，而悲其遇也。公未嘗一日忘故君，故作是圖以見志。此所成於後六年，殆非其最初者。余嘗見有四五本，蓋歷時愈久而撫心亦愈蹙矣。公即歿於是歲。越八年而鶴逸亦相繼去世。滄桑變易，幾令人不可思議。迄於今東海揚塵，浮雲滿蔽，崦嵫益薄，虞淵待沈。使二公者尚在人間，覩茲世變，又不知作何感喟也。嗟乎！孤忠自效，魯陽之戈莫麾；妖焰彌空，后羿之弓誰挽。展斯遺帙，能不黯然。三十三年二月十六日。

（録自張元濟全集第十卷）

257　題顔駿人屬書董玄宰所進明思陵金箋畫扇

董玄宰進思陵畫扇，紙用金製，楊見山言爲内府所造。紙質金地，堅緻燦爛，精妙絶倫，無論今日不可復得，即在三百年前亦非凡品。東坡題澄心堂紙云：「一番曾作百金收。」駿人吾兄屬於箋上作字，余以有佛頭著糞之嫌，謹以此句移題歸之。民國三十五年十一月三十日。

（録自張元濟全集第十卷）

258　商務印書館珂羅版曼殊留影跋

清初豐臺女子張曼殊嫁毛西河檢討爲小婦，益都馮相國助之催妝，一時朝士咸有歌詩。嫁後七年病殁。病中自知不起，嘗作曼殊留視圖。既殁，西河復别撰誌、傳，廣徵題詠，名流好事，與冒辟疆影梅庵憶語相同，文見西河集中。張山來采入虞初新志。韻事流傳，至今膾炙人口。二百餘年來，真跡謂不復存。十七年冬，偕中華學藝社社友鄭君心南訪書海外，獲見此册於東京内野皎亭先生許，圖已渝黯，有西河手書曼殊葬銘、金綖兒（曼殊從婢）從葬銘、曼殊别傳及圖跋凡四首，詩詞題序可二十家。與虞初新志箋注所引姓氏詞句多合。末有嘉慶間王宗炎跋，蓋猶當日徵題原本，轉展流入東瀛者。清初朝野勝流不易得見之真迹，賴此以存，至有文藝價值，不僅風流文采之足重也。因從乞借攝景歸，付玻璃板印行傳世云。

中華民國十九年五月，海鹽張元濟記於上海涵芬樓。

（原載曼殊留影，中華學藝社發行，商務印書館印刷，民國十九年九月初版，手跡影印本）

259　張子青畫册跋

南皮張子青相國謚文達，余壬辰朝考受知師也。翁文恭師典是科春闈，余即出公門下，深感知遇。逮值譯署，公以樞臣兼管署事，尤荷眄睞。歲戊戌四月二十八日，余蒙德宗景皇帝召見西苑，甫退，即聞公奉嚴旨罷斥回籍，而余亦旋罹黨禍去官，是後即不復相見矣。文達師畫筆清超，爲世所重，顧不常作。文恭師書名滿天下，喜親筆研，故求者每無不應。余先是嘗假得文恭師日記數十册景印行世，題文達師畫事具載記中，其詩亦均收入瓶廬詩稿，久已傳播人口，余又烏能贊一辭。回憶五十年前親承杖履，辟咡之詔，銘心不忘。今二公英靈久歸天上，白頭弟子猶活草間。睹兹滄海横流，正不僅山頽木壞之感已也。李君英年得此八幀，出以相示，展讀既，爲之黯然。民國紀元三十又二年元月，海鹽張元濟。

（録自張元濟全集第十卷）

260　群碧樓原藏明鈔本雪庵字要跋

海内知有群碧樓久矣。余得宋刻披沙集，既歸諸孝翁，於是群碧樓之外又得一三李奩。余與孝翁早有翰墨因緣，今夏入都，余得是書，復以還諸故主。孝翁旋以假余印入涵芬樓秘笈中。使是書不爲客所攜出，則余不知有是書，何從而假諸孝翁，爲之影印？又使廠估不以示余，則將不知流落何所，孝翁因有亡羊之歎而是書亦不獲列入涵芬樓秘笈中藉以行世矣。孝翁云「凡事若有前定」，其信然歟！涵芬樓獲印是書，已感幸不置，何敢再有他求。今將寄還孝翁，敢祝是書永永爲群碧樓中之物。海鹽張元濟。

（録自手迹影印件，載臺灣中研院善本題跋真跡）

261　清嘉慶九年劈荔軒刊本飛帛録識語

此書爲鄉先輩所著所刻，夙未見過。江安傅沅叔來海上，於其寓中見之，因乞代購，以留先輩手澤。沅叔允之，計值銀幣四元。時庚申花朝，海鹽張元濟。

（原書，上海圖書館藏）

262　題康有爲書聯爲葛書徵

書徵姻台自撰楹帖，屬長素先生書。葛氏藏弆之富，甲於吾郡，不僅如帖中所云。不幸六年前中日釁起，平湖被陷，傳樸堂書散佚罄盡，即印章亦毁去三分有一。中有方正學銀印，尤可惜也。長素書法爲海内所稱，無待贅言。此蓋爲其出亡歸國後所書。回憶戊戌首夏，長素與余同日先後召對西苑，乃不數月而朝局遽變，先帝幽囚，長素逋逃異域，余亦削職南旋，忽忽四十餘年。清社久屋，故人亦墓木已拱，而余猶偷活草間。悲夫！書徵出示玆帖，展翫再四，如對故人，因識數行於側，書竟爲之黯然。民國紀元三十有二年立秋後四日，海鹽張元濟，時年七十又七。

（録自抄件，原件葛賢鏞藏）

263 跋袁昶遺墨

光緒戊戌八月政變，余方以章京值總署。大臣張樵野侍郎既入獄，裕壽山尚書亦移督直隸，代之者爲徐忠愍、袁忠節。余與忠愍同里閈，且有戚誼，故既官京師，常相過從。忠節則同官後始獲相見。猶憶署西有小屋數椽，一夕余謁忠節其中，篝燈晤對，互談國事，相與唏嘘不置。未幾，余受「革職永不敘用」之命。九月，許文肅亦奉旨入總署，時持節柏林，尚未歸，而余亦匆匆南返矣。庚子拳匪亂作，三公皆秉正不阿，忤孝欽后意，先後遇難。回首京華，遽成永訣。豈惟私慟，抑亦有「人之云亡，邦國殄瘁」之感也。今墓木未拱，而變端之極，已不可復問。世事滄桑，斯人不作，撫玆遺墨，能勿愴然。丙辰正月，海鹽張元濟。

（録自原件照片，載中國尺牘文獻，上海圖書館編，上海古籍出版社二〇一三年十一月第一版）

264　跋梁啓超題贈徐新六唐摩訶般若波羅蜜經

光緒末年敦煌石室藏書既出，英人司泰音、法人伯利和先後戾止，捆載而去。宣統二年余遊歐美，歷倫敦、巴黎，往觀其圖書館。司泰音、伯利和導觀其所得於敦煌者，盈箱累篋，不可勝數。伯君且語余，謂「吾若不取，將爲寺中道人火之矣」。次年余至京師，聞已設圖書館，且輦敦煌遺書至，庋藏於中。余往觀之，僅唐人寫經寥寥數篋而已。友人爲余言，甘省大吏受政府命，輦書入關時已盡取其精者而有之，沿塗吏役復競相盜竊，而卷帙有額，不得短闕，則任意割裂，但求與原額無減，故經文無一完者。噫，可慨已。是卷書法精湛，紙墨均勝。余近年亦收得十餘卷，無及此者。振飛世講受任公之贈，裝潢既竟，仲可同年出以示余，爲書數言以歸之，願振飛保守，他年倘至倫敦、巴黎，並一示司、伯兩君也。庚申初夏，海鹽張元濟。

（録自手跡原件照片）

265 元謝應芳手書佛經六種跋

右爲毗陵元儒謝應芳先生手書佛經六種。吾母系出毗陵謝氏，爲先生十八世從孫。是物藏余舅家，活幾何年矣。余外曾祖游宦粤東，攜以至粤。傳雲外祖無子，是物遂歸余母。先生生於元末，至今歷六百載，手澤如新，展卷敬閲，寶光勝溢，令人心目俱眩，真神物也。庚寅季秋，海鹽張元濟謹識。

（録自張元濟全集第十卷）

266 謝應芳先生手書佛經六種捐獻記

右余舅家遠祖謝先生應芳手書佛經六種。先生生於元季，殁於明。史氏列之明代儒林，事蹟具載明史本傳。此寫經之由來已詳見前跋，謝氏子孫世守已歷兩朝，洎入寒家，亦將百載。余流寓滬濆，遷徙靡常，設有散佚，何以對吾母。世間尤物，總當歸諸國有。北京圖書館今之石渠天禄也。奇書異簡，勤加愛護，扃鐍嚴慎，無水火盜賊之患。名人法書，藏弆尤宜。今介友人攜之京師，轉爲獻納。北行有日，謹書數言於後。一九五三年四月，海鹽張元濟。

＊原件右側，尚有作者手書「總凡一百有六葉，缺去一葉者，因第五葉複出也。」——編者

（録自張元濟全集第十卷）

267　題贈徐珂念佛直指

仲可仁棣近耽釋典，日習静坐，觀佛觀心，謹贈此書以助精進。元濟。

（録自手跡照片）

268　輯印四部叢刊續編緣起

四部叢刊創行於民國八年。先後兩版，數逾五千。越今數載，訪求者猶時時不絶。良以世方多故，古籍銷亡，國學起衰，相需尤亟。敝館不揣綿薄，願廣流傳。涵芬樓儲書數十萬卷，歲有增益，予取予求，恣其甄擇。海内外藏書大家聞有是舉，咸欲出其珍異，來相贊助。天府秘藏，名山逸典，駢列紛羅。所得善本，視前殆有過而無不及。昔年賡續之議，至是而遹觀厥成矣。

初編出版編定全目，先成書如干種，始售預約，同時以畀購者。續編之輯，踵行斯例。摹印之書甫成數百册，而「一·二八」之難遽作，盡化劫灰。廑有存者，亦斷爛飄零，不堪

入目。整理經年，漸有端緒。四方學者群以得書之難，遠道遺書，競相督責。敝館遭此喪亂，喘息粗定，益懍然於流通之事不容稍緩。撫兹餘燼，敢自守株。編輯之方、刊行之序，有不得不爲變通者。謹述如左：

初編之書僅登急要，有議其掛漏者，有嫌其陋隘者。兹編所集，取彌前憾。甲部選擇最嚴，誦習者多遂感貧乏，故凡漢唐遺編，下逮宋元雜説，遇有版刻精良，異於流俗，爲前所未取者，咸予登録。乙、丙二部例亦如之。即集部曰廣，日益層出不窮，而時代精神於焉攸寄，亦不欲懸格獨嚴，致多擯棄。氾濫之譏，不敢辭也。

史部目録金、石二類原擬别行。今既變易前例，故仍附入。即卷帙繁重者，果屬佳刻，亦不别印單行，況今所收太平御覽、册府元龜，如此鴻編，均爲天水舊刊，人間孤本，並蓄兼收，尤足增光簡册乎。

宋元舊刻每多殘闕，初編概從割愛，然必求完帙，方謀版行，人壽河清，正恐難俟，且世變方亟，五厄堪虞，若不急起直追，即此孑遺，亦將淪喪，則何如以此殘珪斷璧，貢諸當世之爲愈乎。今及見者如魏了翁之曲禮要義、張九成之中庸説、孟子傳、章衡之編年通載、錢若水等之宋太宗實録、唐仲友之帝王經世圖譜，世無二本，補亡豈易，雖非全璧，咸用網羅。

近人著述，初編僅限集部。然有清學術，實有繼往開來之功。苟成書尚未刊行，或已刊行而得之維艱，有傳播之值者，旁搜博采，罔敢或遺。嘉慶續修之一統志久閟深宮，吴廷華之三禮疑義頻罹劫火，羅而致之，亦不敢厚古而薄今也。

初編群經取單注本，此則專取單疏。然注疏本行而單疏遂微，中土留貽東瀛藏弆，僅存八經，且多殘帙。比歲搜求，差有所獲，其他門類亦已什得八九，蒙此浩劫，毁及大半。欲償始願，今兹未能。姑就見存之本排比成目，附録於後，每届來復之日定爲發行之期，聊仿昔人分年日程之規，稍酬讀者先覩爲快之意。求全責備，需以歲時。儻我同志，發篋相餉，匡所不逮，尤欣慕焉。

中華民國二十三年元月商務印書館謹識。

（原載四部叢刊續編目録，商務印書館一九三四年排印綫裝本）

269　輯印四部叢刊三編緣起

四部叢刊既刊成，越十有三年而有續編之輯。歷時一載，得書七十五種，凡五百册，已於去歲全數印竣。惟原輯之書有逾額被擯，及原備今歲續出者爲數匪鮮，於是復有三編之輯。顧以四庫珍本、宛委别藏先後開印，亟待蕆事，良工難求，輪機亦昕夕罕暇，不得不移此就彼，然搜求之志，未敢稍懈，即剞劂之願，亦無時或忘也。宋槧太平御覽已爲人世孤本，續編附目預告今歲出版，四方人士馳書問訊者不絶。工事稍閑，亟以付印。手民日夕從事，已成什之七八。外此尚有顧亭林之天下郡國利病書、查東山之罪惟録，皆二賢手稿，爲世人所未見者，亦列於本編之内。全編仍以五百册爲限，體例一如疇昔。惟發行規則視續編略有更易。今售預約，謹將部目、簡章臚列于左，伏維公鑒。中華民國二十四年十月，商務印書館謹識。

（原載四部叢刊三編預約樣本，商務印書館一九三五年十月排印線裝本）

270　影印續古逸叢書二十種緣起

涵芬樓前印蜀大字本孟子、北宋本南華真經，早已見重藝林。近又訪得秘笈二十種，仍遵前式，影印流通。並謀購求者之便利，同時付印，開售預約。念此版本之罕見與紙墨之精審，惟古逸叢書堪相比擬。因取叢刊之體，以續黎氏之書。預約之方，具如别紙。兹舉其目如左。夫天水舊槧已不易覯，矧兹二十種者，皆四部之要書，不傳之秘册。歷經宋元明清名家弆藏、題識，具有淵源，動矚駭心，可寶孰甚。攝影傳神，無異真跡，與舊時仿宋寫樣上版、展轉失真者，不可以道里計。海内同志，必以先睹爲快也。涵芬樓啓。

北宋本爾雅疏十卷三册

宋刻爾雅疏，乾嘉間吴中有二本，一藏士禮居黄氏，一藏五硯樓袁氏。士禮居本後歸陳氏向山閣。此本有仲魚圖記，是即經籍跋文所載本也。比通行注疏本佳處，詳見經籍跋文。考玉海，咸平三年二月，命國子祭酒邢昺等重定爾雅義疏。四年九月表上，十月命摹版印行。此本遇太祖、太宗、真宗諱，皆闕末筆，而仁宗以下諱不闕。其爲咸平刊本無疑。歸安陸氏重開本，非出影刻，不足據也。

北宋本説文解字三十標籤目一卷五册

此本舊藏王蘭泉司寇家，後歸士禮居。百宋一廛賦著録。段懋堂撰汲古閣説文訂，所據之王氏本即此。書中恒、貞等字皆不闕筆。蓋北宋真宗時鏤版，大徐本第一刻也。間有南宋補葉，版心有重刊字樣。卷末有阮文達分書手跋，謂：「毛晉所刊即據此。凡有舛異，皆毛扆妄改。」以今證之，毛刊祖宋大字本，惟平津館、籐花榭兩刻，皆以此重開。今與宋本比對，籐花本固訛誤百出，平津本亦多所竄改，與孫氏序云「依其舊式，不敢妄改」者，未能相符也。今以原槧攝影付印，固自絲毫不走。據此校訂，庶見許氏之真，洵近世一大奇書也。

宋本龍龕手鑑四卷三册

遼釋行均字廣濟集。按夢溪筆談、郡齋讀書志並稱龍龕手鏡。今題「手鑒」，當是宋人重刻，避翼祖嫌名改之。書中亦避宋諱。遼人著述罕傳。是本字大悦目，鐫刻精雅，允推秘笈。正不必如讀書敏求記、天禄琳琅之託遼板以見重也。

宋本諸葛武侯傳不分卷一册

南軒此傳，不載文集。自宋以後，諸家簿録惟直齋書録、也是園書目載之。近世罕有傳本，矧宋刻邪。此本字劃精勁，模印清朗，尚是侍講初雕本。其文闡發武侯生平，考證極確，允推信史。卷首跨行大字題「漢丞相諸葛忠武侯傳」，卷終書名亦如之。宋諱玄、貞、匡、慎俱闕筆。迭經宋元以來名家收藏，前後印記甚多。卷尾黄蕘圃有跋，並見百宋一賦及書録。

北宋本文中子中説十卷一册

卷中避宋諱至貞字，蓋北宋刊本。密行小字，刻劃精嚴，與瞿氏鐵琴銅劍樓藏沖虚至德真經同種。繆氏書影摹宋初安仁趙諫議宅刊南華真經，卷末有「一樣□子」四字。以此例之，知此本亦北宋匯刻本也。有錢牧齋、葉林宗手跋。

宋紹興本漢官儀三卷一册

不著撰人。集西漢遷官故事爲博戲，不與應劭、衛宏之書同科也。卷末又附二葉，有無名氏書後云：「吾幼年集此，仲原父爲之序，書遂流行。及後四十五六年，予年六十，爲亳州守，閲舊書，復增損之。」𡸁經室外集據此，爲宋劉攽撰。末有「紹興九年三月臨安府雕印」一行，蓋初刻在北宋，此改定重刻本也。四庫未收，惟天禄琳琅後編載之。葉數自一至五十六，皆長號，今首葉已失，意即原父序也。道光中歙鮑氏刊本，蓋據鈔帙，大非宋本面目。

宋淳熙本嘯堂集古録二卷二册

卷前有李邴漢老序，後有元人補書淳熙丙申曾機伯虞跋，書尾有元統改元千文傳手題墨蹟。是書出吕大臨考古圖、黄長睿博古圖録後，在薛尚功鐘鼎款式考之先。考訂精審，摹刻謹嚴，當時已推爲金文善本。惟流傳絶少，著録家多不之及，僅直齋書録解題一見。明代覆刻本篆文多誤，且不恒覯，況爲天水原槧邪。向與王復齋鐘鼎款式同庋阮氏小嫏嬛仙館。翁覃溪學士、阮芸臺相國前後俱有題識。

宋本新雕注疏珞琭子三命消息賦三卷校正李燕陰陽三命二卷一册

每卷首皆跨行大字題：新雕注疏珞琭子三命消息賦卷第上、第中、第下，卷尾亦如之。次行皆低六格，題「宜春李仝注東方明疏」。每葉二十四行，行大二十字，夾注二十五字。有嘉祐四年己亥李仝序。校定李燕陰陽三命，每葉二十八行，行三十四字，與珞琭子銜接，不另葉起，分卷處亦不隔流水，書名及題上皆冠一魚尾。按郡齋讀書志載：「珞琭子五卷，皇朝李仝(刊本誤全)、東方明撰。」五卷者，蓋並李燕書言之。近世未見有著録者。黄蕘圃跋謂讀書敏求記載此書。然敏求記本乃王廷光、李仝、釋曇瑩、徐子平四家之書，與此截然不同。前後有唐子畏題字及傳是樓印記，蕘圃跋語所云「勝朝登學圃堂，國朝入傳是樓，墨蹟、圖章尤足爲此書引重」者也。

宋本老子道德經古本集注二卷二册

題「前玉隆萬壽宮掌教南嶽壽寧觀長講果山范應元集注直解」。有後序一首，題「湛然堂無隱谷神子范應元薰香謹序」。按焦竑莊子翼采摭書目，有范無隱講語，注應元字善甫，蜀順慶人。序中引及晦庵參同契，是生在朱子之後。其書道藏未收，焦竑老子翼亦未及，誠道家秘册也。標題「老子古本」，中如「烹小鮮」，此作「烹小鱗」；「王大」，此作「人大」。偶拈數處，已大勝時本矣。中縫無書名，惟于葉號上加上、下等字，以識卷數。經文頂格，注低一格。引用舊注人名，皆作白文，注下云云，以○隔之，則直解也。闕筆至敦字，是光宗時雕本。收藏有「錦帆涇上人家」一印。錦帆涇，爲吴郡盤門内城濠之名，或元時南園俞氏舊藏歟。

宋本曹子建集十卷三册

每卷題「曹子建文集卷第幾」。第一卷首次行低七字，題「魏陳思王曹植撰」。凡賦四十三篇，詩六十三篇，雜文九十篇。子建集明初活字本無七步詩者，已爲難得。此本字大悦目，宋刻之至精者。四庫提要稱宋寧宗嘉定六年本。凡賦四十四篇，詩七十四篇，雜文九十二篇，與此本不合。書中愼字省筆，而敦、廓字不省。尚是嘉定以前刻本也。

宋蜀本張文昌集四卷一册

卷首題「張文昌文集」，次行題「張籍字文昌」。每卷題前皆標「雜詩」二字。直齋書録所載與明人刻本，均作張司業集八卷，編次亦截然不同。與下載皇甫持正等六種，皆有楷書「翰林國史院官書」長方木記及「潁川劉考功」藏書印。莫友芝云，劉燕庭藏宋刻唐三十家文集，系劉公䥽及翰林院官書。與此正同。惟書内無東武印記。則此又三十家以外之本矣。翰林國史院印，瞿氏鐵琴銅劍樓目録以爲明代鈐記。考翰林國史院，惟元有此制。是在元時已極珍重，況今又歷五百餘年耶。七種款式皆同，紙墨如一，蓋模印亦出於一時。流轉迄今，稀如星鳳。惟聊城楊氏有孟浩然集，常熟瞿氏有殘本劉文房、劉夢得、姚少監集。今一朝而得完善者七種，洵藝林之佳話、書城之鴻寶矣！

自張文昌集至司空表聖七種，均同一板刻，其字劃、紙墨與宋時京、杭、建本不同，諸集編次亦異。瞿目有川本之説，以未得佐證，猶作疑辭。按直齋書録，「王右丞集」注云：「蜀刻六十家，多異於他處。」「丁卯集」云：「蜀本有拾遺二卷。」「一鳴集」云：「蜀本但有雜著，無詩。」所舉皆與此本合。爲蜀刻可無疑矣。至雕刻年代當在宋光宗之世，以皇甫持正集中敦字闕筆知之也。黄蕘圃跋謂南宋初年刻者，未確。

宋蜀本皇甫持正集六卷一册

汲古閣本、藝風堂本第五卷，吉州刺史廳壁記下有睦州録事參軍廳壁記，此本不載，想别有所本也。

宋蜀本李長吉文集四卷一册

總目第二行題「李賀字長吉」，每卷次行皆標「歌詩」二字。前有京兆杜牧序，中縫書名均作行書「詩歌」。次第與瞿氏藏金本李賀歌詩編同。惟金本題目中多脱字，且有訛誤。

宋蜀本許用晦文集二卷遺詩拾遺附二册

上卷七言律，下卷五言律句。卷首第二行皆題「雜詩」，間有自注，字句與他本異者，注一作於其下。下卷後有總録三葉，記自别本。補入篇數題「政和辛卯吴門昇平地弟水軒方回手校」。所舉有括蒼葉氏、白沙沈氏、京口沈氏、華亭曾氏諸本及擬玄、天竺、本事等集。賀方回又跋云：「用晦自序本三卷，凡五百篇；後世傳本止兩卷，三百七十六篇。」此本賀氏增至四百五十四篇，爲最多。末後附遺詩（總目稱遺詩，卷中又題拾遺）拾遺，凡六十篇，不知何人所輯。直齋書録言，蜀本有拾遺二卷，陳氏所見即此本也。

宋蜀本鄭守愚集三卷一册

目録及卷首皆標「鄭守愚文集」，下空數格，題「雲台編」。次行題「鄭谷字守愚」，中縫標鄭幾、谷幾。每卷次行皆題「雜著」。前有自序謂：「拾墜補遺，編成三百首，分爲上中下三卷，目之爲雲台編云云。」

宋蜀本孫可之文集十卷一册

目録次行題「孫樵字可之」，中縫標可之幾。首載中和四年自序。其編次：一卷賦，二卷、三卷書，四卷以下皆題雜著。明正德丁丑震澤王氏刊本，行款與此同。而卷二與卷三互易，自當以宋刻爲正。汲古閣本卷八唐故倉部郎中康公墓誌銘，脱楊岩以下二十四字，此本獨全。

宋蜀本司空表聖文集十卷二册

目録及卷首皆題「司空表聖文集」，下空三字題「一鳴集」。中縫亦題一鳴幾，目録次行題「司空圖字表聖」。前載自序末題有：「唐光啓三年泗水司空氏中條王官谷濯纓亭記」。此本有文無詩。直齋書録解題：「蜀本但有雜著，無詩。」此本一卷至四卷、七卷至十卷，皆題「雜著」，然則陳氏所見即此本矣。

宋本頤堂先生文集五卷一册

讀書敏求記云：「王灼頤堂集五卷。灼字晦叔，號頤堂，遂寧人。隱居不仕。著此集及碧雞漫志、糖霜譜。」按碧雞漫志、糖霜譜，今有傳本，而文集則不傳。此即述古舊藏，海内孤本也。卷一爲古賦，卷二、卷三、卷四爲古詩，卷五爲近體詩。後有「乾道壬辰六月王撫幹宅謹記」一條。

宋本竇氏聯珠集一册

唐褚藏言編竇氏五子常、牟、群、庠、鞏詩爲集，不分卷，亦無目録，析每人詩爲一卷。詩首各有小傳。此宋淳熙五年王崧寫刻本，詩作楷體，跋作行草，字跡極古雅，宋刻中最精善之本。宋諱貞、朗、眺、徵、曙、樹、結、構，均作闕末筆。汲古閣刻本有脱誤，微此本無以訂正也。舊藏士禮居，百宋一賦載之。

宋本山谷琴趣外篇三卷一册

汲古閣本山谷詞一百八十一首。此本多滿庭芳調妓女一闋，凡一百八十二首，次序先後亦與汲古本不同。按宋人詞集題「琴趣」者罕見。通行汲古閣本晁無咎詞尚存此名，想所據尚是舊本。朱竹垞詞綜序例載山谷、閑齋二家，四庫提要所載又多歐陽修、葉夢得二家，亦並題「琴趣外篇」，惜不詳所見是何本也。今醉翁、閑齋、無咎，吴氏已據影宋鈔本摹刻。此宋刊山谷一家與吴氏新雕本比較，款式悉同，惟吴刻僅依影宋鈔本，此據宋槧影印，自更可貴。山谷詞之大家，而宋刻流傳惟聊城楊氏有宋乾道刊大全集，一卷本單行本今惟見此。曝書雜記引錢天樹手批愛日精廬藏書志，謂：「古鹽張氏有宋版琴趣外編，乃歐陽、山谷、淮海三人之詞稿。」今淮海未見，歐陽不完，惟山谷巋然獨存，豈非僅見之秘笈哉？

附録　已印續古逸叢書二種

宋大字本孟子十四卷七册

經書單注本，明清兩朝多有影宋刊本，獨孟子未見。士禮居僅得影鈔本音義刊行，海内已驚爲秘笈。此本字大如錢，闕筆至構字。蓋孝宗朝重刊北宋蜀大字本也。驗其印記，尚是元時松江儒學官書，後入梁蕉林相國家，即孔氏微波榭本孟子跋中所欲借而未得者。誠甲部之瑰寶矣！

宋本南華真經十卷五册

世行莊子，皆以世德堂刻爲祖本。其本原於宋元間坊雕纂圖互注本，訛誤最多。涵芬樓藏南宋槧本卷一至六，凡六卷，北宋槧本卷七之十，凡四卷。珠聯璧合，首尾完善，洵爲書林佳話。南宋本附音義，每頁二十行，行大十八字，夾注二十四字。上下小黑線，左欄外標篇名。北宋本不附音義，每葉二十行，每行大十七八字，夾注二十二三字不等。玄、弘、敬、恒等字皆闕筆，而真、樹等字不避，尚是仁宗前刻本也。

（原載續古逸叢書樣本，商務印書館一九二二年線裝排印本）

271　影印元明善本叢書十種啓事

本館自前歲開始印行叢書集成，就無量數之叢書，選其中實用與罕見者百部，取精去冗，依類排比；復按萬有文庫之式排印或縮印，以期普及，且便取攜。發行以來，荷國内外人士與圖書館之贊助，得以不脛而走。惟兩年以來，迭承海内藏書家垂詢，以是集所選叢書中有多種爲元明佳槧，且極罕見，平時斥鉅資求之而不可得者；如能於集成本廉價普及之外，更選如干種悉以原式景印，保存真相，當爲好古者所樂聞。敝館對此建議，深表同情。兹選定濟生拔萃、今獻滙言、歷代小史、百陵學山、古今逸史、子滙、兩京遺編、夷門廣牘、紀録彙編、鹽邑志林十種，用手製連史紙景印；書式爲四開本，字體與原書大小殆無二致。仍就可能範圍，從廉發售。在昔重金難致之孤本佳槧，今後盡人得以百分一二之代價，置之几案。在未備叢書集成者，固可由是而擷其精華；在已備叢書集成者，更可藉此進窺原書之面目，而益增其流覽之興趣。至於圖書館之已備有叢書集成者，今更得此景印真本，一以應公共閱覽，一以供永久保存，尤爲二美兼備。今將景印叢書十種之提要、子目及其樣張附列於後，敬祈公鑒。

中華民國二十六年四月一日，上海商務印書館謹啓。

（原載影印元明善本叢書十種樣本，商務印書館一九三七年四月版）

272　元明善本叢書十種提要

濟生拔萃　十九種　十九卷　元杜思敬輯　元刊本

是書見於曝書亭集者六卷，見於日本經籍訪古志者十八卷，均引延祐二年杜思敬序。是必同爲一書，然均未全。千頃堂書目與皕宋樓藏書志皆十九卷。後者且列舉所輯書名：一、鍼經節要，二、潔古雲岐鍼法、竇太師先生流注賦，三、鍼經摘英，四、雲岐子脈法，五、潔古珍珠囊，六、醫學發明，七、脾胃論，八、潔古家珍，九、此事難知，十、醫壘元戎，十一、陰證略例，十二三、傷寒保命集類要，十四、癍論萃英，十五、保嬰集，十六、蘭室秘藏，十七、活法圓機，十八、衛生寶鑑，十九、雜方。此猶是元代刊本，完全無缺，洵爲秘笈。

今獻匯言　三十九種　三十九卷　明高鳴鳳輯刊

明史藝文志雜史類：「鳴鳳今獻匯言二十八卷。」四庫雜家類存目僅八卷。提要云：「據其目録所刊，凡爲書二十五種。乃首尾完具，不似有闕。」北平圖書館所藏，與通行匯刻書目，均二十五種，而書名異者乃十之四五。是編多至三十九種，較明史四庫及見在僅存之本，均有增益。其中拘虛晤言、江海殲渠録、醫閭漫記、平定交南録、平吴録，版心上有「獻會」二字；比事摘録、菽園雜記，有「會」字；守溪長語，有「獻言」二字。存者均不過一二葉。然可見書名原作「會言」。不知何時改「會」爲「匯」。此無刊書序跋，又無總目，是否完璧，不敢斷也。

歷代小史　一百六種　一百六卷　明李栻輯刊

栻字孟敬，豐城人，嘉靖乙丑進士。官浙江按察副使。所著有困學纂言。是書四庫著録，凡一百五種。是本增大業雜記一種。博采野史，以時爲次。自路史、漢武故事起，至明中葉之復辟録止。每種一卷，遺聞逸事，爲稗史類鈔等書中所未收者頗夥。各書雖多删節，不無遺憾，但重要節目，悉加甄録。序稱中丞趙公所刊。四庫館臣不能考知爲誰。察其版式，當刊於隆萬間也。

百陵學山　一百種　一百十二卷　明隆慶王文禄輯刊

文禄字世廉，海鹽人，嘉靖辛卯舉人。著有廉矩、竹下寤言、海沂子等書，收入四庫。是編乃其匯刻諸書，以擬宋左圭百川學海者，故以百陵學山爲名。四庫存目作丘陵學山。原書目録後文禄短跋，有「原丘陵改百陵對百川」「丘宣聖諱改百尊聖」之語。蓋館臣所見爲初刊未全本也。目録以千字文編次，自「天」字至「罪」字，凡百號。其中錢子法語、巽語二種，原名語測，實爲一書。四庫提要則謂自「天」字至「師」字，凡七十四種。卷首王完序，亦言以千字文爲編，凡數十種。序作於隆慶戊辰。文禄短跋作於萬曆甲申，相距十有七年。是定名百陵，實在刻定百種之後也。

古今逸史 四十二種 一百八十二卷 明吴琯校刊

琯新安人，明隆慶進士。是編分逸志、逸記。志分爲二：曰合志，凡九種；曰分志，凡十三種。記分爲三：曰紀，凡六種；曰世家，凡五種；曰列傳，凡九種。凡例有言：「其人則一時鉅公，其文則千載鴻筆。入正史則可補其闕，出正史則可拾其遺。」又言：「六朝之上，不厭其多；六朝之下，更嚴其選。」又言：「是編所書，不列學官，不收秘閣，山鑱塚出，幾亡僅存。毋論善本，即全本亦希；毋論刻本，即抄本多誤。故今所集，幸使流傳，少加訂證，何從伐異黨同，願以保殘守闕云耳。」在明刻叢書中，此可稱爲善本。

子匯 二十四種 三十四卷 明萬曆周子義等輯刊

儒家七種：一、鬻子，二、晏子，三、孔叢子，四、陸子（即新語），五、賈子（即新書），六、小荀子（即申鑒），七、鹿門子。道家九種：一、文子，二、關尹子，三、亢倉子，四、鶡冠子，五、黄石子（即素書），六、天隱子，七、元真子，八、無能子，九、齊丘子。名家三種：一、鄧析子，二、尹文子，三、公孫龍子。法家一種：慎子。縱横家一種：鬼谷子。墨家一種：墨子。雜家二種：一、子華子，二、劉子。原書前後無刊版序跋，僅鬻子、晏子、孔叢子、文子、慎子、墨子，有本書前後序，均題潛庵志。歸安陸心源定爲周子義別字，其人於隆慶、萬曆間，官南京國子監司業。按南監本史記、梁書、新五代史，均余有丁與子義二人聯名校刊。是書或同時鐫版。黄虞稷千頃堂書目子部雜家類有余有丁子滙三十三卷。此爲三十四卷。疑黄目傳寫偶誤，否則所見或非足本也。

兩京遺編　十二種　六十五卷　明萬曆胡維新輯刊

維新浙江餘姚人，嘉靖己未進士，官廣西右參議。萬曆間，維新任大名道兵備副使，以其地爲古趙魏之邦，文學素盛，因輯是編。值洹水令原君興學好文，遂命鳩工聚材，即其縣刻之。所刻者，新語二卷、賈子十卷、春秋繁露八卷、鹽鐵論十卷、白虎通二卷、潛夫論二卷、仲長統一卷、風俗通十卷、中論二卷、人物志三卷、申鑒五卷、文心雕龍十卷，總稱之曰兩京遺編。按序凡十二種。惟四庫全書總目僅有十一種，無春秋繁露。所據爲内府藏本，或有殘缺，此無足論。是編以所采皆漢文，故以「兩京」名其書。然著人物志之劉劭爲魏人，著文心雕龍之劉勰爲梁人，而亦列入者，則序中固自言以其文似漢而進之也。

夷門廣牘　一百七種　一百五十八卷　明萬曆周履靖輯刊

履靖字逸之，嘉興人。好金石，專力爲古文辭。編籬引流，雜植梅竹，讀書其中，自號梅顛道人。性嗜書，間從博雅諸公遊，多發枕秘。是編廣集稗官野記，並裒集平生吟詠暨諸家投贈之作，號曰「夷門」，自寓隱居之意。刊成自序，則萬曆丁酉歲也。序稱所輯有藝苑牘、博雅牘、尊生牘、書法牘、畫藪牘、食品牘、娱志牘、雜占牘、禽獸草木牘、招隱牘，終以别傳。寓「閒適」「觴詠」二類於其中。凡一百有七種。四庫存目稱尊生、書法、畫藪三牘，皆未列入。是本所載，一一俱存。蓋館臣僅見殘本，故誤爲八十六種耳。

紀録彙編　一百二十三種　二百十六卷　明萬曆沈節甫輯，陳於廷刊

節甫字以安，號錦宇，烏程人。嘉靖己未進士，官至工部左侍郎。天啓初追謚端靖。明史藝文志雜家類「沈節甫紀録彙編二百十六卷」，與此合。是書刊於萬曆丁巳。卷首陽羨陳于廷序云：「頃余按部之暇，得覩沈司空所裒輯紀録彙編若干種。雖稗官野史之流，然要皆識大識小之事。因亟登梓，以廣同好。」按是編均采嘉靖以前明代君臣雜記。卷一至九，爲明太祖至世宗之御製詩文。卷十至十五，記君臣問對及恩遇諸事。卷十六至二十三，英宗北狩景帝監國之事也。卷二十四五，世宗南巡往還之紀也。卷二十六至三十四，則太祖、成祖平定諸方之録。卷三十五至五十六，則中葉以來綏定四夷之績。卷五十七至六十六，則巡視諸藩國者之見聞。卷六十七至九十六，則明代諸帝政治之紀載。卷九十七至一百二十三，則名臣、賢士、科第人物之傳記。至卷一百二十四以下，或時賢之筆記，或朝野之遺聞，或遊賞之日記，或摘抄，或漫録，或志怪異，或垂格言。要皆足以廣見聞而怡心目也。

鹽邑志林　四十一種　六十五卷　明天啓樊維城輯刊

維城字亢宗，黄岡人。萬曆丙辰進士，官至福建按察司副使。是編乃其官海鹽縣知縣時輯歷朝縣人之著記。凡三國，三種；晉，二種；陳，一種；唐，一種；五代，一種；宋，三種；元，一種；明，二十九種。刊成於天啓三年。卷首有樊氏及朱國祚序。朱序稱鄉紳胡孝轅助之搜訪，姚士麟、劉祖鍾各出秘本，捐橐佐之云云。按海鹽縣，秦置，屬會稽郡。自東漢、三國，歷晉、宋、齊、梁，均屬吴郡。古代疆域甚廣。故吴之陸績、陸璣，陳之顧野王，均吴郡人。而當時所居，皆爲海鹽轄境。至晉干寶爲新察人，五代譚峭爲泉州人，則皆流寓邑中，故其撰述均列入也。

（原載影印元明善本叢書十種樣本，商務印書館一九三七年四月版）

273　景印國藏善本叢刊緣起

昔周官分職，太史、外史各設專司。凡邦國經籍圖書，皆掌之於官。稽之漢制，如石渠、石室、延閣、廣内，皆貯之外府者也。蘭台秘書及麒麟、天禄二閣，皆藏之内禁者也。沿及晉隋，下逮唐宋，雖建制不常，而職掌如舊。牙籤縹袠，宫省深嚴。匪獨内府中經，使人望如天上，即館閣之書，亦非詞垣近從，不得寓觀。文章公物，視同禁臠，隘矣。趙宋以降，雕板盛行，偶值好文之朝，時降刻書之敕。然經史之外，鐫校無多，胄監所頒，傳播未廣。文籍之散佚，亦學術之憂也。近世海宇大通，技術新異。鐫印之業，因之勃興。歷代圖書，藉以流布。連車充棟，無慮萬簽。語其顯赫，如四庫珍本，多爲未見之書；四部叢刊，至於三續未已。珠淵玉海，霑溉彌閎。顧新舊兩京，官庫所存，夙稱鴻富。秘藏逸典，冠絶一時。溯其源委，則今之故宫博物院，擁有秘閣文樓之勝，實古之内禁；北平圖書館，推爲群玉策府之宗，即古之外府。而南北國學所儲，亦七略所謂太常博士之書也。舉先後六朝，歷年數百，宸扆所徵求，臣工所進御，州郡所括訪，柱史所留貽，集宫殿台閣之珍，充甲乙丙丁之庫，神物呵護，存此菁英。設令久付緘縢，何以發揚典籍。用是載披簿録，妙選精華，勒爲叢書，公諸當世。其甄采之旨，首取群經疏義、歷代典章，以及經世鴻編、名儒遺著，而典類藝術之品，亦附著焉。其版本之類，則取宋元古刊、名家妙跡，以及孤行秘笈、罕覯異編，而舊本精善之帙，亦兼采焉。凡經之部九，史之部十有八，子之部九，集之部十有四。都爲卷者二千有奇，合成一千册。咸攝原書，付諸石印。微減板匡，並臻畫一，縮爲中册，藉便取攜。既僉議之攸同，庶觀成之有日。昔者文淵著録，囊括群書，歸之四庫，蔚爲鉅觀。然徒侈美於縹緗，未遑登之梨棗。迨武英開版，用聚珍之字，成叢刻之編，而輯録之書，多出大典，以傳遺佚爲事，初無版本可言。兹編之成，庶兼兩美：

所采皆學人必備之書，所摹爲流傳有緒之本。非僅供儒林之雅玩，實以樹學海之津梁。搜奇采逸，期爲古人續命之方；取精用宏，差免坊肆濫竽之誚。敢述引言，聊抒悃臆。海内賢達，幸垂教焉。

中華民國二十六年六月景印國藏善本叢刊委員會謹識

（原載景印國藏善本叢刊樣本，商務印書館一九三七年印行，線裝排印本）

274　景印國藏善本叢刊第一輯提要

經部

周易玩辭十六卷　國立北平圖書館藏宋刻本

宋項世安撰。書成於宋嘉泰二年之秋。兼明象數，於伊川易傳外别樹一幟。傳世有通志堂經解本。此則元初俞玉吾琰讀易樓藏本，宋刻宋印，並世無兩，洵秘笈也。

附釋文尚書注疏二十卷　國立北平故宫博物院藏宋刻本

唐孔穎達撰。此宋建安魏氏刻本。半葉九行，經文行十六字，注疏雙行二十二字。卷一末有「魏縣尉宅校正無誤大字善本」一行。以宋諱闕避字考之，當是光宗時鋟梓。墨光紙潤，建本之上駟也。分卷自卷九以下與單疏及浙東庾司本有異，而與金平水本及十行本則同，殆注疏附釋文之祖刻。十行本即自此出，而訛奪浸多。後來傳刻各本更無論矣。自來藏家未見著録。原闕卷十七至二十，以十行本補。

周禮疏五十卷 國立北平故宫博物院藏宋刻本

唐賈公彦撰。此宋兩浙東路茶鹽司刻本。半葉八行，經文行十四至二十一字不等，注疏雙行二十二至二十六字不等。序半葉十二行，行二十一字。每卷首行題「周禮疏」。分卷五十，皆仍單疏之舊。注疏編次之法亦與後來不同。考北宋時群經注與疏本各單行，南宋初越中始合而梓之。此本自宋歷明，遞有補板，爲明初板入南監時所印。原板「桓」字闕筆而「慎」字不減，顯是高宗朝刻。蓋注疏合刻始於越本，此又合刻之最初一種也。書中可以校正後來各本之誤者，隨在皆是，不可勝舉。周禮單疏佚而不傳，此本誠上秘笈矣。

儀禮要義五十卷 國立北平故宫博物院藏宋刻本

宋魏了翁撰。宋魏了翁所撰九經要義，理宗時其子克愚刻之徽州，此其一也。半葉九行，行十八字。宋刻宋印，完整如新。舊爲嚴元照所藏，阮元購進内府。元照曾手鈔一帙，藏書家皆從之傳録。顧廣圻爲張敦仁校刊儀禮注疏，即取以校補景德官本單疏之闕，世推善本。了翁此作意在舉要删繁，以便尋覽，於每篇析取注疏之文，各爲條目。其原爲聯文不能分隸者，則列目於眉上，端緒分明。有删節而無改竄，故學者極重其書。得傳鈔本，珍同球璧，況此原槧孤帙耶。

春秋集注十一卷綱領一卷 國立北平故宮博物院藏宋刻本

宋張洽撰。此臨江軍官刻本。半葉十行，行十八字。小字雙行二十七字。前有臨江軍牒、尚書省劄張洽申臨江軍使狀、申尚書省狀及小貼子。此最初刻本也。板燬於景定庚申，元延祐間洽孫庭堅復重刊於郡庠。又宋德祐乙亥衛宗武據董氏録本鋟鋅於華亭義塾，爲是書之别本。通志堂即從之翻刻，實不逮此原本之精善也。

孟子注疏解經十四卷 國立北平故宮博物院藏宋刻本

此宋浙東刻本。半葉八行，經文行十六字。注疏雙行，行二十二字。宋諱「擴」字減筆，寧宗時刻也。浙東庾司所刊注疏，舊只易、書、周禮，紹興壬子黄唐提舉是司，增刻毛詩、禮記，共爲五經。慶元庚申沈作賓分閫浙左，更刻左傳於郡治，合五而爲六。此書與論語同刊，又出左傳之後。其在庾司抑在郡治，則不可考。是疏出邵武士人僞託，因孫奭音義爲之。此本正義序全録孫書原文，不易一字，未盡掩作僞之跡。至十行本始加點竄，面目一變，則又僞中之僞。後來各本踵繆沿訛，莫可究詰。清武英殿本始據音義校正，亦未明著其所以然，僅以脱誤視之。非覩此本，孰知疏與序之僞不出一手耶？僞疏雖淺陋不足道，以板本論，則此最初佳刻，固不可廢也。

四書集義精要三十六卷 國立北平故宫博物院藏元刻本

元劉因撰。此元至順元年江南行省官刻本。半葉九行，行十七字。是書明張萱内閣書目作三十五卷；一齋書目則作三十卷；清朱彝尊經義考注云「未見」；四庫全書據殘本著録僅存二十八卷，至孟子滕文公上篇而止。可見流傳極罕，完帙殊不易遘。此本寫刻精工，初印完好，尤堪珍秘。因此書取盧孝孫四書集義删繁擇要，勒成一編，故蘇天爵以「簡嚴粹精」稱之，實治朱氏學者不可不讀之書也。

類篇四十五卷 國立北平故宫博物院藏明景宋鈔本

宋司馬光等撰。此明景宋鈔本。半葉八行，行十六字。注雙行二十字。開版宏朗，所據蓋宋代官刻也。是書通行本皆祖清曹寅所刻，朱彝尊跋曹書，僅稱「據善本重刊」，而未明言何本，可知其非出於天水名槧。各家著録亦未見宋本，則此明人影寫，下真跡一等者，亦僅存遺笈矣。此書雖依仿説文而作，然部首既有增加，分隸不無出入，非復許氏舊規，開後來變亂之漸，實字書中一大轉關。治小學者所宜究心也。

切韻五卷 國立北平故宫博物院藏唐寫本

唐王仁昫撰。此本平聲上、下及上聲中有闕佚。去、入二聲俱全。首題「朝議郎行衢州信安縣尉王仁昫撰，前德州司户參軍長孫訥言注，承奉郎行江夏縣主簿裴務齊正字」，前有王仁昫、長孫訥言二序，蓋王氏用長孫氏、裴氏二家所注陸法言切韻重修者，故兼題二人之名。考王氏此書自宋以來世久無傳，今法京圖書館藏有敦煌古寫殘卷，不謂中土尚有此書，信足與敦煌本媲美矣。

史部

宋史全文續資治通鑑三十六卷附宋季朝事實二卷 國立北平圖書館藏元刻配明天順本

不著撰人名氏。此出元人所輯，以編年體敘有宋一代史事。靖康以前，取諸李燾長編；高孝二代，取諸留政中興聖政草及無名字中興兩朝編年綱目；光、寧二代取諸劉時舉續宋編年資治通鑑；度宗、少帝、端宗及廣王事蹟別名宋季朝事實者，則出元人所撰。四庫總目謂「此二卷有録無書，永樂大典亦未采，今仍其闕」云云。是本完全無缺，且爲元刻，略有殘佚，以明天順豐城游明本配。

崇禎長編六十六卷 國立中央研究院歷史語言研究所藏舊抄本

不著撰人名氏。此書培林堂書目、楝亭書目、禁書總目等皆載之，俱無撰人及卷數。據朱彝尊作汪楫墓表，「充明史纂修官，公請監修總裁官仿宋李燾先撰長編，然後作史。乃取崇禎十七年事，凡詔諭、奏議、文集、邸報、家傳，輯爲長編。由是十六朝史材皆備」。又喬萊墓表，「纂修明史，念崇禎乏實録，與同館四人先撰長編，以資討論」。並見曝書亭集。知此書蓋即汪、喬諸氏在史館時所創修。而喬萊作倪檢討燦墓誌銘云：「充明史纂修官，余等所編崇禎長編，公博采遺聞，增其闕略。」見碑集傳。是此編之成，燦亦與有力焉。清史稿于汪楫、喬萊、倪燦等傳皆不及此書。顧于萬言傳附萬斯大傳。云：「嘗與修明史稿，獨成崇禎長編當據國史館附傳。」則纂修四人之中，蓋以萬言之力爲多，惜皆不明著卷數。是本共存六十六卷，記事止崇禎五年。以明實録慣例及本書體例一月爲一卷考之，知全書約當有二百零五卷也。商務印書館舊印痛史中有崇禎長編兩卷，僅存崇禎十六年十月至十七年三月帝自縊止。雖卷數竄亂，已非原來之舊，而審其體裁，與此當是一書。此書之傳本，今日可見者亦止此而已。雖殘編斷帙，零落不完，然崇禎朝無實録，此書出於明史館，當時所見之史料必多，爲明史之所依據，則今日視之，其寶貴爲如何耶。有「東武孟學山氏校閲珍藏」印。

汲冢周書十卷　國立北平故宫博物院藏元刻本

晉孔晁注。此元至正十四年嘉興路總管劉廷幹貞刻本。半葉十行，行二十字。前有四明黄玠爲貞所作序，又有宋嘉定十五年丁黼跋，蓋據丁本重刊也。宋槧今不可見，以此最爲近古，自非明代諸刻所及。原書自内閣大庫舊檔中檢出。大庫遺書，率皆殘編斷簡，似此完帙，殊不易遘。碩果僅存，彌足寶已。

皇明詔令二十一卷　國立北平圖書館藏明嘉靖刻本

明傅鳳翔輯。載詔令自太祖至世宗嘉靖二十六年止，較霍韜所輯之皇明詔令尤爲詳備。以校明實録，時有異同，可備考文證史之助。

督師奏疏十六卷　國立北京大學藏明刻本

明孫承宗撰。起天啓二年，迄六年。承宗以輔臣督師山海關時作也。承宗大節凛然，彪炳史策。文集一百卷，奏議三十卷，茅元儀、范景文嘗刻之，今未之見。世行文集二十卷，其孫之滂掇拾于兵燹之餘，非完本也。是集雖只一時之作，在奏議亦非全豹，然謀國忠忱，籌邊碩畫，略見一斑。書無序跋，不知何人所刻。間有闕葉，無從補完。孤帙僅存，亦足寶已。

國朝諸臣奏議一百五十卷 國立北平圖書館藏宋刻本

宋趙汝愚輯。前有進書劄子及自序，録北宋諸臣奏章，分類編輯。始事於汝愚守閩郡時，成書於知成都日。凡十二門：曰君道，曰帝系，曰天道，曰百官，曰儒學，曰禮樂，曰賞刑，曰財賦，曰兵制，曰方域，曰邊防，曰總議。此淳祐間福建路提舉史季温重刻本。明季版入南監，正德間錫山華氏會通館活字本，訛謬舛踳，幾不可讀。知明人所見已非善本。此帙出内閣大庫，尚是明初印本，遠出華氏本及四庫本上。治宋季東都史事者，當以此書爲鴻寶矣。

歷代名臣奏議三百五十卷 國立中央研究院歷史語言研究所藏明永樂刻本

明黄淮、楊士奇等輯。此永樂間官刊本，輯録歷代臣工奏草。上起商周，下迄宋元。以類爲歸，共分六十四門。全書體制較趙汝愚諸臣奏議尤爲閎肆。其中資料大都采自文淵閣藏書。宋元時名臣所作奏草，其原集已佚者，大都可於此書求之。如宋徽宗時陳次升所著讜論集、高宗朝張浚所著魏公奏議，原書世久無傳，永樂大典所載亦非完帙，學者可據此書以補大典本之不足，洵快事也。原版至清康熙朝尚存宫中，今所見有康熙朝印本，字跡模黏，不可卒讀。此本字跡清朗，當是有明中葉印本。

神廟留中奏疏匯要四十卷 國立北平圖書館藏明抄本

明董其昌輯。此書纂輯有明神宗一朝留中奏疏，每篇繫以筆斷。凡宰臣所上藩封、河渠、食貨、邊防諸封章可資後世借鏡者，靡不録入，以六部爲次。著手於天啓二年，至四年告成。原書迄未刊行，僅筆斷載入容台集後。此明崇禎朝紅格寫本。孤本流傳，良足寶已。

宋遺民録十五卷 國立北平圖書館藏明嘉靖刻本

明程敏政撰。前列王炎午、謝翶、唐珏三人事蹟及其遺文，七卷以後，附録張弘毅、方鳳、吴思齊、龔開、汪元量等八人。末卷記元順帝爲宋瀛國公子，引余應詩、袁忠徹詩以實之。此書明刊世極罕見。黄丕烈、吴枚菴輩所見者，亦僅傳抄本。末有葉德輝長跋。

國朝列卿紀一百六十五卷 國立北平圖書館藏明刻本

明雷禮撰。臚列明季職官，起自洪武之初，迄於嘉靖四十五年，内而内閣部院以至府司寺監長官，外而總督巡撫，皆以拜罷年月爲次。上標人名而各著其出身，並附載其居官事蹟爲行實。舊爲李越縵藏書，有「李炁伯讀書記」諸印。

國朝列卿年表一百三十九卷 國立北平圖書館藏明刻本

明雷禮撰。與前書相輔而行。

山海關志八卷 國立北平圖書館藏明嘉靖刻本

明詹榮輯。分地理、關隘、建置、官師、田賦、人物、祠祀、選舉八門，冠之以圖。記明季山海關至黄花鎮駐兵處及兵數至詳。上海涵芬樓舊有此書，已燬於兵火之劫。此爲粤中曾氏故物，宇内恐無第二本也。

四鎮三關志十卷 國立北平圖書館藏明萬曆刻本

明劉效祖撰 明季設遼東、宣府、大同、延綏四鎮，又有居庸、紫荆、倒馬爲内三關，雁門、寧武、徧頭爲外三關，皆北陲連防重地。舊志零落，未能窮其源委。效祖此作，精審詳贍，遠過前人，誠今日治邊疆史事者不可少之書也。

龍虎山志三卷續編一卷 國立北平圖書館藏元刻本

元元明善撰。皇慶二年明善官翰林學士時奉敕所修。續志乃周召所撰。原書世久無傳，四庫存目著録本，内容多所竄亂，已非明善原本之舊。此則内閣大庫故物，近世收藏家所未見也。

大元聖政國朝典章六十卷新集至治條例不分卷 國立北平故宫博物院藏元刻本

不著撰人名氏。此元至治二年建陽書坊刻本。半葉十九行，行三十字。密行細字，槧印並工。此書歷來著録皆傳鈔本，清末法律館始據鈔本精刊行世。取與此本對勘，訛奪不少。書重初刻，非虚語也。後附都省條例，出元人手鈔，尤爲名貴。

皇明制書二十卷 國立中央研究院歷史語言研究所藏明萬曆刻本

明張鹵校刊。明萬曆七年，巡撫保定等府右副都御史張鹵取大明令、御製大誥、諸司職掌、洪武禮制、禮儀定式、教民榜文、資世通訓、學校格式、孝慈録、大明律、憲綱事類、稽古定制、大明官制、節行事例十四書合刊爲二十卷。雖刻本不早，而校刊頗精，流傳亦罕，有明一代之開國規模於此蓋可見矣。世别有康應乾刊本皇明制書，僅八種十卷，雖内容與此略同，而種數相差甚多，不如此本善也。

經國雄略四十八卷 國立中央研究院歷史語言研究所藏明弘光刻本

明鄭大鬱撰。此書作于弘光元年，爲考十三：曰天經、畿甸、省藩、河防、海防、江防、賦徭、賦税、屯政、邊塞、四夷、奇門、武備，都四十八卷。首有鄭芝龍序曰：「是編蒐羅今古，援證天人，與夫山川形便，安攘富强，極之帆海絶徼，靡不詳載考圖，俾留心經國者讀此，備知窮變度險，孚號忠志，協佐中興。」以書中排斥夷狄，詆吳西平結虜恢復一策，故有清一代，遂罕見流傳。邊塞考曾入禁書總目。惟孔廣陶三十有三萬卷堂書目略中央研究院歷史語言所藏稿本。有之，入子部雜家類雜考之屬。蓋此書本備中興士夫射策之用，以國難方殷，頗有恢蕩匡復之言，非真能規畫恢復者，故孔氏入於此也。書中矜衒誇大，自是明末策士習氣，然取材廣博，多有非他書所能見者。而邊塞四夷諸考，尤可爲考史之助。凡例謂「圖得考始明，考因圖益張」。故尤重繪圖，凡輿地、關塞等皆有圖，而武備考中之槍炮、舟車諸圖，又可見當時武器形式與西洋戰具輸入之一斑矣。

大明律例三十卷附録一卷 國立北平圖書館藏明隆慶刻本

明太祖敕修。洪武六年，太祖詔刑部尚書劉惟謙等詳定奏上，篇目一準於唐，爲法制史必修之書。四庫存目著録本，從永樂大典録出。此則明季原刻，殊罕見也。

子部

鹽鐵論十卷 國立北平故宮博物院藏明弘治刻本

漢桓寬撰。此明弘治十四年涂禎江陰覆刻宋本。半葉十行，行二十字。世傳桓書刻本，以此爲最古最善，明代各本皆從之出，而更易行款，失其舊觀。清嘉慶間張敦仁曾以原本景摹流傳，顧廣圻爲任校勘之役，亦稱善本。惟涂刻存者無幾，學者罕窺真面，致有誤認明九行本爲原刊，而以真涂本爲重刻，轉疑張、顧爲誤者，殆同葉公之好龍耶。

童蒙訓三卷　國立北平圖書館藏宋刻本

宋呂本中撰。歷述師友遺聞，多格言至論，宋時重之。卷末有題記四行，文曰：「紹定己丑郡守眉山李𡊮得此本於詳刑使者東萊呂公祖烈，因鋟木於玉山堂，以惠後學。」知乃紹定重刻本。都玄敬藏書，後歸海源閣。明時有覆本，行式無異，然較之原刻，則東施效顰矣。

宣和畫譜二十卷　國立北平故宫博物院藏元刻本

宣和書譜二十卷　國立北平圖書館藏明刻本

不著撰人名氏。畫譜爲元吴文貴杭州刻本。半葉十行，行十九字。書、畫二譜，世行有明楊慎刻，後來各本皆從之出，頗有訛奪，不爲盡善。此本紙墨彫工與宋臨安睦親坊陳道人所刊唐宋人集極相類，其爲元初杭州刻本無疑，即大德六年吴文貴與書譜合梓者，古本之僅存者也。書譜元刻久佚，以嘉靖本配印於後。

永樂琴書集成二十卷 國立北平故宫博物院藏明抄本

明成祖敕修。此内府寫本。半葉十一行，行二十二字。集琴典之大成，采摭詳備，足資博識。朱闌玉楮，寫繪極工，當是原修繕進之本。典重與永樂大典相埒，而精美過之。數百年不出宫禁，故世無傳本。清修四庫全書亦莫知著録，真人間未見書也。

孔氏六帖三十卷 國立北平故宫博物院藏宋刻本

宋孔傳撰。此宋乾道丙戌韓仲通泉州刻本。半葉十二行，行十四字。注雙行二十八字。唐白居易纂白氏六帖三十卷，孔氏繼之而有是作。南宋末坊間合兩書重編爲一百卷，刊印行世，殊失舊觀。此本據韓序，知書成於紹興之初，至仲通守泉南，始爲校刊於郡庠，乃此書初刻本也。原闕第十一卷。

玉海二百卷詞學指南四卷 國立北平故宫博物院藏元刻本

宋王應麟撰。此元至元三年慶元路儒學官刻本。半葉十行，行二十字。其板至清初尚存，遞經修補，每下愈況，幾不可讀。此帙尚是元時初印，紙墨精好，勝後印本多矣。

纂圖增類郡書類要事林廣記四十二卷 國立北平故宫博物院藏元刻本

元陳元靚撰。此元建安椿莊書院刻本，以較元至正本及日本元禄本，編次頗有出入。宋元間民間遊藝、歌曲習尚，均可於此書見之。四庫全書失收。

山海經十八卷　國立北平故宫博物院藏元寫本

晉郭璞注。此元至正二十五年曹善寫本。烏絲欄，半葉十一行，行二十二字。注雙行三十餘字。每篇後附圖贊，與宋中興館閣書目合。書法秀勁而超逸，名賢手跡，歷久長新。鈔本中無上妙品也。此書世行各本，皆不附圖贊。道藏本有贊而不全，且多竄亂。宋尤袤刻於池州者，其板明初入南監。今雖罕見，尚有傳本，惟圖贊亦闕。前人校輯以嚴可均全晉文本爲最備，然舛誤仍不能免。嚴氏自以無從考定爲憾。此本十八篇之圖贊，厘然具在，毫無譌奪，真前人欲求觀而不得者。堙晦多年，一朝復顯，豈非藝林快事耶。

集部

元豐類稿五十卷　國立北平故宫博物院藏元刻本

宋曾鞏撰。此元大德八年丁思敬南豐刻本。半葉十行，行二十字。南豐集世鮮善本，各家書目著録之元刊，大率皆明本也。此本校勘詳審，字大悦目，刊工遒勁，不下宋槧。設非序跋具存，鑒藏家或且以宋本目之。宋槧全帙今不可見，此本斷推甲觀矣。

栟櫚先生文集二十五卷 國立北平故宫博物院藏明刻本

宋鄧肅撰。此明正德十四年羅珊永安刻本。半葉十行，行二十字。肅志節之士，爲太學生時，以獻詩諷諫花石被逐，知名當世。王明清揮麈録稱肅集三十卷，此本僅二十五卷，即以花石詩冠首，當是後來重編，然較清四庫所收之十六卷本多出詩九卷。各家著録，亦無有早於此者，自是世行肅集最古之本矣。

演山先生文集六十卷附録一卷 國立北平圖書館藏舊抄本

宋黄裳撰。此書卷數與直齋書録解題合，蓋猶宋時原本。平闕之式甚古，當從宋槧傳録。乾道初季子玠裒輯成帙，建昌軍教授廖挺刻於軍學，即此本祖刻也。裳所作詩文，骨力堅勁，不爲委靡之音。此本初爲曹倦圃溶藏書，後入怡府，轉歸東郡楊氏海源閣，亦劫後僅存之秘笈矣。

雪窗先生文集二卷附録一卷 國立北平圖書館藏明嘉靖刻本

宋孫夢觀撰。嘉靖間裔孫應奎知江陰縣時所刻，奏議、故事各一卷。四庫全書著録本即從之出。海源閣故物。有「明善堂覽書畫印記」「安樂堂藏書記」「東郡楊彦合珍藏」諸印。

玉楮詩稿八卷　國立北平圖書館藏明刻本

宋岳珂撰。凡詩三百八十五首，起理宗嘉泰戊戌，迄庚子，皆珂五十八歲前所作詩。卷後自記云：「此集既成，遣人謄録，寫法甚惡，俗不可觀。欲發興自爲手書，但不能暇。二月十日偶然無事，遂以日書數紙，至望日訪友過海寧，攜於舟中，日亦書數紙，迨歸而畢，通計一百零七版」云云。而卷首題「十六世孫岳元聲等藏墨」，知從手跡上版也。有「袁廷檮印」「五硯樓藏」「陳氏西畇艸堂藏書印」「陳墫印」諸印。

中庵先生劉文簡公文集二十五卷　國立北平圖書館藏元刻本

元劉敏中撰。元史載敏中中庵集二十五卷，此本與之合，蓋原刻也。四庫全書著録本從永樂大典録出，僅得二十卷。以視此本所載，得失詳略之殊有如霄壤，可謂無上之秘笈矣。初爲怡府藏書，後歸東郡楊氏海源閣。有「怡府世寳」「楊紹和」諸印。

江月松風集十二卷　國立北平故宫博物院藏鈔本

元錢惟善撰。此即相傳之錢氏手書稿草也。是集前代未嘗墨板，故在明不甚顯。此本明末藏曹溶家，清初歸洞庭翁氏。好事者争就迻寫，流傳遂廣。原書不知何時進入内庭，外間莫從復窺真面。展轉傳録，亥豕益繁。光緒八年錢保塘始據舊鈔校刻，十五年内丁丙又據曹氏鈔本刻之武林往哲遺書中。取與此本對勘，皆有訛誤，難稱完善。是以學者得一清初名人手録副帙，珍重有逾琬琰，矧此唯一祖本，不尤寶中之寶耶。

成都文類五十卷 國立北平故宫博物院藏明刻本

宋程遇孫等編。半葉十行，行十八字。所録上起西漢，下迄孝宗淳熙間，蒐采極爲宏富，實開明季周復俊全蜀藝文志之先河。世傳只有此本，亦頗罕見。考蜀都文獻者不可不備之書也。

皇明經世文編五百四卷補遺四卷姓氏爵里一卷 國立北京大學藏明崇禎刻本

明陳子龍、徐孚遠、宋徵璧等選輯。起自明初，迄於末季，採録歷朝各家奏議、文集纂集成編，以人爲次，不别部類。有明一代經世大文略具於此，中葉以後邊事尤詳。亦有原著已佚，遺文賴此僅存者，實治明代史學者不可少之書。本書卷帙繁重，世無二刻。清乾隆間復經禁燬。以故傳本極希，宇内有數之秘笈也。

新刊名賢叢話詩林廣記前集十卷後集十卷 國立中央研究院歷史語言研究所藏元刻本

元蔡正孫撰。此書元刊本世不多見，通行明初十行大字本，已非原刻面目。惟弘治丁巳張鼒刻本與此行款相同而刻手拙劣，錯字累累，與此相校，直有天淵之别也。書以詩話爲主，因詩話而録詩，爲當時學詩者之絶好讀本。標點整齊，觸目清朗，尤可見一代讀書與雕版風氣。

息機子雜劇選二十五卷 國立北平圖書館藏明萬曆刻本

明息機子輯。息機子姓氏及事蹟無考。共收元明雜劇二十五種，中如張公藝九世同居一劇乃久佚之本。他與臧晉叔元曲選重出者，文字亦與臧選時有出入，蓋未經臧氏删訂之原本。治元劇者幸勿以殘佚少之也。

詞林摘豔十卷 國立北平故宫博物院藏明萬曆刻本

明張禄輯。此萬曆二十五年都中所刊，校徽藩本時有異同。所録元明劇曲套數都不注作者主名，當據他本補之。開版清朗，且加圈點，極便誦習。

舊編南九宫譜十卷 國立北平圖書館藏明萬曆刻本

明蔣孝輯。此爲傳世南曲譜之最古者。明季徐天池草南詞敘録時未見其書，其罕傳可知。宋元南戲佚文多賴之以傳。

曲律四卷 國立北平圖書館藏明天啓刻本

明王驥德撰。此書自吴江沈寵綏度曲須知徵引以來，治南詞者莫不引爲繩墨。顧方諸館原刊世久罕傳，指海本及近代武進董氏讀曲叢刊本卷一越調内脱去一葉，爲世詬病。此本初印精美，完整無缺，以較指海本不可同日語矣。

（原載景印國藏善本叢刊樣本，商務印書館一九三七年印行綫裝排印本）

275 續輯檇李詩繫啓

逕啓者，自沈客子先生輯檇李詩繫後，陸陸堂、楊蘋香諸先生皆有意爲之賡續，至胡雲佇先生始有成書，迄今又將百年。王云卿、張厚香諸先生又擬輯再續檇李詩繫而未竟厥志。中經變故，幾度滄桑，遺文零落。同人等不揣陋，妄擬當仁，上補元明，下迄近代，勉爲鈔纂，已有七百餘家。夙仰臺端注意鄉邦文獻，所藏先德遺著及嘉郡先哲未入沈、胡兩選者，請爲蒐集。如卷帙較多，並乞擇要甄采，並録其履歷、行誼、别號及遺聞軼事等一併寄示，實深感禱。至生存不録，系循選家向例，尚希鑒察。

錢熊祥　金兆蕃　盧學溥　徐清揚

張元濟　陶昌善　朱彭壽　屈　彊　同啓

吴乃琛　孫振麟　項乃登　張宗弼

（録自排印件）

276　刊印槜李文繫徵集遺文啓

嘉興忻君虞卿輯成槜李文繫四十六卷，久未刊行。同人以鄉邦文獻攸關，慫恿付梓。原書起自漢，迄光緒中，慮猶有闕，亟思增補，並擬廣至宣統季年，繼代爲書。海内宏達，同州諸彦，藏有舊嘉興府屬先正文字，無論已否成集，咸請録副見示。篇帙較繁，則擇其尤者。更乞編次仕履，附采言行，作爲小傳，以識生平。分任收稿者：京師金君籛孫、杭州陳君尚旃、龔君未生、嘉興王君蔀畇、嘉善錢君銘伯、海鹽談君麟祥、平湖張君厚薌、石門陳君瀛客、桐鄉沈君耆洛，並於各省及上海商務印書館設代收稿處，轉寄上海葛詞蔚、張菊生兩君匯成。如蒙代輯遺文，即祈就近送交各處，但截至辛酉年終爲止。原書凡例及姓氏總目已編印成册，分贈同志。如承索閲，請函致各收稿處，即當寄奉。伏維公鑒。嘉郡同人謹啓。

（録自張元濟全集第十卷）

277　重印正統道藏緣起

道家之書薈粹成藏，始自六朝。歷唐、宋、金、元，遞有增輯。卷帙繁夥，靡可殫究。

其詳見於至元十二年道藏尊經歷代綱目刻石。至明正統十年，重輯全藏，以千文編次，自天字至英字。萬曆三十五年續藏自杜字至纓字，三洞四輔十二類，都五百二十函，五千四百八十五册。經廠刊版，率用舊規。傳至有清，舊庋于大光明殿，日有損缺。迨庚子之亂，存版盡毁。各省道觀藏本亦稀。京師白雲觀乃長春真人祖庭，爲北宗靈宇，獨存全藏，幾成孤帙。雖經、籙、符、圖，類屬晚出，而地志、傳記，旁及醫藥、占卜之書，或出晉、宋以前，或爲唐人所撰。清代四庫既未甄收，藏書家亦鮮傳録。其中周秦諸子，半據宋刊，金元專集，尤多秘笈。乾嘉學者研索及斯，隻義單辭，珍侔星鳳，采輯未竟，有待方來。至若瓊簡琳文，玄言畢萃，非資博覽，曷闡真源。宗教學術，所繫重已。僕等遠懷神契，近閔頹波，深懼古籍就湮，幽詮終閟。因議重印，用廣流傳。經東海徐公慨出俸錢，成斯宏舉。特與商務印書館訂約，專承印事。合併梵夾，改爲線裝。摹影校勘，三載克畢。海内閎達，尚垂察焉。

發起人　趙爾巽　康有爲　李盛鐸　張　謇　田文烈
　　　　董　康　熊希齡　錢能訓　江朝宗　梁啓超
　　　　黄炎培　張元濟　傅增湘　　　　　同啓

（轉録自一九一一——一九八四影印善本書序跋集録，北京圖書館善本組編，中華書局一九九五年四月版）

278 影印續藏經啓

昔我釋尊以一大事因緣出現於世，説法四十九載，爲令衆生開示悟入佛之知見。滅度以後，諸菩薩、阿羅漢結集流傳，大乘則有華嚴部、方等部、般若部、法華涅槃部，小乘則有長阿含、雜阿含、增一阿含，契理、契機，二而不二，是曰經藏。菩薩律儀，有梵王瓔珞、善戒地持等經，比丘戒律，有僧祇十誦四分五分之别，嚴净毗尼，令法久住，是曰律藏。大小乘，人或著論以釋經，或宗經以造論，羽翼聖經，助揚佛化，是曰論藏。此「三藏」之稱所由起也。溯自騰蘭寫經，高識宣譯，玄言東被，白馬西來，歷漢魏六朝，以迄隋唐，三藏靈文，炳焉大備。纂輯目録，始於道安。編定函號，肇自開元。宋元明清，代有增益。斯則世所謂正藏者是也。抑自大法東流，迻譯日富，不離文字，不即文字，非凡所測，唯證乃知。將欲啓三藏之秘扃，開群盲之慧眼，則有法身大士乘願來儀，廣辟津塗，各標宗要，其最著者，若三論宗，一曰高禪宗。若法華宗，一曰天台宗。若法相宗，一曰慈恩宗。若華嚴宗，一曰賢首宗。是爲教下四家。拈花一派，教外别傳，是曰禪宗臨濟宗、潙仰宗、曹洞宗、雲門宗、法眼宗，號爲禪宗。金胎兩界，灌頂密授，是曰密宗。净土宗則該乎顯密，律宗則通於大小。至若俱舍宗、若成實宗，雖屬小乘，寧容偏廢？大權妙用，殊途同歸。要令衆生開示悟入佛之知見而已。綜上十宗，撰述宏富，導源於晉代，極盛於唐時。載在僧傳，淵源有自。允宜編入論藏，同爲法寶。顧自隋唐而降，三藏聖教，頒自皇家，非奉詔敕，莫能增入。唐季會昌之厄，藏外流傳之本散佚殆盡。吴越國王求天台教典於高麗，宋慈雲大師請於時宰，奏編入藏，師資傳習，於今爲盛。清涼國師之華嚴疏鈔，宋時來自海外，至明季而始入藏。此外名著，當北宋承平之世，即已隱顯參半，重遭兵燹，悉就淪亡。明清間諸大德展轉訪求，不獲覩其隻字，所爲扼腕太息者也。前清末造，海禁大開，乃知諸宗佚著流傳於海外者，猶十存其四五。日本明治間，彼國藏經書院既以明藏排印行世，復搜羅我國古德撰述之未入藏者匯輯成書，號曰續藏，爲一千七百五十餘部，爲七千一百四十餘卷。凡三論宗嘉祥之論，法華宗南嶽之文，法相宗慈恩、淄州、濮陽之書，華嚴宗雲華、賢首、圭峰之作，密宗善無畏、不空、一行之譯著，律宗南山、相部、東塔之章疏，浄土宗曇鸞、善導之遺編，俱舍宗普光、法寶之傑構，與夫梁之光宅，隋之浄影，唐之法眼，宋之四明、慈恩、孤山靈芝之述作，皆赫然在焉。凡此諸書，絶跡於中土者，遠或千有餘載，近亦六七百年，苟得其一，珍逾球璧。今乃萃數十百種於幾案之上，恣吾人之尋討，可不謂非幸歟！惜續藏出版之始，我國人士不知底藴，未解購求，流入中土者才四五部。近年北京大學校、浙江藏書樓又各購一部，而彼國藏經書院不戒於火，印存之書悉成灰燼。比年佛教漸昌，同人以重價求其燼餘之本，已杳乎不可復得。蓋中土久佚之要典，閲千百年而復顯於世，曇花一現，又將日漸澌滅矣。同人愍焉憂之，爰商之商務印書館，先將續藏重爲影印，以餉當世。正藏開印，列爲後圖。斯誠難遇之奇緣，稀有之盛舉，非徒學佛者當封爲瓌寶，抑亦好古者所樂於觀摩。南北諸大刹雖有龍藏，苟無此書，則如千尋樓閣不設階梯，何由升堂而入室？歐美諸名流方留意於遠東文化，苟無此書，則於東方學説缺而不備，何由竟委而窮源？蓋是書一出，而我國魏晉六朝隋唐以來師師相承之旨，如日再中矣。開示悟入佛之知見，將於是乎賴。

丁傳坤　王　震　王竹懷　王宗祐　王雷夏
史一如　江　杜　任繩祖　朱芾煌　朱元善
狄葆賢　李開侁　李燿忠　李國松　沈曾植
沈　煇　吳　永　林志鈞　周　奮　胡翊儒
胡瑞霖　范古農　徐文蔚　徐亮義　徐乃昌
徐鴻寶　梁啓超　夏壽康　夏繼泉　夏敬觀
馬一浮　馬其昶　秦少文　莊蘊寬　陳裕時
陳汝湜　梅光羲　許　丹　陶　珙　程德全

馮　煦　黄炎培　黄　群　黄士復　孫厚在
孫毓修　湯薌銘　張　謇　張一麐　張　志
張　烈　張圓成　張元濟　劉承幹　諸宗元
蔣維喬　鄧高鏡　歐陽柱　蔡元培　韓德清
簡照南　簡玉階　簡英甫　關別樵　同啓

姓名先後以筆劃爲次序。

（録自原書照片）

279　影印漢滿蒙藏四體合璧大藏全咒緣起

佛法東漸，梵典流布，歷代翻譯，經咒例殊。經從義釋，達旨爲歸。咒從音譯，諧聲是尚。蓋密咒乃諸佛秘密心印，一咒之中，必有數語，雖通梵文者，亦不能解，一也。圓音一演，妙用全彰，唯聖乃知，非凡所測。密咒功用，全在音聲，二也。是以藏中密咒，全依梵文本音直譯，而以南北方言不同，古今音切各異，古譯咒文以今音讀之，輒與梵音不能盡合。研究密宗者恒苦之。清乾隆十三年選擇通習梵音、諳曉漢滿蒙藏文字音韻之人，將大藏全咒悉依梵文原音重行翻譯，就正於章嘉國師，編成漢滿蒙藏四體合璧大藏全咒八十卷，目録八卷，同文韻統八卷（内附阿禮嘎禮一卷，讀咒法一卷），凡九十六卷。其編纂方法，先成同文韻統一書，以梵文及藏文之字母翻切，與漢滿蒙諸體參合對照，辨天竺西藏字母之陰陽，考漢文藏經字母之同異，定華梵字母聲韻之合璧。始自天竺字母譜，終於華梵字母合璧譜，凡爲譜四十三，然後將大藏全咒按譜重譯，使其一字一句悉合梵文本音，無爽銖黍。每舉一咒，皆滿漢蒙藏四體並列，依照全藏諸經卷帙編次，以便檢查。並將漢文經咒與藏文經咒對校，閒有闕略，互相出入，或音譯義譯彼此不同者，悉爲補訂，加以標注。是以所譯之咒，聲韻準確，體例一貫，不特漢文大藏全咒悉具，且復增入西藏經典中所特有之咒，誠佛教之異寶也。此書非當國家盛時，以政府之力，廣集深通梵文及四體文字音韻之人才，不能成此鉅製，是誠佛門一大因緣。非獨究心密宗者，所當家置一編，以資探討，即留意於東亞文化者，欲考其文字之異同，音韻之變化，燦然大備，亦當首推是書。惜當時刷印無多，藏諸内府，非奉特旨頒賜，民間無由得之。南方叢林，夙未聞見，即北方大刹，昔曾藏有此書，百餘年來，亦復盡歸散佚。中外人士，重價訪求，間或發見，均系殘本，從無完書，即已秘爲至寶。西人某君嘗以三百金易得十餘册，其價值可知矣。同文韻統爲東亞聲韻專書，久已膾炙人口，而此書所附之本，較諸仿殿版單行本，内容尤多完備，亦藏書家所未知未見也。同人等夙有影印本書之議，蒙北平觀音寺覺先和尚慨許，以珍藏原本全部見假，由商務印書館影印流通。秘藏重光，機緣難再，海内外宏達，有欲宣揚佛典，修習梵咒，儲藏秘笈，研究音韻者，知必相與提倡，樂觀厥成也。兹將付印，謹序其緣起如此。

丁傳紳　王　震　江妙煦　朱芾煌　朱元善　狄葆賢
沈　煇　李開侁　林志鈞　徐文蔚　徐鴻寶　梁啓超
夏敬觀　陳裕時　陳汝湜　梅光羲　許　丹　黄慶瀾
黄士復　孫厚在　張元濟　葉　荃　聞蘭亭　歐陽任
蔣維喬　鄧高鏡　蔡元培　鄭立三　韓德清　闞　絅　同啓

（原載商務印書館印行影印漢滿蒙藏四體合璧大藏全咒及同文韻統樣本，綫裝排印本）

280　明弘治四年楊澄刊本陳伯玉文集題辭

沅叔同年六秩大慶，寄此奉祝。辛未九月，張元濟。

附傅增湘題辭： 陳伯玉文前集五卷，後集五卷。明弘治四年楊澄刻本。壬申九月張菊生自上海寄此爲壽。藏園手記。

（録自原書覆印件）

281　景印宋本杜工部集跋

少陵詩聖，丁安史之亂，坎身世，流離隴蜀，畢陳歌詠。沈雄魁壘之音，感人而動物，故當時號爲「詩史」。至其才力富健，變風變雅，窮高妙之格，極豪逸之氣，包沖澹之趣，兼峻潔之姿，備藻麗之態，實積衆流之長，爲千古宗仰而不替。本傳有集六十卷，而藝文志著録集六十卷、小集六卷。至宋寶元間王原叔洙始取秘府舊藏及人家所有之杜集，裒爲二十卷。嘉祐四年，蘇州郡守王君玉琪得原叔家藏及古今諸集，聚於郡齋而參考之。吳江邑宰河東裴如晦煜取以覆視，遂鏤於版。自後補遺、增校、注釋、批點、集注、分類、編韻之作，無不出于二王之所輯梓。原叔曾否刊行，無由聞見。惟賴君玉剞劂行世，遂爲斯集之鼻祖。毛氏汲古閣所藏宋本，遞傳至于潘氏滂喜齋，今歸上海圖書館。相傳爲嘉祐間刊，然以諱字避至「完」「構」觀之，是刻當在南宋初矣。檢校全集，計二十卷，補遺一卷。宋刻兩本相儷，缺卷爲毛氏鈔補，亦據兩本。其一存卷一第三、四、五葉，卷十七至二十及補遺，每半葉十行，行十八至二十一字。毛氏鈔補自卷一第六葉起至卷九，卷十五、卷十六，每卷先列子目，目後銜接正文。其二爲卷十至十二，每半葉十行，行二十字。毛氏鈔補卷十三及十四，每卷先列子目，目後重銜書名、卷次及詩體、首數各一行。兩本字體、紙墨均甚相似，驟不易辨。但從行款、注例審之，顯有不同。又檢刻工，前一本有洪茂、張逢、史彦、張由、余青、吴圭、洪先、張謹、牛實、劉乙、宋道、徐彦、施章、田中、張清、吕堅、王伸、方誠、駱昇、葛從、朱贇、蔡等。就余所寓目之宋槧校之，與衢州本三國志魏書、紹興本管子、紹興本臨川先生文集同者一人，與南宋初補刊本禮記鄭注同者三人，與南宋本爾雅同者四人，與紹興明州本徐公文集同者五人，與南宋本陶淵明集同者七人，與紹興明州本六臣注文選同者八人，與南宋初年刊資治通鑑目録同者十二人，與紹興茶鹽司本資治通鑑同者十七人。於是確定爲紹興初年之浙本無疑。直齋書録解題謂又有遺文九篇，治平中太守裴煜刊集外，此存補遺一卷，可證是爲覆刻君玉之本也。復考配本，間有「樊作某」「晉作某」「荆作某」「宋景文作某」「陳作某」「刊作某」「一作某」等，與錢牧齋謙益箋注所載吴若後記云「凡稱『樊』者，樊晃小集也；稱『晉』者，開運二年官書也；稱『荆』者，王介甫四選也；稱『宋』者，宋景文也；稱『陳』者，陳無己也；稱『刊』及『一作』者，黄魯直、晁以道諸本也」若合符節。是必吴若刊本可無疑義。吴記作于紹興三年六月，當即刻于是時。兩本雕版，異地同時。此本刻工有楊茂、言清、言乂、王祐、熊俊、黄淵、楊詵、鄭珣、翟庠等，尚未見于他書。蓋建康府學所鐫者也。吴本雖後于王本，牧齋已推爲近古，由今觀之，兩本實爲希世之珍。近人之疑吴本爲烏有，而深譏虞山之作僞者，觀此亦可冰釋。

覽毛斧季扆跋文，知子晉晉先借得宋版，命蒼頭劉臣影寫一部。廿年後斧季從吳興賈人收得原本三册，其缺佚倩甥王爲玉據劉寫者影鈔足之。篋藏遂有兩帙。今喜此書尚留人間，延天水一脈之傳。夷考君玉原本刊於嘉祐四年，吳郡志云：「時方貴杜集，人間苦無善本，琪家藏本讐校素精，俾公使庫鏤板，印萬本，每部值千錢。」彼時傳本不謂不多，竟無遺存。幸七十餘年後有覆刻，有重校，不則恐絶響人間矣。從殘存三册覈之，知當時已爲牉合之本。錢氏述古堂亦嘗景寫一部，而卷一尚存宋刻第一、二葉之王洙杜工部集記，意者毛、錢交摯，殆即斧季撤贈者。此本今藏北京圖書館。曩余主商務印書館時，曾創景印古籍之舉，先後成四部叢刊、百衲本二十四史，更仿遵義黎氏之例，博訪罕傳珍本，輯爲續古逸叢書，求集腋于真影，廣學人之津梁，成書四十六種。抗戰中輟，忽逾廿稔。維我新邦肇建，萬象焕明，古刻瑰寶，迭出重光。自中央創導科學研究，重視遺産，廣搜善本，勉以流通。今歲欣逢我館創建六十週年，謀繼前功，以資紀念。竊謂杜詩上承風騷，廣洽民情，本現實之精神，鬪詩歌之康莊，輝煌成就，允垂久遠。去年成都築工部草堂，鼓舞群仰。名山羽翼，悠待球珍。爰借上海圖書館所藏杜工部集，趙宋孤槧，傳世冠冕，攝景精印，列爲續古逸叢書第四十七種。其卷一王記之宋刊，卷十二第廿一後半葉、卷十九第一、二葉及補遺第七、八葉之錢鈔，均據北京圖書館藏本照補者。不圖期頤之年，猶得親與其役，舊業重理，撫卷歎賞。不辭荒傖，聊誌顛末於後。盛世昌明，繼是有成。余雖耄老，尚能憑軾以俟之。公元一千九百五十七年八月一日，海鹽張元濟，時年九十有一。

（原載續古逸叢書第四十七種宋本杜工部集，商務印書館一九五七年）

282 清康熙六年季氏静思堂刻本杜工部集識語

杜工部集六册，爲余六世叔祖吟廬公手校，爲同邑任氏所得，復歸於余。卷一末葉有題記可證。張元濟。

六世叔祖吟廬公評校杜工部詩六册，余得之海鹽任氏。張元濟謹識。

（原書，上海圖書館藏）

283 清康熙刻本杜詩詳注跋

陳宋齋先生名訏，字言揚，爲先六世祖寒坪公之本生外祖，籍隸海寧，移居海鹽，官温州教授。是書評點爲先生手筆。卷二十三末葉署戊戌仲冬，卷二弟二十七葉又署丙午除夕，先後九年，丹黄遍紙，糾摘疵謬，凡百餘條，是於此書用功至深。邑志稱先生喜韓蘇而歸於少陵，洵不誣也。先生爲吾邑寓公，又爲吾祖所自出，則是書之在吾家固當珍如拱璧矣。

癸亥仲冬月二十五日　張元濟

同日又得先生所著讀杜隨筆一部。書估語余，兩書均自先生後人僑居蘇州者售出，並記於此。

（原書，上海圖書館藏）

284　明嘉靖二年刊本李文公集識語

是書有雨岩、芷齋兩公印記。忠厚書莊主人李紫東出以示余，傅沅叔同年謂視成化本，尤難得。因以銀幣壹百十圓收之。己未孟秋，張元濟。

（原書，上海圖書館藏）

285　景印明嘉靖本元氏長慶集校文

戊午之秋，江安傅沅叔同年得見殘宋建本元微之文集，卷一之十四、卷五十一之六十，凡二十四卷。劉序、目録並存，知全書六十卷，與是本合。惟編次微異，卷五之八並爲樂府詩，即是本二十三之二十六四卷。是本卷五之二十二則遞後爲卷九之二十六。目録亦詳略互見，已出宋人改編，非微之十體原第。此多集外文章，源出越本，更在建本後矣。原書每半葉十二行，行二十一字，卷首有「翰林國史院」長方朱記，蓋元代官書也。沅叔舊有校明本，所據爲錢牧齋鈔校本，因並借校殘宋本於其上，云異同多出群書拾補，盧校按：盧校系以宋越本校明馬元調刻本。外甚珍視之。其尤足重者，明刻卷十第五、六葉，各本皆闕，宋本獨存，在卷十四第七、八葉。此古書之所以可貴也。今宋本卷一之十四及序目並已歸於涵芬樓，惟卷五十一之六十，不知流落何所，爰從鈔補卷十第五、六闕葉兩番，並借傅本，録其宋本錢鈔兩校筆，增訂卷末，盧校亦爲采附。庶幾讀是書者，可與宋本齊觀云。丁卯六月，海鹽張元濟校記。

（原載四部叢刊初編）

286 元刊本唐陸宣公集跋

本册據翻宋本校過。鈔配各葉，訛誤太多。即宋刻各葉，亦有訛字，並據覆本校正。

庚申七月，張元濟。

（據涵芬樓原藏元刊本唐陸宣公集末頁作者手書跋文）

287 景印明鈔本甫里先生文集校記

戊辰冬仲，再板書成。檢勘涵芬樓新收成化本，知復翁原校，几塵落葉掃之尚有未盡也。因爲補輯卷末，聊補前人所不逮。存其是而略其非，其能免於喧賓奪主之譏乎。值本即校，往往獲益。復翁稱此抄或多筆誤，故不憚其煩如此。海鹽張元濟校記。

（原載四部叢刊初編）

288 景印宋刻配吕無党鈔本王黄州小畜集札記

此書初印，收用經鉏堂鈔本，訛奪極多，讀者病之。重印廣求善本，先後收得汪閬源、徐紫珊兩鈔本，復從杭州葉氏借得汪魚亭鈔本、趙熟典刻本。最近觀書常熟瞿氏鐵琴銅劍樓，始睹此本，借歸比對，五本之中，此爲最勝。宋槧存卷十二至十六、卷十八至二十四，凡十二卷。藏印累累，尚爲前明沈辨之家故物，宋本傳世已盡于此，餘卷爲吾研齋依謝氏小草齋鈔本補足。書中「留」字闕筆。黄蕘翁一再跋之，考定出吕無黨手，闕筆，避吕氏家諱。著録士禮居藏書題跋記，乃是書第一善本也。因廢經鉏堂版而代之。吕鈔集末，仍載謝氏跋文，稱「從相國葉進卿先生借得内府宋本鈔藏」云云。此從謝鈔再傳，猶是根源天水，宜其高出群本也。惟魯魚帝虎，雖宋刻名鈔，偶亦不免，因就札録諸本校記中，擇其最善者存之。集部不同經、史，不復志采自某本，聊爲讀古書者示門徑，以云校勘，則未敢也。己巳霜降海鹽張元濟。

（原載四部叢刊初編）

289　明正統四年刊本宛陵先生集跋

是書據邵亭知見傳本書目有元刊本、明正統己未知寧國府袁旭廷輔刊、明姜奇芳刊。按元刊當即翠微精舍本，海内外迄今未見。姜刊蓋即萬曆間梅氏祠堂刊本。當四部叢刊景印時，求一統本，竟不可得，乃以萬曆本實之。其後以日本所藏宋紹興原刊殘本景印問世。互校之下，此本自有佳勝，可補宋本之誤者，如：卷十三頁一行後六「送李學士知廣安軍」，敚「軍」字；卷三十七頁一行後七敚「寄松林長老」一目，其與宋本相同。可正他本之誤者，如：卷十五頁一行前十「讀永叔撰薛雲衛碣」，他本「衛」誤「衢」；頁二行前一「梁山軍」，他本「山」誤「州」；卷十八頁四行後五「朝車走轔轔」，他本「朝」誤「胡」；同頁行後七「往返相磨轂」，他本「轂」誤「轂」，頁十三行後六「素質水紋纖」，他本「紋」誤「絞」。其餘尚多異同，足資研考。故此本不僅以雕板之難得爲重，即宋刊亦不足掩其善也。

（録自張元濟全集第十卷）

290　明刊清重修本宛陵先生集跋

是本與萬曆顔刊本行款全同，然細辨並非補刊，實系翻板。蓋亦必刊於明代，至康熙丙寅李文江學使始取交梅氏後裔重修者耳。枝鳳修補時尚有重修先都官詩集紀略一篇，又十九世裔孫岂曆蒐刻先都官遺集目録，又歷代修輯姓氏，是本皆軼去矣。

中華民國二十九年三月十四日海鹽張元濟識

（原書，上海圖書館藏）

291　清乾隆六年海鹽張氏清綺齋刊本王荆公詩箋注識語

丁巳陽曆十二月十二日，書友李子東以此書來。余以銀幣廿一元購得之。併前所得，此爲弟十六部矣。時余正影印元本，劉翰貽世兄又以新收殘宋本六册借對校，即芑堂先生識語所載者。張元濟。

（原書，張元濟圖書館藏）

292　景印本元大德本王荆文公詩識語

是書景印既竣，士林争購。僅有存者，寄儲於商務印書館書棧，不幸盡燬於兵燹。是本由書肆收回，故有他人題詞藏印。今以移贈合衆圖書館，永久勿替。跋予望之。民國紀元三十年辛巳大暑節。張元濟。

（原書，上海圖書館藏）

293　明嘉靖十八年刊本淮海集識語

此爲涉園舊藏，卷端有魯良公、芷齋公印記。蟫隱廬主人羅子敬兄爲余收得，費銀幣三十圓。書爲嘉靖刊本，頗不易得。魯良公印記又極罕見，甚可寶也。丁巳舊曆九月二十七日，張元濟識。

（原書，上海圖書館藏）

294　明萬曆四十二年刻本横浦先生文集識語

前年購得一部，祇存文集，闕去心傳、日新兩種。昨忠厚書莊主人李子東攜來一部，迺係足本，以銀幣三十圓得之。他日當重印，以廣其傳。

癸亥六月初七日裔孫元濟謹識。

余景印是書之後，續得錢功父手抄横浦心傳，係從宋本録出。傅沅叔同年赴杭州煙霞洞小住，攜往閲讀，摘其異同，校於是本之上。沅叔返京師後，又獲見景宋抄本宋儒鳴道集，可補横浦日新缺文數百字，並校正若干字，録以示余。余亦録於是本書眉。異日如能重印，當據改正。元濟再識。

（原書，上海圖書館藏）

295　清康熙精刊本白石詩鈔識語

書爲新刊，因有余六世叔祖芷齋公印記，且卷中補鈔各葉，與詠川公筆跡相肖，故留之。時辛酉四月二十六日，距蔣君重裝時已四十九年矣。張元濟。

（原書，上海圖書館藏）

296　明正德十五年尹嗣忠重刻本滄浪先生吟卷跋

己未夏六月，友人王佩初孝廉自湘中來，攜古書數種欲以出售。知是書爲余家舊藏，允歸於余。詢其值，則銀幣三十圓也。余感其意，因如數畀之。此一月内，先在李子東處，見嘉靖本李文公集；嗣至蘇州訪沅叔，又獲見殘明繙道藏本韓非子，皆有芷齋公之印記，併是而三矣。詎不幸歟。張元濟識。

（原書，上海圖書館藏）

297 景印宋本及景宋殘本平齋文集跋

是集宋本久佚。毛晉刻空同詞跋已云「予恨未見其集」，則前明季年傳本已微。四庫以汪如藻家本著之於録。同治癸酉涇縣洪氏從丁禹生中丞鈔藏閣本轉録校梓，始行於世。其本有文無詩，奏疏亦闕，與宋史諮夔本傳「有外内制奏議詩文行世」之説不合，非足本也。洪刻末附校記謂「據彭文勤鈔本、藤溪祠堂元人鈔本契勘」，不云卷目異同。邵位西四庫標注載「路有鈔本，振綺堂有鈔本」，亦不著篇帙多寡，則舊傳鈔本亦無殊於四庫也。此本卷一之十，卷十五之十八，卷二十三之三十二，凡二十四卷，爲景宋殘本，常熟瞿氏所藏。近世著録，俱未之見，僅存孤本也。卷十一之十四，卷十九之二十二，爲宋槧原本，全書藏日本内閣文庫，中土已佚。十七年冬，求書虞山，先借得景宋殘本二十四卷，景印之。越歲東渡，復從内閣文庫補借宋本八卷以歸，遂成完帙。數百年已佚之書，至是乃復顯於世，亦書林快事也。景宋本卷一之八，賦；卷九，記；宋本卷十一之十四，雜文、奏狀；卷十九之二十二，外制。以上十七卷皆今行閣本所無。閣本三十二卷即出其餘十五卷所改編，紊亂失次，全非舊第。逐目對勘，尚佚各體文十三首，所存殆不及半。四庫館臣不求甚解，往往以割裂殘本濫竽充數。書貴宋刻，不其信歟。民國十九年五月海鹽張元濟。

（原載中華學藝社輯印古書之三平齋文集，民國十九年七月初版，中華學藝社發行，商務印書館影印）

298　明弘治刻本劉屏山先生集跋

常州劉子逸甫、逸樵以其先德宋屏山先生集示余，且言先生後七世孫遷居於常州之東鄉芳茂山下，聚族而居，迄於今二十有八世矣。光緒間，族人等刊其遺集以行，今復得明弘治本，欲覆録以傳於世，索余一言。余受而讀之，首胡憲序，次屏山集跋，又家藏劉病翁遺帖跋，又劉公墓表，皆先生弟子朱文公筆也。次張磻謚議，鄭起潛覆議，次弘治十七年崇祀公移。全集文凡九卷，賦、詩、詞凡十一卷，與光緒刊本編次相同，而分卷略異，蓋彼出於正德刻本，此居其前。以書貴初刻律之，固當較勝。舊傳有崇安至元庚辰刊本，惟天禄琳琅自云有之，然其書不存，且其題記亦無以證其確爲元刊。是則弘治所刻，在今日固無最古之本矣。先生道德文章舉世欽仰，余何敢妄贊一辭。逸甫昆仲追懷祖德，發揮而光，思之著述，垂諸久遠，且益求精審，以補前人之所未逮。大賢遺澤，自當流衍於無窮也。其書舊爲嘉興李聘、長洲顧湘舟、海鹽黄錫蕃所藏。李、顧均藏弆至富，黄氏爲余邑先哲，與百宋主人相契，賞鑑亦精。余獲睹此，尤深幸也。時民國紀元二十六年八月十四日國軍與日本戰於上海第二朝，炮聲隆隆不絶。

（録自張元濟全集第十卷）

299　汲古閣鈔宋臨安書棚本梅屋詩餘識語

夏曆辛未正月廿五日，海鹽張元濟觀。

（録自杜澤遜抄稿）

300　跋萬柳溪邊舊話爲尤春欣作

曩余爲涵芬樓搜書時，於四庫全書總目見傳記類存目中尤君玉先生萬柳溪邊舊話。卷首有族祖伯雨先生書諱一行，自稱「門人」。因此淵源，欲得其書，且樓中已有舊抄文簡公遂初堂書目，更思覓一舊本，以爲之配。一日，有書估持一舊抄本來。啓視卷耑，印記累累，且有校筆。取知不足齋刊本勘之，則毫無殊異。殆迻録鮑本，僞託舊抄，以復乎觀聽，且印記亦多贋鼎，遂卻去之，自是亦不復再見。迨閘北之變，樓中藏弆盡化劫灰，並舊藏之遂初堂書目亦歸烏有矣。今見幹臣同年所修尤氏宗譜中有是書，可稱善本。跋言未覩明刻，僅據鮑刊校以祠本及諸本（中有云一本者不知何刻）讐對，精審不遺一字，且補入明邵寶序，復冠以楊維楨元户部尚書魏元郡公墓誌銘，考定世系，足正四庫總目之誤。尤可寶者，後附擴元邇諧、玄元近話續話二書，均極罕見，高曾矩矱，歷歷在目，讀之令人生水源木本之思。此不獨尤氏之家珍，抑凡爲人子孫者，對之皆當懍然於籍談數典之教也。先始祖文忠公横浦文集明萬曆後别無刊本，而中庸説、孟子傳尤爲罕秘。前者僅存於東土，後者録入四庫，均已殘缺。余亦訪得宋刊殘本，景印流傳。幹臣輯印是書，喜其先得我心之所同然，因書數語於後。

（録自張元濟全集第十卷）

301　題夷白齋集爲葉揆初

夷白齋集僅明弘治有張習刊本。習自序言：「夷白文集三十四卷，疑爲三十五卷之譌。

留吴下士大夫家，秘不獲見。後僅購得其半，又從他處輯得百數十篇，編爲十二卷，刊行於世。」四庫著録者三十五卷，又外集一卷。總目引朱存理樓居雜著，謂：「得鈔本於王東郭家，臨寫一部，計二百九十六番。」又云：「尚寶李公前修郡乘時，先得海虞人家本一册，後有遺文三十五篇，余悉録之。與王氏本相校異同，爲拾遺一卷」云云。海虞鐵琴銅劍樓瞿氏藏舊鈔本爲泰興季氏故物，延令書目稱爲元鈔。余嘗假得景印，列入四部叢刊三編。全書番數與存理所言正合，是必同出一源。又外集文三十五篇，與存理所輯拾遺亦同，但尚有古今體詩百十七首，存理跋概未之及，故四庫總目疑爲後人有所更定。然何以全書番數與遺文篇數又皆相合？王東郭本今不可得見，祇可疑以傳疑矣。是本舊藏汲古閣毛氏，嗣轉入於愛日精廬，見張氏藏書志，取季本對勘，編次全合，而文字則頗多歧異。其所從出必爲一别本。錢遵王所藏從葉林宗家稿本摹寫，見讀書敏求記，或疑此從錢本傳録。然既云稿本，必當較勝，此殊不然。卷中朱筆所校，即以季本爲據，蓋張氏續得季本，見其異同之字較前本爲長，故取而校正之。撰初吾兄近得自海虞舊家，出以相眎，詢余校筆是否出於月霄先生之手。余未能辨，不敢妄答，然精慎縝密，到底不懈，必爲名人之筆無疑。撰初其珍重藏之。

中華民國二十有七年十二月三日，張元濟謹識。

（原書，上海圖書館藏）

302 舊鈔本江月松風集識語

久聞王佩初有此書，攜至海上，欲得善賈。索之不應。今日忽得陳叔通兄訊，購以見貽。良友雅意，可感之至。戊辰仲秋四日，張元濟謹識。

（原書，上海圖書館藏）

303 清道光二十五年刊本龜巢稿識語

此爲余母十八世從祖龜巢先生遺集，僅詩十卷。厚菴舅祖刊印，凡四册。張元濟謹識。

（原書，上海圖書館藏）

304 明嘉靖三十六年刊本孫尚書内簡尺牘編注識語

是書爲涉園舊藏，有詠川公印記。丁巳仲秋，京師鏡古堂攜示傅沅叔同年。沅叔知爲余家故物，出資二十四圓爲余收回，意至可感。昨日郵到，書此紀幸。舊曆八月初六日，張元濟。

（原書，上海圖書館藏）

305 明萬曆刊本恬致堂集識語

存卷三至五、卷十一至十三、卷二十至二十二、卷二十九至四十。

傅沅叔同年贈時爲戊辰閏二月初旬。沅叔自京南來，下榻余家，旋赴蘇州，攜此以歸，謂得自冷攤也。張元濟。

（原書，上海圖書館藏）

306 明萬曆間刊本端簡鄭公文集跋

是爲吾鄉鄭端簡公遺箸。檢查海鹽圖經及縣志，均不載卷數，蓋當時亦未見及，故不之知也。博古齋主人柳蓉村出以相眎，謂係常熟天放樓趙氏藏本，略有殘缺，然確係原刊。因不多見，遂以銀幣三十元購之。景仰先哲，彌足珍貴。元濟識。旹辛酉仲冬。

（原書，上海圖書館藏）

307　清順治刻本楊大年先生武夷新集識語

是書甚罕見，認爲萬曆刊本。雖僅存四卷，亦姑收之，妄冀他日爲延津之合也。

丁卯十二月初八日　張元濟

（原書，上海圖書館藏）

308　李天生受祺堂集識語

富平李天生，文章氣節，焜耀寰宇。乙亥夏初，與友數人來遊關中，吾友張君扶萬示我先生手書詩幅，知即受祺堂集所闕卷四之作。惓惓君國，讀之令人生敬。扶萬既以印本見貽，又復覩此真跡。謹書數語，以志欽仰。

（録自張元濟全集第十卷）

309　手寫正本明彭孟公先生萬曆庚子浙江鄉試卷跋

宗孟字孟公。海鹽縣志稱：「宗孟萬曆庚子辛丑聯捷成進士。」庚子，萬曆二十八年也。此爲鄉試墨卷，與清代所用卷式不同，而與殿試卷則無別。試藝有表判，當時制度如是。卷面鈐巡按御史印，制亦甚小，與清代官印迥别。公後官至河南道御史，巡按湖廣。彭孫貽、孫遹皆公孫。張元濟誌。

（原書，上海圖書館藏）

310　清康熙十九年序刊本清嘯堂集跋

是書余於數年前得之黄仰旃君手，來自海鹽，僅前一册，凡三卷。近以事赴杭州，至抱經堂觀書。估人謂新自嘉興某地祝氏收得書若干種，中有是書後四卷，遂攜之返滬。取前書互勘，互相配合。書頭題字，同出一人之手。延津劍合，洵可喜也。民國二十二年四月二日，張元濟。

（原書，上海圖書館藏）

311　清乾隆八年刊本澹慮堂遺稿識語

汪爲休寧人而入海鹽縣學。甲子季春，徐曉霞贈。菊生張元濟識。

（原書，上海圖書館藏）

312　抄本石壐詩草、高陽詩草識語三則

（扉頁）此余未得刻本以前倩人所抄。元濟。

（書中）詩筆甚淺薄。丁卯正月二十六日校注。張元濟。

（書末）詩境與石壐相似，何耘廬、榕園二人之好訣也。

丁卯正月二十六日校竟注。元濟。

（原書，上海圖書館藏）

313　抄本游燕草識語

詩筆薄弱，湊韻尤多。丁卯春正月廿六日校竣記。張元濟。

（原書，上海圖書館藏）

314　抄本指馬樓詩鈔題識

凡硃筆加圈者均見別一部。元濟。

（原書，上海圖書館藏）

315 清乾隆刊本南陔堂詩集識語

此徐階五先生遺集。先生爲南垞公内侄。是書當存入宗祠，留示後人。張元濟識。

（原書，上海圖書館藏）

316 爲許良臣題許文恪暨仁山閣學應制卷子

余婦叔祖文恪公、從伯仁山公當嘉道兩朝先後入翰林，供奉南齋，渥被知遇。此皆當時應制之作。良臣姻台其後搜輯裝潢出示，一片承平雅頌聲，回首鳳池，真不勝今昔之感，此後恐不可復得。豈獨君家之世寶，抑亦藝林之掌故也。珍重弆藏，願以相勖。民國紀元二十有八年二月二十五日，海鹽張元濟。

（録自張元濟全集第十卷）

317 清乾隆海鹽張慎寫刊本春星草堂詩稿識語

每卷之末均有「張慎南廬書」一行。南廬公爲余五世叔祖，以善書名。洪楊亂後，手跡無存。得此猶可窺見一斑。張元濟。

（原書，上海圖書館藏）

318　拜經樓鈔本吾亦廬文藁識語

此半葉原闕，據朱逖先抄本補録於此。丙寅夏月，元濟識。

（原書，上海圖書館藏）

319　舊鈔本東齋詩删識語

右爲吴牧騶師手筆。書雖不全，然作者爲名臣後裔，且詩筆亦佳，可寶也。戊辰十二月廿八日，張元濟。

（原書，上海圖書館藏）

320　清同治七年刊本瑞芍軒詩鈔識語

外舅祖許玉年先生詩，凡二册。我後人當保守之。張元濟識。

（原書，上海圖書館藏）

321　張元濟手鈔寄廡樓詩補遺篇目及識語

補遺

五古

採蓮曲二首

南湖宋菱曲四首

題顧慎安獨立看杏小影

七古

放歌行

織女歎

擬王建簇蠶辭

題司春崖杏村花朝勸農圖

四言

古琴銘

古劍銘

墨盒銘

筆床銘

酒箴

五律

舟過鴛鴦湖

寒夜有感

七律

宵柝

炘甫硯兄新婚賦贈，有序

詠寒暑

熙伯試卷堂備未售，詩以慰之，二首
熙伯招同人小飲，相約雪天重敘，即席口占，二首戲詠湯婆子
秋闈下第，讀熙伯自歎絶句，即和，三首詞
暮春感懷

余集印寄廡樓詩既成，談君麟祥又以一鈔本寄余。與此頗有出入。其爲印本所無者，録目如右。其印本所有而抄本無者，則以朱筆作○識之。至何以互異之故，則不可知矣。高君吹萬曾撰一序，此本印成，余托葛親家詞蔚寄與高君二部。高君以書來謝，並附來序文。兹補録一通，裝於卷首，兼以所遺各詩附録卷末。張元濟識。戊辰閏二月廿七日。

（原書，上海圖書館藏）

322　排印本寄吾廬初稿選鈔跋

古稱三不朽：一曰立德；二曰立功；三曰立言。近而求之，吾宗兼斯三者，有吾族祖春溪公焉。公少家貧，年十七走京師，博升斗之禄以養父母。旋出官外省，以所積金付兩弟買田，充甘旨之奉，謂不欲朘民脂膏以貽親憂。既至甘肅從軍，白崖山之役，與鞏昌

太守朱爾漢中伏，俱負重傷。太守麾公去，公不忍，卒負之而出。事親交友若此，可不謂之立德乎。嘉慶初，公從四川總督宜緜討白蓮賊，分守開縣，生擒賊首松筠。繼督川陝諸軍，檄公守徽縣，捍賊有功，旋授徽縣令，擢平涼守，均以循良著稱。上登薦剡，戡亂致治，文武兼備，可不謂之立功乎。公嗜爲詩，自言歷三十年，得古今體二千餘言。茲編所録，未及其半。同時陳、楊、盧、徐諸子推許備至，要可附於立言之列矣。余嘗讀吴兔床之記張徽縣與陳寶摩之題公從戎圖，欽公之爲人。曩余議續修宗譜，訪公後裔，同邑中已無一人，譜載有遠出甘肅者。倩人於西安、蘭州登報徵求，無應者。然以報施常理論之，吾不敢信公之無後也。辛酉冬，重修宗祠，落成公墓，去城遠跡而求之，幸未湮没。因亟贖所失墓田歸諸宗祠，以時享祀。夫以公之明德昭著，有功於國，距今不過百年，在宗族鄉黨中姓字已若存而若亡，然則功與德之能不朽者，固不若言之傳世之尤爲久遠也。余求公詩文不可得，初僅見徽縣志所録公所爲詩數十首。竊以爲兹稿必在世間，未幾果得之，亟付手民，集字印行，庶幾公之立言得以傳後世。然諸子序跋或謂其篤行根本，以至性發爲至情而不汩没於習俗，或謂其政成言志，可作報最之編，則所以傳公者又豈僅立言之不朽已哉。戊辰仲春，族孫元濟謹跋。

（原載海鹽張氏涉園叢刻續編，張元濟輯，一九二八年四月商務印書館排印線裝本）

323　稿本檢齋詩稿跋

檢齋先生爲吾郡詩人之一。此稿本三册，余得自蘇州書肆。計檢齋詩稿八卷、需次集一卷、拾遺一卷，凡分二册。又一册詩皆前二册所有，蓋初選未定之本也。昨至魏塘，遇王步昀同年，出示咸豐刊本檢齋詩稿，謂爲陳氏所藏，且言先生裔孫鳳伯君聞余得其先德手稿，亟思備價贖還。余請攜歸。比對稿本，詩凡七百五十九首、詞四闋。刊本僅得二百首，且無詞。稿本原注選刻等字與刊本悉合，卷一首葉並粘小紙，謂「此即給諫所閲」云云，與刊本後跋所稱請錢星湖給諫選定之語又合，是爲陳氏家藏原稿無疑。余釋褐以還，足跡所至，鋭意收羅先世著述，所獲無幾，時以爲憾。鳳伯君年少英俊，數典不忘，甚殷向慕，因以原書三册寄步昀同年贈之。合浦之珠既還，晏子之楹可鑿。先人手澤，子孫永保，且未刊之詩尚有五百餘首，倘鳳伯君能續爲刊行，不令湮没，則尤鄙人所屬望無已者也。己巳十月十二日，海鹽張元濟識。

（録自張元濟全集第十卷）

324 排印本常蕚樓詩草跋

仲良叔祖與余幼共筆硯，攻舉子業，造詣至深，顧屢躓棘闈，未博一第。僅以食餼終膠庠。既遭鼎革，偶藉祠官掾吏以自給。抱關擊柝非所志也。余追隨數十年，甚服其學養深醇，絶不以窮通得喪自攖天懷。可謂加人一等。既歸家衖，設帳授徒。杖履悠閒，翛然自得，爲宗族鄉黨所推重。今春以所作詩一册示余。余受而讀之。語平而粹，味淡而腴。卷中憶母哭姊諸什，非至性過人者不能道其隻字。反覆終卷，令人穆然意遠。戰事既作，余羈居海上，不獲常承教益，時以爲憾。今讀其詩，正不啻旁侍□杖面聆訓誨也。置案頭數月矣。頃將寄還，謹識數行，以志傾仰。中華民國三十三年五月二十日侄孫元濟敬跋。

（原書，張元濟圖書館藏）

325 鈔本胥溪朱氏文會堂詩鈔識語五則

此在余未購得刊本以前倩人所抄。張元濟識。（書於扉頁）

丙寅九月十三日校。菊生，張元濟。（書於第一册書末）

丙寅九月二十七日校讀一過。張元濟。（書於第二册書末）

丙寅九月二十八日燈下校竟。張元濟。（書於第三册書末）
丙寅九月二十九日燈下校畢。張元濟。（書於第四册書末）

（原書，上海圖書館藏）

326　清乾隆四十年海鹽張氏涉園刊本詞林紀事題辭及跋

題辭：思岩公輯詞林紀事計陸册
民國九年歲次庚申十月，宗祠落成，奉此珍藏，垂示後世。二十一世孫元濟。
跋文：此書余六世叔祖詠川公所刊，殊不易得。余每遇家刻書，如王荆文公詩注、帶經堂詩話、初白菴詩評，必出資收回。此書得之最遲，兹爲弟一部。元濟謹識。

（原書，上海圖書館藏）

327　清道光十五年乙未夏重修本詞林紀事識語

癸丑七月得自日本東京文求堂，計值日幣十二圓。此爲第三部。元濟。

（原書）

328 題顔雪廬先生遺墨

雪廬先生爲道咸間名翰林。中覯洪楊之亂，所留墨蹟稀如星鳳。樂真世兄邇在邑中蒐得兩幀，裝潢出示，可以窺見當時館閣風尚，且所書皆爲處世箴言，豈惟家珍，抑亦世人所當共寶已。光緒四年歲在戊寅，距今六十五年矣。邑後學張元濟謹識。三十二年九月三日。

（録自張元濟全集第十卷）

329 爲陳思明題康長素書札

右爲故友康君長素與吾郡沈子培先生書札三十二通。其尋常通問者八，中有一通爲丁巳除夕前一日，時距宣統復辟已半年矣。又請評書畫者七，乞文及書者各三。培老學術淵雅，詩文卓然名家，書法尤得漢魏人神髓，脱盡塵俗。至昔人所作書畫，一過目即能辨其真贋。一代學人，固不僅以一藝名也。外此有十一通，多涉時事，大抵爲復辟前後作。或還滬上，或居青島，所作詞氣甚憤，殊有抑鬱誰語之慨。語多隱晦，非他人所能揣測，且不記年月，更無從定其先後。然所指諸人有可知者：「秀實」當爲段祺瑞；曰「止」

者當爲瞿子玖相國；曰「濤」者當爲沈濤園，名鍾慶；曰「聘」者當爲王聘三，名乃徵；曰「葱」者當爲劉葱石，名世珩；曰「甘」者當爲汪甘卿，名鍾霖；曰「孺」者則爲麥孺博，名孟華；「潘生」爲潘飛聲，名□海，均長素門下士也。余與長素政見不盡相合。戊戌變法，詔罷科舉、設學堂，余勸其南下一意興學，長素不從，急進不已，卒釀八月六日之變。至日落虞淵，余以爲絶似日揮一戈之事，故復辟之事一無所知。然二公惓惓於故國故君之意，至可敬，亦可悲也。邇者海日樓藏弆盡散，武進陳君思明得之滬壖。故人手澤，不致湮没。書此記幸。

（録自張元濟全集第十卷）

330 再跋康長素與沈子培書

前跋寫竟，陳君又以長素書札十三通見示，均與培老者。録常通問者二，請評書畫者三，介紹者一，諷諫者二：一勸勿專作棒喝，此確能道出培老真相之病；一言其久於總署，又未遊外，故重視外人。此卻得失參半。培老豈專重外人者？然非君子之交固不能作此直言也。其涉於時事者五通，大都在復辟以前。書多作商榷語。其時參政院尚存，故欲先作軍民合作以動之。又言各督反對「大樹」豈敢。又言「曹吴北望，安能妄動」，

「曹」必指曹錕，「吴」必指吴佩孚矣。又言「所求已遂，其氣自消」。但先有一信稱「大樹」，此聲稱又云「南京」，必指馮國璋言。又言「未知桓侯與愔更有以何法」。「桓侯」指張勳，「愔」則指胡晴初，名嗣瑗，與余爲僚婿，愔仲爲其別字，其人忠於清室，彼時固在馮幕中也，必與聞復辟之役。外此屬友白子文則不知何人。甲申寒露節日，元濟再識。

（録自張元濟全集第十卷）

331　爲劉忍齋跋康長素札

吾友劉君忍齋示余康君長素與沈培老尺牘一通，作於戊午二月七日，蓋在復辟事敗後一年，其時當已還居滬上。書言乞□東遊，似有東渡日本之意。然後此似未成行，不久亦移居青島。所謂「美森淀」者，必爲復辟事敗，避居在使館界内之客館。長素以光緒十五年舉廣東鄉試，其題爲五有三者必世而後仁，其文曾刊入闈墨，一時傳誦，故培老歷數十年後尚能追憶也。長素欲乞培老寫成徵題，作爲八股廢後佳話。文人結習，猶可想見。回憶戊戌之歲，累□□，屬行新政。陝西宋芝棟侍御奏廢八股，設學堂。詔下之時，長素留居日下，日日鼓吹變法甚力。余謂長素八股既廢，千百年之錮習一旦掃除，聰明才智之士必將争入學堂，講求實學，一二十年後人才輩出，新政之行，易如反掌，力勸長素作一結束，不必更求其他，即日南下，盡力興學。而長素不從，且益急進，竟釀成八月六日之變。就令余言得行，亦未必□阻格，然終當不至如後來之劇，而拳禍不作，而我國亦不至成爲今日之□。吾不長素與培老談及藝股時，猶憶及□□否也？回首前塵，可勝浩歎。長素論及書法，確不落時下窠臼，謂生平永不臨争坐帖，蓋猶是其卑唐之見，然其所以卑唐者，乃謂唐碑多已磨刓，所見者皆翻變之棗木，謂人不宜摹臨，並非謂唐人不能書也。長素固言善學右軍者，惟清法累變，能師右軍之所師，此言所□，與清□血脈亦同。其言外之意未嘗亦推重顔書也。余在他處見長素與培老書數十通，多作隱語，他人多不可解。如此書所言「某某不見，吾亦不望之」，亦不知所指爲何人也。三十三年十一月二十九日。

（録自張元濟全集第十卷）

332　題潘博山藏繆小山輯友人手札

比聞吾友潘博山得繆小山先生所輯朋輩書札數十册於北平，昨介其戚顧君起潛攜一册見示。中有余書十六通，大都作於光宣之際暨民國初年者，皆討論收書及通假藏書之事，中有三通爲記室湯君頤叔代筆。當時所見多爲湘中袁氏漱六、豐順丁氏持静齋、滿洲盛氏意園之物，琳琅滿目，亦已幻若雲煙矣。册中凡九人，存者滿洲寶瑞臣，今在長春；山陰蔡鶴廎，僑居香港；武進董授經，今在北平。南北暌隔，邈不相見。餘如萍鄉文芸閣學士、山陰俞恪士觀察，稍長於余；吴縣王扞鄭、湘鄉李亦園、蕭山湯蟄仙三君皆余壬辰同榜，年齒亦相若，今盡化爲異物。故交零落，世事滄桑，爲之黯然。中華民國二十八年十二月二十二日，海鹽張元濟識。

（録自藝風堂友朋書札，上海古籍出版社一九八一年第一版）

333 吴綬卿先生遺詩序

吾不見綬卿久矣。去歲夏，余以事入都，思訪之，繼知其治軍於外，不果往。越兩月而綬卿被刺於石家莊。無識與不識皆痛惜之，僉謂綬卿不死，京津大局必早底定，武漢南北兩軍亦不致激成惡戰，然則綬卿死而因之死者且千萬人。語云死有重於泰山，其綬卿之謂矣。猶憶十四年前，拳亂方熾，綬卿與陳君錦濤、温君宗堯會於余居，謀所以安定之策。綬卿解衣磅礴，意氣激壯，發語悲憤，嘗以手抵案不止。此情此景，猶在目前。今綬卿以身殉國，而瀾生、欽甫亦均能奔走國事，肩任艱鉅。余獨優遊海上，甘自暇逸，真愧對吾死友也。謝君炳樸從綬卿戍邊有年，以其遺詩來示余。余不能詩，然讀之益追念綬卿不置。綬卿不必以詩傳，而能使後之讀者想見其爲人，則是編之輯未始無助也。中華民國元年三月，海鹽張元濟敬題。

（原載東方雜誌第八卷第十號，一九一二年四月一日發行）

334　排印本勤業廬吟稿序

香山、東坡、劍南、石湖諸家之詩，諧愷閒適，其境以宦成身退之時尤多，故吟詠雖關性情，亦視所處地位何如耳。海昌吴君芸孫，績學君子也。奉母讀書，園林棲逸，與孺人爲鹿門之隱，生平未嘗急近功利。今歲余回里，得一奉手。别後，以其家兔床先生手校舊書，函示借讀，並寄其自編勤業廬吟稿屬爲弁言，轉商務印書館爲之排印。詩自光緒甲申迄近年之作，都凡六卷，雖不必出於香山、東坡、劍南、石湖諸家宗派，而以生平未近功利，又能讀書養性，雅言娱親，故其音諧愷，其旨閒適，少作無率意之弊，晚年無衰颯之句，歷四十年而體格不變，亦可謂自成一家者矣。吾知鉛槧既竟，必當傳誦一時。因樂而書之，俾附簡末云。乙丑，海鹽張元濟。

（原載勤業廬吟稿，吴昌年著，一九二五年商務印書館排印線裝本）

大文捧誦，覺其意境恬逸，每讀一篇，輒欲求其次，惟恐或盡。曩讀歸震川文，有此情景，不知何以如此相似。繼檢得歸震川年譜序，乃知先生曾浸淫於其文者，故能有此合也。

（轉錄自高燮集，高燮著，高銛、高鋒、谷文娟編，中國人民大學出版社一九九九年八月版）

336 排印本止菴詩存序

今人言詩者，有新舊之別。何謂舊？恪守前人法度，選詞貴雅，運事必審，聲調氣韻，或崇魏晉，或摹唐宋，隱然各有其疆域，非習之數十年，不能達其堂室者，是爲舊詩。何謂新？出口成文，純任自然，句之短長，多不用韻，等於常談，其體仿自西洋，是爲新詩。二者之間，嚴守畛域，互爲詆斥，幾有不能並立之勢。余竊非之。夫詩以言志，言志者所以抒寫其性情，而非用以彰文字之美，若必逞妍鬥巧，則是桎梏其心思，而何有於言志？然必如新詩之盡廢格律，毫無可以吟詠之趣，則竟寫散文可已，而又何有於詩？余不能詩，而獨喜讀白氏長慶集。展卷吟玩，深有感於吾心，謂是爲詩人之詩。不圖今又於周君止菴得之。止菴之詩沖和雅澹，置之長慶集中，殆無少遜。其梟苴詠、枵腹吟及憫世、慨世、勸世諸作，則白氏之諷喻詩也。其趣園吟、山居雜詠、知足歌、七十述懷、病中自廣及告諸子、寫入生壙諸作，則白氏之閒適詩也。其憫華僑、歎災民、哀族難、悔過吟諸作，則白氏之感傷詩也。止菴先官直隸，有政聲；民國既建，長財政，多所擘畫，尤以振興實業爲務。其宦跡與白氏若相類，若不相類，而從政不得行其志，潔身引退，暮年多病，棲心釋梵，則全與白氏合。其所作詩大都成於退居之後，自言以香山、放翁詩爲養心藥餌，故濡染於白氏者尤深。史稱：「樂天詩詞，書於觀寺、郵候、牆壁之上，道於妾婦、牛童、馬走之口，繕寫、模勒、衒賣於市井，村校兒童，競習歌詠。」斯集既成，流播之廣，殆將如是。是則止菴之詩，其必可於新、舊二者間各據一席，且可爲之溝通也乎。民國紀元三十七年十月世姻愚弟海鹽張元濟拜序。

（原載止菴詩存，周學熙著，一九四八年七月排印線裝本）

337　排印本適廬詩存序

余僑滬久，不恒歸里。歸或留數日，罕與邑人士接，故知聞甚稀。平湖陳君翀若，始客授吾邑，繼而任某校教職，藉藉有聲。余親家葛氏與君交二十餘年，延爲子弟師，數爲余稱道君。余固耳君名而心識其人，然終未一面，而君已於去歲下世。失一賢者，不得而友之，深自憾焉。君擅文學，精書法，以淵博著。凡有韻無韻之文，靡不工，性尤恬適，不屑屑計功利，嘗辭薦辟不受而游閩游燕，皆得賢府主之器重。今誦君遺著適廬詩存，其中如擬朱子齋居感興、讀曾文正聖哲畫像記、四十初度放歌、四十自述及三國宫詞諸作，蓋其志趣懷抱與其生平才學皆可概見，乃歎葛氏之善交，而余之終未一面之爲憾多也。遺詩分五七言、古律，附三國宫詞，都爲一册，爲其門弟子葛君蔭梧與君壻胡君宛春合編，將壽之梓，以永其傳，而屬余爲之序。余既失君於君之生前，而猶得讀君遺詩，不爲不幸，且嘉蔭梧能如李漢之於昌黎、陳衍之於後山也。遂不辭而序之，以誌風微人往之慨云。時戊辰九月，海鹽張元濟。

（録自適廬詩存，陳翰著，胡士瑩、葛昌楣編，一九三〇年九月排印線裝本）

338 清康熙三十四年汪立名刻本唐四家詩跋

吾郡張公束先生少善詞翰，馳騁文場。咸豐膺拔萃科貢成鈞，旋以縣令官江右，循聲卓著。迨光緒末年罷官還里，刊有寒松閣詩文詞集。年届八秩，杖履優遊，故鄉人士有高山景行之望焉。此四唐人集均先生手校本，據全唐詩揭其異同，復取唐詩紀事、樂府詩集、唐人萬首絶句暨他書爲之參訂，並考其游宦所及之區及酬唱諸人仕履之迹。全書用朱、墨點勘，密行細字，到底不懈。卷末各誌年月，蓋初至章貢，入官之時猶未忘書生結習也。李越縵稱其詩「溯王、韋，沿波錢、李，承小長蘆之緒論，與秋錦相伯仲」。觀是校筆，益可證矣。朱君菊人得自禾中，出以示余。展讀一過，謹書數言，以誌景慕。歲在閼逢涒灘律中中呂之月，海鹽張元濟。

（原書，上海圖書館藏）

339　古文苑跋爲朱菊生作

是書宋淳熙初所刻，爲無注本。至紹定時章樵爲之訓注，析爲二十一卷，刊於嘉熙丙申。今淳祐重修刊本尚存，二十年前余輯印四部叢刊，曾假諸鐵琴銅劍樓瞿氏景印行世。瞿氏又有景寫宋刻無注本，志稱「原刻本爲趙凡夫舊藏」。紙墨鮮明，字畫端楷。其子靈均鉤摹一本。葉林宗見而異之，録成一册。其後陸敕先又假諸林宗，命諸童子竭三日夜之力抄成，僅存其款式而已。是本鈐有靈均名號印章，卷末並有手書宋諱半葉，蓋即最初鉤摹之本。全書用朱筆校正，補闕訂訛，備極矜慎。審其字跡，與所録宋諱相類，疑即靈均所爲。卷末有何義門跋，謂爲毛斧季所贈，蓋已由小宛堂而入於汲古閣矣。凡夫所藏宋刻，其後即不復見，今恐未必尚在人間。然則能窺見是書宋刻真面者，賴此而已，可不寶諸。甲申初春，海鹽張元濟。是年七十又八。

（録自上海師範大學圖書館藏影鈔本古文苑書末張元濟題跋手跡書影，載上海高校圖書館情報工作研究二〇一三年第四期封二）

340　宋本新刊諸儒批點古文集成跋

余年來喜購古書而見聞寡陋，得之難，識之亦不易。辛亥冬，傅沅叔同年來滬上，至涵芬樓觀余所搜得舊籍，因相與討論版本，聚首數月，幾無日不相過從，甚可樂也。沅叔嗜書過於余，嘗躬走蘇杭寧紹，遊覽山水之暇，輒詣書肆搜覽叢殘，多有所獲，且爲余購善本不少。一日語余，有書估自蘇州來，攜有古文集成一部，書系宋本，曾藏江建霞前輩許。余亟趣觀，精彩奪目。檢視行款，與四庫提要悉相合。凡宋人指斥金源之語，均經墨筆删改。宋本書之可貴，人誰不知，而當日館臣至不惜點竄其文字，此其故可以想見，留遺至今，尤足動人感喟。急勸沅叔購之，毋令失之交臂。今沅叔將攜以北行，余既幸有此眼福，及亡友之書得所依託，而又深喜吾良友之得此秘笈以歸也。因書數語以識之。壬子新曆五月一日，海鹽張元濟。

（録自張元濟全集第十卷）

341　排印本張氏藝文序

吾國有史以來，歷數百年必有一大亂。亂之方生，士大夫習於頹靡，恇怯無所措，而獷悍無識之徒，風起雲涌，競以武力相尚，本其殘酷之性，濟以平日忿怨之氣，所至之處，一切破壞，無所顧惜。吾輩生古人後，欲求一千百年前之宫室器物而瞻望焉，摩挲焉，不可得也。焚書之禍，嬴秦而後無復再見，然試檢歷代藝文志，其書之存於今者有幾？蓋不亡於帝王之火而亡於民衆之火矣。而猶詡詡然誇於世界曰我四千年之文明古國也。能不羞乎？能不羞乎？余家海鹽號稱舊族，歷數百年讀書種子不絶，家乘所紀先人遺著凡數十種。中經洪楊之亂，大半散佚。余蒐求數十年，所獲僅什一二三，最後得張氏藝文二卷，爲桂桓公、華胥公之作，明季樸全公所刊。一稱天香館，一稱鼎泰堂。意必彙刻先世遺集，不僅限此二種，不然如以成公之被薦賢哲、克明公之刻意經籍、敬哉公之旌獎德壽、龍洲公之遺愛八閩、親泉公之崇祀鄉賢，寧無一字之留貽者？是必闖獻之亂禍及文獻，猶甚於洪楊。先人手澤爲家乘所不載、不傳於今者，不知凡幾也。余生也晚，丁兹世變，懼祖德之隕墜，舊存家集先後印行已如干卷，其專集就佚或偶有題詠散見他書者，咸爲葺録，次之凡得三十八人，仍以天香館、鼎泰堂詩冠於首，總稱曰張氏藝文，承樸全公志也。

繼自今民智日啓，世局演進，其必不復有闖獻洪楊之亂。兹之所集，吾子子孫孫其或能永保勿失乎。戊辰春，海鹽張元濟謹敘。

（原載海鹽張氏涉園叢刻續編，張元濟輯，一九二八年四月商務印書館排印線裝本）

342　玻璃版影印元刊琵琶記識語

董授經先生贈。丙寅正月二十八日，元濟記。

此元刊琵琶記，甚不易得。兹用玻璃版精印，真面具存，可珍也。

（録自原書）

涉園序跋集録後記

菊生先生耆年碩德，經濟文章，並爲世重。餘事致力目録、校勘之學，而尤以流通古籍爲己任。數十年來鉅編之輯印，孤本賴以不絶，其嘉惠後學，實非淺尠。綜覽先生行事，忠信篤敬，識胆具備，宜發爲文章，詞意並茂，語無空泛，洵足以信今而傳後。生平所爲詩文，如論政、宣教、碑記、序跋諸作，散布簡策，薈萃有待。方今倡導百家争鳴之際，科學研究，欣欣向榮。舉凡先生校印羣籍，早播士林，讀者于所撰各書跋文，咸謂探賾索隱，啓發攸資。徒以分隸卷末，檢閱不易。因謀之古典文學出版社輯爲專集，以貽來者。竊謂校讐之學，自漢劉氏向、歆父子導夫先路，千載而下，文字形體之變遷，傳寫摹刻之訛譌，遞演益形紛繁，自非殫見洽聞，無能爲之疏通證明。先生既創建涵芬樓，廣蒐善本，間復留意鄉邦文獻，及先世遺澤，專精畢力於丹黄楮墨間，積累蘊蓄，傾吐心得於題跋文辭中，往往發前人所未發。方諸前賢如義門、抱經、蕘圃、千里輩無以過之。抑且訪書南北，留珍海外，過眼琳瑯，會神應手，允宜徵引衆説，闡幽發微，拾遺補闕，洞中要竅，此更前賢所未逮。文字之福，金石同壽，盛世元音，胡可廢乎！先生秉賦特厚，神明强固。曩歲承命佐理校印涵芬樓燼餘書録，時病偏左未久，偃仰牀笫，每憶舊作，輒口授指畫，如某篇某句有誤，應如何修正；又如某書某刻優劣所在，歷歷如繪。蓋其博聞强識，雖數十年如一日；此豈常人所能企及，謂非耄耋期頤之徵而何？猶憶抗戰期間，先生與葉丈揆初等舉辦合衆圖書館，艱難經始，勵志不渝，涉園藏篋，溉澤羣英，即今上海市歷史文獻圖書館之創基，先河之功，爲不可及也。廷龍辱招編摩，主館有年，杖履親承，益我良多。名山盛業，蘄昭方來。今年十月卅一日，即農曆九月廿八日，爲先生九十攬揆良辰，值館業之鼎新，慶嵩嶽之無疆，謹掇拾宏緒，壽諸墨版。聊申介祝，藉志景仰云爾。公元一千九百五十六年十二月後學顧廷龍。

書名索引

説　　明

（一）本索引依據《涉園序跋集録》及輯補部分所列序跋，按四角號碼檢字法編排。

（二）本索引一般只列書名，書名相同的條目則將版本注於後。書名後標注其在正文中的編碼。

（三）各書所附續集、外集或附録、補遺等，均附於正集之後；獨立性較强的另立條目。

0

3

5